Nach dem tragischen Tod seiner geliebten Frau zieht sich Peter Byerly, Buchhändler und Antiquar, in ein kleines Cottage in einem verschlafenen walisischen Dorf zurück. Als ihm durch Zufall ein Manuskript mit handschriftlichen Notizen von William Shakespeare in die Hände fällt, scheint ein Traum wahr zu werden: Etwas Aufregenderes kann es für einen begeisterten Bibliophilen kaum geben. Aber ist es wirklich echt? Oder doch nur eine geschickte Fälschung? Gemeinsam mit der lebenslustigen Liz will er die Wahrheit herausfinden. Schon bald aber wird den beiden klar, dass es hier nicht nur um eine literarische Sensation geht …
In seinem mitreißenden Roman erzählt Charlie Lovett die atemberaubende Geschichte eines Manuskripts, das ein jahrhundertealtes Geheimnis birgt, und zugleich eine bewegende Liebesgeschichte.

Charlie Lovett, geboren 1962 in North Carolina, studierte Theaterwissenschaft und führte ein Antiquariat in England. Er ist Autor zweier Romane sowie zahlreicher Theaterstücke für Kinder und Jugendliche. Charlie Lovett lebt in Winston-Salem, N.C.
www.charlielovett.com

insel taschenbuch 4349

Charlie Lovett

Das Buch der Fälscher

Charlie Lovett

Das Buch der Fälscher

Roman

Aus dem Englischen
von Lutz-W. Wolff

Insel Verlag

Die Originalausgabe erschien 2013 unter dem Titel
The Bookman's Tale. A Novel of Obsession
bei The Viking Press, New York.

Umschlagfotos: Millenium Images/Look-foto;
Stuart Brill/Trevillion Images

Erste Auflage 2015
insel taschenbuch 4349

Vertrieb durch den Suhrkamp Taschenbuch Verlag
Umschlag: glanegger.com, München
Satz: TypoForum GmbH, Seelbach
Druck: CPI – Ebner & Spiegel, Ulm
Printed in Germany
ISBN 978-3-458-36049-0

Das Buch der Fälscher

Für meinen Vater, Bob Lovett, der mich mit
seiner unheilbaren Buchleidenschaft ansteckte

»Es ist nicht alles Gold, was glänzt.«

William Shakespeare
Der Kaufmann von Venedig

»Weil echte Dinge sind so selten,
Muss Magermilch als Sahne gelten;
Billigschuh tun so wie Leder,
Und Krähen tragen Pfauenfedern.«

Gilbert und Sullivan
H. M. S. Pinafore

Hay-on-Wye, Mittwoch, 15. Februar 1995

Wales konnte kalt sein im Februar. Auch ohne Schnee oder Wind drang die feuchte Winterluft durch Peters Mantel und senkte sich in seine Knochen, als er vor einem der Antiquariate in den engen Gassen von Hay stand. Trotz des warmen Schimmers im Schaufenster, das ein verlockendes Angebot viktorianischer Bücher enthielt, beeilte Peter sich nicht, die Tür aufzustoßen. Es war jetzt neun Monate her, dass er eine Buchhandlung betreten hatte; da kam es auf ein paar Minuten nicht an. Es hatte eine Zeit gegeben, da hätte er nicht lange gezögert. Einen Laden mit seltenen Büchern zu betreten, war ein erregender Moment gewesen, andere Bücherliebhaber zu treffen ein Abenteuer.

Denn Peter Byerly war schließlich selbst Buchhändler. Es war sein Beruf, der ihn immer wieder nach England und heute an diesem trüben Winternachmittag in die berühmte Bücherstadt Hay-on-Wye geführt hatte. Er war schon mehrfach in Hay gewesen, aber heute war er allein hier.

Und während die Kälte in seinen Gliedmaßen langsam bis in sein Herz kroch, sah er kein herrliches Abenteuer vor sich, sondern nur eine fremde Umgebung. Seine Schüchternheit und sein Unbehagen wurden zur Panik. Eine Vorahnung trieb ihm den kalten Schweiß ins Genick. Warum war er überhaupt hergekommen? Er könnte jetzt warm und sicher mit einer Tasse Tee in seinem Wohnzimmer sitzen, statt an einer kalten Straßenecke zu stehen und zu spüren, wie sich seine Magengrube mit Angst füllte.

Ehe er womöglich seine Meinung änderte, zwang er sich, nach der Klinke zu greifen. In der nächsten Sekunde trat er in die Wärme des Ladens.

»Guten Abend«, sagte eine spröde Stimme aus einer Wolke von Pfeifenrauch, die über einem breiten Schreibtisch hing. Peter murmelte ein paar Silben, dann schlüpfte er durch einen Durchgang ins Hinterzimmer, dessen Wände völlig mit Büchern bedeckt waren. Einen Moment lang schloss er die Augen und stellte sich den Kokon aus Büchern vor, der ihn schützte. Tief sog er den vertrauten Duft von Leinen, Leder, Staub und Worten ein. Sein Pulsschlag beruhigte sich, und als er die Augen wieder aufschlug, suchte sein Blick auf den Regalen nach etwas Bekanntem – einem Titel, einem Autornamen, einem vertrauten Schutzumschlag – irgendetwas, das ihm ein Gefühl gab, zu Hause zu sein.

Etwas über Augenhöhe entdeckte er einen schönen blauen Einband, der ihn an das Kalbsleder erinnerte, mit dem er ein anderes Buch gebunden hatte – war das wirklich schon zehn Jahre her? Er zog das Buch aus dem Regal und freute sich am weichen Luxus des Leders. Er warf einen Blick auf die goldgeprägte Schrift auf dem Rücken und musste lächeln. Er kannte das Buch. Nicht unbedingt ein alter Freund, aber doch ein Bekannter, und die Aussicht, ein paar Minuten mit ihm zu verbringen, beruhigte seine Nerven.

An Inquiry into the Authenticity of Certain Miscellaneous Papers von Edmond Malone war die berühmte Studie, in der William Henry Ireland als einer der größten Fälscher aller Zeiten entlarvt worden war. Ireland hatte Dokumente und Briefe gefälscht, die angeblich von William Shakespeare stammten, einschließlich der sogenannten »Originalmanuskripte« von *Hamlet* und *König Lear*. Peter strich über das marmorierte Vorsatzblatt und schlug die Titelseite auf. Es war ein Exemplar der Erstausgabe von 1796. Das schwere Papier aus dem 18. Jahrhundert fühlte sich wunderbar an. Er spürte die Struktur der Lettern, die sich tief eingeprägt hatten, unter den Fingern. Er überschlug ein paar Seiten und las:

Man hat gesagt, dass jeder Bürger dieses Landes, der auch nur die geringste Bildung besitzt, stolz darauf ist, dass unser großer dramatischer Dichter Shakespeare sein Landsmann ist; und unserem Respeckt und unserer Verehrung für diesen außergewöhnlichen Mann entsprechend sollten auch sein Ruhm und die wertvollen Schriften geschützt werden, die er uns hinterlassen hat.

Peter lächelte bei dem Gedanken daran, dass er selbst schon in diesen »wertvollen Schriften« gelesen und tatsächlich ein Exemplar des First Folio in Händen gehalten hatte, jener großen Sammlung der Shakespeare-Dramen aus dem Jahre 1623, in der viele Stücke zum ersten Mal gedruckt worden waren. Er war jetzt ganz ruhig – alle Angst und Panik verschwanden bei dem schlichten Genuss, in einem alten Buch zu lesen. Das Exemplar der First-Folio-Ausgabe, das er vor Jahren in Händen gehalten hatte, hatte sich stets beim dritten Akt von *Hamlet* aufgeschlagen. Ob es auch bei diesem Buch so eine Seite gab? Er klappte den Einband auf und ließ die Seiten fallen, wie sie wollten. Tatsächlich schlugen sich die Seiten 288/289 auf und dabei wurde ein Stück Papier sichtbar, das ungefähr sechs mal vier Zoll maß. Die braunen Flecken, die es hinterlassen hatte, zeigten Peter, dass es mindestens schon hundert Jahre in diesem Buch stecken musste. Mehr aus Gewohnheit als aus Neugier drehte er das kleine Blatt um.

Der scharfe Schmerz, der seine Brust bei ihrem Anblick durchzuckte, war so stark, dass er beinahe das Buch hätte fallen lassen. Er hatte geglaubt, sich ablenken und vor diesem Schmerz flüchten zu können, aber selbst hier, auf der anderen Seite des Atlantiks, in diesem stillen Winkel in Wales holte ihn der Schmerz ein. Mit weichen Knien stützte er sich auf eine Vitrine und sah zu, wie das Blättchen langsam wie in einem Traum auf den Boden hinabtaumelte. Das Gesicht war immer noch da. Er schloss die Augen. Erst als sein Puls wieder langsamer ging und seine Hände zu zittern aufgehört hatten, schlug er die Augen auf.

Die junge Frau auf dem Bild war keine Unbekannte für ihn. Ruhig und heiter sah sie zu ihm auf. Sie schien auf etwas zu warten. Sie war seine Frau. Amanda.

Aber Amanda war tot. Vor neun Monaten hatte er sie begraben, in der roten Erde von North Carolina, auf der anderen Seite des Ozeans und nur einen Herzschlag entfernt. Dieses Bild da, das so viel älter als Amanda, ihre Mutter und ihre Großmutter war, konnte sie unmöglich darstellen. Und doch zeigte es ihr Gesicht.

Peter bückte sich und hob das Blatt auf, um es genauer zu untersuchen. Es war ein professionelles Aquarell, fast unsichtbar mit den Initialen »B.B.« signiert. Er musterte noch einmal das Buch, aus dem es herausgefallen war. Auf dem Vorsatzblatt fand er die verschnörkelten Initialen »EH«, das Monogramm eines längst vergessenen Besitzers. Auf dem Preisschild, das hinten im Buch steckte, stand lediglich £400; von einem Aquarell war nicht die Rede. Peter hatte schon deutlich preiswertere Exemplare von Malones Buch gesehen. Allerdings enthielten die kein jahrhundertealtes Porträt seiner toten Frau.

Direkt daneben stand ein schäbiges Exemplar des letzten, unvollendeten Romans von Charles Dickens: *The Mystery of Edwin Drood*. Das Buch war in zerschlissenes Leinen gebunden, die Ecken abgestoßen, die Innengelenke gebrochen und das Etikett lose, aber es fehlte nichts. Wenn er das Buch restaurierte, konnte er leicht das Doppelte oder Dreifache des verlangten Preises erzielen. Vorsichtig sah er sich um. Mit zitternden Fingern legte Peter das Aquarell in den Dickens und stellte den Malone zurück ins Regal. Er konnte Amanda nicht hierlassen.

Zwanzig Minuten später hatte er einen ganzen Stapel Bücher gekauft, einschließlich des Dickens. Zwei schwere Plastiktüten hingen an seinen Armen, als er den Laden verließ und zum Parkplatz am Stadtrand hinauswanderte.

Die Fahrt zu seinem Haus in Oxfordshire dauerte etwas mehr als zwei Stunden. Peters Cottage lag an einer schmalen Gasse, die vom Village Green wegführte, und war genau wie die anderen Häuser aus dem berühmten goldenen Kalkstein der Cotswolds gebaut. Es lag mitten in einer kleinen Häuserzeile, aber in den fünf Monaten seines bisherigen Aufenthalts hatte Peter noch mit keinem der Nachbarn gesprochen.

Um sieben hatte er das Feuer im Kamin in Gang gebracht, hielt eine Tasse Tee in der Hand und betrachtete das kleine Aquarell, das er auf dem Couchtisch an einen Aschenbecher gelehnt hatte. Entgegen Dr. Strayers Rat hatte er alle Fotos von Amanda weggepackt und in North Carolina gelassen. Wie konnte sie jetzt plötzlich hier sein? Warum schien das Cottage jetzt plötzlich ihres zu sein? Nun ja, sie hatte den William-Morris-Stoff für das Sofa ausgesucht und auch die Vorhänge. Sie hatte die Renovierung der Küche beaufsichtigt und den Anbau des Wintergartens. Sie hatte lange Wochenenden auf der Portobello Road verbracht, um Geschirr und Besteck und die Pilkington-Vasen zu kaufen, die auf den Fensterbrettern standen. Und die präraffaelitischen Drucke, die oben im Flur hingen. Die Möbel hatte sie auf Versteigerungen in der Umgebung gekauft, und sie hatte auch den Schreiner gefunden, der die deckenhohen Bücherregale gebaut hatte. Diese Bücherregale waren ihr Geschenk an Peter gewesen, das äußere Zeichen dafür, dass sie seine Leidenschaft akzeptiert hatte. Das ganze Haus war Amandas Werk – auch wenn sie nie eine Nacht hier verbracht hatte. Dass er es in den letzten fünf Monaten nach und nach für sein eigenes gehalten hatte, schien lächerlich – jetzt, wo sie hier war.

Das Aquarell zeigte eine Frau vor dem Spiegel, die sich das Haar bürstete. Ihre Schultern waren nackt, die langen, dunklen Locken bedeckten die Brüste. Das dunkle Haar und die blasse Haut waren die von Amanda, ebenso die geraden Schultern und sogar der entschiedene Griff um die Haarbürste. Aber vor allem ihre Haltung und der ebenso kokette wie herausfordernde Blick aus dem Spiegel verstärkten die Ähnlichkeit. Das schmale Gesicht, die hohe, blasse Stirn und die grünen Augen, die zu lachen schienen und zugleich verlangten, ernst genommen zu werden – einen solchen Blick hatte nur eine: Amanda. Aber natürlich konnte es nicht ihr Gesicht sein. Sie war 1966 geboren, das Aquarell stammte offensichtlich aus dem 19. Jahrhundert. Dennoch saß Peter da und starrte in ihr Gesicht. Er fragte sich, woher sie gekommen war, und wünschte sich, sie wäre nie weggegangen.

Für einen kurzen Moment verlor er sich in ihren Augen und in der Vergangenheit. Doch dann riss er sich aus seinen Gedanken, stand auf und begann, das Zimmer mit langen Schritten zu durchqueren. Dieses Geheimnis verlangte nach Aufklärung.

Seit er als Antiquar arbeitete, hatte Peter so manches bibliografische Rätsel gelöst, aber keins davon war jemals persönlich gewesen. Er hatte sie mit der emotionalen Gelassenheit betrachtet, mit der man Kreuzworträtsel löst. Das hier war anders. Es war zwar nicht im strengen Sinn bibliografisch, aber Peter spürte jetzt schon, wie sich Neugier und Trauer zur Leidenschaft mischten. Er musste wissen, wo dieses Aquarell herkam. Er musste wissen, wie ein hundert Jahre altes Porträt seiner Frau in ein Buch des 18. Jahrhunderts über Shakespeare-Fälschungen gelangt war, obwohl ihr Geburtsjahr erst neunundzwanzig Jahre zurücklag.

Nur, wo sollte er anfangen? Peter hatte sich noch nie mit Aquarellen beschäftigt. Er brauchte fast zwei Stunden, in denen er das Bild unverwandt anstarrte, ehe ihm einfiel, was sich in den Bücherregalen in Amandas Arbeitszimmer im oberen Stockwerk befand. Er hatte den Raum nicht betreten, seit er nach Kingham gezogen war. Das Zimmer war als Amandas heilige Zuflucht gedacht gewesen, und obwohl nun völlig klar war, dass sie niemals dort sitzen würde, um ihre Bücher zu lesen, war er doch nie auf den Gedanken gekommen, dort einzudringen.

Jetzt ging er die Treppe hinauf, öffnete langsam die Tür und warf einen Blick in die abgestandene Stille. In der Entfernung hörte er, wie die Glocke des Kirchturms neun Uhr schlug. Er wartete, bis der letzte Ton in der feuchten Winterluft verklungen war, ehe er das Licht anknipste.

In dem Bücherregal neben dem Fenster standen fünfundsechzig nahezu identische große Bände – Peters Hochzeitsgeschenk für Amanda. Die Kataloge der Royal Academy. Er hatte ein ganzes Jahr gebraucht, um alle Bände zusammenzutragen, die während der Regentschaft Königin Victorias erschienen waren, aber Amanda hatte genauso lange gebraucht, um die Hochzeit zu planen. Und jetzt standen sie geduldig in diesem Raum, der niemals benutzt werden würde.

Peter stand immer noch in der Tür und kämpfte mit dem geisterhaften Gefühl, dass ihn Amanda beobachtete. Es ging nicht nur darum, dass sie diesen Raum ganz nach ihrem Geschmack eingerichtet hatte, mit ihren Lieblingsbüchern, dem Lehnsessel, den sie so schätzte, und der Lampe, die sie in Stowe-on-the-Wold gekauft hatte. Er hatte vielmehr das Gefühl, dass Amanda jeden Moment zurückkehren könnte. Und zwar nicht nur als innere Stimme, die er gelegentlich hörte, sondern als eine Amanda aus Fleisch und Blut. Er hätte sich diesem Gefühl nur allzu gern hingegeben, aber er wusste, dass er dagegen ankämpfen musste. Er spürte plötzlich dasselbe Schwindelgefühl wie bei ihrer ersten Begegnung im Lesesaal der Bibliothek und musste sich an den Türrahmen lehnen, um nicht zu fallen.

»Es ist in Ordnung«, sagte Amanda. »Du kannst ruhig reingehen.« Sie stand am Ende des Flurs, und Peter sah gerade noch rechtzeitig auf, um sie verblassen zu sehen. Aber ihre Worte hatten ihm den Mut gegeben, den er brauchte. Er durchquerte das Zimmer, zog den Katalog mit der Jahreszahl 1837 aus dem Regal und setzte sich vorsichtig auf die Kante des Sessels. »Das sind bloß Bücher, das sind nur Möbel, das ist bloß ein Zimmer und das war bloß meine Fantasie«, sagte er zu sich selbst. Und obwohl er das selbst nicht glaubte, schlug er das Buch auf und fing an, die Abbildungen durchzublättern.

Ehe Peter nach England abgereist war, hatte ihm Dr. Strayer eine getippte Liste gegeben. Darauf stand, was er tun musste, um weiterleben zu können. Manches waren allgemeine, philosophische Lebensweisheiten, anderes waren ganz konkrete, praktische Ratschläge. Der zweite Punkt auf der Liste war: *Regelmäßige Ess- und Schlafgewohnheiten etablieren.* Er hatte Fortschritte dabei gemacht: Er ging um elf ins Bett, schlief manchmal schon vor halb eins ein und wachte vor zehn nicht mehr auf. Ideal war das nicht, aber es war ein halbwegs regelmäßiger Rhythmus.

Er hatte den ersten Katalog um kurz nach neun aufgeschlagen. Den letzten schloss er am nächsten Tag abends um sieben. Dazwischen hatte er weder geschlafen noch etwas gegessen. Jetzt saß er mit verquollenen Augen und erschöpft auf dem Boden. Stapelweise standen Amandas Bücher um ihn herum. Er hatte Tausende von Bildern betrachtet und Tausende von Bildunterschriften gelesen. Aber er hatte Amandas Gesicht nicht gefunden und auch die Initialen »B.B.« nicht. Auch keinen Künstler, zu dem diese Anfangsbuchstaben gepasst hätten.

Aber erst als er im Türrahmen stand und auf die Bücherstapel am Boden zurücksah, wurde ihm bewusst, was es war. Die Anwesenheit von Amanda, die er so stark gespürt hatte, als er ins Zimmer getreten war, war nicht mehr da. Nach einundzwanzig Stunden ohne Schlaf hatte er das Gefühl, dass dies wirklich nur ein Zimmer war. Er strengte sich an, wartete darauf, Amandas Stimme zu hören, die ihm sagte, er solle ihre Bücher nicht auf dem Boden herumliegen lassen, aber er hörte nichts. Er knipste das Licht aus, ließ die Tür offen stehen und stolperte die Treppe hinunter.

In den ersten zwei Monaten hatte Peter das Haus nur verlassen, um Lebensmittel zu kaufen. Kurz vor Weihnachten war er in verschiedenen Angelegenheiten nach Chipping Norton gefahren, hatte es aber vermieden, an der Buchhandlung vorbeizugehen, weil er fürchtete, dass ihn der Besitzer erkannte. Der Ausflug nach Hay war sein erster Versuch gewesen, auch den vierten Punkt auf Dr. Strayers Liste in die Tat umzusetzen: *Arbeiten Sie weiter in Ihrem Beruf.* Er musste zugeben, dass er sich bei den Büchern wohl gefühlt hatte, dass er dem entkommen konnte, was Dr. Strayer sein »geheimes Versteck« nannte.

»Wie meinen Sie das?«, hatte Peter gefragt.

»Sie haben sich Ihr Leben lang versteckt«, sagte Dr. Strayer zu ihm. »Ihr geheimes Versteck ist der einzige Ort, an dem Sie sich sicher fühlen. Als Sie noch ein Kind waren, war das Ihr Zimmer, wo Sie sich verkrochen haben, um sich nicht mit Ihren Eltern auseinandersetzen zu müssen. An der Uni war es die Sammlung mit seltenen Büchern; und nachdem Sie Amanda geheiratet hatten, war es Ihre Buchbinderwerkstatt im Keller. Sie verstecken sich an diesen Orten, Peter. Sie vermeiden das Leben.«

»Mit Amanda hab ich mein Versteck oft verlassen«, sagte er trotzig.

»Ja, mit Amanda. Sie war Ihre treue Begleiterin, an Ihrer Seite war die Welt sicher für Sie. Seien Sie ehrlich, Peter, die einzigen Orte, die Sie ohne sie aufgesucht haben, waren Bibliotheken und Buchhandlungen, und da haben Sie Amanda als Schutz nicht gebraucht, weil die Bücher Sie vor allen Kontakten mit Menschen geschützt haben.«

Dr. Strayer hatte nicht Unrecht. Tatsächlich war er als Erstes nach Hay-on-Wye gefahren, um seinem Versteck zu entkommen. Und genau wie Dr. Strayer gesagt hatte, war er in eine Buchhandlung gegangen und hatte alles getan, um nicht viel reden zu müssen.

Aber würde sich Dr. Strayer nicht darüber freuen, dass er überhaupt etwas unternommen hatte, um wieder zu arbeiten? Er hatte seine bibliografischen Nachschlagewerke nicht mehr angeschaut, seit er Amanda verloren hatte. Selbst als er sie nach England verschifft hatte, waren sie nur eckige Klumpen gewesen, die er in leere Kisten gepackt hatte. Andererseits hielt er es für denkbar, dass er ein, zwei Bücher hatte, in denen es Hinweise auf diesen mysteriösen Illustrator B.B. geben könnte.

Er schaltete die Lampe über der Küchentür an, die in den kleinen Garten hinter dem Haus führte, öffnete das Vorhängeschloss an der Tür des Schuppens und trat hinein. Zehn Kisten waren hier übereinandergestapelt. Peter begann sie ins Haus zu tragen.

Zwei Stunden später hatte er alle Kisten geöffnet und den Inhalt willkürlich auf die deckenhohen Regale verteilt, die seit Monaten leer im Wohnzimmer standen. Zwei Bücher hatte er ausgewählt und auf den Couchtisch gelegt: *A Treasury of the Great Children's Illustrators* und die Monografie *Victorian Illustrated Books* von Percy Muir. Als er die letzte Kiste ausgepackt hatte, war Peter so müde, dass er nicht mehr weitermachen konnte. Er wusste auch nicht, ob er es in diesem Zustand ertragen hätte, erneut zu scheitern. Also ließ er die Bücher erst einmal liegen, nahm das Aquarell mit und ging nach oben ins Schlafzimmer. Dort schlief er zwölf Stunden durch und träumte von den Bildern der Royal Academy und dem Ort, an dem er ihnen zum ersten Mal begegnet war.

Ridgefield, North Carolina, 1983

Als sie 1957 eröffnet wurde, war die Alexander Ridgefield Memorial Library das höchste Gebäude in Ridgefield gewesen – ein neunstöckiges, neoklassisches Monster aus Stahlbeton, Glas und Granit, mit Säulen, Gesimsen und einer etwas unbequem obendrauf sitzenden Kuppel.

Die Ridgefields waren aus Schottland gekommen, gleich nach der amerikanischen Revolution, und die Familiengeschichte der letzten zweihundert Jahre war eine Erfolgsstory. Im 19. Jahrhundert waren sie eine wohlhabende Kaufmannsfamilie, dann hatten sie eine Menge Geld mit Tabakanbau verdient, hatten mit Baumwollstoffen ein schönes Vermögen gemacht und waren im 20. Jahrhundert zu Bankern geworden, die über einen geradezu obszönen Reichtum verfügten. Das rückständige kleine Bibelkolleg in ihrer Stadt hatten sie ganz nebenbei in die angesehene Ridgefield University verwandelt, die im ganzen Land anerkannt wurde.

Die Bibliothek war auf dem höchsten Punkt von Ridgefield errichtet worden, einem Hügel am Rande des Campus, auf dem sich die Studenten früher mit ihren Mädchen zum Knutschen getroffen hatten. Von den oberen Stockwerken aus konnte man weit über die Mais- und Tabakfelder in der Umgebung hinaussehen und den von Lastwagen aufgewirbelten Staubwolken folgen. In den Granit aus Georgia über dem Haupteingang waren die Worte eingemeißelt: »Mögen alle, die hier eintreten, nicht nur Wissen suchen, sondern auch Weisheit.«

Als Peter zum ersten Mal aus der heißen Augustsonne in die kühle Dämmerung der schmalen Flure getreten war und die anderthalb Millionen Bücher auf den meilenlangen Regalen gesehen hatte, hatte er sich sofort zu Hause gefühlt. Er war gerade mal achtzehn und hatte sein ganzes bisheriges Leben in ebender Landschaft verbracht, die man von hier oben aus sah. Eine Landschaft, in der er sich immer ein wenig als Fremder gefühlt hatte. Seine Eltern hatten den Gemischtwarenladen in einer kleinen Stadt acht Meilen westlich von Ridgefield geführt, bis die Nachlässigkeit seines Vaters den Betrieb ruiniert hatte. Danach schienen seine Eltern nur noch daran interessiert zu sein, zu trinken und sich zu streiten, für ihren Sohn hatten sie kaum noch Zeit. Das fremdartige große Haus am Horizont hatte er oft genug angestarrt und dabei von einem anderen, besseren Leben geträumt, frei von den Belastungen seiner Familie und den täglichen Auseinandersetzungen mit den Leuten in seiner Schule, die ihn nicht verstanden. Er hatte von einem Leben geträumt, in dem er vor allem geschützt war, was außerhalb seiner selbst lag, konnte sich aber beim besten Willen nicht vorstellen, was ihm diesen Schutz bieten könnte.

Er hatte im Lauf der Jahre die verschiedensten Methoden entwickelt, um sich vor der Welt und ihren Schrecken zu schützen. Als kleiner Junge hatte er einen großen Teil seiner freien Zeit damit zugebracht, in seinem Zimmer zu sitzen und Briefmarken in seine Alben zu kleben, möglichst ohne dabei an die Welt zu denken, die diese kleinen Papierbildchen repräsentierten. Als er in die Highschool kam, hatte er sich in den Keller zurückgezogen mit dicken Kopfhörern über den Ohren und einem Stapel Schallplatten. Aber so viel Sorgfalt er auch auf seine Briefmarken verwendete und so laut er auch die Musik spielte, er vermochte niemals ganz zu entkommen. Ein Teil von ihm wusste immer, dass er nur spielte, dass die Welt da draußen immer noch existierte und dass er ihr letztlich nicht aus dem Weg gehen konnte.

Dann hatte Peter ein Stipendium für Ridgefield erhalten. Die Orientierungswoche für Erstsemester war eine ziemlich schreckliche Erfahrung gewesen, die vor allem darauf abzielte, dass man »Leute kennenlernen« sollte. Aber Peter wollte gar niemand kennenlernen. Was er wollte, war nur eines: Er wollte die Welt-in-der-Welt kennenlernen, wo er ganz für sich sein konnte. Erst als er schließlich bei der Besichtigungstour in die Eingangshalle der Bibliothek geführt worden war, hatte er das Gefühl, er könnte diesen Ort endlich gefunden haben. Er ließ sich zurückfallen, und während die anderen weitergingen, verschwand er im Dämmerlicht zwischen den langen Regalen. Er hatte eine Entdeckung gemacht, die sein ganzes Leben verändern sollte. Er wusste jetzt, was ihn beschützen würde: die Bücher.

Er brauchte nur wenige Wochen, um einen Vertrag als studentische Hilfskraft im Bibliotheksdienst zu bekommen. Es war das reinste Nirwana. Jeden Tag war Peter vier Stunden lang damit beschäftigt, ausgeliehene Bücher wieder ins Regal einzusortieren. Technisch gesehen gehörte er zur Abteilung »Ausleihe«, aber er konnte ganz selbständig arbeiten. Er rollte sein Wägelchen durch die raumhohen Bücherregale des Magazins und konnte den Kontakt mit anderen leicht vermeiden.

Selbst wenn er seinen Wagen durch den Lesesaal mit seinen breiten Eichentischen und den langen Reihen von Karteikästen schieben musste, blieb Peter unsichtbar für seine Kommilitonen. Der Wagen rollte fast lautlos auf seinen Gummireifen über den Marmorboden, und die Köpfe der Studenten blieben gesenkt, wenn er vorüberging wie ein Schatten, der für Sekundenbruchteile das Licht unterbrach, das durch die hohen Fenster hereinströmte. An einem dunklen, regnerischen Oktobertag in seinem zweiten Studienjahr – genauer gesagt am 14. Oktober – schob Peter Byerly seinen Wagen in den Lesesaal und sah zum ersten Mal die Frau, die er heiraten sollte. Sie saß allein an einem Tisch und studierte eine William-Morris-Biografie. Im Gegensatz zu den anderen Studenten hatte sie sich nicht mit krummem Rücken über das Buch gebeugt, sondern saß kerzengerade. Gemessen an den anderen, die verzweifelt für die Zwischenprüfungen büffelten, wirkte ihre Haltung herausfordernd. Anstelle der inoffiziellen Uniform, die aus Jeans und T-Shirt bestand, trug sie einen makellosen schwarzen Hosenanzug und eine frisch gebügelte weiße Bluse. Keine Strähne ihres schulterlangen dunklen Haars war nicht an Ort und Stelle.

Sie war sehr schlank, wenn auch nicht so mager, wie viele Mädchen auf dem College gern sein wollten, und ihre gute Figur wurde noch dadurch gesteigert, dass sie jene sichere Haltung besaß, die den meisten Studentinnen abging. Peter fand sie sehr vornehm.

Dass sie auch schön war, sah Peter nicht gleich, aber er kam bald dahinter. Was er vor allem sah, war, dass sie anders war, dass sie ähnlich wie er selbst eine Welt am Rande des Unibetriebs zu bewohnen schien. Sie gehörte offensichtlich nicht dazu, und das faszinierte ihn. Am liebsten hätte er gerufen: »Hallo, Kamerad!«

Peter setzte sich leise auf einen Stuhl am Rand des Lesesaals, zog ein Buch von seinem Wagen und tat so, als würde er lesen. In Wirklichkeit konnte er kein Auge von ihr wenden. Wenn sie nicht gerade umblätterte, was sie regelmäßig und ziemlich rasch tat, zeigte sie keine Bewegung. Um sechs Uhr klappte sie ihr Buch zu und legte es auf ein paar andere. Dann stand sie auf, griff nach ihrer roten Ledertasche und ihren Büchern und ging mit energischen Schritten zum Ausgang. Peter folgte ihr. Als sie an der Ausleihe einige Bücher zurückgab, holte er sich die Bände gleich von der Theke, sobald sie registriert worden waren.

Zehn Minuten später hatte er sich im Magazin verschanzt und verschaffte sich einen Überblick über die von der Unbekannten gelesenen Bücher. Abgesehen von der William-Morris-Biografie war da noch ein Buch über den präraffaelitischen Maler Holman Hunt, ein Bildband mit Gemälden von Edward Burne-Jones und zwei Kataloge der Jahresausstellung in der Royal Academy of Arts – Jahrgang 1852 und 1853. Er blätterte die Bildbände und die Biografie von Holman Hunt durch und stellte sie dann ins Regal. Die Morris-Biografie steckte er in seine Tasche, ohne sie offiziell auszuleihen. Er wusste selbst nicht, warum er das tat. Aus irgendeinem Grund hatte er das Bedürfnis, sie illegal zu besitzen. Eine Woche später stellte er das Buch zurück ins Regal. Wenn das Mädchen, das er beobachtet hatte, genauso komplex und vielgesichtig wie Morris war, dann – so fürchtete er – spielte sie in einer ganz anderen Liga als er.

In den folgenden Wochen beobachtete er sie jeden Nachmittag mindestens eine halbe Stunde. Bald merkte er, dass sie sich an einen festen Zeitplan hielt. Sie traf jeden Tag um zwei Uhr ein, verbrachte fünfzehn Minuten vor den Regalen und las jeden Tag an derselben Stelle im Lesesaal bis um sechs. Sie veränderte nie ihre Haltung; sie war stets adrett gekleidet und trug ihre Notizen mit einer spitzen Feder in ein schwarz gebundenes Buch ein.

Sie las wie ein Vielfraß – viktorianische Künstlerbiografien, Lyrik und ein bisschen Geschichte. Die Kataloge der Royal Academy arbeitete sie im Zwei-Tage-Rhythmus durch. Ungefähr nach drei Wochen, als er den Jahrgang 1863 wegstellte, merkte er, dass der Einband des Jahrgangs 1865 halb abgerissen war. Es war ihm unerträglich, sich vorzustellen, dass die Unbekannte das Buch in diesem Zustand lesen müsste. Behutsam nahm er den Band samt dem abgerissenen Umschlag und marschierte damit sechs Treppen hoch zu einer soliden Holztür mit der Aufschrift: Buchbinderei.

Der hell erleuchtete Raum, den Peter betrat, wirkte wie ein Seziersaal auf ihn. Doch statt mit menschlichen Leibern waren die Arbeitsflächen bedeckt mit Büchern in verschiedenen Stadien der Demontage, daneben säuberlich aufgereiht Werkzeuge, blanke Skalpelle, Spachtel, Schleifblöcke, Cutter, Stapel von Pappe und verschiedene Papiersorten. Auf einem Regal zu seiner Linken standen ein Dutzend wunderschön restaurierte Bände, manche von ihnen in Leder gebunden mit Goldprägung. Nein, das war kein Seziersaal! Das war die Intensivstation der Bibliothek, wo die Patienten wiederhergestellt und wieder in Umlauf gebracht wurden. Ein hochgewachsener Mann in einem weißen Arbeitskittel beugte sich über eine große Schraubzwinge, in der ein Buchblock ohne Einband klemmte. Er schmierte kalten Leim auf den nackten Rücken des Buches.

»Kann ich Ihnen helfen?«, fragte er und stand auf. Der Mann trug eine runde, goldgefasste Brille, die in einem Urwald von schulterlangem Haupthaar und Bart klemmte. Er schien ungefähr dreißig zu sein, sofern man einem solchen Gesicht überhaupt ein Alter zuschreiben konnte. Haare wie Bart waren hellblond und bei näherem Hinsehen durchaus gepflegt. Er lächelte, und Peters erster Eindruck war, dass er ihn an einen Muppet erinnerte. Und so konnte er gar nicht anders: Er musste zurücklächeln.

»Ich habe ein Buch, das repariert werden müsste«, sagte er.

»Sagen Sie der Bibliothekarin Bescheid«, sagte der Mann. »Die nimmt sich der Sache an.« Sein Lächeln war etwas verblasst, und der Ton seiner Stimme zeigte deutlich, dass Peter nicht der Erste war, der uneingeladen in die Buchbinderei kam.

»Ich gehöre auch zum Bibliothekspersonal«, sagte Peter. »Ich bin studentische Hilfskraft.«

»Legen Sie's drüben hin«, sagte der Mann mit einem Seufzen und zeigte auf einen hohen Stapel beschädigter Bücher, der auf einem Tisch an der Tür lag. Dann wandte er sich wieder der Arbeit zu.

»Wann, meinen Sie, wird es fertig?«, fragte Peter.

»Wir haben jetzt Fristen von etwas über sechs Monaten«,

sagte der Mann. »Vorausgesetzt, dass die Abteilung für seltene Bücher keinen Spezialauftrag hat.«

»Sechs Monate?«, stammelte Peter. »Aber ich habe ... ich meine, *wir* haben eine Leserin, die braucht das Buch schon in ein paar Tagen. Es muss doch nur der Einband festgemacht werden.« Peter hielt das schwere Buch mit der einen und den geprägten Einband mit der anderen Hand hoch. Der Mann mit dem weißen Kittel drehte sich wieder zu ihm um und betrachtete den errötenden Peter und das Buch eine Weile. Dann milderte sich sein Gesichtsausdruck und das Lächeln kehrte zurück.

»Na schön«, sagte er. »Ich leg's auf den Freundinnen-Stapel.« Er nahm Peter das Buch und den Einband ab.

»Den Freundinnen-Stapel?«

»Wenn jemand hier reinplatzt und etwas ganz dringend braucht, dann hat es meistens mit einem Mädchen zu tun. Was soll ich sagen? Ich bin ein romantischer Typ. Ich habe was übrig für Liebe und Ritterlichkeit. Reicht es noch, wenn ich's Montagnachmittag fertig habe?«

»Montag wäre großartig«, sagte Peter und zog sich rückwärts zur Tür zurück, während der bärtige Mann sich wieder dem Leimtopf zuwandte.

In den nächsten Tagen musste Peter ständig an die Buchbinderei denken. Plötzlich sah er überall beschädigte Bücher: hier ein ausgefranster Buchrücken, dort ein halb abgerissenes Vorsatzblatt. Er hatte die Bücher bisher nur als seinen persönlichen Schutzschild betrachtet, aber jetzt sah er, dass sie selbst lebende Wesen waren. Nicht nur wegen ihres Inhalts, nicht nur weil sie Werke der Literatur, der Geschichte oder Poesie in sich trugen, sondern auch in ihrer körperlichen Gestalt: als Verbindung von Druckerschwärze und Papier, von Leim, Leinen, Leder und Pappe.

Als er am Montagnachmittag in die Buchbinderei zurückkehrte, wartete der Katalog der Royal Academy schon am

Eingang auf ihn. Peter schlug behutsam den Einband auf, musterte den Buchrücken und die Vorsatzblätter. »Man könnte schwören, es wäre nie anders gewesen«, sagte er bewundernd, als der bärtige Mann mit dem Kittel aus einer Seitentür eintrat.

»Was soll ich sagen? Ich mache halt gute Arbeit«, sagte der Mann.

»Ich nehme an … Sie würden hier keine Studenten arbeiten lassen, nicht wahr?«, sagte Peter verhalten.

»Ach, wir haben schon ab und zu Volontäre«, sagte der Mann mit dem schwarzen Bart. »Aber die kommen meist aus der Spezialsammlung.«

»Aus der Spezialsammlung?«

»Ja, im obersten Stockwerk. Der Devereaux-Saal.«

»Was ist denn der Devereaux-Saal?«

»Warst du noch nie in unserer Spezialsammlung?«

»Nein«, musste Peter zugeben.

»Aber du bist doch ein Bücherliebhaber, oder?«

»Absolut«, sagte Peter, der sich bisher noch nie als Bücherliebhaber gesehen hatte.

»Na, wenn du ein Bücherliebhaber bist«, sagte der Mann, »dann wird dir der Devereaux-Saal gefallen. Hör mal, soviel ich weiß, suchen die da oben gerade eine studentische Hilfskraft. Ich könnte bei Francis ein gutes Wort für dich einlegen.«

»Francis?«

»Francis Leland, der Chef der Special Collections. Ich werde ihm sagen, dass ich einen angehenden Bibliophilen entdeckt habe. Vielleicht nimmt er dich.«

»Das wäre toll«, sagte Peter und fragte sich, was genau man wohl in der Spezialsammlung machte.

»Ich bin übrigens Hank«, sagte der Riese. »Hank Christiansen. Du kannst mich ruhig duzen.«

»Peter Byerly«, sagte Peter und erwiderte Hanks festen Händedruck. »Vielen Dank für die Empfehlung.«

»Ist mir ein Vergnügen«, sagte Hank.

Peter wandte sich zum Gehen. In der Tür drehte er sich noch einmal um. »Und vielen Dank dafür«, sagte er und hielt den reparierten Katalog hoch.

»Ich hoffe, es gefällt ihr«, sagte Hank.

Peter stellte das Buch zurück an seinen Platz im Regal. Schon am nächsten Tag lieh die Unbekannte es aus.

Am 15. November 1984 veränderten zwei Bücher in der Ridgefield Library Peters Leben. Er war gleich nach der Zehn-Uhr-Vorlesung in die Bibliothek gegangen. Um halb vier hatte er einen Termin bei Francis Leland, dem Leiter der Special Collections, und er hoffte, bis dahin mit seiner Arbeit fertig zu werden. Um drei hatte er den letzten Bücherwagen beladen und wie immer danach Ausschau gehalten, ob etwas dabei war, was die Unbekannte zurückgegeben hatte, die er nun schon seit zwei Wochen beobachtete. Sofort entdeckte er den restaurierten Katalog der Royal Academy von 1865. Lächelnd schob er den Wagen zum Aufzug.

Aber erst als er das Buch ins Regal zurückstellen wollte, bemerkte Peter das steife, elfenbeinfarbene Blatt Papier, das daraus hervorstand. Ein Lesezeichen? Sie hatte noch nie irgendetwas in den ausgeliehenen Büchern zurückgelassen, da war er sich sicher. Vorsichtig zog er das Blatt heraus, als ob er sich daran verbrennen könnte. Ganz oben auf der Seite stand in königsblauer Schrift der Buchstabe A. Darunter fand sich in klarer, sauberer Schrift eine Mitteilung:

An meinen Verehrer,
zunächst einmal vielen Dank, dass Sie das Buch haben reparieren lassen. Ich hasse es, kaputte Bücher zu lesen. Ich habe immer Angst, dass ich sie noch mehr beschädige. Ich habe bemerkt, dass Sie mich beobachten. Wahrscheinlich wissen Sie gar nicht, dass ich Ihnen sogar einmal ins Magazin gefolgt bin. Ich habe immer

gehofft, dass Sie irgendwann »Guten Tag« sagen würden, aber nachdem jetzt ein ganzer Monat vergangen ist, ohne dass Sie es getan haben, scheint es wohl besser, dass ich die Dinge in Gang bringe. Treffen Sie mich heute Abend um halb elf in der Snack Bar im Student Center.

Unterschrieben war der Brief mit »Amanda«. Peter lehnte sich an das Regal und spürte das kalte Blech durch den Stoff seines Hemds. Er hatte den Brief mit angehaltenem Atem gelesen und musste jetzt mehrmals tief Luft holen, während die Bücher sich um ihn zu drehen schienen. Erst nach einer Minute hatte er die Fassung so weit zurückgewonnen, dass er den Brief erneut lesen konnte, um sich zu überzeugen, dass er alles richtig verstanden hatte. Sie hatte ihn bemerkt, sie wollte sich mit ihm treffen und mit ihm reden. Ihr Name war Amanda. Wo hatte er den Namen schon einmal gehört? Plötzlich fiel ihm sein Termin beim Chef der Special Collections ein. Er hatte gerade noch fünf Minuten. Er faltete den Brief sorgfältig zusammen und steckte ihn ein. Dann schob er den Bücherwagen in eine Ecke und machte sich eilig auf den Weg zum Devereaux-Saal im obersten Stockwerk.

Die Familie Devereaux war schon mindestens so lange in Louisiana wie die Ridgefields in North Carolina. Die spätere Gönnerin der Bibliothek, Amanda Devereaux, war früh verwaist und durch das Erbe ihrer Eltern mit zwanzig schon so reich wie kaum jemand sonst in ihrer Umgebung. Gleich nach dem Ersten Weltkrieg hatte sie begonnen, alte Bücher zu sammeln. Erst stellte sie eine der besten Sammlungen von Büchern aus dem 18. Jahrhundert zusammen, die es auf der Welt gab. Als Nächstes kam das 17. Jahrhundert an die Reihe, und dann wagte sie sich auch an frühere Zeiten heran.

Im Jahre 1939, als sie längst als exzentrische alte Jungfer galt, verblüffte sie ihre Familie damit, dass sie die zweite Frau von Robert Ridgefield wurde. Der Witwer und Patriarch des Ridgefield-Clans war damals schon sechzig Jahre alt. Es gab ein paar böse Zungen, die behaupteten, sie habe ihn bloß deshalb geheiratet, weil seine aufstrebende Universität ein schöner Aufbewahrungsort für ihre Bücher sein würde, aber alle äußeren Anzeichen sprachen dafür, dass sie ein enges und liebevolles Verhältnis zu ihrem Mann hatte. Ihr einziges Kind, eine Tochter, wurde ein Jahr nach der Hochzeit geboren.

Amanda Devereaux, die seit ihrem vierzehnten Lebensjahr stark geraucht hatte, starb an Lungenkrebs – zwei Wochen vor der Grundsteinlegung für die Alexander Ridgefield Memorial Library. Robert Ridgefield erholte sich nie ganz von ihrem Tod, aber er baute eine wunderbare Heimat für ihre Sammlung, so wie er es versprochen hatte. Im Mittelpunkt der Special Collections befand sich der Amanda-Devereaux-Saal für seltene Bücher, in dem ihre größten Schätze dauerhaft ausgestellt wurden.

Pünktlich um halb vier saß Peter ganz allein an einem soliden Eichentisch mitten im Deveraux-Saal und wartete auf Professor Leland. Er war noch immer erhitzt und leicht schwindelig von dem Brief einer anderen Amanda. Der mit Schnitzereien verzierte Sessel, auf dem er saß, war ein schönes antikes Stück, und in einer großen Vitrine ihm gegenüber lagen mehrere mittelalterliche Handschriften mit bunten Miniaturen. Über diesem Schaukasten hing ein imposantes Porträt von Amanda Devereaux. Im ganzen Saal waren Mahagoni-Schränke mit alten Büchern verteilt, von denen jeder von einer Marmorbüste gekrönt war. Bei denen, die Peter sehen konnte, handelte es sich – den Inschriften nach – um Caesar, Augustus, Cleopatra und Caligula.

Auf dem Tisch direkt vor ihm lag ein schmales, in abgeschabtes, dunkelbraunes Leder gebundenes Buch ohne Schrift auf dem Einband. Daneben ein Paar weiße Baumwollhandschuhe. Nachdem er einige Minuten in einer Stille gewartet hatte, die nicht einmal vom Ticken einer Uhr gegliedert wurde, kam Peter zu dem Ergebnis, dass es sich um einen Test handelte. Er zog die Handschuhe an und schlug das Buch vorsichtig auf. Die Seiten im Inneren waren am Rand ausgefranst und sahen so weich wie Flanell aus. Peter wandte sich der Titelseite zu und las: *The Tragicall Historie of Hamlet Prince of Denmarke.* Unten auf der Seite stand das Datum der Veröffentlichung: 1603. Da war Shakespeare noch am Leben, dachte Peter, und zum zweiten Mal an diesem Tag nahm ihm die Verbindung von Papier und Tinte den Atem. Er war voller Ehrfurcht, er fühlte sich privilegiert. Wie viele Menschen hatten schon die Gelegenheit, einen *Hamlet* in Händen zu halten, der noch zu Lebzeiten Shakespeares gedruckt worden war? Mit zitternden Fingern blätterte Peter weiter zur ersten Textseite.

Er hatte *Hamlet* in der Schule und dann noch einmal im ersten Semester gelesen, aber dieser Text hier war anders. Er hatte die erste Seite schon umgedreht und war fast bis zu der Stelle gekommen, wo der Geist auftritt, als er plötzlich eine leise Stimme hinter sich hörte.

»Interessante Lektüre?«

»Es ist anders als das, woran ich mich erinnere«, sagte Peter, schloss behutsam das Buch und legte es andächtig zurück auf den Tisch. Er wandte sich um und entdeckte einen älteren Mann mit krausen Haaren und einer bernsteinfarbenen Hornbrille. Er war ungefähr sechzig, trug aber nicht etwa eine Tweedjacke, wie Peter erwartet hatte, sondern Bluejeans und ein rotes Polohemd.

»Das ist ein so genanntes Bad Quarto«, sagte der Mann. »Es ist zwar der erste Druck von *Hamlet,* aber der Text ist schlechter als der von späteren Ausgaben. Manche Wissenschaftler sind der Ansicht, dass es sich bloß um eine Niederschrift nach dem Gedächtnis von jemandem handelt, der im Theater war.«

»Aber trotzdem ist es der erste Druck von *Hamlet*«, sagte Peter.

»Ja, eine bemerkenswerte Entdeckung«, sagte der Mann.

»Ich wollte es eigentlich gar nicht anfassen, aber …«

»Schon gut«, sagte der Mann. »Es hat ja keinen Sinn, all diese Dinge zu haben, ohne sie jemals anzusehen. Was hältst du davon?«

»Es ist … es ist …« Peter rang nach Worten, um zu beschreiben, was er empfunden hatte. Bis vor kurzem waren Bücher für ihn nur ein Schutzschild gewesen, hinter dem er sich verstecken konnte, aber das hier war ganz etwas anderes. Das war eine Offenbarung. Dieses Buch, das gedruckt worden war, als sein Verfasser noch lebte und atmete, war erfüllt von Geheimnis. Seine bloße Nähe ließ Peter vor Freude erröten. »Es ist … staunenswert«, sagte er schließlich. Er legte seine behandschuhten Finger leicht auf den Einband. Er spürte fast, wie ihn die Geschichte berührte. »Ich meine, derjenige, der dieses Buch als Erster besessen hat, der diese Zeilen als Erster gelesen hat, der hat womöglich auch Shakespeare persönlich gekannt.«

»Es ist unsere jüngste Neuanschaffung«, sagte der Mann. »Ein erst vor kurzem entdecktes Exemplar dieses Drucks. Miss Devereaux wäre sicher begeistert gewesen.«

»Haben Sie sie gekannt?«, fragte Peter und sah zum Porträt der Genannten auf.

»Leider nur sehr kurz«, sagte der Mann. »Sie war schon sehr krank, als ihr Mann mich einstellte, um die Special Collections hier zu betreuen. Mein Name ist Francis Leland.« Er streckte die Hand aus, und Peter ergriff sie.

»Peter Byerly«, sagte er. »Es ist mir eine Freude, Sie kennenzulernen, Sir.«

»Zwei Dinge solltest du wissen, Peter. Erstens, solange man es richtig macht, darf man hier alles anfassen. Und zweitens werde ich nicht Sir genannt, sondern Francis.«

»Okay. Vielen Dank … Francis.« Die plötzliche Vertrautheit machte ihn verlegen, und er wandte den Blick rasch wieder zum Tisch. »Wie kam es denn dazu, dass so ein altes Buch wie dieser *Hamlet* so plötzlich entdeckt wurde?«, fragte er.

»Ach, die Leute finden ständig alte Bücher«, sagte Leland. »Bis zum Jahr 1823 wusste die Wissenschaft nicht einmal, dass es die Bad Quartos überhaupt gab. Wir dachten, es gäbe nur zwei Exemplare, bis dieses hier in einer Klosterbibliothek in der Schweiz auftauchte. Niemand hatte es in den letzten Jahrhunderten aus dem Regal genommen, und deshalb wussten sie nicht mehr, was es war. Wir haben es letzten Monat privat gekauft.«

»Das muss eine tolle Sache sein, wenn man ein Buch findet, von dem noch nie jemand etwas gehört hat oder von dem jeder dachte, es wäre verschollen.«

»Das ist der Traum jedes Bibliophilen«, sagte Leland, und im selben Augenblick wusste Peter, dass es auch sein Traum war. Er konnte sich nichts Schöneres vorstellen, als irgendeinen literarischen Schatz zu entdecken. Das Manuskript eines Shakespeare-Stücks oder womöglich einen noch früheren Druck als den, den er gerade in seinen Händen gehalten hatte. Die bloße Vorstellung, dass so etwas geschehen könnte, ließ das Adrenalin in seinen Adern pulsieren.

»Nun?«, fragte Leland. »Wann kannst du hier anfangen?«

»Sie meinen, ich kriege den Job?«, fragte Peter.

Leland zog ein paar weiße Handschuhe aus seiner Tasche und streifte sie über. »Weißt du, Peter, entweder bist du ein Freund von seltenen Büchern oder du bist es nicht. Das kann man nicht ändern. Du hast die Kraft, die von diesem Buch ausgeht, sofort gespürt.« Er wies auf den *Hamlet*. »Die meisten Studenten sehen bloß eine alte Schwarte, aber du hast etwas anderes wahrgenommen. Man wählt keine Laufbahn als Antiquar, das ist eine Berufung. Und du bist berufen. Ich kann dir helfen, und ich kann dir einiges beibringen, aber eins musst du wissen: Vom heutigen Tage an wirst du Bücher nie mehr mit denselben Augen ansehen. Daran wird nichts etwas ändern, was ich tue oder nicht tue.«

Peter sah von einem der dunklen Bücherschränke zum nächsten und fragte sich, was für Überraschungen und Geheimnisse dort warten mochten. Es war die perfekte Droge für ihn. Leland stellte den *Hamlet* vorsichtig in den Schrank, auf dem die Büste Cleopatras thronte.

»In diesem Schrank stehen alle elisabethanischen Drucke«, sagte er. »Das war Miss Devereaux' Lieblingsabteilung. Das da ist ihre First-Folio-Ausgabe.« Er zeigte auf ein großformatiges, dickes Buch im obersten Fach des Bücherschranks, das durch einen kostbaren Schuber geschützt war. »Die wird dir bestimmt gefallen.«

»Warum stehen all diese römischen Büsten da?«, fragte Peter.

Leland lachte. »Ach, sind sie dir aufgefallen?«, sagte er. »Das ist ein Tribut an einen Sammler, den Miss Devereaux sehr verehrt hat. Sie hatte großen Respekt vor den Männern, die dafür gesorgt haben, dass der Nachwelt die Bücher erhalten blieben, auf denen unsere Kultur beruht. Denk zum Beispiel mal an den *Beowulf,* den du in deinem ersten Semester gelesen hast. Es war nur einem einzigen Mann zu verdanken, dass die Handschrift der ersten englischen Verserzählung erhalten blieb. Und er hat noch viele andere Texte gerettet: *Gawain and the Green Knight,* die *Lindisfarne Gospels* und andere Schätze. Seine Bibliothek in London war auf vierzehn Schränke verteilt, und auf jedem von ihnen stand die Büste eines römischen Kaisers. Miss Devereaux hat mich gebeten, diese Sammlung genauso zu organisieren.«

»Wer war denn dieser Sammler?«, fragte Peter.

»Er war einer von denen, die Shakespeare womöglich persönlich gekannt haben, wie du sagen würdest. Sein Name war Robert Bruce Cotton.«

Southwark, London, 1592

Bartholomew Harbottle marschierte die High Street hinunter, platzte durch die Tür des »George & Dragon« und schüttelte sich den Staub der Straße von seinem neuen Doublet. Aus dem Hinterzimmer hörte er die vertrauten Geräusche der Zecher, dabei war es gerade mal vier Uhr nachmittags. Er stampfte über die Dielen, stieß die Tür auf und zeigte sich seinen Freunden.

»Barty!«, schrie Lyly. »Wir dachten, du wärst in Winchester.«

»Und ich dachte, du wärst mal nüchtern«, sagte Bartholomew, setzte sich an den Tisch und nahm den Bierkrug, den ihm Peele hinhielt.

»Hat keinen Sinn, nüchtern zu bleiben«, sagte Peele. »Es gibt keine Arbeit.«

»Aber die Saison ist doch auf dem Höhepunkt«, sagte Bartholomew. »Ich hätte gedacht, bei diesem Wetter sind die Theater voll.«

»Er hat's nicht mitgekriegt«, sagte Lyly. »Die Theater sind seit zwei Monaten geschlossen. Erst ein Aufstand und jetzt die Pest.«

»Auf die Pest kann ich gerne verzichten, aber dass ich den Aufstand verpasst habe, tut mir echt leid. Und du, Lyly? Immer noch nicht Master of the Queen's Revels?«

»Edmond Tylney weigert sich einfach zu sterben. Im Frühjahr werde ich ein neues Gesuch an die Königin richten. Vielleicht ist ja 1593 mein Glücksjahr.«

»Sag ihr doch, dass Aufstände gut fürs Geschäft sind«, krähte Peele mit einem dröhnenden Lachen.

»Wen seh ich denn da von der Theke zurückkommen?«,

rief Bartholomew. »Ist das nicht unser Freund Marlowe, beladen wie ein Packpferd mit vollen Krügen?«

»Genau«, sagte Marlowe und knallte die nächste Runde hin, wobei ein paar Spritzer Bier auf Bartholomews Wams flogen.

»Ich wundere mich, dass du in London bist, wenn hier die Pest wütet.«

»Mein Besuch wird kurz sein, das kann ich euch sagen«, versicherte Marlowe.

»Also ich würde bloß für ein gutes Bier und einen willigen Schlitz bleiben«, rief Peele dazwischen.

»Na, dann brauchst du nicht lange zu bleiben«, erwiderte Bartholomew. »Man weiß ja, dass er dir nicht lange steht.« Der ganze Tisch brach in Lachen aus, und Bartholomew nahm einen tiefen Schluck Ale. Die strahlenden Gesichter seiner Freunde machten ihn glücklich. Das waren genau die geistvollen Burschen, die er sich als Freunde gewünscht hatte, als er vor drei Jahren Buchhändler wurde. Und jetzt saß er hier mitten unter ihnen, den besten, frechsten Köpfen von London, in der muntersten Versammlung von Stückeschreibern, die je zusammen getrunken hatte.

Da in der Ecke saß Thomas Nashe, ganz unauffällig und still. Bartholomew hatte in seinem Buchladen in der Paternoster Row schon Hunderte von Nashes Pamphleten verkauft.

Daneben saß sein Freund George Peele, dessen *Arraignment of Paris* sogar vor der Königin aufgeführt worden war. Von seinen wilden Streichen war schon in Oxford die Rede gewesen. Er trank, spielte und hurte schlimmer als Bartholomew selbst, und das wollte schon etwas heißen.

Der geduldige John Lyly war ebenfalls ein guter Schreiber, dachte Bartholomew, aber Kit Marlowe übertraf sie alle. Er hatte nicht seinesgleichen. Und dass er, Bartholomew Harbottle, der aus einem Dorf stammte, in dem niemand lesen und schreiben konnte, mit sechsundzwanzig Jahren hier mit dem größten Dramatiker der Epoche an einem Tisch trank und lachte, war eigentlich unfassbar. Aber er hatte eben ein Talent, seinem Glück auf die Sprünge zu helfen. Er hatte im Haushalt eines örtlichen Edelmanns leben dürfen, er hatte dem Hausherrn seinen Verstand gezeigt und war nach Cambridge geschickt worden. Dann war er nach London gegangen und hatte sich in dem wie rasend wachsenden Handel mit Büchern schnell einen Namen gemacht. Die Stückeschreiber auf dem südlichen Ufer der Themse hatten ihn gern in ihren Kreis aufgenommen. Er hatte Marlowe beim Kartenspiel Weiber und Geld abgenommen und sich mit Freudenmädchen vergnügt, die der größte englische Schriftsteller bezahlte.

»Die Dichter sind also arbeitslos?«, sagte Bartholomew. »Auch des Handschuhmachers Sohn?«

»Will Shakespeare?«, sagte Peele. »Arbeitslos ist er nicht, aber er schreibt nicht, jedenfalls keine Stücke.«

»Was schreibt er denn dann?«, fragte Bartholomew. Sich über den kleinen Schnösel aus einem Kaff namens Stratford lustig zu machen, der nicht mal studiert hatte, gehörte zu den Lieblingsbeschäftigungen in diesem Kreis.

Peele sah von einem zum anderen und wartete, bis er die nötige Aufmerksamkeit für die Pointe hatte: »Der Sohn des Handschuhmachers schreibt jetzt Sonette!« Lautes Gelächter. »Sonette! Könnt ihr euch das vorstellen? Da wirst du nicht viel von verkaufen, Barty, was meinst du?«

»Aber jetzt erzähl mal von Winchester«, forderte Lyly. »Dein schickes neues Wams sieht so aus, als hättest du nicht schlecht verdient.«

»Meine Herren«, sagte Bartholomew und reckte sich auf der Bank. »Ich habe heute mehr verdient als im ganzen letzten Jahr zusammen. Aber jetzt stellen wir erst mal frisches Bier auf den Tisch, dann erzähle ich alles. Und falls sich jemand von euch danach noch fleischlich erquicken will, gehen wir alle zusammen nach oben.« Er genoss die Jubelrufe der Freunde, blies den Schaum von seinem Bierkrug und begann zu erzählen, wie er den jungen Robert Cotton bei einem Treffen der Society of Antiquaries kennengelernt hatte. »Ihr habt gewiss schon von diesen Leuten gehört, sie sind ganz versessen auf alte Bücher und Handschriften«, sagte er. »Bibeln, Gebetbücher, solches Zeug.« Die anderen lachten.

»Eine Woche später habe ich mit einem Chorherrn Kapaune gespeist, und der hat mir eine Geschichte erzählt, die wirklich sehr interessant war. Deshalb war ich in Winchester.«

»Du warst ziemlich lange weg«, sagte Marlowe.

»Nun ja, so etwas kann man nicht überstürzen. Ich musste die Sache gut vorbereiten. Ich brauchte schließlich einen korrupten Kirchendiener und einen hirnlosen Muskelprotz für das Projekt. Der Kirchendiener war kein Problem. Nachdem ich ein paar Nächte lang in den Kneipen rund um die Kathedrale gezecht hatte, war der bestechliche Kirchendiener gefunden. Das mit dem kräftigen Dummkopf war weitaus schwieriger. Es dauerte, bis ich schließlich einen Landarbeiter fand, der mir geeignet schien. Am Anfang war er ein bisschen misstrauisch, aber nachdem ich ihm sein Bier und sein Essen bezahlt und versprochen hatte, ich würde mit ihm ins Bordell gehen, wurde er richtig zutraulich. Er folgte mir überallhin. Für das eigentliche Abenteuer hatte ich eine Dienstagnacht ausgewählt, als es im ganzen Bezirk totenstill war.« Bartholomew nahm gierig einen großen Schluck Bier, wischte sich den Mund und fuhr fort.

»Wie ihr wisst, stammt meine Familie aus Wickham.«

»Unsinn«, warf Peele ein. »Du hast überhaupt nichts mit Wickham zu tun.«

»Stimmt«, gab Bartholomew zu. »Aber das weiß ja in Winchester keiner. Ich hatte dafür gesorgt, dass der trottelige alte Kirchendiener an diesem Abend ordentlich gesoffen hatte, und als ich schließlich an seine Tür klopfte, war ich ein armer Pilger aus Wickham, der am Grab des berühmten Bischofs aus unserer Stadt beten wollte.«

»Verstehe«, sagte Peele. »William von Wykeham.«

»Genau der«, sagte Bartholomew. »Der gute Bischof ist zwar schon lange tot, aber dieser Chorherr, mit dem ich so trefflich gespeist habe, kannte eine interessante Legende. Sie besagt, dass Wykeham mit einem sehr alten Buch in den Armen begraben wurde.«

»Ein Buch, wie es dem jungen Robert Cotton gefallen könnte?«, warf Nashe ein.

»Genau«, sagte Bartholomew. »Zum Glück war der Kirchendiener nicht misstrauisch. Er schien es völlig in Ordnung zu finden, dass mein ›Bruder‹ und ich trotz der warmen Sommernacht in Kapuzen und Mäntel gehüllt waren. Er hat uns ins südliche Querschiff gelassen und taperte in sein Quartier zurück.«

»Und was hattet ihr unter den Mänteln?«

»Nun ja, ich hatte die ganze Woche schon zu Bischof William gebetet. Ich war lange Nachmittage allein in der Kapelle gewesen und hatte dabei den Sarkophag in allen Einzelheiten vermessen. Es dauerte eine Weile, bis ich einen vertrauenswürdigen Schreiner fand, der mir ein auseinandernehmbares Gerüst baute, das wir unter unseren Mänteln verstecken konnten. Als wir in der Kapelle waren, setzten wir es eilig zusammen und stellten es neben den Sarkophag. Dann haben wir all unsere Kräfte und ein paar Stemmeisen eingesetzt, um den Marmordeckel des Sarkophags mit dem Bildnis des Bischofs auf das Gerüst herüberzuwuchten.«

»Und was habt ihr gefunden?«, fragte Lyly.

»Staub, Verwesungsgeruch und den guten Bischof persönlich. War ein bisschen lästig, wie er mich mit seinen leeren

Augenhöhlen angestarrt hat, und ich schwöre, ich hab ein Seufzen in der Kathedrale widerhallen gehört, als er mich ansah.«

»Das war doch bestimmt nur der Wind«, sagte Peele.

»Das hab ich mir auch gesagt«, erwiderte Harbottle.

»Und was war mit dem Buch?«, fragte Marlowe.

»Das umklammerte er mit den Händen, so wie er das in den letzten zweihundert Jahren getan hat. Ich brauchte fast eine Minute, um es ihm abzunehmen. Ich fürchte, ich hab dabei einige bischöfliche Finger gebrochen, aber als ich es draußen und den Staub weggeblasen hatte ... Nun, es ist einer der schönsten illuminierten Psalter, die ich je gesehen habe. Über fünfhundert Jahre alt, vielleicht sogar älter. Womöglich wurde er geschrieben, ehe William der Eroberer seinen Fuß auf englischen Boden gesetzt hat. Als ich die Handschrift im Sack hatte, brauchten wir nur noch den Deckel zurück auf den Sarkophag zu schieben und aus der Kathedrale zu schlüpfen. Anschließend habe ich meinem Helfer noch so viel zu trinken gegeben, dass er sich am nächsten Tag bestimmt nicht erinnern konnte, wo er gewesen war.«

»Und was hat dieser Robert Cotton zu deinem Fund gesagt?«, fragte Peele.

»Nur zwei Dinge«, grinste Bartholomew. »*Wo das herkommt, will ich gar nicht wissen* – und ob zwanzig Pfund ausreichen würden, um es zu kaufen.«

»Zwanzig Pfund!?«, prustete Peele und spuckte Bier über den halben Tisch. »Für *ein* Buch?«

»Für zwanzig Pfund können wir drei Jahre lang Ale, Schinken und Weiber kaufen«, rief Marlowe und ließ seinen Krug auf den Tisch krachen. »Wie wär's? Du bestellst uns 'ne neue Runde und wir lassen den selig entschlafenen Bischof von Winchester hochleben.«

Bartholomew hatte mittlerweile schon den dritten Krug Bier geleert und strahlte vor Freude über seine Geschichte.

Jetzt wandte er sich seinem berühmten Freund zu. »Du hast mir immer noch nicht gesagt, was dich nach London bringt, Marlowe. Hast du die Pest schon vergessen?«

»Ich bin gekommen, um mich von unserem lieben Freund Greene zu verabschieden«, sagte Marlowe.

»Greene? Wohin will er denn reisen?«

»Gut gefragt«, sagte Lyly. »Er liegt auf dem Sterbebett.«

Bartholomew stellte seinen Krug ab und spürte, wie ihm das Blut aus dem Kopf wich. Es hatte keinen gegeben, der so fröhlich trank und hurte wie der Dichter Robert Greene. Keiner hatte so gute Miene gemacht, wenn er beim Kartenspiel eine halbe Krone verlor, und so fröhlich gelacht, wenn er in die Themse pisste und davon erzählte. Bartholomew hatte bisher das Glück gehabt, noch nie einen engen Freund zu verlieren, und trotz seiner derben Art war er durchaus der Zuneigung fähig. Dass Greene nicht mehr da sein sollte, um fröhlich zu lachen und die Nacht durch zu saufen, traf ihn härter, als er gedacht hätte.

»Ist es die Pest?«, flüsterte er, als ob ihn der Schwarze Tod hören könnte.

»Mehr sein heftiger Lebensstil«, sagte Marlowe. »Er glaubt, es wäre ein verdorbener Salzhering, der ihn vergiftet hat. Aber wir alle wissen ja, dass es mehr braucht als ein Fischgericht, um unseren Freund Robert Greene an die Schwelle des Todes zu bringen.«

»Wo ist er denn?«, fragte Bartholomew.

»Er wohnt bei einem Schuhmacher in Dowgate«, sagte Marlowe. »Bei einem gewissen Isam. Die Frau kümmert sich um ihn. Ist wohl ein bisschen verknallt in unseren Freund. Er hat ja keinen Penny, um sie zu bezahlen.«

»Ich will ihn besuchen«, sagte Bartholomew.

»Da bist du nicht der Einzige«, nickte Peele. »Emma Ball ist vor einer Stunde zu ihm gegangen.«

»Seine Geliebte?«

»Mehr als das, wenn man das schreiende Bündel in ihren Armen bedenkt.«

»Ich zeig dir den Weg«, sagte Marlowe, leerte den Bierkrug und stieß seinen Stuhl zurück.

Bartholomew mochte seinen Kumpanen nicht zeigen, wie sehr ihn die Sache berührte. Und so schlug er seinen Krug mit falschem Trotz auf den Tisch und rief: »Ja, führ mich nur hin, Marlowe. Vielleicht stirbt Greene ja in Armut, aber ein guter Verleger und Buchhändler findet ja oft auch an einem Sterbebett noch Profit.«

In Dowgate trennten sich die Wege von Bartholomew und Marlowe vor einem schmalen Haus, dem Aufenthaltsort des sterbenden Robert Greene. Mrs Isam öffnete Bartholomew die Tür.

»Mister Greene hat viel Besuch heute«, sagte die Frau des Schuhmachers. »Aber seine Schulden scheint niemand bezahlen zu wollen.«

Bartholomew wollte schon an die Tür des Krankenzimmers klopfen, als er eine schrille Stimme von drinnen hörte. »Natürlich ist er von dir, du Miesmuschel. Man könnte denken, dass du es wenigstens jetzt zugibst, wo du im Sterben liegst. Kann dir doch nichts mehr schaden. Aber es wäre mir schon recht, wenn der arme Junge sagen könnte, dass er mal einen Vater gehabt hat.«

Bartholomew presste sein Ohr an die Tür, aber er konnte Greenes leise Antwort auf diesen Ausbruch nicht hören, und die Frau legte gleich wieder los. Es konnte wohl nur Emma Ball sein.

»Pfui, schäm dich! Du hast mir nie etwas gegeben! Außer unserem Sohn und diesem nutzlosen Packen Papier!« Bartholomew hörte es klatschen, als sie etwas an die Wand schleuderte. »Das Mistzeug kannst du behalten, auch wenn es dir nicht viel nutzen wird, da wo du hingehst. Im Höllenfeuer wird es schnell brennen. Und ich suche mir einen besseren Kadaver als Vater für meinen Sohn.«

Bartholomew hörte wütende Schritte auf sich zukommen und konnte sich gerade noch an die Wand drücken, ehe die Tür aufflog und eine wütende Frau in schmutzigen Kleidern, die ein wimmerndes Bündel im Arm trug, an ihm vorbei und die Treppe hinunterstürmte. Er wartete, bis sie das Haus verlassen hatte, dann trat er ins Krankenzimmer.

»Das war bestimmt deine Mutter«, sagte er zu seinem Freund.

»Barty!«, sagte der und brach in ein Lachen aus, das freilich nur als gequälter Husten herauskam. »Wie gut, dich zu sehen!«

Greenes normalerweise rosiges Gesicht war bleich und ausgezehrt. Es war kaum zu glauben, dass dies der Verfasser von so berühmten Romanzen wie *Pandosto* und *Mamillia* sein sollte, dessen Pamphlete über die Kehrseite Londons die Stadt seit Jahren entzückten. Er hatte so viele wüste Abenteuer geschildert und, soweit man wusste, auch alle persönlich erlebt. Aber jetzt war sein berühmtes stacheliges Haar nur noch ein schütteres, wirres Gestrüpp. Sein Bart war verfilzt und schmutzig und statt seines geliebten grünen Doublets trug er ein schäbiges Nachthemd.

»Sogar mein Wams hab ich verkaufen müssen«, murmelte er. »Ich hab keinen Penny mehr.«

»Aber du schreibst noch!«, sagte Bartholomew und zeigte auf die Feder, das Tintenfass und das Papier, die auf dem groben Nachttisch neben dem Bett standen.

»Die Geständnisse auf dem Sterbebett«, sagte Greene. »Hör mal zu, das wird dir gefallen! Es ist über den Sohn des Handschuhmachers, du weißt schon.« Greene griff in den Papierstapel, der neben ihm auf dem Bett lag, und las mit krächzender Stimme, die nur noch ein schwaches Echo seines früher so starken Organs war.

»Es gibt da diese emporgekommene Krähe, die sich mit unsern Federn schmückt, ihr Tigerherz im Fell des Barden trägt und glaubt, sie könnt den Blankvers schmettern und gar die Bühne selbst erschüttern.« Wieder löste Greenes Stimme sich in einem röchelnden Lachen auf.

»Es wäre wirklich ein Jammer, wenn du sterben würdest«, sagte Bartholomew. »Niemand lacht so herzlich über deine Witze wie du.«

»Das ist wahr«, sagte Greene und sank auf sein Lager zurück. »Ich bezweifle stark, dass Mister Shakespeare darüber lachen wird.«

»Und wie war's bei deinem anderen Besucher?«, fragte Bartholomew.

»Marlowe?«

»Nein, ich meine die Dame mit der schrillen Stimme und dem Bündel im Arm.«

»Ach, mein lieber Barty, pass nur gut auf, mit wem du ins Bett gehst. Aus dem Bett schlüpft schnell neue Brut.«

»Schön gesagt, Sir«, erwiderte Bartholomew. »Das Bündel roch nach saurer Milch und nassen Windeln. War das deine Brut?«

»Das behauptet jedenfalls diese Schlampe. Fortunatus hat sie ihn genannt, obwohl's dafür keinen Grund gibt. Ein unglücklicheres Kind ist wohl nie auf die Welt gekommen, und ich werde keinen Anspruch darauf erheben, wenn ich hier abscheide.« Greene fing erneut an zu husten, und dieser Anfall hielt noch länger an als die anderen. Zum ersten Mal glaubte Bartholomew wirklich, dass sein Freund sterben würde. Wieder spürte er eine unerwartete Gefühlsaufwallung – nicht um der verlorenen Späße und Sauferei willen, sondern, zu seiner eigenen Überraschung, um der verlorenen Seele willen. Denn nach dem Leben, das er geführt hatte, konnte der arme Robert Greene gewiss keinen himmlischen Lohn erwarten.

»Tu mir noch einen Gefallen, Barty«, sagte der Kranke, als sein Husten endlich aufgehört hatte.

»Was immer du willst, alter Freund«, sagte Bartholomew.

»Da liegt ein Buch auf dem Boden.« Greene zeigte auf die andere Seite des Bettes, wo ein schmales Quartbändchen lag.

Bartholomew bückte sich und hob es auf. »*Pandosto.* Eine von deinen Romanzen, nicht wahr?«

»In der Tat«, sagte Greene. »In einem törichten Moment hab ich sie dieser Schwester eines Gauners geschenkt, und sie hat sie mir auf dem Sterbebett wieder zurückgegeben. Verkauf sie für mich, Barty. Viel ist sie nicht wert, aber verkauf sie, so gut du kannst, und gib das Geld Mrs Isam. Ohne sie müsste ich auf der Straße sterben, und ich schulde ihr mehr, als ich in dieser Welt jemals zurückzahlen könnte.«

»Ist schon erledigt«, sagte Bartholomew und schob sich den Band unter den Arm.

»So, und jetzt mach dich auf den Weg!«, sagte Greene. »Es gibt ein paar Frauen in Southwark, die werden mich heute Nacht schmerzlich vermissen, und irgendjemand muss sich ja um sie kümmern.« Wieder lachte er heiser, und Bartholomew spürte, dass er nicht antworten konnte. Stattdessen verbeugte er sich nur vor dem Bett und ging rückwärts zur Tür hinaus, die er leise hinter sich schloss.

Auf dem dunklen Treppenabsatz warf er einen Blick auf das Buch. Ein paar Schillinge würde es einbringen, ja, vielleicht stieg es sogar im Wert, wenn sein Autor starb. Als er ins helle Licht des späten Nachmittags trat, dachte er plötzlich, dass er den Band vielleicht lieber selbst behalten sollte, als Andenken an seinen Freund. Er griff in sein Wams, zog eine halbe Krone heraus und warf sie Mrs Isam hin, die vor dem Haus saß und ein Hühnchen rupfte.

»Für die Schulden Eures Untermieters«, sagte er.

»Gott segne Euch, Sir«, sagte die Schustersfrau. »Das ist zumindest ein Anfang.«

Bartholomew steckte das Buch ein und marschierte in Richtung St. Paul. Die helle Nachmittagssonne wurde allerdings bald von den Tränen in seinen Augen getrübt.

Kingham, Freitag, 17. Februar 1995

Peter rieb sich die Augen, während er darauf wartete, dass das geröstete Brot aus dem Toaster sprang und das Wasser im Kessel auf dem Herd kochte. Er hatte die Register seiner Bücher über viktorianische Illustratoren geprüft, aber keinerlei Hinweis auf einen »B.B.« gefunden, dafür merkte er plötzlich, wie hungrig er war. Jetzt starrte er auf die Liste von Dr. Strayer, die er an die Pinnwand gesteckt hatte. Sie war mittlerweile von Tee- und Marmeladenflecken sowie nachträglich hinzugefügten Notizen fast überwuchert, aber die einzelnen Punkte waren immer noch klar zu lesen:

1. Trauern Sie um Amanda, lassen Sie Ihre Gefühle zu.
2. Etablieren Sie regelmäßige Ess- und Schlafgewohnheiten.
3. Lernen Sie neue Leute kennen.
4. Lassen Sie Ihren Beruf nicht schleifen.
5. Nutzen Sie Ihren Beruf, um Menschen an sich heranzuziehen, statt sie von sich fernzuhalten.
6. Entwickeln Sie noch andere Leidenschaften außer den Büchern.
7. Lernen Sie etwas Neues.
8. Rufen Sie alte Freunde an.
9. Stellen Sie die Beziehung zu Amandas Familie wieder her.
10. Rennen Sie nicht weg, sondern gehen Sie auf etwas zu.

Hinter Punkt sechs hatte er »Lyrik« und »Malerei« gekritzelt und dann wieder ausgestrichen. Er hatte fast schon wieder vergessen, dass er vor zwei Monaten einen Kasten mit Wasserfarben in Chipping Norton gekauft hatte. Gleich nach den ersten Versuchen hatte er aufgegeben. Hinter Punkt acht stand Francis Lelands Telefonnummer, aber Peter hatte sie nie gewählt, ein transatlantisches Telefongespräch wegen einer Depression schien nicht sehr nützlich zu sein. Hinter Punkt drei hatte er sich die Gottesdienste der örtlichen Kirche notiert, aber er hatte nicht die Absicht, je daran teilzunehmen. Er hatte die von Dr. Strayer erteilten Aufträge schmählich vernachlässigt.

Er würde das Aquarell mit Amandas Porträt einfach vergessen, beschloss er. Er würde stattdessen Punkt vier in Angriff nehmen und seine Karriere neu starten. Er hatte schließlich ein Dutzend Bücher in Hay-on-Wye gekauft, für die es zu Hause in Amerika Kunden gab. Den Rest des Vormittags verbrachte er damit, seine Nachschlagewerke neu zu sortieren. Die Einkäufe aus Hay packte er sorgfältig aus und stellte sie in ein eigenes Regal. Einige Bände bedurften der Reparatur. Peter war zwar kein erfahrener Restaurateur, aber er hatte eine Menge bei Hank gelernt. Er kroch in das Dämmerlicht unter der Treppe und zog die Schachteln heraus, in denen sich sein Werkzeug und die nötigen Materialien befanden. Als er alles ans Licht gebracht hatte, stellte er fest, dass er auch das Kästchen mit Wasserfarben hervorgezerrt hatte.

Er wollte den Karton schon wieder zurückschieben, als ihm etwas einfiel, was die Verkäuferin gesagt hatte, die ihm die Wasserfarben verkauft hatte. »Es wohnt noch ein anderer Künstler hier in der Gegend. Der kauft dauernd Farben bei uns. Das ist ein richtiger Fachmann. Er verkauft alte Aquarelle im Antiques Centre.« Ohne auch nur die Kartons beiseitezuräumen, rannte Peter nach oben, verstaute das Aquarell in einem säurefreien Umschlag und diesen in einer Plastikhülle, dann holte er seinen Autoschlüssel und stürmte nach draußen.

Chipping Norton, das von den Einheimischen liebevoll

»Chippy« genannt wurde, Chippy war nicht ohne Charme, aber die typischen Cotswold-Touristen ließen Chippy links liegen, und das machte den Ort sehr viel angenehmer als andere. Der Marktplatz lag auf einem Hügel und war völlig von alten Häusern aus Kalkstein umgeben. Abgesehen von den üblichen Läden auf der High Street gab es noch ein kleines Theater, in dem Peter nie gewesen war, verschiedene hübsche Restaurants, in denen Peter nie gegessen hatte, und einen Antiquitätenmarkt.

Es klingelte zwar eine Glocke, als Peter eintrat, aber es kümmerte sich niemand weiter um ihn, und so machte er sich auf der Suche nach Aquarellen allein auf den Weg durch das Labyrinth von Möbeln, Porzellan, Lampen und allerhand mehr. Als er an einem Stand mit alten Büchern vorbeikam, beschloss er, bei anderer Gelegenheit einmal genauer zu prüfen, was da geboten wurde.

Im Obergeschoss entdeckte Peter schließlich, was er gesucht hatte – ungefähr zwei Dutzend hübsch gerahmte Stücke. Die meisten stammten aus dem 19. Jahrhundert. Peter war kein Experte, aber er hatte das Gefühl, dass nur ein oder zwei so gut wie Amandas Porträt waren. An jedem der Bilder hing ein Preisschild, auf dessen Rückseite die Adresse des Verkäufers gestempelt war: M. Wells, Rose Cottage, Churchill.

Peter kam jedes Mal an Churchill vorbei, wenn er nach Chipping Norton fuhr, aber er hatte die Häuser nie weiter beachtet oder gar angehalten. Trotzdem brauchte er nur fünf Minuten, um das »Rose Cottage« in den wenigen Straßen des kleinen Dorfes zu finden. Als er schon mit erhobener Hand vor der Tür stand und gleichzeitig lauschte, ob dahinter etwas zu hören war, wurde ihm plötzlich bewusst, dass er gerade dabei war, Dr. Strayers dritte Instruktion in die Tat umzusetzen. Er war im Begriff, jemand Neues kennenzulernen. Kaum hatte er das gedacht, da überfiel ihn jenes Brennen im

Magen und das Schwindelgefühl, die ihn jedes Mal heimsuchten, wenn er gezwungen war, einem fremden Menschen gegenüberzutreten. Er stützte sich mit einer feuchten Hand am Türpfosten ab und wartete, bis der Anfall vorbei war. Dann klopfte er.

Die Tür ging auf, und er sah einen hochgewachsenen Mann mit zurückgebürstetem weißen Haar, der aussah, als hätte er sich seit einer Woche nicht mehr rasiert. Er trug einen mottenzerfressenen, mit Farbe bespritzten braunen Pullover und machte ein ärgerliches Gesicht.

»Wollen Sie was verkaufen?«

»Nein«, sagte Peter.

»Dann wollen Sie wohl über Gott reden, ja?«

»Nein«, sagte Peter. »Ich wollte mit Ihnen über ein Aquarell reden.«

Der Mann betrachtete Peter wie ein Möbelstück, das zum Verkauf stand. Schließlich drehte er sich um und sagte mit etwas milderer Stimme. »Na schön, ich hab gerade Tee aufgesetzt. Sie können ja eine Tasse mittrinken.«

Peter folgte dem Mann durch ein dunkles, vollgestopftes Wohnzimmer in einen sonnigen, großen Wintergarten hinaus. Auf einer Staffelei stand ein Aquarell, das den Ausblick über die Felder zeigte. Dort, wo man draußen nur eine kleine Baumgruppe sah, hatte der Künstler ein schönes Herrenhaus aus dem 16. Jahrhundert hingemalt.

»Evenlode House«, sagte er. »Man kann es von hier aus gar nicht mehr sehen, die Bäume sind einfach zu hoch. Aber es ist durchaus noch da, zumindest in Teilen.«

»Ich wusste gar nicht, dass es so nahe bei Kingham ein solches Schloss gibt«, sagte Peter.

»Sie sind also aus Kingham?«

»Nein«, sagte Peter. »Ich komme aus den Vereinigten Staaten. Aber ich wohne in Kingham. Mein Name ist Peter Byerly.«

»Martin«, sagte der Künstler, nannte aber weder seinen Familiennamen noch bot er Peter die Hand an, sondern verschwand in Richtung der Küche. »Evenlode wird Ihnen nicht besonders gefallen«, sagte er von dort aus. »Wenn Sie es überhaupt finden. Die Familie ist schon seit einigen Generationen pleite. Ich glaube, sie wohnen gar nicht mehr im Haupthaus. Aber sie sind immer noch stolz genug, um irgendwelche Neugierigen mit einer tüchtigen Ladung Schrot zu vertreiben.«

Martin kehrte mit einem Tablett zurück, auf dem eine Teekanne, zwei Tassen und zwei Vollkornkekse lagen. Er stellte das Tablett auf den Tisch und gab Peter eine Tasse, behielt die Kekse aber für sich. »Nun, Mr Byerly, ist es ein neues oder ein altes Aquarell, wofür Sie sich interessieren?«

»Ein altes«, sagte Peter. »Aber ich will es nicht kaufen. Ich dachte, Sie könnten mir vielleicht sagen, worum es sich hierbei handelt.« Er zog das Porträt aus dem Umschlag und legte es auf den niedrigen Tisch. »Ich versuche herauszufinden, wer der Künstler sein könnte, der es gemalt hat. Und wer das Modell ist.«

Martin runzelte die Stirn, legte den halben Keks beiseite, nahm das Bild vorsichtig in die Hand und musterte es etwa eine Minute lang – sowohl die Vorder- als auch die Rückseite.

»Viktorianisch«, sagte er. »Das Papier sieht aus, als wäre es von 1870 oder 1880. Sieht man oft in Poesiealben. Das Bild ist nicht schlecht. Schöne Linien. Nicht einfach bei einem Aquarell. Das war jemand, der wirklich mit einem Pinsel umgehen kann. Guter Künstler, würde ich sagen.« Er machte eine Pause und blinzelte. »B.B. Nie gehört von ihm. Was haben wir heute für einen Tag?«

»Äh … Freitag«, sagte Peter, verwirrt von dem Nonsequitur.

»Der dritte Freitag des Monats?«

»Ja, ich glaube schon. Ja.«

»Dann müssen Sie nach London fahren.«

»Wie bitte?«

»Die Historical Watercolour Society trifft sich an jedem dritten Freitag im Monat. Halb sieben im Haldane Room im University College. Vielleicht finden Sie da jemanden, der Ihnen helfen kann.«

»Danke für den Hinweis«, sagte Peter. »Und falls Ihnen zu diesem B.B. noch etwas einfällt, wäre ich Ihnen sehr dankbar, wenn Sie mich anrufen würden.« Er zog seine Visitenkarte heraus. Der Künstler machte keine Anstrengung, sie zu ergreifen, und so legte Peter sie auf den Tisch.

Zwanzig Minuten später bestieg er am Bahnhof Kingham den 13:21 nach Paddington.

Vor einem Jahr, als ihr Cottage renoviert wurde, hatten Peter und Amanda ein Apartment in Chippy gemietet, und er war oft mit ihr nach London gefahren, um ins Museum oder Theater zu gehen. Bei ihrem letzten Besuch in der Stadt hatten sie einen langen Spaziergang am südlichen Ufer der Themse gemacht. Peter hatte Amanda in die Southwark Cathedral geführt, wo sie das Grabmal für Shakespeares Bruder Edmund entdeckt hatten.

In Westminster waren sie auf das nördliche Themseufer gewechselt und hatten den Nachmittag in der Tate Gallery, die Amanda so liebte, verbracht. Seither war Peter nicht mehr in London gewesen.

Es hatte sich so viel geändert in diesem vergangenen Jahr. Im Zug hatten Amanda und Peter sich stets einander gegenübergesetzt, damit sie unterm Tisch füßeln konnten. Dabei hatte Amanda ganz kerzengerade gesessen und ein Buch vor sich auf dem Tisch aufgestellt. Sie fuhr lieber vorwärts, deshalb saß Peter stets mit dem Rücken zur Fahrtrichtung und betrachtete in aller Ruhe die Landschaft, die der Zug schon durcheilt hatte. Jetzt saß er am hinteren Ende des Zuges auf einem nach vorn gerichteten Platz und starrte mit leeren Augen auf das, was ihn erwartete.

Der gute Martin Wells war ein bisschen grob und etwas unappetitlich, aber vollkommen harmlos gewesen. Es waren immer nur seine Befürchtungen, die Peter in Panik versetzten – seine pathologische Angst vor dem Unbekannten. Dr. Strayer hatte tausend Erklärungen dafür gefunden, aber nur Amanda war je in der Lage gewesen, ihm seine Ängste zu nehmen. Wenn sie an seiner Seite war, hatte er nicht nur den Ozean zu überqueren vermocht, sondern auch Cocktailpartys besucht und sogar Konversation machen können. Amanda schien alles so einfach zu machen. Es war, als hätte sie seine Nervosität quer durch den Raum spüren können, denn plötzlich war sie neben ihm aufgetaucht, hatte ihm beruhigend über den Arm gestrichen und alle Anspannung fortgewischt.

Peter traf um 15 Uhr in Paddington ein und wusste zwei Dinge: Er hatte jetzt noch über drei Stunden Zeit bis zum Treffen der Historical Watercolour Society – und dieses Treffen würde wahrscheinlich eine Art Cocktailparty sein. Ohne viel darüber nachzudenken, ging er zur U-Bahn, so wie früher, wenn er mit Amanda nach London gekommen war. Amanda fuhr meistens ins Victoria and Albert Museum, wenn sie nicht in die Tate oder die National Gallery ging. Peter dagegen fuhr immer nach Bloomsbury.

Am Russell Square stieg er aus und zehn Minuten später stieg er die Stufen zum British Museum hinauf. Millionen Dinge gab es in London zu sehen, aber wenn er allein war, ging Peter immer nur ins British Museum und studierte die Schaukästen der British Library. Den Inhalt der Vitrinen kannte er auswendig. Als das Manuskript von *Alice in Wonderland* aus der Abteilung Kinderbücher in die Englische Literatur versetzt wurde, bemerkte er das sofort.

Heute war die Seite aufgeschlagen, wo Alice so groß wird,

dass sie kaum noch in den Korridor passt. Direkt gegenüber sah man die ganzseitige Illustration, die Carroll gezeichnet hatte: Alice zusammengepresst in einem Raum, der viel zu klein für sie war. Die Zeichnung ließ Peter schaudern, nicht nur weil er selbst gelegentlich unter Klaustrophobie litt, sondern weil er plötzlich Amandas Stimme hörte: »Schau dir das präraffaelitische Haar an«, sagte sie. »Carroll war ein Freund von Rossetti.« Das war typisch für sie. Sie zog sich eine Weile zurück und ließ Peter in Ruhe, aber dann tauchte sie plötzlich ohne Vorwarnung neben ihm auf und flüsterte ihm etwas zu.

Peter ging eilig weiter. Er schaute sich jedes Mal so ein Hors-d'œuvre an, Händels *Messias* oder die Gutenberg-Bibel, ehe er sich zum Hauptanziehungspunkt aufmachte, der ihn immer wieder in seinen Bann schlug: die Sammlung von Robert Bruce Cotton. Obwohl meist nur wenige Stücke gezeigt wurden, kam Peter immer wieder zurück. Seit Professor Leland den Namen erwähnt hatte, war Peters Neugier auf Cotton ständig gewachsen. Er hatte sogar Altenglisch gelernt, um die *Beowulf*-Handschrift lesen zu können, die Cotton gerettet hatte. Jetzt stand er wieder einmal in stiller Bewunderung vor dem Originalmanuskript. Obwohl die Blätter beim Brand von 1731 beschädigt worden waren, konnte man den Text noch gut lesen. Das war keine Übersetzung und kein Faksimile, das war eine tausend Jahre alte Handschrift, die die englische Literatur grundlegend geprägt hatte.

So richtig wusste er selbst nicht, warum er sich immer gleich besser fühlte, wenn er an Cotton dachte. Cotton hatte bewiesen, dass alles möglich war, nicht nur beim Büchersammeln, sondern im Leben. Amanda verstand das. Sie wartete vor dem Eingang von Fortnums auf ihn, und wenn er vergnügt die Straße herunterkam, sagte sie: »Na, wie ich sehe, warst du mal wieder bei Robert Cotton!«

Als er zehn nach sechs in einer Sandwich-Bar in der Great Russell Street vor einem Käse-Schinken-Toast saß, wusste er, dass er zum Treffen der Watercolour Society zu spät kommen würde, aber das war ihm egal. Er beeilte sich nicht mit dem Essen. Erst um halb sieben hatte er so viel Selbstvertrauen gesammelt, dass er sich auf den Weg machen konnte. Er trat in den kalten Februarabend hinaus und ging hinüber zum University College.

Das Treffen der Historical Watercolour Society war schon im vollen Gange, als Peter den Haldane Room endlich gefunden hatte. Der Saal war unangenehm überheizt und fast genauso düster wie die Nebenstraßen, durch die er gerade gekommen war. Vom Podium hörte man eine Stimme dröhnen, und an die nackte Wand dahinter wurde eine Serie von Diapositiven geworfen. In den Stuhlreihen davor saßen ungefähr dreißig Leute. Die Stühle selbst hatten früher vielleicht mal in einem eleganten Speisezimmer gestanden, waren jetzt aber – wie Amanda gesagt hätte – »reif für den Sperrmüll«. Manche der Anwesenden machten sich Notizen, manche saßen ganz still, andere zappelten herum, und zumindest zwei von ihnen waren fest eingeschlafen. An den Wänden standen Sofas und Sessel, aber dort hatten es sich nur zwei Besucher bequem gemacht.

Peter setzte sich vorsichtig auf einen der Sessel. Ihm gegenüber entdeckte er eine junge Frau, die Peter in jeder Beziehung wie das Gegenteil von Amanda erschien. Sie hätte kerzengerade gesessen, mit einem Notizbuch auf dem Schoß, und hätte jedes Wort des Sprechers notiert. Doch die Unbekannte hatte sich auf eins der Sofas gelümmelt und ihre kurzen Beine auf einen türkischen Hocker gelegt. Eine bunte Mischung von Büchern und Zetteln lag neben ihr, halb bedeckt von einem Schal und einem zerknitterten Pullover. Ihr Körper war ähnlich kurvig und einladend wie das Polstermöbel, auf dem sie saß. Ihr hellbraunes, lockiges Haar enthielt ein paar blonde Strähnen und sah so aus, als wäre sie gerade aus einem zugigen U-Bahn-Tunnel gekommen. Was er von ihrem Gesicht in der Dunkelheit erkennen konnte, schien freundlich: weicher und runder als das von Amanda, aber nicht weniger attraktiv. Amanda hatte immer nur ihre Diamantenstecker getragen, ein Geburtstagsgeschenk ihres Vaters, als sie sechzehn wurde. Die Unbekannte starrte irgendwo über Peters Kopf an die Wand, und gelegentlich fing sich das Licht aus dem Diaprojektor in ihren lang herunterbaumelnden Ohrringen. Die Frau schien Peter nicht zu bemerken, und obwohl sie weder die Dias noch den Vortragenden ansah, hatte er das Gefühl, dass sie dem Vortrag mit größerer Aufmerksamkeit folgte als jeder andere im Raum. Nur in diesem Punkt ähnelte sie seiner verstorbenen Frau.

Die Vorstellung, sich mit einem ganzen Saal voller Aquarellenthusiasten auseinandersetzen und den höflichen Besucher aus den Vereinigten Staaten spielen zu müssen, ließ Peter immer noch schaudern, als der Mann am Podium seinen Vortrag beendete, das Licht anging und Fragen gestellt werden sollten. Die Frau mit den lockigen Haaren schien auch keine Lust auf die Fragestunde zu haben. Sobald das Licht angegangen war, hatte sie ihre Sachen zusammengerafft und war nach draußen gegangen. Einem Impuls folgend, lief Peter ihr nach, und er schien Glück zu haben: Sie war gerade dabei, ihren Pullover überzustreifen und sich in ihren Schal zu wickeln, als er sie einholte. Ihre große Stofftasche, aus der ein Schreibblock und Bücher herausquollen, stand neben einem Klapptisch, auf dem Tee- und Kaffeekannen, Milch, Zucker und Keksteller aufgereiht waren.

»Entschuldigen Sie«, sagte Peter.

»Sie auch?«, sagte die junge Frau, während sie an ihrem Schal nestelte. »Ich finde es immer ganz schrecklich da drin. Es ist irgendwie klaustrophobisch. Vor allem die Lichtbildervorträge. Aber die sind bei Aquarellen wohl unvermeidlich. Wie fanden Sie Richard?«

»Wie bitte?«

»Professor Richard Campbell – den Mann, der den Vortrag gehalten hat.«

»Um ehrlich zu sein, ich hab nicht richtig zugehört. Ich verstehe nicht viel von Aquarellen.«

»Er kennt sich gut aus«, sagte die Frau seufzend, »aber er hat die Persönlichkeit einer Ofenkartoffel.« Vor Peters innerem Auge erschien das Bild einer halbgeschälten, in einem Schlafrock steckenden Kartoffel mit einem Zylinder, die vor dösenden Studenten eine Vorlesung hielt. Fast wie ein Gemälde von Magritte. Amada hasste Magritte. Er beschloss, dass es Zeit war, sich vorzustellen.

»Ich bin Peter Byerly«, sagte er und streckte die Hand aus.

Die junge Frau ergriff sie entschlossen. »Byerly«, sagte sie langsam und rollte die Silben im Mund, als kostete sie einen guten Wein. »Es gab mal eine Amanda Byerly, die einen Aufsatz für unsere Zeitschrift geschrieben hat. Amerikanerin. Verdammt kluge Frau.«

Das war typisch Amanda. Immer tauchte sie im falschen Moment auf und brachte ihn durcheinander. Und immer überraschte sie ihn dabei mit einer Facette ihrer Persönlichkeit oder einem geheimen Coup, von denen er nichts gewusst hatte. Er erinnerte sich an eine Nacht in London drei Jahre zuvor, als sie angekündigt hatte, »nur kurz zu einem Treffen mit Kunstliebhabern« zu gehen. Peter war im Hotel geblieben und hatte einen schlechten amerikanischen Film gesehen. Vielleicht war sie in den Haldane Room gegangen, er hatte nie gefragt.

»Das war meine Frau«, murmelte Peter.

»War?«

»Sie ist tot.«

Die Frau biss sich kurz auf die Lippe. »Nun, Peter Byerly, was bringt einen geheimnisvollen amerikanischen Witwer, der nach eigener Aussage nicht viel von Aquarellen versteht, zu einem Treffen der Historical Watercolour Society? Nein, lassen Sie mich etwas anderes fragen: Was halten Sie davon, etwas zu essen?«

Peter war von der beiläufigen, fast frivolen Einladung überrascht. Als er gesagt hatte, dass seine Frau nicht mehr lebte, hatte sie nicht etwa gesagt: »Das tut mir leid.« Das sagten die Leute sonst alle, auch wenn Peter nicht immer glücklich darüber war. Die Sympathie der Leute schien allerdings nachzulassen in letzter Zeit, und die Gespräche danach schienen sich meistens in engen Grenzen zu halten. Auch wenn er kaum noch mit Leuten redete, hatte er oft das Gefühl, wie eine empfindliche Vase behandelt zu werden, die jeden Augenblick zu Bruch gehen konnte.

»Wissen Sie«, sagte die Frau. »In fünf Minuten kommen die alle da aus der Tür. Dann verbringen sie zehn Minuten damit, jeden Krümel Keks und jeden Tropfen Tee zu vertilgen, und dann tapern sie zum Spaghetti House, wo sie die Gebäckstangen zählen, die jeder gegessen hat, und sich über fünfzig Pence mehr oder weniger bei der Rechnung zu streiten, anstatt sich zu unterhalten. Deshalb gehe ich lieber gleich nach dem Vortrag, aber das bedeutet, dass ich meistens allein essen muss. Sie sehen nicht direkt wie ein Serienmörder aus, deshalb noch einmal: Wollen Sie mit zum Essen gehen? Es gibt einen ganz brauchbaren Inder hier in der Nähe.«

Peter war hin und her gerissen. Wenn dieser Professor Campbell sich so gut auskannte, war es vielleicht besser, ihm aufzulauern und ihn auszufragen, während sich die anderen um den Tee und die Kekse stritten. Andererseits, wenn diese Frau das Journal der Gesellschaft genau genug las, um Amandas Namen sofort zu erkennen, wusste sie vielleicht auch genug, um ihm bei seiner Suche nach »B.B.« zu helfen.

»Gibt es in Amerika auch Curry-Häuser?« Sie schien sein Zögern gar nicht bemerken zu wollen. »Die Amerikaner essen doch gern scharf, oder? Wenn nicht, können Sie Ihr Vindaloo auch ganz mild haben.«

Warum nicht, dachte Peter. Warum zur Hölle nicht? Er redete jetzt schon seit drei Minuten mit dieser absolut netten Frau, seine Hände schwitzten nicht und sein Magen schien ebenfalls völlig entspannt. Ja, er hatte sogar richtig Hunger. Genau genommen hatte er in den letzten zwei Tagen äußerst wenig gegessen. Außerdem erschien es weitaus angenehmer, sich mit einer einzelnen Person zu unterhalten, während man ein gut gewürztes Vindaloo aß, als verloren unter dreißig Fremden zu sitzen, die sich über Gebäckstangen stritten.

»Das klingt nett«, sagte Peter.

»Sehr gut«, sagte sie. »Ich bin übrigens Liz. Liz Sutcliffe. Bin aber nicht mit ihm verwandt.«

»Verwandt?«, fragte Peter. »Mit wem?«

»Stu Sutcliffe«, sagte Liz. »Der fünfte Beatle.«

»Ich dachte, es hätte nur vier gegeben«, sagte Peter zögernd, als er ihr die Tür aufhielt und sie gemeinsam in die Februarkälte hinaustraten.

»Ein Amerikaner, der nichts über Wasserfarben weiß und die Beatles«, lachte Liz. »Worüber sollen wir bloß reden?«

Als er ihr die Straße hinunter folgte und seinen Kragen gegen die Kälte hochschlug, fand er, dass er eigentlich ganz normal auf Liz reagiert hatte. Seit er aus North Carolina gekommen war, hatte er keine Frau mehr berührt, trotzdem hatte es ihn nicht weiter erschüttert, als er Liz Sutcliffe die Hand schüttelte. Es war eine nette, tröstliche Hand, und er hatte nichts weiter gedacht als: *How do you do?*

Als sie schließlich in dem indischen Restaurant saßen, beschloss er, dass er Liz mögen würde. Er fühlte sich nicht zu ihr hingezogen, aber er fühlte sich wohl in ihrer Gesellschaft. Dr. Strayer wäre sicher begeistert. Was ihm besonders gefiel, war ihre direkte Art. Liz kam sofort zur Sache, und Peter blieb jede Bemühung um Konversation erspart.

»Also«, sagte sie, nachdem sie bestellt hatten. »Aquarelle

sind Ihnen egal, und dem Professor haben Sie gar nicht zugehört. Warum sind Sie dann heute Abend gekommen?«

Peter griff in seinen Mantel und zog das Aquarell aus Hay-on-Wye heraus. Vorsichtig entfernte er die Plastikhülle, dann nahm er das Bild heraus und legte es auf den Tisch.

»Hübsche Dame«, sagte Liz, ohne das Bild aufzunehmen oder sich auf ihrem Sitz vorzubeugen. »Hervorragende Arbeit. Irgendwie kommt sie mir bekannt vor.«

»Wirklich?«

Liz nahm das Porträt jetzt doch in die Hand und untersuchte es genauer. »Du meine Güte, ich bin ihr schon mal begegnet, nicht wahr? Das ist Ihre Frau! Ich habe sie vor zwei, nein, vor drei Jahren getroffen. Sie war bei einer unserer Versammlungen und saß in der ersten Reihe. Sie hat sich eine Menge Notizen gemacht und hinterher mindestens sechs ziemlich genaue Fragen gestellt. Ihre Frau war ganz anders als Sie, nicht wahr?«

»Ganz anders«, bestätigte Peter.

»Das ist sie doch? Oder? Das ist Ihre Frau?«

»Ja«, sagte Peter. »Nur, dass dieses Bild ungefähr hundert Jahre alt ist.«

»Man sieht ihr das Alter nicht an«, sagte Liz trocken, als sie das Bild zurück auf den Tisch legte.

Peter hatte das Gefühl, als hätte sie ihn ins Gesicht geschlagen, aber dann musste er lachen. Es war ein heftiges, schluchzendes Lachen, das die Aufmerksamkeit einiger anderer Gäste auf sich zog, aber als es vorbei war, fühlte er sich befreit. Es war fast so, als hätte Amanda selbst ihn zum Lachen gebracht.

Liz schien etwas verlegen und sagte: »Tut mir leid. Ich bin manchmal etwas unsensibel.«

»Ach, es war lustig«, sagte Peter. »Vielen Dank.«

»Sie sind also zu unserer Versammlung gekommen, weil Sie herausfinden wollen, wie Ihre Frau auf ein hundert Jahre altes Bild kommt?«

»Ja, so ungefähr.«

»Warum ist das so wichtig?«

Peter dachte einen Augenblick nach. Er war dieser Frage ganz bewusst ausgewichen, er hatte sich einfach mitreißen lassen, aber er wusste, dass Liz einen heiklen Punkt berührt hatte. »Ich glaube, ich muss ganz sicher sein, dass sie es nicht ist«, sagte er. »Ich habe mich so lange bemüht, von ihr Abschied zu nehmen. Aber ehe ich das kann, muss ich wissen, dass sie wirklich nicht mehr zurückkommt.«

Liz nahm das Bild erneut in die Hand und betrachtete es schweigend. Peter nahm einen großen Schluck aus seinem Bierglas. Indisches Bier hatte er seines Wissens noch nie getrunken. Es war kalt und schmeckte sehr nach zu Hause.

»Ist das da die Signatur?«, fragte Liz.

»Ja«, sagte Peter. »Es heißt B.B.«

»Wie bitte?«

»B.B. Ich weiß, damit kann man nicht viel anfangen.«

»Ach du Scheiße!«, sagte Liz, plötzlich ganz durcheinander. Ihr Kopf verschwand unter dem Tisch, und als sie wieder auftauchte, hielt sie die Stofftasche mit den Büchern in einer Hand, während sie mit der anderen darin herumwühlte. Schließlich zog sie eine Lesebrille heraus und setzte sie ungeschickt auf die Nase. Peter sah mit Erstaunen, wie alle Farbe aus ihrem Gesicht wich.

»Was ist denn?«, fragte er und hatte plötzlich eine merkwürdige Angst, was sie antworten könnte.

»Sind Sie wirklich Peter Byerly?«, fragte sie, lehnte sich auf dem Stuhl zurück und verschränkte die Arme vor ihrer Brust. »Ist Ihre Frau wirklich tot?« Ihre Stimme klang irgendwie anklagend.

»Ja«, sagte Peter kalt. »Ich kann Ihnen meinen Pass zeigen, wenn Sie wollen. Die Sterbeurkunde meiner Frau habe ich dummerweise leider nicht bei mir.«

»Und über Aquarelle, viktorianische Malerei und B.B. wissen Sie gar nichts?«

»Nein«, sagte Peter. »Amanda liebte die präraffaelitische Kunst, und ein bisschen was hat auf mich abgefärbt. Aber ich weiß mit Sicherheit nicht, wer B.B. ist.«

»Na ja, ist jedenfalls verdammt gut, dass Sie das Ding da heute nicht auf der Versammlung rumgezeigt haben.«

»Warum?«

»Mr Byerly, kann ich Ihnen vertrauen?«

»Sie können mich Peter nennen.« Er verschränkte ebenfalls seine Arme, stützte sie auf den Tisch und beugte sich vor. »Und ja, Sie können mir trauen.«

Ridgefield, 1984

Peter stand am Eingang der Snack Bar und versteckte sich im Schatten des Getränkeautomaten. Das Mädchen, von dem er jetzt wusste, dass sie Amanda hieß, war auf der gegenüberliegenden Seite. Sie saß mit dem Rücken zu ihm, und wie immer saß sie kerzengerade, allerdings hatte sie diesmal kein Buch auf dem Tisch, sondern betrachtete ihre ordentlich gefalteten Hände.

Peters Hände waren schweißnass. Er sah immer noch zu ihr hinüber, als die Uhr auf 10:35 sprang. Er verfolgte den Sekundenzeiger eine weitere, qualvolle Minute lang. Sein Magen schlug Purzelbäume, und weil sein Körper ständig zur Seite zu sinken schien, musste er sich an die Wand lehnen. In diesem Augenblick kamen zwei vergnügt lachende Mädchen herein, und er tat so, als wäre er mit dem Automaten beschäftigt.

»Kaufst du jetzt was oder nicht?«, fragte eins der Mädchen, als er zwei Minuten später noch immer keine Entscheidung getroffen hatte.

»Äh … nein«, sagte Peter und gab den Automaten frei. Er machte einen Schritt auf Amanda zu, dann duckte er sich und flitzte in die kühle Nachtluft hinaus. Er wartete auf der Terrasse, bis sein Pulsschlag sich etwas beruhigt hatte.

Als er die Snack Bar wieder betrat, stand die Uhr auf 10:40. Amanda hatte sich nicht bewegt. »Es ist so ähnlich, als ob man ein Pflaster abreißt«, dachte er. »Ich muss es einfach machen, ohne lange nachzudenken.« Mit einem Dutzend schneller Schritte durchquerte er den Raum und stellte sich neben Amandas Nische.

Sie wandte sich zu ihm um, und zum ersten Mal sah er ihre Augen. Sie waren tief und grün, mit goldenen Lichtern darin.

Sie zeigten Selbstvertrauen und etwas Furcht. Einen Moment lang vermochte er nichts anderes zu tun, als ihren Blick zu erwidern. Schließlich brach sie das Schweigen, indem sie die Hand ausstreckte und sagte: »Ich bin Amanda.«

Peter wusste, dass er ihr jetzt die Hand schütteln musste, aber seine Handflächen waren wieder schweißnass, und außerdem brauchte er seine Hände, um sich an einem Stuhl festzuhalten. Er starrte zu Boden, wischte sich die rechte Hand an den Jeans ab und streckte sie ungefähr in die Richtung aus, wo Amanda saß. Sein Blick verschwamm, als er spürte, wie ihre kühlen, zierlichen Finger sich um seine Hand schlossen und sie sacht drückten.

»Mach dir nichts draus«, sagte sie leise. »Ich bin auch nervös.« Peter versuchte zu antworten, konnte aber nicht sprechen. Es war, als ob jedes Atom seines Körpers auf den Punkt fixiert war, wo ihr Fleisch das seine berührte. Alles andere verschwand. »Setz dich doch«, sagte Amanda. Sie ließ seine Hand los, und Peter kehrte in die Realität zurück.

»Okay«, murmelte er und setzte sich ihr gegenüber. Eine Ewigkeit starrte er ihre Hände an, die jetzt auf dem Tisch lagen. »Ich bin ein bisschen nervös«, brachte er schließlich heraus und verfluchte sich dafür, dass er genau das gesagt hatte, was sie schon wusste.

»Es ist merkwürdig«, sagte Amanda. »Ich hatte gar nicht erwartet, dass ich nervös sein würde.«

»Ich bin übrigens Peter. Peter Byerly.«

»Hallo, Peter«, sagte sie. Er hob den Kopf und sah, dass sie lächelte. Er hatte das Gefühl, als ob ihm ein Stein vom Herzen gefallen wäre. Amandas Lächeln hatte die Anspannung vertrieben.

»Du bist kein Erstsemester, nicht wahr?«, sagte Amanda. »Ich hätte mich aus dem Einführungskurs an dich erinnert.«

»Ich bin im zweiten Semester«, sagte er. »Es tut mir leid, dass ich zu spät gekommen bin.«

»Ich war schon ein bisschen beunruhigt, weil du mich heute in der Bibliothek gar nicht beobachtet hast.«

»Ich hatte ein Bewerbungsgespräch. Ich habe jetzt einen neuen Job.«

Amanda saß vollkommen still und lächelte ihn an. Er sah ihr in die Augen und spürte, wie er sich entspannte. Er lehnte sich etwas zurück und senkte schließlich die Augen, weil ihr Blick so intim war. Amanda biss sich leicht auf die Lippen und sah seine Hände an, die auf dem Tisch lagen, genauso wie ihre.

»Erzähl mir von deinem neuen Job, Peter Byerly«, sagte sie.

Und so erzählte er ihr von seinem Nachmittag im Devereaux-Saal. Professor Leland hatte ihm viele Bücher gezeigt. Einen Band nach dem anderen zog er aus dem Regal. Peter erklärte ihr, was es für ein Gefühl war, die First-Folio-Ausgabe von Shakespeares Werken zu sehen oder die ursprünglichen monatlichen Lieferungen von *David Copperfield* in der Hand zu halten. Er gestand ihr sogar seinen neuesten Traum: ein großes literarisches Werk zu finden, von dessen Existenz keiner wusste. Aber vor allem versuchte er, ihr seine unerwartete emotionale Reaktion zu erklären, als er das Bad Quarto von *Hamlet* in seinen Händen hielt.

»Es war so ähnlich wie vor einem Monat, als ich dich das erste Mal gesehen habe«, sagte er. »Es war nicht nur die Entdeckung von etwas Schönem und Wertvollem. Es war, als ob sich eine ganz neue Welt für mich öffnete.«

»Und das war genauso, als du mich das erste Mal gesehen hast?«, fragte Amanda strahlend.

»Nun ja«, sagte Peter. »Ich kann es auch nicht erklären. Ich wusste gleich, dass du etwas Besonderes bist. Um ehrlich zu sein: Ich hab mich bisher noch nie für ein Mädchen interessiert.«

»Da bin ich aber froh, dass sich das geändert hat«, sagte Amanda.

»Ich auch«, sagte Peter.

»So«, sagte Amanda, als ihre Teller längst abgeräumt worden waren und die Gläser leer waren. »Jetzt reden wir nicht mehr über Bücher. Erzähl mir doch mal was über deine Geschwister.«

»Hab keine«, sagte Peter.

»Okay, dann über deine besten Freunde.«

»Hab ich auch keine.«

»Also bist du einsam? Oder bist du einfach ein Einzelgänger?«

Darüber hatte Peter nie nachgedacht, aber er sagte, ohne zu zögern: »Wahrscheinlich beides ein bisschen.«

Amanda streckte den Arm aus und griff nach seiner Hand. Ihre zarte Berührung elektrisierte ihn. »Warum bist du so allein, Peter?«

Zum ersten Mal, seit er sich gesetzt hatte, fühlte Peter sich unbehaglich. Sie hatte genau die Frage gefunden, die er nicht beantworten, ja, die er sich nicht einmal stellen wollte. Er sah an ihrem Gesicht, dass sie seine Verlegenheit spürte.

»Du brauchst es mir nicht zu sagen«, sagte sie, ohne seine Hand loszulassen.

»Ich weiß es nicht«, sagte Peter. »Wenn mich jemand anderes gefragt hätte, hätte ich wahrscheinlich gesagt, dass ich meine ganze Kindheit damit verbracht habe, mich vor meinen trunksüchtigen Eltern zu verstecken, aber ich glaube, das ist nicht die ganze Wahrheit. Ich glaube, es ist mindestens genauso mein Fehler wie ihrer. Ich hatte schon immer vor Leuten Angst. Vielleicht war ich auch einfach zu faul, um Leute kennenzulernen.«

»Zu faul?«

»Ja, ich konnte mich nicht dazu aufraffen, jemanden kennenzulernen, wenn ich genauso gut im Keller sitzen und Schallplatten hören oder Briefmarken sammeln konnte. Das war einfacher.«

»Bei mir hast du dich aber doch aufgerafft«, sagte Amanda.

»Vielleicht habe ich ja auf dich gewartet«, sagte Peter. »Vielleicht habe ich meine ganze soziale Energie für diesen Moment aufgespart.«

»Wirst du jetzt bei unserem ersten Rendezvous gleich romantisch?«, sagte Amanda lächelnd.

Peter fing an zu stammeln. »Ich wollte nicht … ich meine …«

»Ist schon gut, Peter. Ich weiß, was du meinst.«

»Oh«, sagte Peter und fiel ein bisschen in sich zusammen. Eine Minute lang saßen sie schweigend da und starrten ihre Hände an, die immer noch verschränkt auf der Resopalplatte lagen.

»Also zwei Dinge habe ich in der Ridgefield Library gefunden, die mich faszinieren«, sagte Peter schließlich. »Seltene Bücher – und dich.«

»Das freut mich, dass ich dich fasziniere, Peter Byerly«, sagte sie. »Es macht mir gar nichts aus, dass ich erst der zweite Punkt auf deiner Liste bin.«

Peter war glücklich. Er spürte nicht mal die Notwendigkeit, ihr zu sagen, dass er bereit wäre, alles für sie aufzugeben, wenn er mit ihr zusammen sein dürfte. Auch die Sicherheit der Bibliothek und die Bücher. »Ich glaube, das ist ein wichtiger Tag«, sagte er.

»Der allerwichtigste«, sagte Amanda. Sie beugte sich vor und küsste ihn leicht auf die Lippen. Einen Moment lang glaubte Peter, er müsste vor Freude ohnmächtig werden.

Die folgenden Monate verbrachte Peter mit den zwei Amandas. In der Spezialsammlung lernte und arbeitete er unter den unbarmherzigen Blicken von Amanda Deveraux' Porträt. Doch die lebende Amanda war glücklicherweise alles andere als unbarmherzig. Jeden Abend begrüßte sie ihn mit ihrem warmen, strahlenden Lächeln in der Snack Bar.

Francis Leland war nicht nur der Leiter der Spezialsammlungen, sondern auch Mitglied des Lehrkörpers, und arrangierte für Peter einen speziellen Studiengang im Rahmen der Fakultät. Sie nannten ihn »Buchkunst und Bibliografie«. Zusätzlich zum Grundstudium wählte Peter noch ein Hauptseminar über Shakespeare, aber die meiste Zeit verbrachte er in einem Seminar, das sie »Seltene Bücher« genannt hatten, und mit praktischen Übungen zum Reparieren und Restaurieren von Büchern bei Hank Christansen. »Wir nennen das am besten *Buchkunst 101*«, sagte Hank, »denn ich brauche mindestens zwei Jahre, um dir eine angemessene Einführung in dieses Thema zu geben.« Peter war überglücklich.

Er las alle Shakespeare-Texte in Amanda Deveraux' First Folio nach, und als er in seinem Shakespeare-Seminar *Hamlet* las, studierte er auch den kompletten Text des Bad Quarto. Als er das allerdings in der Klasse erwähnte, reagierte der Dozent verstört. Er hatte keine Ahnung, was Peter meinte.

»Viele wissen gar nicht, was wir hier alles haben«, sagte Francis Leland, als ihm Peter von dem Erlebnis erzählte. »Sie haben gar keine Zeit für die Bibliothek, weil sie so mit dem Hier und Jetzt beschäftigt sind.«

»Aber wenn man ein Seminar über *Hamlet* hält«, sagte Peter, »kaum zweihundert Meter von einem Exemplar des Erstdrucks entfernt ... wie kann man dann *nicht* den Wunsch verspüren, es anzufassen und darin zu lesen?«

»Wir sind eine besondere Rasse, Peter«, sagte Leland.

In der ersten Zeit seiner Ausbildung war es Peter recht peinlich, wie wenig er wusste. Einmal hatte er die Erstausgabe von Thomas Dekkers *Whore of Babylon* aus dem Jahr 1607 aus dem Cleopatra-Schrank genommen. Peter legte es auf den Tisch, zog seine Baumwollhandschuhe an, war aber nicht in der Lage, das Buch zu öffnen.

»Das ist kein Buch, das ist eine Buchkassette«, erklärte Francis Leland, der gerade hereinkam und Peters Bemühungen sah. Was Peter für die Vorderkante gehalten hatte, war in

Wirklichkeit eine Attrappe. Peter erkannte, dass es sich um eine lederbezogene Schachtel handelte, deren hintere Kante wie ein Buchrücken gestaltet war. Leland öffnete die Kassette und ließ das Buch herausgleiten, das gemessen an seiner »Verpackung« eher bescheiden aussah.

»Es ging nicht nur darum, das empfindliche Buch zu schützen, sondern auch darum, es im Regal größer aussehen zu lassen.« Peter betrachtete bewundernd die innere Faltschachtel. Die eine Seite war fast einen Zoll dick, während auf der anderen das schmale Buch klemmte.

»Wenn du ausgelernt hast bei Hank«, sagte Francis Leland, »dann kannst du so etwas auch machen.«

»Warum magst du mich eigentlich?«, fragte Peter eines Nachts, als sie aus der Snack Bar zu Amandas Wohnheim gingen. Der Geruch des Frühlings hing in der Luft, und obwohl nur wenige Studenten unterwegs waren, schien Ridgefield ungeheuer lebendig und voller Möglichkeiten. Dieses neue Leben war es wohl, was ihm den Mut gab, die Frage zu stellen.

»In der Highschool hatte ich einen Freund.« Wie so oft beantwortete Amanda seine Frage mit einer Geschichte, die zunächst den Eindruck machte, als hätte sie nichts mit dem Thema zu tun. Aber Peter wusste inzwischen, dass am Ende meist doch die Antworten auftauchten. »Er war ein Football-Spieler, aber kein Star. Er hatte gute Noten, aber er war kein Intellektueller. Er trank gelegentlich mal ein Bier, aber er war kein Säufer. Er war ein netter, konventioneller Junge, und ich mochte ihn auf nette, konventionelle Weise. Ich habe mitgekriegt, was die Mädchen an der Highschool richtig toll fanden: große, sportliche Jungs, schnelle Autos, Alkohol, Hasch und Schlimmeres. Ungeschickten Sex auf dem Bett deiner Eltern mit jemandem, den du kaum kanntest. Aber das hat mich nicht interessiert. Ich war mit meinem Durchschnittstypen völlig zufrieden.«

»Und was ist aus ihm geworden?«, fragte Peter. Sie waren unter einem großen Ahornbaum stehengeblieben, der etwas abseits von den sonst gut von Bogenlampen beleuchteten Wegen des Campus stand. Nur das Mondlicht, das durch die Blätter sickerte, erhellte Amandas Gesicht. Ihr Haar sah wie gesponnenes Silber aus, und Peter hätte sie nur allzu gern an sich gezogen und sein Gesicht in diesen Locken vergraben.

»Wir haben unser Abschlusszeugnis gekriegt«, sagte Amanda und drehte eine Strähne in ihren Fingern. »Er ging seinen Weg und ich meinen. Irgendwann im Sommer hat er mich mal zu einem Konzert eingeladen, aber ich hab ihm gesagt, ich hätte zu tun. Ich hatte das Gefühl, er war fast erleichtert. Es war irgendwie einfacher. Ich meine, ich fand es okay, dass er ein ganz gewöhnlicher Junge war, aber die Beziehung war das eben auch.«

»Du hast meine Frage nicht beantwortet«, sagte Peter, griff nach ihrer erhobenen Hand und zog sie so dicht an sich heran, dass ihm ganz schwindlig von ihrem Duft wurde. »Warum magst du mich? Weil ich so gewöhnlich bin?«

»Im Gegenteil«, sagte Amanda und ließ ihren Kopf auf seine Schulter sinken. »Ich mag dich, weil du ungewöhnlich bist – in einer Art, von der ich gar nicht wusste, dass sie überhaupt existiert.«

Southwark, London, 1609

Trotz der schwülen Sommerhitze zog sich Bartholomew den Umhang dicht um die Schultern. Intensiver Weihrauchgeruch hing über der engen Straße, damit sollte die Pest bekämpft werden, aber Bartholomew hielt sich ohnehin für immun. Schließlich hatte er die Seuche schon 1592 überlebt. Seine Freunde von damals waren inzwischen alle tot, aber sie waren nicht der Pest zum Opfer gefallen. Greene war gleich am Tag nach seinem Besuch gestorben. Er hatte eine Nachricht an seine Frau geschickt, sie solle Mrs Isam zehn Pfund zahlen, aber die Schuld war nie beglichen worden. Peele war ein paar Jahre später an den Blattern gestorben. Woran Thomas Nashe gestorben war, wusste Bartholomew nicht genau, aber dass der Erzbischof Whitgift verboten hatte, dass die Werke von Nashe jemals wieder gedruckt würden, wusste er nur zu genau. Lyly hatte Bartholomew aus den Augen verloren. Master of the Revels war er nie geworden, es hieß, er sei arm und verlassen gestorben, ohne besonderen Grund. Vielleicht war es Scham, Ungeduld oder Verzweiflung.

Am schockierendsten war der Tod von Christopher »Kit« Marlowe gewesen. Wenige Monate nach Greenes Tod war Bartholomew in seine Lieblingsschenke gekommen und hatte zu seinem Entsetzen gehört, dass Marlowe bei einer Messerstecherei in Deptford zu Tode gekommen sei. Er war erst neunundzwanzig gewesen. Bartholomew war krank geworden, als er von Marlowes Tod hörte, und musste eine Woche im Bett bleiben. Danach war er den ganzen Weg nach Deptford hinausgegangen, um an Marlowes Grab auf dem Kirchhof von St Nicholas zu stehen, das nie einen Grabstein erhielt.

Bartholomew hatte neue Freunde gewonnen, aber ohne Greene und Marlowe war das Leben in den Tavernen von Southwark nie mehr dasselbe gewesen. Bartholomew kam noch gelegentlich im »George & Dragon« vorbei, und die Theaterleute kannte er auch. Richard Burbage, der große Schauspieler und Besitzer des Globe, hatte ihm manchen Drink bezahlt, und er hatte sich stets revanchiert. Mehrfach hatte er mit Will Shakespeare am Tisch gesessen. Der Sohn des Handschuhmachers hatte alle anderen übertroffen, und Bartholomew war sich dessen sofort bewusst gewesen, als er im Sommer im Globe in der Sonne saß und *Hamlet* zum ersten Mal sah, aufgeführt von The Lord Chamberlain's Men, die sich jetzt zu Ehren des neuen Königs The King's Men nannten. Der Eindruck war ungeheuer gewesen. Verglichen mit diesem Dichter waren die meisten von Bartholomews alten Freunden völlig unbedeutend. Leider war er persönlich für Shakespeare wohl nur eine Randgestalt. Der große Mann erlaubte ihm zwar, ab und zu eine Runde zu zahlen und mit am Kamin zu sitzen, wenn er den Schauspielern seine Geschichten erzählte, aber Bartholomew wusste, dass er niemals zu Shakespeares engeren Freunden gehören würde.

Es schien fast unglaublich, dass er jetzt schon seit zwanzig Jahren Buchhändler war, aber das Leben verging so schnell. Ein solcher Coup wie der mit dem gestohlenen Psalter, den er an Robert Cotton verkauft hatte, war ihm nie wieder gelungen. Cotton lebte jetzt in einem schönen Haus in Westminster und sammelte immer noch, aber ihre Geschäftsbeziehungen waren eher bescheiden. Trotzdem waren ihm die aufregenden Tage in Southwark noch genauso gut im Gedächtnis wie sein jüngster Besuch im oberen Stockwerk des »George & Dragon« bei einem neuen Mädchen namens Penelope.

Heute allerdings kam er aus geschäftlichen Gründen nach Southwark. Er wollte Shakespeare das Buch zeigen, das er in seinen Umhang gesteckt hatte. Eigentlich hatte er es für immer behalten wollen, aber neulich hatte der Erfolgsautor durchblicken lassen, dass er auf der Suche nach einem neuen Stoff sei, und diese Gelegenheit wollte Bartholomew sich nicht entgehen lassen.

»Ich hätte da was für Euch«, hatte er munter verkündet, und Shakespeare hatte tatsächlich Interesse gezeigt und sich bereit erklärt, ihn zu treffen.

Als er sich auf die Bank im hinteren Schankraum des »George & Dragon« setzte, wurde sich Bartholomew plötzlich bewusst, dass er noch nie allein mit dem großen Autor gewesen war. Früher hatten er und seine Freunde über den Mann aus Stratford gespottet, aber jetzt war Bartholomew so aufgeregt, als hätte der König selbst ihm eine Audienz gewährt.

»Nun«, sagte Bartholomew, »weiß man schon, wann die Theater wieder eröffnen werden?«

»Die Saison ist verloren«, sagte Shakespeare. »Wir hoffen, dass wir nächstes Jahr mehr Glück haben. Aber für die neue Saison braucht man immer auch neue Stücke, wenigstens ein oder zwei. Ich kann ja nicht erwarten, dass die Leute noch jahrelang kommen, um *Hamlet* oder *Romeo und Julia* zu sehen.«

Bartholomew, der fest überzeugt war, dass die Leute noch in hundert Jahren kommen würden, um diese Tragödien zu sehen, nickte nur höflich.

»Nun, was habt Ihr für mich?«, fragte Shakespeare.

Bartholomew zog den schmalen Quartband heraus, den er unter dem Mantel trug. Er war etwas abgeschabt an den Ecken, denn er hatte ihn oft genug aus dem Schrank genommen, wenn in den langen Winternächten der Schlaf nicht kommen wollte. Er legte das Buch auf den Tisch. »Es ist von Robert Greene«, sagte er.

»Greene?«, sagte Shakespeare mit einem Lachen. »Der war ein Freund von Euch, nicht wahr?«

»Ja, das war er«, bestätigte Bartholomew.

»Ein Freund, der mich eine ›emporgekommene Krähe‹ genannt hat, wenn ich mich recht entsinne.«

»Nun ja«, sagte Bartholomew mit einem geschmeidigen Lächeln, »gibt es eine schönere Rache, als wenn Ihr seine Geschichte für Euer nächstes Stück nehmt? Aus einer Romanze, die niemand mehr liest, wird ein Theaterstück, an dem sich ganz London ergötzt! Die Krähe hat das letzte Wort.«

»Wovon handelt es?«, fragte Shakespeare.

Bartholomew schlug die erste Seite auf und las vor: »Unter allen Leidenschaften, die den Menschen quälen, ist keine, die so viel Bitterkeit und Unruhe schafft wie die ansteckende Plage der Eifersucht.«

»Über Eifersucht habe ich schon ein Stück geschrieben«, sagte Shakespeare. »Burbage hat vorgeschlagen, es im nächsten Jahr neu auf die Bühne zu bringen.«

»Das hier ist ganz anders«, sagte Bartholomew, der sich keineswegs sicher war, ob es wirklich ganz anders war. »Außerdem könnt Ihr's ja ändern. Ihr könnt eine Komödie daraus machen. Die tote Ehefrau steht wieder auf, und alle sind glücklich.«

»Ihr seid ziemlich skrupellos, Harbottle, hab ich recht? Ein richtiger Spitzbube?«

»Nun ja, ich trinke gern einen und besuche auch schon mal die hübschen Frauen im oberen Stockwerk, allerdings nicht mehr so oft wie früher. Vor allem bin ich Geschäftsmann.«

»Ihr seid der Schlimmste von allen!«, sagte Shakespeare und lachte. »Ich habe von Euren Abenteuern gehört. Da war doch etwas mit dem Bischof von Winchester ...«

»Ach, das wird stark übertrieben. Die Geschichte wird jedes Mal wilder, wenn sie erzählt wird.«

»Und jetzt wollt Ihr mir dieses Buch verkaufen, damit ich mich an dem armen vergessenen Robert Greene rächen kann.

Vielleicht sollte ich Euch ja auch in das Stück setzen! Ein Dieb, ein Halunke, ein Spitzbube. Kein Clown, sondern ein Ränkeschmied. Ein Geschäftsmann.«

»Zu viel der Ehre, Sir. Ich weiß nicht, ob ich das alles bin.«

»Die Bühne macht aus uns allen das, was wir nicht sind«, sagte Shakespeare. Die beiden Männer hoben ihre Bierkrüge nach dieser Erklärung. Schließlich schob Bartholomew das Buch über den Tisch.

»Eure Rache wird gewiss noch süßer«, sagte er, »wenn ich Euch sage, dass Greene mir diesen *Pandosto* am Vorabend seines Todes gegeben hat.«

Shakespeare runzelte die Stirn. Er nahm das Buch und klappte es auf. »Und jetzt erwartet Ihr, dass ich es Euch abkaufe?«

»Aber nein«, sagte Bartholomew. »Ich will Euch das Buch nicht verkaufen. Ich will es Euch leihen, solange Ihr seiner bedürft.«

»Aber Ihr seid doch ein Buchhändler?«

»An den meisten Tagen, ja. Aber heute bin ich nur ein Theaterbesucher, der sich auf ein neues Stück von Will Shakespeare freut.«

»Das und ein Schmeichler«, lachte der Autor.

»Zugegeben«, lächelte Bartholomew.

»Na schön«, sagte Shakespeare und nahm das Buch an sich. »Ich werde lesen, was Euer Freund Greene zu sagen hat. Aber ich warne Euch, wenn ich tatsächlich ein Theaterstück aus der Geschichte mache, bleiben womöglich Spuren in Eurem schönen Buch zurück.«

»Aber bitte«, sagte Bartholomew, »macht Notizen und Kommentare, soviel Ihr wollt.«

»*Pandosto* ist kein Titel für ein Theaterstück«, sagte Shakespeare.

»Ich hab es im Winter gelesen«, sagte Bartholomew. »Warum nennt Ihr's nicht *The Winter's Tale,* als Gegenstück zum *Midsummer Night's Dream* sozusagen.«

Shakespeare steckte das Buch ein und trank seinen Krug leer. Dann stand er auf, zwinkerte Bartholomew vergnügt zu und sagte: »Ihr solltet besser Buchhändler bleiben.« Damit ging er hinaus.

Bartholomew lehnte sich zurück und lächelte. Denn er war tatsächlich ein Intrigant und ein Spitzbube, und er hatte so seine Pläne mit Shakespeare.

Die Straße vor dem Theater wimmelte von Menschen. Keine Pest, perfektes Wetter und ein neues Shakespeare-Stück lockte eine Menge Leute über die Brücke. Das Globe, das dreitausend Menschen aufnehmen konnte, würde bestimmt brechend voll sein. Bartholomew war beunruhigt. Wenn sein Gast nicht bald auftauchte, würden sie keinen Platz mehr auf der Galerie finden, und er bezweifelte, dass Robert Cotton bereit sein würde, sich drei Stunden lang mit den Groundlings direkt vor die Bühne zu stellen. Bartholomew hatte einige Wochen gebraucht, um Cotton zu diesem Theaterbesuch zu bewegen, und nur die Erinnerung an den Psalter und Bartholomews Andeutung, er hätte vielleicht wieder ein neues interessantes Stück, hatte ihn schließlich bewogen, die Reise nach Southwark ins Auge zu fassen.

Das Klappern von Hufen und das Rattern der Kutschen zeigten an, dass sich gelegentlich auch edlere Herren zum Globe bringen ließen, aber Bartholomews Augen waren fest auf die Themse gerichtet. Er war überzeugt, dass Cotton mit dem Schiff kommen würde. Von Westminster aus war das viel bequemer als der weite Weg über die London Bridge. Aber es war schon fast zwei, als er endlich das elegante, in der Sonne schimmernde blaue Doublet mit goldenem Besatz sah, das Cotton so gern trug. Der berühmte Mann schlenderte gelassen auf das Theater zu und schien es nicht eilig zu haben. Bartholomew kramte hastig in seinem Geldbeutel. Um mit seinem Gast auf die zweite Galerie gelassen zu werden, musste er vier Pence bezahlen. Sie hatten sich gerade auf das Ende einer der hölzernen Sitzreihen gequetscht, als auch schon die Fanfare ertönte. Das Getöse der Menge verminderte sich zu jenem kontinuierlichen Murmeln, das die gesamte Vorstellung begleiten würde, und zwei vornehm gekleidete Herren betraten die Bühne.

»Wie heißt das Stück?«, fragte Cotton.

»Er nennt es *The Winter's Tale*«, sagte Bartholomew. Cotton lehnte sich auf der Bank zurück und verfolgte das Stück ohne weiteren Kommentar.

Seine eigene Rolle bei der Entstehung des Stücks erwähnte Bartholomew nicht, bemerkte im Verlauf der Vorführung aber durchaus, wie eng die Handlung sich an den *Pandosto* anlehnte. Er hatte nicht mehr mit Shakespeare gesprochen, seit er ihm das Buch geliehen hatte, aber als das Stück im letzten Herbst angekündigt worden war, hatte er sich gewisse Hoffnungen gemacht. Der Titel *The Winter's Tale* klang so, als hätte Shakespeare den Köder geschluckt. Aber erst seit April wusste Bartholomew es genau. An einem kalten und feuchten Tag war ein Botenjunge zu ihm in den Laden in der Paternostergasse gekommen und hatte ihm ein Päckchen von »Master Shakespeare« gebracht. Im Inneren hatte Bartholomew seinen *Pandosto* gefunden und dazu einen kurzen Brief.

Harbottle,
entschuldigt, dass ich nur den Botenjungen zu Euch schicke, aber ich habe dringende Geschäfte in Stratford. Ich denke, Ihr werdet etwas von Euch in The Winter's Tale *finden. Tut mir leid, dass ich Euren* Pandosto *verunstaltet habe, aber ich gebe ihn beiliegend trotzdem zurück und sage Euch meinen Dank.*
W. Shakespeare

Bartholomew blätterte hastig das Buch durch und lächelte zufrieden. Die Seiten waren mit Hunderten von Randnotizen und Kommentaren bedeckt. Noch am selben Nachmittag hatte er sich nach Westminster aufgemacht und Robert Cotton einen Besuch abgestattet.

Während der heutigen Vorführung vergaß Bartholomew seinen prominenten Begleiter allerdings fast. Die Geschichte von König Leontes, der seine Frau des Ehebruchs bezichtigt und ins Gefängnis werfen lässt, wo sie ein kleines Mädchen zur Welt bringt, und das schreckliche Schicksal des Kindes, das Leontes in der Wildnis aussetzen lässt, schlugen das Publikum in seinen Bann, auch wenn es eine gelegentliche Rangelei und zornige Ausrufe im Innenhof gab, wo die Groundlinge standen. Als gegen Ende des dritten Akts verkündet wurde, dass der Sohn des Leontes, der hoffnungsvolle Thronfolger, gestorben sei, und die zum Tode verurteilte Königin ohnmächtig zusammensank, sah Bartholomew Tränen bei vielen Zuschauern, und vom Innenhof stieg ein Stöhnen auf. Er begann sich zu fragen, ob Shakespeare tatsächlich eine weitere Tragödie geschrieben hatte. Und eine leichte Enttäuschung konnte er auch nicht unterdrücken. Hatte Shakespeare nicht versprochen, er werde »etwas von sich selbst« in dem Stück wiederfinden? Unsinn, schalt er sich, was sollte die Eitelkeit? Shakespeare hatte das Stück geschrieben, das war das Einzige, worauf es hier ankam. Shakespeare hatte das Stück geschrieben, und er, Bartholomew, würde sein Glück damit machen.

Während er so vor sich hin träumte, hatte Bartholomew gar nicht bemerkt, dass eine neue Figur auf der Bühne erschienen war. Dann aber erschrak er. Was war das für ein Bursche, der da singend auf die Bühne kam und seine »gedruckten Balladen« anpries? Sollte das etwa er sein? Ein reisender Buchhändler, der seine Waren in einer Kiepe mit sich herumtrug? Bartholomew war gekränkt. Aber aus seinem Beleidigtsein wurde fast Panik, als er genauer hinhörte: »Ha, ha, was für eine Närrin die Ehrlichkeit ist! Und Leichtgläubigkeit, ihre treue Gefährtin, ist eine sehr törichte Dame!«, prahlte dieser Autolycus. »Ich hätte den Weibern die Unterröcke wegstehlen und sämtlichen Männern die Beutel abschneiden können!«

Das ging zu weit! Dieser Autolycus war ja wirklich ein Spitzbube. Er war zwar kein Grabräuber, aber ganz offenbar ein Beutelschneider, Betrüger und Intrigant. Bartholomew warf seinem Begleiter einen nervösen Blick zu. Hoffentlich bezog der das alles nicht etwa auf ihn. Dann konnte sein Plan womöglich noch fehlschlagen! »Wenn ich gedacht hätte, dass es ein ehrliches Werk wäre, dem König die Wahrheit zu sagen, dann hätte ich's nicht getan. Mir scheint, es ist die größere Spitzbüberei, sie ihm zu verschweigen, und so halt ich mich an meinen Beruf.«

War sein Beruf wirklich Spitzbüberei, fragte sich Bartholomew. Gewiss, einige Höhepunkte seiner Karriere trieften nicht gerade vor Tugend, und was er jetzt vorhatte, war auch nicht ganz ohne Tücke. Aber er hatte doch nie jemandem wirklich geschadet? Und das schien Shakespeare ja auch so zu sehen, denn als das Stück seinem Ende entgegeneilte, wurde erkennbar, dass die Intrigen des Autolycus nur zum Glück der Hauptfiguren beitrugen.

Als die Menge das Theater verließ, zog Bartholomew seinen Gast in Richtung des »George & Dragon«. Die meisten Theaterzuschauer strömten über die Brücke zurück in die Stadt, aber es zogen doch so viele in die Tavernen von Southwark, dass Bartholomew froh war, eine stille Nische in seinem Lieblingslokal reserviert zu haben. Als die beiden Männer ihre Plätze einnahmen, standen für ihn gleich ein frischer Krug Bier und für Cotton ein gutes Glas Wein auf dem Tisch.

»Nun, wie fandet Ihr das Stück?«, fragte Bartholomew

nach dem ersten Schluck. »Habt Ihr gehört, wie die Menge gejubelt hat?«

»Das hat mich nicht überrascht«, sagte Cotton. »Shakespeare ist populär. Aber Ihr habt mir immer noch nicht gesagt, worum es heute eigentlich geht. Ich gehe natürlich genauso gern ins Theater wie jeder andere, aber Ihr hattet angedeutet, dass vielleicht auch ein Ankauf für meine Sammlung ins Haus stünde.«

»So ist es, aber Geduld, lieber Freund. Sagt mir, seid Ihr nicht auch der Auffassung, dass Will Shakespeare der größte Stückeschreiber unserer Zeit ist?«

»Das würde ich nicht bestreiten«, sagte Cotton.

»Ich würde sagen, er ist vielleicht sogar der größte Dramatiker aller Zeiten«, sagte Bartholomew. »Man wird bestimmt noch lange über ihn reden.« Er konnte sich lebhaft vorstellen, wie sein alter Freund Robert Greene bei einer solchen Behauptung laut gelacht hätte, aber Greene hatte ja auch nicht mehr miterlebt, dass die »emporgekommene Krähe« wie ein Komet aufgestiegen war.

»Ich besitze ein paar mittelalterliche Handschriften mit den Texten antiker Autoren«, sagte Cotton. »Das relativiert eine solche Behauptung durchaus. Aber ich gebe gern zu, dass er ein wichtiger Autor ist. Obwohl ich das heutige Stück nicht für sein bestes halte.«

»Dafür gibt es vielleicht einen Grund«, sagte Bartholomew, der spürte, dass jetzt der richtige Zeitpunkt für seinen Vorstoß gekommen war. »Es heißt in Schauspielerkreisen, dass Shakespeare krank sei. Am Ende der Saison will er sich nach Stratford zurückziehen und wird den Winter wahrscheinlich nicht überleben.« In Wirklichkeit hatte Bartholomew nichts dergleichen gehört. Aber er war zu dem Ergebnis gekommen, dass ein solches Gerücht seinen Absichten nützlich sein konnte. Wenn es noch nicht existierte, konnte man es ja selbst in die Welt setzen.

»Oh, das tut mir leid«, sagte Cotton. »Er hat vor Jahren mal meine Bibliothek besucht. Ich glaube, damals hat er an *Henry V.* gearbeitet. Ein großartiges, aufrüttelndes Stück. Er war ein stiller, ernsthafter Mann, nicht so ein unmoralischer Trunkenbold und Weiberheld, wie man sie sonst unter diesen Theaterleuten oft findet.« Bartholomew sah keinen Grund, dem Büchersammler zu widersprechen. Dass man Will Shakespeare auch ganz andere Eskapaden nachsagte, brauchte er nicht zu wissen.

Bartholomew nahm einen großen Schluck Ale und wischte sich mit einer ausladenden Geste den Mund ab. »Wenn er stirbt, werden die Leute sich um seine Manuskripte reißen«, sagte er. »Irgendjemand wird sie veröffentlichen wollen, aber genauso viele werden sie verbrennen wollen.«

»Warum sollte jemand die Manuskripte verbrennen wollen?« Die Vernichtung von literarischen Manuskripten war in den Augen von Cotton das schlimmste Verbrechen, weitaus schlimmer als Gotteslästerung, und Bartholomew wusste, dass er einen wunden Punkt getroffen hatte.

»Eifersucht natürlich«, sagte er leichthin. »Vielleicht wisst Ihr gar nicht, was die anderen Stückeschreiber und ihr Anhang über Shakespeare denken? Sie hassen diesen Emporkömmling, der nicht mal studiert hat und dessen Stern jetzt heller strahlt als alle Oxford- und Cambridge-Abgänger zusammen. Und warum sollten die King's Men etwas dagegen haben? Wenn die Stücke veröffentlicht würden, könnte jeder sie aufführen. Aber jetzt haben die Schauspieler ein Monopol: Sie kennen ihre Rollen, und wenn es Abschriften gibt, dann halten sie diese geheim.«

»Aber seine Stücke sind doch veröffentlicht worden«, sagte Cotton. »Ich hab sie gesehen.«

»Pah«, sagte Bartholomew. »Einige vielleicht, aber höchstens ein Dutzend. Es gibt noch mindestens dreißig, die nicht veröffentlicht worden sind.« Das stimmte durchaus nicht.

Bartholomew wusste genau, dass schon mindestens achtzehn Stücke von Shakespeare gedruckt worden waren und dass es darüber hinaus nur ungefähr zwanzig andere gab, aber er glaubte an die Macht der Übertreibung.

»Und es gibt noch andere«, sagte er. Allmählich hatte er sich warm geredet. »Stücke, die noch gar nicht aufgeführt worden sind. Ich habe Seiten einer Tragödie gesehen, die *Hamlet* und *King Lear* noch in den Schatten stellen wird.« Er machte eine kleine Pause. »Und das alles kann Euch gehören«, flüsterte er.

»Wie bitte?«, sagte Cotton, der gar nicht bemerkt hatte, dass Bartholomew jetzt beim springenden Punkt war.

»Ich habe – allerdings nicht für lange – eine Gelegenheit, Shakespeares sämtliche Originalmanuskripte zu kaufen. Er hat Schulden in Stratford, die er vor seinem Tod gern begleichen würde. Außerdem möchte er für seine Familie vorsorgen.«

»Und Ihr wärt bereit, diese Manuskripte für mich zu erwerben?«, fragte Cotton und beugte sich zum ersten Mal während des Gesprächs etwas nach vorn. »Hab ich das richtig verstanden?«

»Genau«, sagte Bartholomew.

»Aber Ihr wisst doch, dass ich zeitgenössische Literatur gar nicht sammle.«

»Denkt an die Zukunft. Ihr könntet der Mann werden, der die Werke von Englands größtem Dramatiker für die Nachwelt bewahrt. Stellt Euch vor, wie diese Manuskripte sich neben den Werken Eurer geliebten Griechen ausnehmen würden! Sie gehören in Eure Bibliothek und nicht bei irgendjemand ins Herdfeuer.« Bartholomew war ein geübter Verkäufer mit jahrzehntelanger Erfahrung und wusste genau, wann ein Kunde angebissen hatte. Aber noch war der Fang nicht im Kescher. Bartholomew lehnte sich etwas zurück. »Wenn es Euch nicht um den Ruhm Eurer Sammlung geht«, sagte er, »dann solltet Ihr's für England tun. Damit die Welt erfährt, dass niemand unsere Dichter übertreffen kann.«

Dieser Appell an den Patriotismus und das Wort »Dichter« schien die Waagschale endgültig zu senken, denn der Händler erkannte in den Augen seines Opfers ein wohlbekanntes Funkeln. Cotton biss sich auf die Lippen, dann fragte er: »Wie viel soll das kosten?«

»Einhundert Pfund«, sagte Bartholomew ruhig. »Die Hälfte als Anzahlung, der Rest bei Lieferung.«

»Hundert Pfund!?«, rief Cotton. »Das ist ja Straßenraub. Ihr seid genau so ein Spitzbube wie der Buchhändler in diesem Stück heute.«

Cottons Erregung beunruhigte Bartholomew nicht. Er wusste, dass ein Geschäft so gut wie abgeschlossen war, wenn der Kunde sich über den Preis beschwerte. »Was soll ich sagen?«, erwiderte er. »Der Mann hat Schulden. Ich kann Euch versichern, dass ich daran gar nichts verdiene. Ich tue das nur aus Freundschaft und aus Liebe zur englischen Literatur.«

»Nun, Ihr werdet wohl wissen, dass ich nicht mit fünfzig Pfund auf den Straßen von Southwark herumlaufe.«

»Natürlich nicht.«

»Außerdem brauche ich einen Beweis, dass Ihr die Ware tatsächlich liefert.«

»Gewiss«, sagte Bartholomew. »Den sollt Ihr haben.«

»Gut. Dann sehen wir uns am Dienstag bei mir«, sagte Cotton und stand von seinem Sitz auf. »Bringt die Probe zu mir nach Westminster. Wenn sie mich überzeugt, dann leiste ich die gewünschte Anzahlung, aber nur, wenn ich den Rest noch in der nächsten Woche erhalte.« Er wartete nicht darauf, dass Bartholomew die geeigneten Abschiedsworte fand, sondern schob sich ungeduldig durch die Menge, die in der Bar stand und zechte. Sein Wein war unberührt zurückgeblieben. Bartholomew dachte, dass er vielleicht sein Glück als

Schauspieler am Globe Theatre versuchen sollte. Ohne Text, Kostüm und Bühnenbild hatte er gerade die Vorstellung seines Lebens abgeliefert. Und sein Publikum hatte ihm alles abgekauft, ohne mit der Wimper zu zucken.

London, Freitag, 17. Februar 1995

»Mr Byerly«, sagte Liz, legte das Aquarell neben ihr Weinglas auf den Tisch, nahm ihre Brille ab und beugte sich etwas vor. »Peter. Meine Welt ist eine sehr kleine Welt. Manchen mag sie nicht sehr wichtig erscheinen, aber ich versichere Ihnen, für Leute wie mich ist sie von essentieller Bedeutung. Sie leben nicht in dieser Welt, wie es scheint. Ihre Frau dagegen hat es getan – oder zumindest verstand sie, worum es uns geht. Meine Welt ist die viktorianische Kunst. Es ist eine Welt von Sammlern, Professoren, Galeristen, begeisterten Amateuren und einigen wenigen Leuten, die so sind wie ich. Ich arbeite bei einem sehr kleinen Verlag und hoffe wie alle meine Kollegen, dass ich irgendwann mal ein Manuskript von bleibender Bedeutung auf meinen Tisch kriege. Es gibt nicht mehr viele Geheimnisse in der viktorianischen Kunst. Also können Sie sich vielleicht vorstellen, was es für mich bedeuten würde, wenn ich ein Geheimnis aufdecken würde, das unsere kleine Welt aufrüttelt, einen Skandal, über den die Leute noch jahrelang reden.«

Peter konnte sich sehr genau vorstellen, was es für sie bedeuten würde. Es wäre so ähnlich, als ob man eine *Hamlet*-Ausgabe entdeckte, die älter war als die Bad Quartos. In der Welt der Bücherliebhaber wäre es eine Sensation, im Feuilleton eine halbe Seite, in der übrigen Welt bestenfalls eine kleine Notiz. »Ja«, sagte er. »Das kann ich mir vorstellen.«

»Gut«, sagte Liz. »Dann verstehen Sie auch, was es bedeutet, wenn ich Ihnen sage: B.B. ist die Bombe, die *ich* hochgehen lassen möchte.«

»Dann wissen Sie also, wer das gemalt hat?«, sagte Peter und versuchte, das Zittern in seiner Stimme zu unterdrücken.

»Nicht genau«, sagte Liz. »Wissen Sie, wir haben ein Mitglied unten in Cornwall, einen älteren Herrn, er ist ein sehr gebildeter Mann. Unser Verlag hat zwei seiner Monografien veröffentlicht – gut recherchiert, gut geschrieben, aber sehr langweilig. Vor zwei Jahren hat er mich angerufen und mir gesagt, er hätte die Spur eines viktorianischen Künstlers mit der Signatur ›B.B.‹ aufgenommen. Viel hat er nicht darüber gesagt, aber aus seinen Äußerungen ging hervor, dass dieses Buch nicht langweilig, sondern äußerst ›sexy‹ sein würde. Das hat er tatsächlich gesagt. Seither hat er mich ab und zu mit kleinen Hinweisen geködert, wahrscheinlich um mein Interesse wachzuhalten. Allerdings immer nur telefonisch. Irgendwas Schriftliches habe ich nicht, aber nach allem, was er gesagt hat, war dieser B.B. in irgendeinen Skandal verwickelt. Es könnte sein, dass diese kleine Monografie über einen unbekannten Maler ein richtiger Wissenschaftskrimi wird.«

»Und deswegen sind Sie froh, dass ich das Bild nicht bei der Versammlung herumgezeigt habe?«

»Wenn Richard Campbell dieses Aquarell gesehen hätte, hätte er bestimmt angefangen herumzuschnüffeln und womöglich etwas über B.B. herausgefunden.«

»Ist das alles?«

»Na ja, mein Autor würde Ihr Aquarell sicher gern in seinem Buch haben. Wie es scheint, hat man ihm bisher nicht erlaubt, irgendwelche Werke von B.B. abzubilden.«

»Wer war denn dieser geheimnisvolle B.B.?«, fragte Peter.

»Das kann ich Ihnen nicht sagen.«

»Sie trauen mir nicht?«

»Darum geht es nicht. Ich weiß einfach nicht mehr als das, was ich Ihnen bisher schon erzählt habe. Nur, dass es eine gute Geschichte ist.«

»Sie erwarten also, dass ich Ihnen das Bild übergebe und dann geduldig warte, bis das Buch erscheint, um herauszufinden, wie es meine Frau geschafft hat, in zwei Jahrhunderten zugleich zu leben?«

»Ich würde es ja nicht behalten. Ich würde es nur fotografieren lassen und Ihnen in ein paar Tagen zurückgeben.«

»Und wie lange muss ich warten, bis ich diese skandalöse Geschichte erfahre?«

»Um ehrlich zu sein, erwarte ich das fertige Manuskript schon in den nächsten Tagen. Ich werde ordentlich Druck machen, dann ist es in ungefähr sechs Monaten draußen.«

»Miss Sutcliffe«, sagte Peter, stützte sich auf die Arme und bereitete sich darauf vor, eine eigene Rede vom Stapel zu lassen. »Ich bin ein sehr leidenschaftlicher Mann, manche Leute sagen sogar, ich wäre besessen. Angesichts Ihrer eigenen Leidenschaft für die viktorianische Kunst können Sie das sicher verstehen. Ich habe zwei Leidenschaften im Leben, nein, ich muss das noch deutlicher sagen: Seit einem Jahrzehnt sind zwei große Leidenschaften mein Lebensinhalt gewesen. Die eine sind seltene Bücher und die andere war Amanda Byerly. Seit meine Frau tot ist, war mein Leben vollkommen leer. Meine Fähigkeit zur Leidenschaft ist mit ihr gestorben. Jedenfalls habe ich das bisher gedacht. Und jetzt, wo mein Interesse an alten Büchern gerade wieder zu erwachen beginnt, finde ich *das*.« Er zeigte mit dem Finger auf das Aquarell. »In einem alten Buch aus dem 19. Jahrhundert finde ich ein Porträt meiner Frau, die aber nicht meine Frau sein kann. Meine beiden großen Leidenschaften vereinigen sich auf einem einzigen Stück Papier. Und irgendwie habe ich das Gefühl, dieses Bild könnte mich frei machen und dem Leben wieder zurückgeben. Schon jetzt hat es große Dinge für mich getan. Es hat mich neugierig gemacht und begeistert. Es hat dazu geführt, dass ich hier mit einer vollkommen fremden Frau sitze, mit Ihnen. Wissen Sie, es geht nicht um müßige Neugier, Miss Sutcliffe. Das hier ist kein unverbindliches, nettes Gespräch, sondern eine Sache auf Leben und Tod. Oder wenn nicht auf Leben und Tod, dann doch zumindest auf Leben und Nichtleben. Denn das ist kein Leben, wie ich in den letzten neun Monaten gelebt habe.«

»Woher wussten Sie, dass es *Miss* Sutcliffe heißt?«, fragte Liz lächelnd.

»Ich habe keinen Ring bei Ihnen gesehen, da habe ich einfach angenommen …«

»Okay, es stimmt. Aber es gibt andere Punkte, da haben Sie Unrecht. Es klingt überhaupt nicht so, als hätten Sie keine Leidenschaft mehr. Ich bewundere Leidenschaft, Peter, und Sie haben jede Menge davon. Ich schlage einen Kompromiss vor.«

»Einen Kompromiss?«

»Genau. Sie leihen mir das Aquarell und erlauben mir, dass ich es für unser Buch fotografiere. Ich gebe es Ihnen nächste Woche zurück, und sobald sie fertig sind, schicke ich Ihnen die Fahnen des Buchs. Auf diese Weise erfahren Sie alles vor den Rezensenten.«

»Klingt fair«, sagte Peter und versuchte, sich seine Enttäuschung nicht anmerken zu lassen.

»Das sind noch nicht alle Bedingungen«, sagte Liz.

»Ach ja?«

»Außerdem müssen Sie Ihr Abendessen mit mir beenden, mich ab sofort Liz nennen, mir ehrlich sagen, was Sie von diesem Beef Vindaloo halten, das gerade serviert wird, und mit mir einen Spaziergang an der Themse machen, bevor Sie in Ihren Zug steigen und wieder nach Hause fahren.« Sie lächelte und nahm schnell das Aquarell vom Tisch, ehe der Kellner das Essen hinstellte.

Und tatsächlich hatte sich Peter gefügt. Er hatte das Aquarell, die seltenen Bücher und sogar Amanda vergessen und einen angenehmen Abend mit Liz Sutcliffe verbracht. Nach dem Essen waren sie zur Themse hinuntergegangen und am Embankment in Richtung Westminster geschlendert. Der

Wind hatte sich gelegt, und als Big Ben zehn schlug, kam der Mond aus den Wolken.

»Es muss schön sein, in London zu leben«, sagte Peter. »Am Fluss entlangzuspazieren, den Schiffen zuzusehen und Ebbe und Flut zu beobachten.«

»Da könnten Sie recht haben«, sagte Liz. »Aber ehrlich gesagt, komme ich eigentlich selten hierher. Ich wohne in Hampstead und arbeite in Bloomsbury und fahre eigentlich immer nur zwischen zu Hause und meinem Büro hin und her.«

»Das ist aber schade«, sagte Peter und fühlte sich sofort wie ein Heuchler. Als ob er nicht genauso in einem Kokon lebte!

»Na ja, so ist das eben in London«, sagte sie. »Alles, was man braucht, kriegt man gleich in der Nachbarschaft. Und die Sehenswürdigkeiten sind eine unvermeidliche Draufgabe.« Sie lief die Treppe zur Westminster Bridge hinauf, blieb stehen und starrte zu der beleuchteten Turmuhr hinauf. »Aber Sie haben recht, Peter. Es ist wirklich ganz wunderschön.«

Es war kurz nach Mitternacht, als Peter den Schlüssel im Schloss umdrehte und aus einem kalten Nieselregen in sein Wohnzimmer trat, das nur vom Blinklicht des Anrufbeantworters erhellt wurde. Er fiel fast über den Karton mit seinem Buchreparaturwerkzeug, als er zum Lichtschalter stolperte, den der englische Elektriker aus unerfindlichen Gründen auf der anderen Seite des Raumes angebracht hatte. Fluchend knipste er das Licht an und drehte den Thermostat der Heizung hoch. Die Heizungsanlage war ziemlich eigenwillig, und gegenwärtig hatte man eher das Gefühl, dass die Raumtemperatur nicht etwa – wie angezeigt – zwanzig Grad Celsius betrug, sondern zwanzig Grad Fahrenheit. Amanda hätte solchen Pfusch nie akzeptiert. Peter war zu müde, um darauf zu warten, dass der Raum sich erwärmte. Er ging in die Küche und füllte eine Wärmflasche aus dem heißen Boiler.

Dann stapfte er zu seinem kalten, leeren Bett hinauf und legte sie unter die Decke. Unten blinkte das Licht des Anrufbeantworters in der Dunkelheit.

Peter erhielt selten Anrufe, und wenn, dann waren sie meist von Francis Leland, Hank Christiansen oder Amandas bester Freundin, Cynthia. Peter konnte sich richtig vorstellen, wie die drei sich zum Kaffee trafen und Streichhölzer zogen, um festzulegen, wer diese Woche mit Anrufen dran war. Derjenige, der anrief, hatte immer eine irgendwie glaubwürdige Frage, aber Peter wusste genau, dass sie in Wirklichkeit nur wissen wollten, ob er noch am Leben und in der Lage war zu telefonieren. Deshalb rief er auch nicht zurück.

Ganz selten riefen mal Kunden an, die einen Rat oder Hilfe bei der Suche nach einem bestimmten Buch wollten. Diese Anrufe beantwortete er manchmal.

Erst nachdem er gefrühstückt hatte, entschloss er sich nachzusehen, wer angerufen hatte. Er hoffte ein bisschen, dass es ein Kunde war, damit er einen Grund hätte, noch einmal nach Hay zu fahren. Er war früh aufgewacht, hatte dem Regen gelauscht und festgestellt, dass er ständig an das Exemplar von Malones *Inquiry* denken musste, in dem er das Aquarell gefunden hatte. Warum hatte er es nicht sorgfältig durchgeblättert und nach Randnotizen gesucht? Warum hatte er das Ding bloß nicht gekauft? Ein einziges leicht überteuertes Buch hätte ihn gewiss nicht in den Bankrott getrieben. Zumindest wäre er nicht zum Dieb geworden.

Die Stimme auf dem Anrufbeantworter war ihm nicht bekannt. Es war die sachlich-präzise Stimme eines Engländers der Oberklasse. »Mr Byerly?«, sagte sie. »Ich hoffe jedenfalls, dass ich mit Peter Byerly spreche. Mein Name ist John Alderson. Ich habe gehört, dass Sie sich mit seltenen Büchern auskennen und solche Bücher gelegentlich kaufen und verkaufen. Und obendrein auch noch direkt hier in

Kingham wohnen. Ich habe daran gedacht, ein paar ausgewählte Stücke aus meiner Bibliothek zu verkaufen, und wollte Sie fragen, ob Sie das vielleicht für mich übernehmen könnten. Ich bin vormittags eigentlich immer zu Hause. Vielleicht haben Sie ja Lust, mal auf eine Tasse Tee vorbeizuschauen und zu sehen, ob es Sie interessiert. Mein Name ist John Alderson. Wir wohnen an der Straße in Richtung Cornwell. Unser Haus heißt Evenlode …« An dieser Stelle brach die Maschine ab. Genau wie die Heizung mochte sie es nicht, wenn man ihr zu viel Arbeit zumutete.

Ging es hier etwa um Evenlode House, das verfallene Herrenhaus, von dem Martin Wells ihm erzählt hatte? John Alderson hatte sich eigentlich ganz zivilisiert angehört. Nicht wie jemand, der Besucher mit einer Ladung Schrot fernhält. Aber wenn das Haus wirklich in so schlechtem Zustand war, wie Martin angedeutet hatte, dann würde es schon einiger *sehr* ausgesuchter Stücke bedürfen, um die Dinge wieder in Ordnung zu bringen. Der Regen hatte aufgehört, und Peter war jetzt schon lange genug in England, um am Vormittag eines kalten Tages gegen eine Tasse Tee keinen Einwand zu haben. Cornwell war nur zwei Meilen entfernt und das Herrenhaus musste noch näher sein, also beschloss er, zu Fuß zu gehen.

Die Straße war kaum breit genug für ein Fahrzeug und auf beiden Seiten von hohen Hecken gesäumt. Die Hecken hielten nicht nur den Wind ab, sondern schlossen ihn auch vor der ganzen Welt ab, und Peter fühlte eine köstliche Abgeschiedenheit. Nach etwa einer Meile gelangte er zu einem rostigen Tor mit einem Schild, das in großen roten Lettern verkündete: »Evenlode House – Keep Out!«

Das Tor hing so lose von den steinernen Pfeilern herunter, dass Peter mühelos eintreten konnte. Er hoffte, dass die Warnung sich nicht auf eingeladene Gäste bezog. Er folgte einem Hohlweg voller schlammiger Reifenspuren bergauf und über ein Feld. Der Weg bog, wiederum von Hecken geschützt, jäh nach links ab und gab den Blick auf das Herrenhaus oder das, was davon übrig war, frei. Es musste einmal ein schönes, herrschaftliches Haus aus dem 17. Jahrhundert gewesen sein, aber in seinem jetzigen Zustand war es bestimmt nicht bewohnbar.

Der eine Flügel war einfach eingestürzt und bildete einen Trümmerhaufen, auf dem zwei Hunde herumschnupperten. Peter fragte sich, ob sie wohl nach Ratten suchten. Die meisten Fenster an der Fassade waren kaputt, und auf dem Dach wuchsen kleine Bäume und Büsche, wo es nicht eingesunken oder gänzlich eingebrochen war. Die hohen Schornsteine waren eingestürzt und hatten nur Stümpfe hinterlassen, aus denen kein Rauch kam. Das Anwesen machte nicht den Eindruck, als wären hier große Schätze zu finden.

Andererseits war Peter auch in North Carolina schon in so manchem Haus gewesen, dessen Äußeres den Wert der Bücher im Inneren verleugnete. Als er um die Flanke des Hauses herum kam, wurde Peter bewusst, dass es wohl gar nicht bewohnt war, denn im ehemaligen Küchengarten parkten zwei Wohnwagen. Hier wohnte John Alderson wahrscheinlich tatsächlich.

Anklopfen war vermutlich keine besonders gute Idee. Schon jetzt hatte er das unbehagliche Gefühl, dass die beiden Hunde ihn bereits eingekreist hatten.

»Mr Alderson!«, rief er und hoffte fast, dass niemand antworten würde. Dann krachte es plötzlich, und die Luft schien in einem Doppelschlag zu explodieren. Ohne nachzudenken, ließ Peter sich fallen und spürte sofort, wie die kalte Feuchtigkeit aus dem Gras durch seine Hosen drang. Seine Ohren klingelten immer noch schmerzhaft, als er sich umdrehte und einen graubärtigen Mann vor sich aufragen sah, der auf den Ruinen des Westflügels stand. Er hielt eine rauchende Flinte im Arm, und die beiden hechelnden Hunde lauerten neben ihm.

»Das war nur eine Warnung!«, knurrte der Mann.

»Sie haben mich angerufen, Mr Alderson«, stammelte Peter. »Ich bin Peter Byerly.«

»Sie haben die Wahl, Yank. Wenn Sie diesen Namen noch einmal sagen, kriegen Sie entweder eine Ladung Schrot in den Arsch oder ich hetze die Hunde auf Sie. *Keep out* heißt keep out.« Der Mann klappte das Gewehr auf und lud zwei Patronen nach.

Peter kam zu dem Ergebnis, dass weitere Verhandlungen zwecklos waren, und stand auf. »Ich bitte um Entschuldigung wegen der Störung, Sir«, sagte er. »Ich muss mich geirrt haben.« Peter drehte sich um und ging den schlammigen Weg wieder hinauf in Richtung des rostigen Tors. Als er zwanzig Schritte gemacht hatte, hörte er das Gewehr mit einem metallischen Klicken zuschnappen.

»Sie können doch sicher schneller laufen, Yank!«, rief der Mann, und seine Stimme hallte in dem engen Tal wider. »Die Hunde zeigen Ihnen gleich, wie das geht.«

Peter wartete nicht auf die pädagogische Unterstützung der Hunde. Er rannte so schnell er konnte den Abhang hinauf, wobei seine Füße immer wieder im Schlamm ausrutschten. Hinter sich hörte er derbes Gelächter und das Bellen der Hunde, drehte sich aber nicht um. Er wollte gar nicht wissen, ob er tatsächlich verfolgt wurde. Als er die Wiese auf dem Hügel erreichte, zerriss ein neuer Knall die Stille. Peter rannte den Abhang auf der anderen Seite hinunter, erreichte das Tor und stolperte auf die Straße hinaus.

Erst als er nass und schlammbedeckt nach Kingham zurückging, begann sich sein Atem allmählich zu normalisieren. Plötzlich fiel ihm auf, dass er heute Morgen eigentlich gar nicht nervös gewesen war, als er sich zu Mr Alderson auf den Weg gemacht hatte. Ausgerechnet heute, wo eine gewisse Vorsicht durchaus am Platz gewesen wäre, hatte seine Menschenscheu völlig versagt.

Nachdem er gebadet und sich umgezogen hatte, hörte sich Peter die Nachricht auf dem Anrufbeantworter erneut an. Die Stimme, die er hörte, war mit Sicherheit nicht die des Hundehalters mit der Schrotflinte von Evenlode House. Er überlegte, ob er vielleicht die Besitzerin des Dorfladens fragen könnte, wo Mr Alderson wohnte. Aber er hatte der Frau bisher immer nur zugenickt, wenn er Milch, Brot und eine Zeitung gekauft hatte, und ein solches fest etabliertes Schweigen konnte man nach fünf Monaten nicht einfach brechen, fand er. Das wäre doch sehr peinlich gewesen.

Die beiden anderen Personen in der Nachbarschaft, mit denen Peter gelegentlich redete, waren der Gärtner und Hausmeister, der sich schon immer um das Cottage gekümmert hatte und jetzt im Austausch gegen eine Zwanzigpfundnote gelegentlich in dem kleinen Garten herumwerkelte. Und natürlich der Briefträger. An die Namen der beiden Männer konnte Peter sich allerdings nicht erinnern.

Dann fiel ihm ein, dass Martin Wells vielleicht helfen könnte. Martin stand sogar im örtlichen Telefonbuch, und Peter war erleichtert, als er den etwas genervten Seufzer hörte, mit dem der Maler eine Einladung zum Tee akzeptierte, mit der sich Peter angeblich für seine Gastfreundschaft und den nützlichen Hinweis auf die Watercolour Society bedanken wollte.

»Gut. Bringen wir's hinter uns«, knurrte Martin. »Ich bin in einer halben Stunde bei Ihnen.«

»John Alderson?«, sagte Martin und griff nach seinem dritten Schokoladenkeks. »Da dürfen Sie nicht zum Evenlode House gehen. Der wohnt in Evenlode Manor, das ist noch ein gutes Stück weiter draußen. Wundert mich, dass Sie's lebend vom Grundstück der Gardners geschafft haben, wenn Sie da den Namen Alderson erwähnt haben.«

»Hätte beinahe auch nicht geklappt«, sagte Peter.

»Die Gardners und die Aldersons hassen sich schon seit Jahrhunderten«, sagte Martin. »Ich weiß nicht, wann das losgegangen ist, aber sie haben schon seit dem Regierungsantritt von Königin Victoria kein zivilisiertes Wort mehr gewechselt.«

»Sind aber Nachbarn?«

»Sie leben auf den gegenüberliegenden Seiten des Flusses«, sagte Martin. »Außer ein paar Metern flaches Wasser hindert sie nichts, sich gegenseitig umzubringen. Aber bei Alderson sind Sie sicher. Evenlode Manor ist auch ein sehr schönes Haus, sagen die Leute.«

»Und wie kommt es, dass Evenlode Manor ein schönes Haus ist, und Evenlode House so ein Trümmerhaufen?«

»Das hängt davon ab, wen Sie fragen. Gardner würde sagen, die Aldersons hätten seine Familie in den Ruin getrieben. Alderson würde sagen, seine Familie hätte eben in den letzten hundert Jahren gearbeitet, während die Gardners bloß gesoffen, gemeckert und Fasanen geschossen hätten. Aber die Aldersons leben auch nicht gerade wie Könige, ich habe gehört, sie hätten in letzter Zeit allerlei Dinge verkaufen müssen, um das Haus einigermaßen in Schuss zu halten. Sie haben es sogar für zahlende Besucher geöffnet. Im Sommer kann man es dienstags besichtigen.«

Als die Schokoladenkekse alle waren, schien es Martin eilig zu haben, wieder nach Hause zu kommen, aber seine ruppige Fassade war doch während des Besuchs deutlich freundlicher geworden. Er bedankte sich nicht weiter, als er in die Wintersonne hinaustrat, dafür sagte er etwas wesentlich Großzügigeres zu seinem Gastgeber: »Von allen Amerikanern, die ich je getroffen habe, sind Sie der erste, der einen halbwegs brauchbaren Tee brauen kann.«

Ridgefield, 1985

Eine von Peters Aufgaben bei den Special Collections bestand darin, auswärtige Wissenschaftler zu betreuen. Das war eine seiner Lieblingstätigkeiten, verschaffte sie ihm doch Gelegenheit, Bücher und Manuskripte, die er sonst vielleicht gar nicht bemerkt hätte, gründlicher anzuschauen, wenn er sie für die Forscher zurechtlegte. Außerdem gab sie ihm das Gefühl, dass die Sammlung nicht nur der Bewahrung der Kostbarkeiten, sondern auch der Wissenschaft und Forschung diente. Obwohl er sich darüber ärgerte, dass die akademische Gemeinschaft von Ridgefield die Sammlung viel zu selten aufsuchte, freute er sich doch, wenn er hörte, dass Besucher aus Europa oder Japan erwartet wurden. Sie zeigten ihm, dass die Bibliothek ein lebendiger Organismus war, der Impulse in alle Welt schickte.

Bei der Vorbereitung für einen dieser Besuche fiel Peter zum ersten Mal die Erstausgabe von *Greene's Groatsworth of Wit* in die Hand, ein Bekenntnisbuch aus dem Jahre 1592, das der relativ unbedeutende Stückeschreiber Robert Greene auf dem Totenbett verfasst hatte und das den ersten gedruckten Hinweis auf William Shakespeares Auftauchen in der Londoner Theaterszene enthielt. Dr. Yoshi Kashimoto von der Universität Tokio hatte dieses Buch und verschiedene andere elisabethanische Stücke, die Peter fast alle im Kleopatra-Schrank gefunden hatte, zur Einsicht erbeten. Peter klappte die schützende Mappe auf und begann das Dokument zu lesen. Seine Kenntnisse des elisabethanischen Englisch waren keineswegs überwältigend, aber er hatte keine Schwierigkeiten, die Stelle am Ende des Textes zu finden, in der Shakespeare als »emporgekommene Krähe« bezeichnet wurde.

»Ist alles fertig für Dr. Kashimoto?«, fragte Professor Leland, der gerade hereinkam, als Peter die Greene-Mappe zuklappte.

»Ja«, sagte Peter. »Ich habe gesehen, dass er sich für die minderen elisabethanischen Dramatiker interessiert, deshalb habe ich noch ein paar Sachen vorbereitet, die in den Standardbibliografien gar nicht erwähnt werden.«

»Das wird er sicher zu schätzen wissen«, sagte Leland. »Du machst doch Connellys Shakespeare-Seminar dieses Semester, nicht wahr? Dann solltest du vielleicht auch an Kashimotos Vorlesung teilnehmen. Ich glaube, du wirst ihn sehr anregend finden.«

»Komisch«, sagte Peter. »Professor Connelly hat gar nicht erwähnt, dass bei uns ein Gastvortrag über Shakespeare stattfindet.«

»Das wundert mich nicht.« Leland lachte. »Kashimoto ist ein Oxfordianer.«

»Also kommt er aus England?«, sagte Peter verwirrt.

»Nein«, sagte Leland. »Ein ›Oxfordianer‹ ist jemand, der glaubt, dass Edward de Vere, der Graf von Oxford, die Werke verfasst hat, die gemeinhin William Shakespeare aus Stratford zugeschrieben werden.«

»Ich verstehe nicht …«, sagte Peter.

»Es gibt eine ernsthafte und durchaus gerechtfertigte Kontroverse darüber, wer der eigentliche Verfasser von Shakespeares Stücken war«, sagte Leland.

»Davon haben sie uns in der Highschool nie was erzählt«, sagte Peter.

»Tja«, sagte Leland. »Die Oxfordianer haben es schwer, sich beim akademischen Establishment Gehör zu verschaffen.«

»Aber wie kann man denn behaupten, dass Shakespeare nicht Shakespeare war?«, sagte Peter, den dieser Unsinn doch sehr verunsicherte.

»Dafür gibt es vor allem zwei Gründe«, sagte Leland. »Zum einen ist das Leben des William Shakspere, der seinen Namen übrigens nie mit einem ›e‹ nach dem ›k‹ buchstabierte, für die damalige Zeit relativ gut dokumentiert. Er war ein Geschäftsmann aus Stratford, und es gibt keinerlei Beweise, dass er überhaupt je geschrieben hat, geschweige denn der große William Shakespeare war, dessen Name stets mit einem ›e‹ nach dem ›k‹ geschrieben wird.«

»Aber es ist doch schon so lange her«, sagte Peter. »Die Leute haben einfach nicht gewusst, dass man Briefe oder Originalmanuskripte aufheben muss.«

»Stimmt«, sagte Leland. »Das sagen die Stratfordianer alle. Das sind die Leute, die glauben, dass die Stücke von William Shakespeare aus Stratford geschrieben wurden.«

»Na, so war es doch auch, oder?«

»Das andere Problem besteht darin, dass dieser Shakespeare niemals irgendeine höhere Bildung genossen hat, sondern allenfalls auf der Stratford Grammar School war. Er war mit Sicherheit nicht in Oxford, Cambridge oder auf einer anderen europäischen Universität.«

»Na und?«, sagte Peter, der plötzlich mit einem gewissen Erschrecken merkte, dass er sich in einer Art Streit mit seinem Lehrer befand. »Er war eben ein Genie. Wie man schreibt, brauchte ihm niemand beizubringen.«

»Auch das ist ein gutes Argument«, sagte Leland. »Aber das Problem liegt nicht in der Qualität seiner Sprache, sondern im Inhalt. Der Autor von Shakespeares Stücken hatte sehr gute juristische Kenntnisse, er wusste über Kunst, Musik, Medizin, militärische Taktik, Philosophie und viele andere Spezialgebiete Bescheid. Er wusste, wie es an den Höfen Italiens zuging. Er zitiert Quellen aus den verschiedensten Sprachen, darunter Latein und Griechisch. Natürlich kann man ein Naturtalent und ein Genie sein, aber woher hatte Mister Shakspere aus Stratford all dieses Wissen?«

»Sie glauben also wirklich, Shakespeare habe seine Stücke nicht selbst geschrieben?«, sagte Peter, dem kein gutes Argument einfiel, um diesen Punkt sofort zu widerlegen.

»Nein, nein. Ich selbst bin auch Stratfordianer geblieben. Aber ich gebe zu, dass es etliche Gründe gibt, an dieser Geschichte zu zweifeln. Ich würde sogar sagen, dass es unvernünftig wäre, wenn man keine Zweifel hätte.«

»Glauben Sie, wir werden es jemals wissen?«

»Vielleicht«, sagte Leland. »Wenn irgendein tüchtiger Buchhund einen überzeugenden Beweis für Mister Shakespeare oder Edward de Vere, Christopher Marlowe oder Francis Bacon aufspürt. Jeder von denen ist schon als möglicher Autor genannt worden.«

Peter hatte das Gefühl, dass der sonst so stabile Boden des Devereaux-Saals ins Schwanken geriet. Er starrte den Bücherstapel an, der auf Dr. Kashimoto wartete. Er hatte erwartet, dass einige seiner Schulweisheiten in Frage gestellt würden, wenn er an die Universität kam, aber dass sein neuer Lehrer einen solchen Eckpfeiler der westlichen Kultur in Frage stellte … Es war, als ob einem jemand sagte, die Wirklichkeit sei gar nicht wirklich.

Aber plötzlich legte Leland ihm die Hand auf die Schulter und machte aus dem Alptraum eine herrliche Fantasie. »Wäre das nicht toll, Peter, wenn man ein Originalmanuskript finden würde, das Shakespeare geschrieben hat? Oder einen Brief an Anne Hathaway, in dem er darüber jammert, wie viel Ärger er mit dem dritten Akt von *Hamlet* hat?«

»Das wäre ja wie der Heilige Gral«, sagte Peter und war selbst überrascht über den Vergleich, der da aus seinem Munde gekommen war.

»Genau«, sagte Leland. »Der Heilige Gral.«

Kingham, Samstag, 18. Februar 1995

Diesmal nahm Peter den Wagen. Wenn er noch einmal flüchten musste, wollte er das nicht wieder zu Fuß tun. Etwa zweihundert Meter hinter dem feindseligen Eingang zum Evenlode House führte die Straße über eine kleine, bucklige Steinbrücke. Unter ihr floss der River Evenlode, ein vier Meter breiter, vom Regen angeschwollener Bach. Nach einer weiteren Viertelmeile gelangte er zu zwei Steinsäulen, die von steinernen Urnen gekrönt waren. Auf einer der Säulen war »Evenlode Manor« eingemeißelt. Das eiserne Tor stand offen und eine schmale, mit weißem Kies bedeckte Allee führte auf einen kleinen Hügel hinauf. Peter bog in die Einfahrt ein und kam nach kurzer Fahrt vor einem stattlichen Haus zum Stehen. Es war nicht so groß wie Blenheim Castle, aber doch sehr ansehnlich und etwas ganz anderes als der Trümmerhaufen des Nachbarn. Als er die hohe Fassade und die geschwungene Freitreppe sah, hatte Peter das Gefühl, in einen Roman von Jane Austen geraten zu sein. Das Gras war makellos geschnitten, und der Krocket-Rasen auf der linken Seite des Hauses war mit Ziersträuchern geschmückt, die tiefer in den Park hineinführten. Peter hatte das Gefühl, diesmal an der richtigen Stelle zu sein.

Die Tür wurde von einer Haushälterin geöffnet. Sie führte ihn ins Wohnzimmer und sagte mit kräftiger irischer Stimme, er solle es sich bequem machen, während sie dem Hausherrn Bescheid sagte. Die Einrichtung hätte Amanda wahrscheinlich ein bisschen zu französisch gefunden, aber die Aussicht hätte ihr sicher gefallen. Große Fenster sahen auf das Tal des Evenlode hinaus. Warum waren sie eigentlich nie hier gewesen im letzten Sommer, den sie in Chipping Norton verbracht hatten? War sie vielleicht heimlich allein hier gewesen, an einem Dienstag, an dem sie nur gesagt hatte, sie wäre mal eine Weile weg?

»Mr Byerly?«, sagte eine knappe, freundliche Stimme hinter ihm. Peter drehte sich um und sah einen hochgewachsenen Mann mit sehr gepflegtem, grau meliertem Haar vor sich.

»Ich bin John Alderson«, sagte der Mann und streckte die Hand aus.

»Sehr erfreut, Mr Alderson«, sagte Peter und erwiderte den festen Händedruck seines Gastgebers.

»Nennen Sie mich bitte John. Wir halten hier nichts von Förmlichkeiten in Evenlode Manor, was immer Miss O'Hara Ihnen erzählt hat.«

»Sie ist sehr freundlich gewesen«, sagte Peter.

»Ich will Ihre Zeit nicht verschwenden, Mr Byerly. Es geht darum, dass ich ein paar Bücher verkaufen will, und der Vikar hat am Sonntag erwähnt, dass es gleich hier in der Gemeinde einen Amerikaner gebe, der sich mit so etwas auskennt. Ich nehme an, deswegen sind Sie gekommen?«

»In der Tat«, sagte Peter und zog eine etwas ramponierte Visitenkarte heraus, deren linke obere Ecke verknickt war.

»Nun«, sagte Alderson. »Ich habe eine bescheidene kleine Bibliothek, die mit alten Büchern gefüllt ist, die ich nicht brauche, und ich habe drei Zimmer im oberen Stockwerk, in denen sich die Bücher über Recht, Kunst und Gartenbau stapeln, die ich tatsächlich lese. Diese Verteilung erscheint irgendwie unökonomisch. Deshalb dachte ich, Sie könnten sich vielleicht mal die Bibliothek anschauen und sehen, ob Sie irgendwas finden, das zu verkaufen sich lohnt. Vielleicht könnte man ein oder zwei Schränke leermachen.«

»Ist mir ein Vergnügen«, sagte Peter, der eine längst vergessene Erregung in seinen Adern spürte – die Hoffnung, einen Schatz zu finden. Allerdings hatte er selten Bücher in einer Umgebung gekauft, die so zur Schatzsuche anregte wie

Evenlode Manor. Alderson führte Peter in die Bibliothek. Acht große Bücherschränke aus rotem Kirschholz säumten die Wände, während zwei weitere links und rechts vom Kamin standen. Die vierte Wand war von zwei Fenstern durchbrochen, die denselben Ausblick wie das Wohnzimmer zeigten, allerdings waren die Vorhänge halb zugezogen. Auf einem geräumigen Tisch in der Mitte des Raumes lagen einige großformatige Bücher. Ein Teil der Schränke zeigte offene Regale, andere waren unten geschlossen.

Die meisten Einbände schienen aus dem 19. Jahrhundert zu stammen, obwohl einige auch deutlich älter waren. Peter wusste sofort, dass er keine Mühe haben würde, diese Bücher rasch umzusetzen. Selbst wenn der Inhalt nicht sonderlich interessant war, stellten allein schon die Einbände einen gewissen Wert dar, für den manche Antiquariate sich interessierten. Und vielleicht waren ja ein paar richtige Schätze darunter. Nur ein Regal war nicht gefüllt, und daraus, dass es auch keinen Staub zeigte, zog Peter den Schluss, dass hier vor kurzem etliche Bücher entfernt worden waren. Dann fiel ihm das strenge Gesicht von Miss O'Hara ein, und er kam zu dem Ergebnis, dass sie in der Bibliothek wahrscheinlich zweimal die Woche Staub wischte.

»Nun«, sagte Alderson. »Wenn Sie sich ein wenig umschauen wollen, kann ich mich ja wieder der Arbeit widmen. Vielleicht trinken wir später noch einen Tee zusammen?«

Peter wusste, dass er weit mehr als zwei Stunden brauchen würde, um die Bibliothek so weit kennenzulernen, dass er dem Besitzer einen vernünftigen Vorschlag machen konnte, was weiter zu tun war, aber zumindest konnte er ein wenig blättern und einen ersten Eindruck gewinnen. Er spürte, wie die etwas eingerosteten Zahnräder seines Buchhändlerhirns sich langsam wieder zu drehen begannen und die Gedanken an das geheimnisvolle Aquarell in den Hintergrund traten.

Der erste Fund kam praktisch sofort. Weil sie ohnehin auf dem Tisch lagen, begann Peter mit den großformatigen Büchern. Ganz zuunterst lagen zwei wohlvertraute zusammengehörende Bände. Der dunkelbraune Kalbsledereinband war zumindest hundert Jahre älter als die anderen Bücher, und der Rücken trug die goldgeprägte Aufschrift *A Dictionary of the English Language.* Mancher andere wäre trotz des guten Zustands vielleicht enttäuscht gewesen, dass es sich nicht um die Erstausgabe handelte, aber Peter war entzückt, als er auf dem Titelblatt von Johnsons Meisterwerk »Vierte Ausgabe« las. Die »Vierte Ausgabe«, hatte ihm Francis Leland vor Jahren erklärt, war die Ausgabe letzter Hand, die Johnsons abschließende Ergänzungen und Korrekturen enthielt. »So eine hätte ich gern für die Devereaux-Sammlung«, hatte Leland hinzugefügt.

Peter beschloss sofort, die Bücher nicht zu verkaufen, sondern der Deveraux-Sammlung zu schenken, wenn er sie zu einem halbwegs vernünftigen Preis von Alderson kaufen konnte. Zur Erinnerung an Amanda – seine Amanda.

Widerwillig legte Peter den Johnson beiseite und machte sich an die Arbeit. Nach einer Stunde hatte er ein paar schöne Titel aus dem 18. Jahrhundert gefunden und mehrere Regale mit wertlosen Predigten des 19. Jahrhunderts durchgearbeitet. Er hatte sich gerade auf den Boden gesetzt, um die unteren Fächer des wandhohen Bücherschranks durchzusehen, als es an die offene Tür klopfte. Er hob den Kopf und sah eine unscheinbare Frau mit strähnigem Haar in der Tür stehen. Sie trug ein einfaches graues Kleid, das geschnitten war wie ein Kartoffelsack, und ihre Beine steckten in grünen Gummistiefeln. Zuerst dachte er, dass es eine Gartenhelferin wäre, aber dann schob sie sich die blonden Haarsträhnen aus dem Gesicht, und trotz ihrer mürrischen Miene sah er, dass sie dieselbe hohe Stirn und das spitze Kinn wie sein Gastgeber hatte. Sie war ein bisschen zu alt, um Mr Aldersons Tochter zu sein, und so kam Peter zu dem Ergebnis, dass sie seine jüngere Schwester sein musste.

»War spazieren«, sagte sie, fast unhörbar, so als ob sie damit nicht nur den Schlamm an den Stiefeln, sondern auch alles andere erklären wollte, einschließlich ihrer Bekleidung und ihrer defensiven Haltung mit den vor der mageren Brust verschränkten Armen.

»Ist die Sonne noch draußen?«, fragte Peter, weil ihm das am unverfänglichsten erschien. Zugleich stand er vom Boden auf, aber weder ihre Stimme noch ihre Haltung luden ihn ein, sich zu nähern.

Sie starrte ihn lange an, dann irrte ihr Blick durch den Raum und kam schließlich auf dem kürzlich ausgeleerten Regal zur Ruhe. Dann, als Peter längst vergessen hatte, was er gefragt hatte, sagte sie mürrisch: »Nein.«

»Schade«, sagte Peter und zwang sich zu einem künstlichen Lächeln. Er war es gewohnt, dass *er* derjenige war, der sich bei Unterhaltungen mit Fremden ungeschickt anstellte. Dass es hier umgekehrt war, verunsicherte ihn.

Ohne sich von der Stelle zu rühren, sagte sie nach einer weiteren Pause: »Hat mein Bruder Ihnen die Kiste gezeigt?«

Während sie diese rätselhafte Frage murmelte, behielt sie ihre eigenen Füße fest im Blick.

»Nein«, erwiderte Peter, der keine Ahnung hatte, wovon sie redete, und sich deshalb nicht in der Lage sah, eine differenziertere Antwort zu geben.

Die Frau stieß ein empörtes Schnauben aus und schlurfte zu dem Sekretär neben dem Fenster. Ihr Gang schien wenig geeignet für längere Wanderungen in Gummistiefeln. Sie zog eine Schublade auf und nahm einen kleinen Messingschlüssel heraus. Dann schlurfte sie auf die andere Seite des Raumes und schloss einen der Schränke auf. Man hörte das Klicken, als sich die Tür öffnete.

Mit einer gewissen Kraftanstrengung nahm sie eine hölzerne, messingbeschlagene Schatulle heraus, deren Ränder gräulich-braun verfärbt waren. Auf dem Deckel klebte ein halb abgelöstes Etikett, dass die Frau hastig abriss und in der Hand zerknüllte – aber nicht ehe Peter die altertümliche Schrift gelesen hatte: *Never to be Sold.*

Sie stellte die Schatulle auf dem Tisch ab und klappte den Deckel auf. »Erspart Ihnen die Mühe, den ganzen Kram da anzusehen«, sagte sie und nickte in Richtung der Bücherschränke, mit denen Peter sich bisher beschäftigt hatte. »Gebe Ihnen eine Woche, ein Angebot zu machen, dann sage ich meinem Bruder, er soll jemand anderen holen.« Mit dieser kryptischen Drohung wandte sie sich ab und verließ den Raum.

Peter näherte sich der Kiste und klappte sie vorsichtig auf. Als er sah, was sie enthielt, schlug sein Herz schneller. Die Schatulle war eine Schatztruhe, bis oben angefüllt mit Pergamenten. Obwohl er sich nur gelegentlich mit Dokumenten auseinandergesetzt hatte, vermutete er sofort, dass diese Papiere mehr wert waren als die ganze restliche Bibliothek. Bereits jetzt, beim ersten Durchsehen, entdeckte er ein von Charles I. ausgestelltes Offizierspatent, einen Brief von Walter Raleigh, eine Urkunde mit der Unterschrift von Francis Bacon. Verschiedene Kirchendokumente, von denen einige offenbar die Unterschrift des Erzbischofs von Canterbury trugen, ein loses Blatt mit einem Gedicht von Robert Greene. Natürlich musste das alles genauer geprüft und authentifiziert werden, aber es gab genug, um Peter monatelang zu beschäftigen.

Als er die Dokumente alle vor sich auf dem Tisch liegen hatte, warf er noch einen weiteren Blick in die Schatulle und entdeckte, dass noch etwas anderes auf dem Boden der Kiste lag. Zunächst dachte er, dass es ein Buch wäre, aber dann merkte er, dass es sich um eine maßgefertigte Buchkassette handelte. Sie war wesentlich aufwendiger als alle, die er aus der Deveraux-Sammlung kannte. Sie schien aus dem 19. Jahrhundert zu stammen, viktorianisch, schätzte Peter. Er brauchte ein wenig, bis er die Buchkassette geöffnet hatte, und prägte sich die Handgriffe gut ein, um sie später wieder zusammenfügen zu können. Im Inneren befand sich ein dünner Quartband, eingebunden in einfaches Leder.

Peter schlug die erste Seite auf. Was er auf der Titelseite las, verschlug ihm den Atem. Er wusste, hier hatte er etwas gefunden, das den restlichen Inhalt der Schatulle blass aussehen ließ. Falls dieser Text komplett war, könnte das genau die Art von Schatz sein, von dem er immer geträumt hatte. Als er die ersten Seiten umblätterte und einige der an den Rand gekritzelten Notizen entzifferte, war es wie ein Schlag in den Solarplexus. »Heiliger Strohsack«, entfuhr es ihm mit einem heftigen Seufzer.

Westminster, London, 1612

Dicke Wolken hingen über der Stadt, und Bartholomew war durchaus dankbar dafür. Die schwere Eichentür von Robert Cottons Haus hatte genauso wenig ein Hindernis dargestellt wie seinerzeit der steinerne Deckel des Sarkophags von Bischof Wykeham. Erst als er sie aufgestemmt hatte und sich im Inneren des Hauses befand, entzündete Bartholomew seine Laterne.

Er war schon mehrfach im Hause des Büchersammlers gewesen. Begonnen hatte das vor ein paar Monaten, aber sein jüngster Besuch lag erst drei Tage zurück, als er Cotton den von Shakespeare mit Notizen vollgekritzelten *Pandosto* gebracht hatte – als Beweis dafür, dass er Zugang zu Shakespeares Manuskripten hatte. Das hatte bestens geklappt. Cotton war sehr beeindruckt gewesen, als er die Kommentare sah.

Bartholomew huschte die Treppe hinauf in die Bibliothek. Im schwachen Licht seiner Laterne starrten die Büsten der römischen Kaiser bedrohlich auf ihn herunter, während er begann, in den Schränken nach seiner Beute zu suchen. Es war natürlich ein Glücksfall gewesen, dass Cotton erwähnt hatte, dass er ein paar Tage nach Cambridge fahren wolle. Aber Bartholomew war nicht so dumm zu glauben, dass Cottons Bibliothek unbewacht bleiben würde. Wahrscheinlich würde irgendein stämmiger Wachmann aus der Nachbarschaft, dem Cotton ein paar Schillinge bezahlte, die Außentür des Hauses von Zeit zu Zeit kontrollieren. Bartholomew musste sich also beeilen.

Im Nero-Schrank sah er den Psalter aus Winchester, den er Cotton vor zwanzig Jahren verkauft hatte. Sollte er den vielleicht mitnehmen und wieder in Wykehams Grab legen? Als Sühne für seine Missetat? Aber der Psalter war ein großes, schweres Buch, und Cotton würde sein Fehlen sofort bemerken. Außerdem war es ja gar kein Verbrechen gewesen, den Psalter aus dem Grab zu entfernen, fand er. Er hatte lediglich ein schönes Buch für künftige Generationen gerettet.

Und das, was er jetzt vorhatte, war eigentlich auch kein Diebstahl, fand er. Er hatte Cotton den *Pandosto* ja gar nicht verkauft; er hatte ihn nur als Beweis dafür mitgebracht, dass er Zugang zu Shakespeares Papieren besaß. Dass er Cotton damit um fünfzig Pfund Anzahlung für Manuskripte erleichtert hatte, die er gar nicht liefern konnte, hielt er für eine Spitzbüberei, die man sich durchaus verzeihen konnte.

Den *Pandosto* fand er schließlich auf dem zweiten Regal des Nero-Schranks. Er zog ihn heraus, wickelte ihn sorgfältig in ein mitgebrachtes Tuch und wollte sich gerade zum Gehen wenden, als er unten von der Tür Stimmen hörte. Eine Minute später kamen schwere Stiefel die Treppe heraufgepoltert.

Es gab nur ein einziges Fenster in der Bibliothek, das auf die Themse hinausging, die in hundert Meter Entfernung vorbeiströmte. Bartholomew stieß es auf und schwang sich aufs Fensterbrett. Aber erst als die Tür der Bibliothek aufflog, ließ er sich in den gepflasterten Hof fallen.

Noch ehe der Schmerz seinen Körper durchzuckte, hörte er schon, wie der Knochen brach. Ein tiefer Frieden erfasste ihn, wie Bartholomew ihn noch nie empfunden hatte. Es ging gar nicht mehr darum, ob sein Plan gelingen würde, ob er entkommen und sich aufs Land zurückziehen könnte, um seine letzten Jahre in Frieden zu genießen. Manche Leute erholten sich von einem Beinbruch, überlebten auch die Infektion, die so oft den Körper zerstörte, aber Bartholomew wusste mit feuriger Gewissheit, dass ihm das nicht beschieden sein würde. Er hatte versagt und er würde sterben, vielleicht schon in wenigen Tagen. Der Frieden, der mit dieser Erkenntnis kam, umgab ihn wie der Kokon eines Schmetterlings, als er auf dem Pflaster auf seinem gebrochenen linken Bein lag. Dann kamen die Schmerzen.

Gar nicht weit von hier wartete sein Bootsmann auf ihn, und Bartholomew wusste, dass er sich beeilen musste, um nicht gefasst zu werden. Die Verfolger würden nicht lange brauchen, um zu merken, wo er geblieben war, und um das Haus herumlaufen, um ihn zu stellen. Er zog sich mühsam hoch, und ohne einen Laut von sich zu geben, schleppte er sich die schmale Gasse zum Wasser hinunter. Jedes Mal, wenn er einen Schritt vorwärtshüpfte, durchzuckte ihn ein stechender Schmerz. »Nur nicht ohnmächtig werden«, dachte er, »nur nicht ohnmächtig werden.« Er ignorierte den Schmerz, biss sich auf die Lippen, bis sie bluteten, nur um nicht schreien zu müssen. Schließlich fand er das Boot und brach über der Bordwand zusammen. »Flussabwärts«, keuchte er mit schwacher Stimme. »Beeilt Euch!«

Als das Boot in die Mitte des Flusses hinausglitt und von der Dunkelheit eingehüllt wurde, hörte er Stiefel und Rufe die Gasse herunterkommen, dann wurde ihm schwarz vor Augen und er verlor das Bewusstsein.

Als er erwachte, lag er in seinem Zimmer, und der Schmerz pulsierte durch seinen ganzen Körper. Seine Wirtin hielt ihm ein feuchtes Tuch an den Kopf, und der Bootsmann stand neben ihr. Bartholomew wusste, er musste noch etwas zu Ende bringen, ehe er wieder ohnmächtig wurde. Er flüsterte dem Bootsmann seine Aufträge zu und gab ihm das eingewickelte Buch, einen Beutel Gold und einen Brief, den er genau für einen solchen Notfall vorbereitet hatte.

Als der Bootsmann gegangen war, ließ Bartholomew sich in die Kissen sinken und überließ sich der Pflege durch seine Wirtin, die ihn mit der zärtlichen Aufmerksamkeit einer Frau betreute, die mehr als einmal sein Bett geteilt hatte.

Im Lauf der nächsten Tage pendelte er zwischen dieser und der jenseitigen Welt hin und her. Er war schrecklich wach, als der Wundarzt kam, um den Bruch einzurichten. Aber daran war vorerst gar nicht zu denken. Es war ein offener Bruch, und das entzündete Bein war so geschwollen, dass der Arzt nur den Kopf schüttelte und die Beinlade, die hölzernen Schienen und das Verbandsmaterial wieder mitnahm. Er kam noch ein paar Mal wieder und badete Bartholomews Bein in Essig, um die Infektion zu bekämpfen, aber nach jedem Besuch schüttelte er nur den Kopf, wenn er an der Wirtin vorbeikam. Er wusste nicht, was er gegen den Wundbrand tun sollte.

Als Bartholomew erwachte, war es Morgen, und zum ersten Mal seit dem Unfall hatte er einen klaren Kopf. Der Schmerz schien nachgelassen zu haben, aber er spürte, wie die Schwärze des Todes ihn rief. Er dachte, dass dies vielleicht eine gute Gelegenheit sei, um seine Sünden zu bereuen, aber noch ehe er etwas unternehmen konnte, um diesen Gedanken in die Tat umzusetzen, überspülte ihn die steigende schwarze Flut, und er ließ sich mit einem Seufzen hineinsinken.

Bartholomews Grab auf dem Kirchhof von St Paul erhielt keinen Grabstein. Obwohl sie ihn gemocht hatte, behielt seine Wirtin das dafür gedachte Geld für sich selbst. Aber sie weinte, als er in die kalte Erde gesenkt wurde.

Matthew Harbottle war seinem Vater nie begegnet. Bis zu ihrem Tod hatte seine Mutter immer das Thema gewechselt, wenn er nach dem Mann gefragt hatte, der ihn gezeugt hatte. Sich selbst hatte seine Mutter immer nur »Lil« genannt. Als Matthew sechzehn war, starb sie in einem Zimmer im oberen Stockwerk des »George & Dragon« im Kindbett, ebenso wie das Neugeborene. Matthew arbeitete damals schon seit einigen Jahren als Stallknecht in der Taverne. Dass seine Mutter im oberen Stockwerk einer anderen Tätigkeit nachgegangen war, hatte er immer gewusst, aber es war ihm nie unmoralisch oder unnatürlich erschienen. Kurz nach ihrem Tod hatte er angefangen im Theater zu arbeiten. Ein Mann vom Globe Theatre war in die Taverne gekommen und hatte nach Matthew gefragt. Warum er gerade nach ihm gefragt hatte, erfuhr Matthew nie, aber die Arbeit, die er ihm anbot, nahm Matthew gern an.

Matthew war schmal, aber die Arbeit im Stall hatte seine Muskeln gekräftigt, und er war gut geeignet für seinen neuen Beruf bei den Schauspielern. Versteckt im Dachboden über der Bühne musste er Kanonenkugeln über die Bretter rollen, wenn Donner verlangt war; und wenn Götter oder Feen auftraten, ließ er sie an Seilen vom »Himmel« herunter. Bei anderen Gelegenheiten versteckte er sich unter der Bühne, ließ Pferdegetrappel ertönen oder schob durch die zahlreichen Falltüren die nötigen Requisiten nach oben. Wenn die Schauspieltruppe reiste, kümmerte er sich um die Kulissen und Requisiten, versorgte die Pferde und erledigte alle möglichen sonstigen Arbeiten.

Gelegenheit, ein ganzes Stück auf der Bühne zu sehen, hatte er nie, und er konnte weder lesen noch schreiben. Sein Umgang mit Manuskripten war der eines Botenjungen, der gelegentlich den Schauspielern neue Texte in ihr Quartier brachte, ohne zu wissen, was darin stand. Andererseits musste er in den Dialogen, die von der Bühne in seine Dunkelheit drangen, auf Stichwörter achten, und so wurden ihm viele Stücke genauso geläufig wie das auf- und abschwellende Tosen der Zuschauer – mal ein Murmeln, mal ein rasendes Brüllen, mal atemlose Stille, mal das erschrockene Keuchen von dreitausend Menschen auf einmal.

Gelegentlich luden die Schauspieler Matthew auf ein Bier in der Taverne ein. Dann fühlte er sich wie ein König, weil er mit den Leuten trinken durfte, die geschriebene Worte zum Leben erweckten. Er wusste durchaus, was die anzüglichen Anspielungen der Schauspieler und ihre Blicke zum oberen Stockwerk bedeuten sollten. Er ahnte, dass sich manche seiner Trinkkumpane mit seiner Mutter vergnügt hatten, aber jedes Mal wenn er fragte, ob jemand wisse, wer sein Vater gewesen sei, kam die gleiche Reaktion: ein herzhaftes Lachen und die Frage, ob er nicht noch einen Krug Bier wolle. Deshalb war es eine ziemliche Überraschung, als er eines Tages an seinem Schlafplatz im Theater zwischen Kostümen, Kulissen und Requisiten von einem Fremden geweckt wurde, der ihn wach rüttelte und flüsterte: »Das schickt dir dein Vater!«

Matthew warf nur einen hastigen Blick auf den Leinenbeutel, das in Stoff gewickelte Bündel und den gefalteten Brief, den der Fremde ihm neben sein Lager geworfen hatte, dann packte er den Mann am Ärmel und fragte: »Wer ist mein Vater? Kennt Ihr ihn?«

Aber der Mann riss sich los und sagte: »Der Brief erklärt alles.« Dann lief er davon, und Matthew war viel zu verwirrt und schlaftrunken, um ihm zu folgen oder ihn zumindest zu bitten, dass er ihm den Brief vorlas. Und so blieb er statt mit einer Antwort mit einem Blatt Papier voller unverständlicher Federstriche zurück.

Der Inhalt des Leinenbeutels sprach dagegen eine umso deutlichere Sprache. Er zählte die Goldstücke dreimal. Fünfzig Pfund. Mehr Geld, als er jemals gesehen hatte oder je wieder sehen würde. Er versteckte es zusammen mit dem Buch, dessen Seiten mit Notizen bekritzelt waren, in dem Strohsack, auf dem er geschlafen hatte. Was er mit dem Buch anfangen sollte, wusste er nicht, hielt es aber für klug, es erst einmal zu verstecken, zumindest für den Augenblick.

Erst am Abend bat er einen der Schauspieler, ihm vorzulesen, was in dem Brief stand. Er saß stumm auf der Bettkante, als er den nahezu unverständlichen Worten lauschte.

Mein lieber Sohn,
Dies wird sowohl das erste als auch das letzte Mal sein, dass Du von mir hörst; denn ich werde diesen Brief erst abschicken, wenn ich dem Tode nahe bin. Wahrscheinlich bin ich schon tot, wenn Du ihn erhältst. Wenn die Dinge anders verlaufen wären, hätte ich nach Dir geschickt, aber dazu ist es wahrscheinlich zu spät. Ich schicke Dir mit diesem Brief Geld und ein Buch. Das Geld soll Deine Zukunft sichern. Die Hoffnung, dass es Dir gut geht in dieser Welt, ist mir ein Trost, da ich mich auf den Weg in die nächste mache. Das Buch sollst Du so lange wie möglich behalten, und wenn Du Dich doch davon trennen musst, dann tu das nicht in London. Ich wünsche Dir alles Gute.
Dein Dir sehr zugeneigter Vater,
Bartholomew Harbottle

PS: Du hast mich nie kennengelernt, aber ich habe Deinen Weg stets verfolgt. Erst letzte Woche habe ich ein Stück im Globe Theatre gesehen und wusste, dass Du oben im »Himmel« warst. Ich wünschte mir nur, dass ich auch auf dem Wege dorthin wäre.

Auf diese Weise wurde Matthew Harbottle mit einer Einlage von fünfzig Pfund stiller Partner des Red Bull Theatre in Clerkenwell. Was er bisher im Globe getan hatte, machte er jetzt am Red Bull. Wie zuvor die »King's Men« begleitete er jetzt die »Prince Charles's Men« auf ihren Tourneen – und das viele Jahre lang.

Auf einer dieser Tourneen war es auch, dass er nach einer durchzechten Nacht in Exeter beim Kartenspiel eine größere Summe verlor, die er nicht bar bezahlen konnte. Da fiel ihm das Buch ein, das er stets in seinem Gepäck mitführte und von dem sein Vater gesagt hatte, er solle es nicht in London verkaufen. Er bot es seinem Gegenspieler, einem örtlichen Landedelmann, zur Begleichung der Spielschulden an, und der akzeptierte. Ja, er bot sogar an, Matthews Namen in das Buch zu schreiben, gerade dorthin, wo schon die Vorbesitzer aufgeführt waren. Das gefiel Matthew sehr. Er übergab dem Mann das Buch ohne weiteren Gedanken und bat ihn, unter den Namen »Bartholomew Harbottle« jetzt auch »Matthew Harbottle, Red Bull Theatre« zu schreiben. Am nächsten Tag brach die Schauspieltruppe im Morgengrauen nach Bath auf.

Ridgefield, 1985

Peter maß seinen Erfolg im Studium nicht wie andere Studenten an der Ridgefield-Universität in Seminaren oder Semestern, sondern in den Begegnungen mit speziellen Büchern. Ein besonderer Meilenstein war dabei die Kelmscott-Ausgabe des Chaucer.

Als die Abschlussarbeit bevorstand, hatte Amanda ihn eines Abends in der Snack Bar gefragt, ob sie eigentlich auch etwas von William Morris Gedrucktes in den Special Collections hätten.

»Sicher«, sagte Peter. »Ich weiß nicht genau, welche Titel, aber die Kelmscott Press ist in der Bibliothek gut vertreten.« Kelmscott war die Privatdruckerei des vielbegabten viktorianischen Künstlers gewesen, wo William Morris seine anspruchsvollen Projekte umsetzte. »Den Chaucer haben wir jedenfalls.«

»Den Kelmscott-Chaucer?«, sagte Amanda andächtig. »Mit den Burne-Jones-Illustrationen? Ein Original? Keinen Nachdruck?«

»Ja«, sagte Peter und biss in seinen Hamburger. »Warum fragst du?«

Amanda hatte gerade ihre Semesterarbeit über die romantischen Illustrationen von Edward Burne-Jones abgeschlossen. Sie hatte einen modernen Nachdruck für ihre Recherchen benutzt, aber als Peter jetzt fragte, ob sie sich vielleicht das Original anschauen wollte, streichelte sie unter dem Tisch mit dem Fuß seine Wade und flüsterte: »Ja, bitte.«

Während der Examenswoche blieb die Bibliothek zwar die ganze Nacht offen, aber die Special Collections schlossen auch in dieser Zeit pünktlich um fünf. Peter schloss die Tür auf und schaltete die Alarmanlage aus, ehe er Amanda in den Devereaux-Saal führte, der nur von der grünen EXIT-Leuchte erhellt wurde. Er knipste eine Leselampe auf dem großen Tisch in der Mitte an und rückte einen Stuhl für Amanda zurecht. Dann verschwand er eine Weile im Halbdunkel und kehrte mit einem in weißes Leder gebundenen Buch zurück, dessen Einband mit einer delikaten Blindprägung geschmückt war. Aus einer Schachtel auf dem Tisch nahm er zwei Paar weiße Baumwollhandschuhe, dann schlug er das Buch auf.

Es war schwer zu glauben, dass es gerade mal hundert Jahre alt war. Das dicke Papier, das exquisite Rankenwerk, das sich um die altertümliche Schrift zog, die Illustrationen, die so prächtig leuchteten wie mittelalterliche Miniaturen, ließen das Buch wie eine Handschrift aussehen, und das war natürlich genau das, was Morris gewollt hatte. Die Seiten lagen Peter schwer in der Hand, wenn er behutsam umblätterte. Sogar durch die Handschuhe konnte er die Struktur der handgesetzten Schrift und des Holztafeldrucks der Illustrationen spüren. Er liebte diese Bücher. Die Sorgfalt und Liebe, mit der sie gemacht waren, strahlte auch nach hundert Jahren noch von den Seiten ab. Er kam zu einer Doppelseite mit Illustrationen von Burne-Jones und lehnte sich zurück, damit Amanda in Ruhe die Schönheit der Handwerkskunst aufnehmen konnte. Sie seufzte sanft, als sie eine behandschuhte Fingerspitze sacht über die Seite hingleiten ließ.

»Das ist ja so schön«, flüsterte sie, und Peter hob den Blick zu ihrem Gesicht.

»Du auch«, sagte er, als er den Glanz auf ihrer Haut sah. Sie war verzaubert, und Peter war stolz darauf, dass er das bewirkt hatte. Er fragte sich, warum er bisher noch nie daran gedacht hatte, sie hierher mitzunehmen. Dutzende von herrlichen Büchern fielen ihm ein, die er ihr zeigen könnte. Aber seine Leidenschaft für alte Bücher und ihre Leidenschaft für die

Kunst der Romantik würden wohl bei keinem anderen Buch eine solche ideale Verbindung eingehen wie hier.

Peter war so hypnotisiert vom Zusammenspiel von Text, Kunst und Gestaltung, dass er gar nicht bemerkte, dass sich Amanda zu ihm umgedreht hatte, und erst als ihre behandschuhten Finger das nackte Fleisch an seinem Hals berührten, schrak er zusammen. Sein körperlicher Kontakt mit ihr hatte sich bisher auf Händchenhalten auf dem Nachhauseweg und einen kurzen, keuschen Gutenachtkuss beschränkt. Wie alles andere bei Amanda waren die Berührungen streng eingeteilt, und Peter gefiel das. Der kurze Kuss zum Abschied war allabendlich der Höhepunkt seines Tages, aber wenn Peter daran gedacht hätte, wohin das führen konnte und wie es dahin führen konnte, hätte das den Frieden, den Amanda in seinem Leben geschaffen hatte, empfindlich gestört. Aber jetzt, in der stillen Abgeschiedenheit des Devereaux-Saals handelte sie so rasch und entschlossen, dass Peter gar nicht erst dazu kam, das Unbekannte zu fürchten. Auch später hatte er sich nie gefragt, ob sie diesen Moment so geplant hatte, weil sie wusste, dass Peter sich in diesem Raum sicherer fühlen würde als irgendwo sonst auf der Welt.

Ihre behandschuhten Finger zogen seinen Kopf zu sich herunter, dann pressten ihre Lippen sich auf seinen Mund und küssten ihn. Es war keiner dieser kurzen Gutenachtküsse, sondern ein offener Kuss mit feuchten Lippen und einer spitzen Zunge, die in seinen Mund glitt. Ihre andere Hand zog seinen Arm um ihre Taille, und er konnte gar nicht anders, als ihren schlanken Körper an sich zu ziehen. Er hatte die Augen geschlossen und jedes Bewusstsein für Raum und Zeit verloren, denn es existierte nichts anderes mehr als Amandas Wärme in seinen Armen. Sie küssten sich eine kleine Ewigkeit lang, die nur wie ein Augenblick schien. Sie küssten sich und alles andere versank, sie zog die Finger durch seine Haare, und er streichelte ihren Rücken, und dann wich sie zurück, entzog sich ihm und tat das, was er am wenigsten erwartet hätte: Sie lachte. Aber sie lachte nicht über ihn, sie lachte vor Vergnügen und Freude. Ihre Augen funkelten im dämmerigen Licht, und das Lächeln, das er jeden Abend beim Abschied in ihrem Gesicht sah, leuchtete so hell, als ob es niemals erlöschen könnte.

Schließlich ließ sie sich auf ihren Stuhl zurücksinken. »Jetzt schau uns an«, sagte sie. »Mr. Schüchtern und Miss Methodisch sind verrückt nacheinander, und jetzt knutschen sie im Saal mit den seltenen Büchern.« Erst nachträglich wurde ihm klar, dass das eigentlich eine Art Liebeserklärung war. Aber dann sagte Amanda das Verrückteste von allem. Sie beugte sich ganz dicht an sein Ohr, zeigte auf das Porträt der Bibliotheksstifterin Amanda Devereaux und sagte: »Was Großmutter wohl davon halten würde?«

»Amanda Devereaux war deine Großmutter?«, sagte Peter und zog seine Hand von Amandas Taille zurück. Er drehte sich um und musterte das Porträt. »Ich kann gar nicht glauben, dass ich das nicht gleich gesehen habe. Du hast ihre Augen. Hast du sie noch gekannt? Was war sie für eine Frau?«

»Was sie für eine Frau war?«, sagte Amanda. »Peter! Ich habe dir gerade mein großes Geheimnis verraten. Ich habe dir das erzählt, was bisher noch jeden Typen vertrieben hat, den ich mochte, und dafür Leute angelockt hat, die ich nicht ausstehen konnte. Verstehst du nicht? Ich bin eine superreiche Erbin. Normalerweise solltest du jetzt einen Schock haben und alle möglichen komischen Vorstellungen über mich entwickeln.«

Peter beugte sich vor und küsste sie auf den Hals. »Ich glaube, es steht alles schon fest, was ich über dich denke.«

»Peter!«, sagte Amanda und schubste ihn weg. »Das ist alles sehr wichtig für mich. Ich habe mich sogar extra unter einem anderen Namen hier angemeldet. Ich heiße nicht Amanda Middleton, ich heiße Amanda Ridgefield. Du bist der Erste, dem ich es erzählt habe – da habe ich schon eine Reaktion erwartet.«

»Hör mal«, sagte Peter und lehnte sich in seinem Stuhl zurück. »Das ist doch keine große Sache. Ich meine, ich freue mich, dass du dir wegen Geld und solchen Sachen keine Sorgen zu machen brauchst, aber ich möchte nicht, dass du mich nach meiner Familie beurteilst, also warum sollte ich dich nach deiner beurteilen?«

»Natürlich ist es eine große Sache«, sagte Amanda. »Das sehe ich doch daran, wie du lächelst. Du kannst ja gar nicht mehr aufhören zu grinsen, und in die Augen kannst du mir auch nicht sehen.«

»Ich schaue dir nicht in die Augen, weil ich den Knutschfleck ansehe, den du am Hals hast, und ich grinse, weil ich sehr stolz darauf bin, dass ich ihn gerade gemacht habe.«

»Es ist dir egal, dass ich die Prinzessin von Ridgefield bin? Dass ich einen Haufen Geld habe? Und dass alle Leute mich und alle Jungen, mit denen ich ausgehe, deshalb auf ziemlich eigenartige Weise behandeln?«

»Ja, genau«, sagte Peter, der sich einfach darüber freute, dass seine beiden Amandas miteinander verwandt waren. »Komm, küss mich noch mal.«

»Und es macht dir auch nichts aus, dass meine Eltern dich allen möglichen Prüfungen unterziehen werden, um zu sehen, ob du auch gut genug für mich bist?«

»Das würde ich in jedem Fall von deinen Eltern erwarten, ganz egal wer sie sind.« Peter beugte sich vor, um sie zu küssen, aber sie schob ihn beiseite.

»Ist dir nicht klar, dass alle Leute denken werden, du wärst wegen meines Geldes hinter mir her?«

»Amanda«, sagte er leise und nahm ihre Hände. »Das ist mir alles egal. Ich liebe dich, das ist alles.« Er sagte das ganz ohne Vorbedacht. Es erschien ihm wie das natürlichste und wahrhaftigste Ding auf der Welt, aber seine Liebeserklärung brachte ihr Gespräch plötzlich auf eine sehr ernsthafte Ebene. Peter spürte die Spannung in ihren Fingern und suchte hastig nach einem anderen Thema, ehe sie sich zu einer Antwort gedrängt fühlte. Er schaute zu dem Porträt von Amanda Devereaux hoch, stand auf und sagte: »Ganz im Ernst jetzt, wie ist sie gewesen? Ich will alles über deine Großmutter wissen.«

Ein winziger Seufzer der Erleichterung entschlüpfte Amandas Lippen, als sie sich auf den Stuhl sinken ließ. »Nun ja«, sagte sie. »Sie war schon tot, als ich geboren wurde, und Mom redet nicht viel über sie, aber ich glaube, sie war eine ganz erstaunliche Frau.«

Peter fuhr in diesem Sommer nicht zu seinen Eltern nach Hause, sondern wohnte für den Rest seiner Studienzeit in der Souterrainwohnung in Francis Lelands Haus in der Stadt. Vormittags arbeitete er meist bei Hank Christiansen in der Buchbinderei oder in der Devereaux-Sammlung. Das brachte ihm genug Geld für seinen Unterhalt und die Miete, die er dadurch weiter verringerte, dass er bei den Lelands den Wagen wusch oder den Rasen mähte. Oft saß er abends zusammen mit seinem Lehrer bei einem Eistee auf der Veranda und sprach über Bücher und alle möglichen anderen Themen.

Amanda sah er jeden Tag. Sie machten lange Spaziergänge in den Ridgefield Gardens, dem früheren Park des Familienbesitzes, der jetzt zum Campus gehörte. Nachmittags gingen sie manchmal ins Kino oder badeten im Swimmingpool von Amandas Eltern, wenn die nicht da waren. »Irgendwann musst du sie kennenlernen«, sagte Amanda. »Aber jetzt lass uns den Sommer genießen.« Ansonsten wurde die Zukunft nicht weiter erwähnt. Es war der perfekte Sommer.

Einmal fuhren sie mit Amandas Wagen übers Wochenende nach Wrightsville Beach. Peter bestand darauf, das Hotel zu bezahlen, und sie übernachteten in getrennten Zimmern in einem billigen Motel namens Seaside Inn, das schon bessere

Tage gesehen hatte und drei Blocks entfernt vom Strand lag. Aber Amanda beschwerte sich nicht. Sie lagen in der Sonne, aßen Hotdogs, Eiskrem und völlig verkochte Meeresfrüchte, sie wanderten barfuß über den Strand und küssten sich, während die Wellen ihre Füße umspülten. Peter, der vor Amanda noch nie ein Mädchen geküsst hatte, war bei ihren nächtlichen Besuchen im Devereaux-Saal zum leidenschaftlichen Küsser geworden und hatte viel Übung gewonnen.

»Bist du schon mal am Meer gewesen?«, fragte Amanda, als sie Hand in Hand am Wasser entlanggingen.

»In der fünften Klasse haben wir mal einen Schulausflug in ein Ferienlager gemacht. Das waren drei schreckliche Tage.«

»Erzähl!«

»Ich war in diese Rebecca verknallt, aber ich hatte natürlich nicht den Mut, etwas zu unternehmen.«

»Du hast mir nie erzählt, dass du mal eine Freundin hattest.«

»Hatte ich auch nicht, das kannst du mir glauben«, sagte Peter. »Sie hatte sowieso nur Augen für diesen Glenn Bailey, aber ich habe gedacht, wenn ich nur ordentlich schmolle, würde sie sich irgendwann meiner erbarmen.«

»Ich hätte mich deiner bestimmt erbarmt«, sagte Amanda und schlang ihre Arme um ihn.

»Glaub mir, das hättest du nicht getan. Ich war der trübsinnigste Fünftklässler, den man sich vorstellen kann. Ich bin ihnen überall hinterhergedackelt, wenn sie am Strand waren, ich habe sie angestarrt, wenn wir beim Essen am Tisch saßen, und abends, wenn sie nebeneinander am Lagerfeuer saßen, hab ich im Dunkeln gehockt und geheult. Es hat aber keiner gemerkt.«

»Du hast im Dunkeln geheult, armer Kerl«, sagte Amanda. Sie war stehen geblieben und verabreichte ihm einen warmen Kuss. »Und?«, fragte sie anschließend. »Gefällt es dir diesmal besser am Meer?«

»Ein bisschen schon«, sagte Peter.

Amanda gab ihm einen weiteren, sehr viel kürzeren Kuss und sprintete durch die Brandung davon. Peter jagte hinter ihr her, und dann lachten sie beide, und Peter hatte dieses Gefühl, das er jetzt jeden Tag hatte: dass er noch nie so glücklich gewesen war.

In dieser Nacht lag Peter in seinem Zimmer, und sein Körper sehnte sich nach Amanda. Er dachte an ihren hellblauen Bikini und war zugleich froh, dass sie sich stillschweigend zur Keuschheit entschlossen hatten. Zum ersten Mal in seinem Leben wusste er genau, wonach er sich sehnte.

Als sie wieder in Ridgefield waren, begann er, Liebeslyrik zu lesen. Nicht nur aus den eleganten Schränken des Devereaux-Saals, sondern auch aus den Stahlblechschränken des angrenzenden Magazins, die bis unter die Decke mit Manuskripten und Büchern gefüllt waren. Gelegentlich stieß er dort auf Bücher, von denen er dachte, dass sie es eigentlich verdienten, im Devereaux-Saal gezeigt zu werden. Fast jedes Mal, wenn er Francis Leland einen solchen Fall vortrug, lehnte sein Lehrer ab, ermutigte ihn aber trotzdem, in seinem Bemühen nicht nachzulassen. »Über Bücher lernt man am meisten, wenn man sich mit ihnen beschäftigt, über sie redet und sie verteidigt«, sagte er.

Später im Sommer – der Gedanke, dass diese Idylle je enden könnte, lag immer noch weit entfernt – entdeckte Peter ein Buch im Magazin, das mit Sicherheit einen viel prominenteren Platz verdiente. Es war ein schmales Bändchen mit den *Sonetten aus dem Portugiesischen* von Elizabeth Barrett Browning. Wenn er nicht einige Tage zuvor gelesen hätte, dass die Erstausgabe dieser Gedichte 1850 erschienen war, hätte er die Bedeutung der Jahreszahl 1847 auf dem Titelblatt wahrscheinlich gar nicht erkannt. Aber jetzt war er wie elektrisiert: Er hatte ein Bändchen mit diesen berühmten englischen Liebesgedichten entdeckt, das volle drei Jahre vor der angeblichen Erstausgabe gedruckt worden war! Das war mit Sicherheit ein Kandidat für den Devereaux-Saal, den Leland nicht abweisen konnte.

»Das ist ein Wise-Buch«, sagte Leland, als ihm Peter das Bändchen zeigte.

»Und was heißt das?«, fragte Peter.

»Thomas Wise war einer der besten Bücherkenner des späten 19. und frühen 20. Jahrhunderts«, sagte Leland. »Er war Sammler, Antiquar und Bibliograf und besaß eine hervorragende Sammlung der Werke von Charles Dickens, George Eliot, John Ruskin und praktisch allen anderen Autoren der viktorianischen Zeit.«

»Klingt sehr eindrucksvoll«, sagte Peter.

»Das war es auch«, nickte Leland. »Bis 1934 zwei junge Buchhändler namens John Carter und Graham Pollard nachwiesen, dass diese angeblich seltenen Bücher und Drucke Fälschungen waren und Wise sie persönlich gefälscht hatte. Dieses Buch hier« – Leland tippte mit dem Finger auf die Sonette – »war eine von ihnen.«

»Und wie wurde er überführt?«, fragte Peter.

»Auf doppelte Weise. Zum einen haben Carter und Pollard die so genannten negativen Beweise gesammelt: die mangelnden Herkunftsnachweise, die fehlenden zeitgenössischen Erwähnungen und so weiter. Dann wandten sie sich den positiven Beweisen zu. Sie waren die Ersten, die naturwissenschaftliche Methoden benutzten. Sie ließen das Papier analysieren und verglichen die verschiedenen Schriften in den Büchern mit den Katalogen der zeitgenössischen Druckereien, um zu sehen, wann sie gegossen worden waren. Eine bemerkenswerte Untersuchung ist das gewesen.«

»Das hört sich so an, als hätte dieser Wise eine Menge Leute getäuscht«, sagte Peter.

»Das hat er. Und er war schlau genug, seine Fälschungen nur einzeln und auf den verschiedensten Wegen in Umlauf zu bringen, so dass es lange niemandem auffiel, dass sie alle aus derselben Quelle stammten. Leider hat er sich seine Opfer besonders gern unter amerikanischen Sammlern gesucht.«

»Wie Amanda Devereaux?«

»Ja, genau. Sie hat gesammelt, als Wise auf dem Höhepunkt seiner Produktion war. Infolgedessen haben wir eine der besten Sammlungen von Wise-Fälschungen außerhalb der British Library.«

Peter nahm die entehrten Browning-Sonette vom Tisch. »Dann gehört das hier wohl wieder ins Magazin zurück, nehme ich an.«

»Nicht unbedingt«, lächelte Leland. »Als ich die Sammlung damals eingerichtet habe, waren gerade erst zwanzig Jahre vergangen, seit der Schwindel entdeckt wurde. Man dachte vor allem daran, dass man getäuscht worden war und viel Geld verloren hatte. Inzwischen wird Wise aber als einer der größten Fälscher aller Zeiten betrachtet, und seine Fälschungen sind tatsächlich so rar, wie er behauptet hat. Vielleicht sollte man tatsächlich im Devereaux-Saal eine Ecke für die Wise-Fälschungen einrichten.«

Kingham, Samstag, 18. Februar 1995

Ausgaben des *Pandosto* waren Peter schon früher begegnet, aber die Ausgabe, die jetzt vor ihm auf dem breiten Eichentisch lag, trug die Jahreszahl 1588, und er erinnerte sich noch sehr genau an eine Fußnote, die er vor zehn Jahren in eine seiner Seminararbeiten geschrieben hatte: »Die Erstausgabe von Greenes *Pandosto* aus dem Jahr 1588 ist nur in einem einzigen, unvollständigen Exemplar erhalten, das sich heute in der British Library befindet.«

Ein Exemplar der Erstausgabe dieser Romanze gefunden zu haben, die Shakespeare als Vorlage für eine seiner Komödien – *The Winter's Tale* – benutzt hatte, wäre allein schon eine Sensation und die Erfüllung von Peters innigsten Wünschen gewesen. Wenn die Ausgabe tatsächlich echt war, und keine geschickte Fälschung, würde er zum Beispiel von der Folger Shakespeare Library in Washington ohne weiteres einen sechsstelligen Betrag für diesen *Pandosto* erhalten. Das würde ihn nur einen Telefonanruf kosten.

Aber der gedruckte Text war vermutlich das Allerunwichtigste an dem Buch, das da vor ihm lag. Während er mit andächtigen Fingern die Seiten umwendete, hörte Peter die Stimme von Dr. Yoshi Kashimoto, dem großen Shakespeare-Kenner aus Japan, der seinen Vortrag in Ridgefield über Edward de Vere als Verfasser der Shakespeare-Stücke damals mit den Worten geschlossen hatte: »Wenn mir jemand auch nur ein einziges zeitgenössisches Dokument zeigen könnte, das die unter dem Namen Shakespeare veröffentlichten Stücke mit William Shakspere aus Stratford verbindet, würde ich meine Überzeugung sofort verlassen und mich vor den Stratfordianern verneigen.«

Dieser Satz war in den verschiedensten Formulierungen seit über hundertfünfzig Jahren von allen möglichen Forschern geschrieben, gesagt und veröffentlicht worden, die Shakespeares Autorschaft anzweifelten. »Zeigt uns ein einziges Dokument«, war der Schlachtruf gewesen, »dann werden wir das größte literarische Rätsel aller Zeiten als gelöst betrachten.« Und jetzt, da war Peter sich sicher, hielt er ebendieses Dokument in den zitternden Händen.

Bisher waren von Shakespeare nur sechs Unterschriften, das Testament und möglicherweise eine drei Seiten lange Passage des Stückes *Sir Thomas More* bekannt, das von verschiedenen Autoren verfasst worden war. Letztere hatte Peter bei seinen Besuchen in London persönlich gesehen. Die braune Tinte schien in geradezu übermütigen Schleifen über das Fragment zu hüpfen und stieg gegen Ende der Zeilen immer mehr an.

Und hier, auf den Rändern dieses *Pandosto* von 1588 entdeckte er dieselbe braune Tinte, dieselben übermütigen Schleifen und dieselben zur rechten Seite hin ansteigenden Zeilen. Sowohl die Handschrift als auch der Inhalt der Randnotizen wiesen – soweit Peter das in der Eile beurteilen konnte – darauf hin, dass sie von William Shakespeare stammten.

Aber das war noch nicht alles. Auf dem Vorsatzblatt gegenüber der Titelseite stand eine Liste von Namen, offenbar hatten sich hier die früheren Besitzer des Buches verewigt. Und der dritte Name von oben lautete: »W. Shakspere, Stratford«. Peter stellte sich vor, wie Dr. Kashimoto vor einem Saal voller Shakespeare-Spezialisten stand und erklärte: »Mr Peter Byerly hat alle nötigen Beweise erbracht, um nachzuweisen, dass William Shakspere der wahre Autor der Stücke ist.« Peter wünschte sich dringend, dass Amanda zu Hause im Cottage wäre, damit er ihr von seinem Fund erzählen könnte.

Aber gerade dieser Gedanke brachte ihn auch wieder zurück auf den Boden der Tatsachen. Gewiss, das Buch, das da vor ihm lag, konnte die größte Sensation der englischen Literaturgeschichte sein, aber dazu musste seine Echtheit bewiesen werden. Es gab zu viele Geschichten über geschickte Fälscher, als dass man so ein Dokument für bare Münze nehmen konnte, ohne es gründlich zu prüfen. Und mit diesem Gedanken tauchte plötzlich ein zweiter, eher unbehaglicher Satz in seinem Kopf auf. »Ich gebe Ihnen eine Woche«, hatte die unscheinbare blonde Frau mit den Gummistiefeln gesagt. Wenn Peter sich nicht innerhalb einer Woche entschließen konnte, ein Angebot für den *Pandosto* zu machen, würde sie einen anderen Antiquar heranziehen. Und dann würde womöglich ein anderer die größte literarische Entdeckung dieses Jahrhunderts machen.

Peter wusste, dass er in der nächsten Woche nicht viel schlafen würde. Er würde die Randnotizen inhaltlich auswerten, die Vorbesitzer des Buches ermitteln und ein Labor finden müssen, dass die Tinte und das Papier untersuchen konnte. Dass sich die Echtheit des Dokuments in dieser kurzen Zeit mit letzter Sicherheit nachweisen ließ, bezweifelte Peter, aber vielleicht konnte er so viel ermitteln, dass er mit dem Fund an die Öffentlichkeit treten und als Vermittler zwischen den Aldersons und dem Rest der Welt auftreten konnte.

Eine der wichtigsten Aufgaben war wohl herauszufinden, wo dieses Buch herkam. Wie hatte ein so wichtiges Dokument dem Auge der Wissenschaft über mehr als vierhundert Jahre entgehen können? Peter studierte noch einmal die Liste der Namen auf dem Vorsatzblatt. Die Handschriften der Leute, die sich da verewigt hatten, waren sehr unterschiedlich. Wenn es sich tatsächlich um die ehemaligen Besitzer des Buches handelte, sollte es nicht allzu schwer sein, die Spur zu verfolgen. Er nahm sich die Liste noch einmal vor und suchte nach Namen, die er vielleicht schon einmal gehört hatte. Gleich beim vierten Namen wurde er fündig, und das Blut schoss ihm in den Kopf. »R. Cotton, Augustus B IV« stand da. Peter wusste genau, was das hieß: Zu irgendeinem Zeitpunkt hatte das Buch Robert Cotton gehört, dem großen englischen Büchersammler, den er so verehrte. Es hatte im »Augustus«-Schrank gestanden, und zwar auf dem zweiten Regal. Das war wunderbar. Aber was ihn mindestens genauso aufwühlte, war der letzte Eintrag in der Liste. Er war nicht mit Tinte, sondern mit Bleistift geschrieben und sehr viel rätselhafter. Er lautete: »B.B./E.H.« Die Handschrift war unverkennbar die des Künstlers, der das von Peter gestohlene Aquarell signiert hatte.

Peter musste das Buch schließen, um wieder zu Atem zu kommen. Er konnte nicht sitzen bleiben, sondern sprang auf und ging hin und her, wobei er gedankenlos hier und da Bücher in den Regalen zurechtrückte. Jetzt, wo er ein bisschen Abstand gefunden hatte, mischte sich Furcht in seine Erregung und Neugier. Aus was für Gründen auch immer hatte man ihm ein unendlich wertvolles Dokument anvertraut. Was, wenn er es beschädigte oder verlor? Wenn er Tee darüber schüttete? Was, wenn er sich irrte und zum Narren machte? Was, wenn er recht hatte und die Leute von ihm erwarteten, dass er Vorträge hielt? Oder im Fernsehen auftrat? In jedem Falle erschien ihm seine Zukunft äußerst bedrohlich.

Um sich zu beruhigen, begann Peter, die Dokumente wieder zurück in die Schatulle zu packen. Erst als er einen von Lord Nelson unterschriebenen Befehl an einen seiner Offiziere fand, fiel ihm auf, dass auch dieses Dokument einen Hinweis auf seinen Besitzer trug. Oben rechts in der Ecke waren mit einem feinen Bleistift die Initialen »E.H.« vermerkt. Die beiden Buchstaben waren miteinander verschränkt, wie es im 19. Jahrhundert gern gemacht wurde. Daraufhin nahm sich Peter auch die anderen Dokumente noch einmal vor und stellte fest, dass sie alle auf diese Weise gekennzeichnet waren. Wer war dieser »E.H.«? In den Büchern, die er am Vormittag angeschaut hatte, war ihm das Monogramm nicht aufgefallen. Dort war überall nur der Name Alderson vermerkt gewesen. Die Handschriftensammlung »E.H.« stellte offensichtlich einen eigenen, abgegrenzten Bereich in der Bibliothek dar. Und welche Beziehung bestand zwischen »E.H.« und dem rätselhaften »B.B.«? Wieder einmal fiel sein Blick auf das kürzlich abgeräumte Regal in dem vor ihm stehenden Schrank, und plötzlich passten zwei Puzzleteile zusammen.

Er hatte das Monogramm schon einmal gesehen: in dem Buch, aus dem er das Aquarell gestohlen hatte – einem Buch über Shakespeare-Fälschungen. War das aus Aldersons Bibliothek gekommen? Peter erinnerte sich, dass die unscheinbare Schwester des Hausherrn das Regal mehrfach gemustert hatte. Wusste sie von dem *Pandosto* und seiner Beziehung zu Shakespeare? Hatte sie das Buch über Shakespeare-Fälschungen deshalb aus dem Regal genommen? Wusste ihr Bruder davon? Zwei Dinge schienen Peter eindeutig: Der mausgrauen Schwester war nicht zu trauen, aber ihr Ultimatum durfte man nicht ignorieren. Er hatte das Gefühl, dass sie in der Bibliothek mehr zu sagen hatte als ihr freundlicher Bruder. Wenn sie erklärte, dass der Amerikaner ihren Ansprüchen nicht genügte und man ihm womöglich nicht trauen könnte, würde Peter wahrscheinlich ganz schnell vor die Tür gesetzt werden.

Peter warf einen Blick auf die Uhr. Es war schon nach vier und es dämmerte draußen. Alderson würde bald wieder da sein. Peter musste erreichen, dass zumindest der Bruder ihm traute. Peter hatte die Erfahrung gemacht, dass es kaum etwas Besseres als einen fetten Scheck gab, wenn man das Vertrauen von Leuten gewinnen wollte. Er steckte den *Pandosto* in seine Kassette und legte rasch ein paar andere Bücher darauf. Dann packte er die übrigen Dokumente in die Schatulle, trug sie zu ihrem Schrank zurück, verschloss die Tür und legte den Schlüssel wieder in den Sekretär.

Als sich Schritte näherten und der Hausherr hereintrat, hockte Peter am Boden und blätterte eifrig in den Büchern aus den unteren Regalen.

»Na, kommen Sie gut voran?«, fragte John Alderson.

»Ja, danke, sehr gut«, sagte Peter. »Es gibt ein paar sehr hübsche Dinge hier.«

»Das freut mich zu hören.«

»Es gibt sogar etwas, das ich Ihnen sehr gern sofort abkaufen würde. Ein Freund von mir sucht schon sehr lange danach.«

»Und was wäre das?«

»Ihr Wörterbuch von Samuel Johnson.«

»Aber das ist ja nicht mal die Erstausgabe«, sagte Alderson. »So viel kann das doch nicht wert sein.«

Das war interessant. Alderson, der sich so gleichgültig gegenüber seinen Büchern gegeben hatte, wusste also genau, dass sein *Dictionary* keine Erstausgabe war.

»Ich kann Ihnen zweitausend Pfund dafür geben«, sagte Peter. Das war ein ziemlich hoher Preis für einen Privatverkauf, aber Peter konnte sich das ohne weiteres leisten. Es würde ihm eine Freude sein, das Wörterbuch der Universität Ridgefield zu schenken, und John Alderson, der wahrscheinlich sehr genau wusste, was seine Ausgabe wert war, würde ihn künftig für einen dieser großzügigen Amerikaner halten, die mehr Geld als Verstand hatten. Das könnte sehr nützlich sein, falls die Schwester ihn aus dem Haus treiben wollte.

»Zweitausend?«, wiederholte Alderson langsam, offensichtlich beeindruckt.

»Nun ja, ich werde wahrscheinlich noch mehr kaufen«, sagte Peter und zog seine weißen Handschuhe aus. »Aber für dieses Werk habe ich einen ganz besonderen Kunden.«

»Na gut, abgemacht. Sie kriegen es für zweitausend«, sagte Alderson mit einem wissenden Lächeln.

»Es kann sein, dass ich in den nächsten Tagen nicht kommen kann«, sagte Peter, als er den Scheck ausschrieb. »Ich hoffe, das ist kein Problem?« Er riss den Scheck ab und hielt ihn seinem Gastgeber hin. Zu seiner Befriedigung sah er genau jenes gierige Glitzern in Aldersons Augen, das er von anderen Kunden kannte, die mehr Geld für ihre alten Bücher erhielten, als sie erwartet hatten.

»Nein«, sagte Alderson. »Das ist überhaupt kein Problem.« Er nahm Peter den Scheck aus der Hand, faltete ihn und steckte ihn in seine Hemdtasche.

»Ich habe mich gefragt«, sagte Peter, »ob ich vielleicht ein paar Stücke mitnehmen kann.« Er zeigte beiläufig auf den Stapel, unter dem der *Pandosto* begraben war. »Meine Nachschlagewerke sind alle in meinem Cottage und ich würde die Sachen da gern genauer ansehen.«

Es war ein heikler Moment, und Alderson zögerte länger, als es Peter lieb war. Beide Männer spürten ganz offensichtlich, dass der andere etwas zu verbergen hatte, wussten aber nicht, was es war.

Aldersons Augen glitten rasch zu dem verschlossenen Schrank mit der Dokumentenschatulle, dann lächelte er. »Natürlich«, sagte er mit etwas aufgesetzter Herzlichkeit. »Nehmen Sie mit, was Sie brauchen. Aber jetzt sagen Sie, darf ich Sie zum Tee einladen?«

»Ich fürchte, das geht nicht«, sagte Peter. Ich erwarte um fünf einen Anruf aus Amerika, da muss ich zu Hause sein. Darf ich mich Anfang nächster Woche wieder bei Ihnen melden?«

»Wunderbar«, sagte Alderson. »Warten Sie, ich zeige Ihnen den Weg.«

Peter griff nach den Büchern – einschließlich des *Pandosto* – und folgte dem Hausherrn mit raschen Schritten. Er war die Freitreppe schon zur Hälfte hinunter und wollte durch die hereinbrechende Dämmerung zu seinem Wagen gehen, als er plötzlich Aldersons Stimme hinter sich hörte. Zum ersten Mal schien sie leicht zu zittern. »Haben Sie eigentlich meine Schwester Julia getroffen?«

»Nein«, sagte Peter mit fester Stimme. »Ich hatte noch nicht das Vergnügen.«

»Gut, gut«, sagte Alderson offensichtlich erleichtert. »Dann werde ich Sie das nächste Mal miteinander bekannt machen.«

Obwohl er sich durchaus scheute, an den Ort seines Diebstahls zurückzukehren, beschloss Peter, dass er noch einmal nach Hay-on-Wye musste. Er musste wissen, welche Bücher Julia Alderson aus der Bibliothek der Familie entfernt hatte. Er rief das Antiquariat an, in dem er das Amanda-Aquarell gefunden hatte, und erfuhr zu seiner Erleichterung, dass der Besitzer auch morgen, am Sonntag, einige Stunden in seinem Laden sein würde.

Ein Blick in den Kühlschrank zeigte Peter, dass er praktisch nichts mehr zu essen im Haus hatte, und so machte er sich in der Dunkelheit auf den Weg zum Dorfladen. Er fand es angenehm, dass er zu Fuß einkaufen konnte, der kleine Weg war meist eine willkommene Unterbrechung des Tages.

Er holte sich ein Chicken Tikka Masala aus der Tiefkühltruhe, und während er an der Kasse stand, studierte er die Zubereitungsvorschriften, um ja nicht angesprochen zu werden. Aber diesmal hatte er damit kein Glück.

Es dauerte allerdings einen Moment, bis er begriff, dass er gemeint war, als er hinter sich eine Stimme mit schwerem irischen Akzent hörte: »Sie sind doch Mr Byerly, nicht wahr?«

»Entschuldigen Sie«, sagte Peter ganz instinktiv. Eine Formel, die immer zu passen schien und die er sich schon deshalb angewöhnt hatte, weil sie ihm Zeit verschaffte.

»Sie sind Mr Byerly«, wiederholte die Frau und stellte sich neben Peter.

»Ja«, sagte Peter und schaute kurz hoch. Vor ihm stand die Haushälterin von Evenlode Manor. Gedankenlos ließ er seine Blicke über die Kartoffelchips gleiten, die neben der Kasse aufgetürmt waren.

»Sie sind nicht der Erste, der sich im Manorhouse umsieht«, sagte Miss O'Hara mit einem selbstgefälligen Kopfnicken.

Peters Ausweichmanöver war ganz gewohnheitsmäßig gewesen, aber jetzt fiel ihm plötzlich auf, dass Miss O'Hara vielleicht eine gute Informationsquelle war. Er wandte sich zu ihr um, sah ihr direkt in die Augen und sagte: »Wer war denn schon vor mir da?«

»So'n alter Knacker aus Cornwall. Der hat sich die Bilder im ersten Stock angesehen. Hat Miss Julia gar nicht gefallen, das könn' Sie mir glauben.«

Ein alter Mann aus Cornwall? Das musste der Autor sein, von dem Liz Sutcliffe in London erzählt hatte. Und das wiederum hieß, dass die Bilder im oberen Stockwerk wahrscheinlich von dem geheimnisvollen »B.B.« stammten. Die Beziehungen zwischen dem Bild von Amanda, Evenlode Manor und dem *Pandosto* schienen sich zu verdichten.

»Miss Julia ist also nicht verheiratet«, sagte er.

»Nein«, sagte die Haushälterin. »Eine Enttäuschung nach der anderen. Sucht sich immer die falschen Männer aus, sagt Mr John.«

»Als dieser alte Mann aus Cornwall da war, hat ihm Miss Julia da auch die Bibliothek gezeigt?«, fragte Peter.

Erstaunlicherweise schien die Frau diese Frage keineswegs für unangemessen zu halten. »Also, das würde ich wissen. Ich war in dieser Woche fast die ganze Zeit in der Bibliothek. Zweimal im Jahr nehme ich jedes einzelne Buch raus und staube es ab. Ich war den ganzen Tag in der Bibliothek.«

»Dann würden Sie wissen, wenn irgendwas fehlt?«

»Vor ein paar Wochen hat Miss Julia ein ganzes Regal voll mit nach oben genommen. Wollte vielleicht jemandem imponieren. Sie lässt mich nicht in ihr Zimmer, aber ich nehme an, die Bücher sind noch da drin. Mr John fasst die Bücher unten nie an.«

»Der Nächste bitte«, sagte die Kassiererin. Peter stolperte vorwärts und grinste. Er fühlte sich wie ein richtiger Detektiv. Er wusste zwar nicht, ob ein Verbrechen begangen worden war, aber die mausartige, blonde Miss Julia war jedenfalls hochgradig verdächtig. Er war sich absolut sicher, dass er noch einmal nach Hay-on-Wye zurückkehren musste. Er konnte nur hoffen, dass das Buch mit dem blauen Einband noch dort war.

Ridgefield, 1985

Amandas Geburtstag sollte vollkommen werden, hatte Peter sich vorgenommen.

»Es ist ein komisches Datum«, hatte Amanda gesagt. »Alle anderen feiern Halloween, und ich soll meinen Geburtstag feiern, was nichts miteinander zu tun hat.« Den Abend hatte sie selbst geplant, Peter musste nur noch ein Geschenk finden, und das durfte nichts mit Halloween zu tun haben, sondern musste einzigartig für ihre Beziehung sein. Schmuck kam nicht in Frage. Amanda trug jeden Tag dieselben Diamantohrringe, und damit schien sich ihr Interesse an Schmuck zu erschöpfen. Schals, Handtaschen, Schokolade und Blumen – die Francis Leland ihm vorschlug – schienen ebenso unangemessen.

Aber dann hatte er im staubigen Hinterzimmer eines Antiquitätenladens unter einem Stapel von alten *Reader's-Digest*-Heften eine frühe Ausgabe von George MacDonalds Fantasy-Roman *At the Back of the North Wind* entdeckt. Das Buch stammte aus dem Jahr 1870 und enthielt Illustrationen von Arthur Hughes, einem Künstler aus der Schule der Präraffaeliten. Er wusste, dass ihn Amanda fast genauso schätzte wie ihren geliebten Edward Burne-Jones. Der vordere Deckel des Buches war abgerissen und die Hälfte des Rückens. Einige Bögen waren lose, und der mittlere hing nur noch an einem Faden. Viele Seiten waren geknickt und eingerissen. Für einen ernsthaften Sammler war das Buch wertlos. Peter kaufte es für einen Dollar.

Als er damit in die Buchbinderei kam, gab Hank Christiansen sofort zu, dass es ein Objekt war, das eine Komplettüberholung brauchte. »Ein schönes Projekt«, sagte er. »Und wenn es schiefgeht, ist es auch nicht schlimm. Gehört ja dir.«

»Das darf aber nicht schiefgehen«, sagte Peter.

»Mach dir keine Sorgen, wenn du es fertig hast, wird es sehr elegant aussehen. Wann ist Amandas Geburtstag?«

»An Halloween«, sagte Peter.

»Dann hast du genau einen Monat«, sagte Hank. »Wir fangen lieber gleich an.«

In der Werkstatt war Peter teils Schüler und teils Assistent. Oft blieb er länger als die anderen und dann war er mit Hank allein. Sie sprachen selten über etwas anderes als die Arbeit und arbeiteten oft stundenlang nebeneinander, ohne etwas zu sagen. In der Regel war es Hank, der das durchaus behagliche Schweigen brach, mal mit einer sanften Ermahnung an Peter, mal mit einer konkreten Bitte und manchmal mit einem kleinen Witz, über den er lange nachgedacht hatte. Bei diesen Gelegenheiten wartete er mit blanken Augen hinter den Brillengläsern auf Peters Lachen. Und Peter enttäuschte ihn nie. Er fand Hank lustig und klug und seine Gesellschaft angenehm, weil man mit ihm arbeiten konnte, ohne zu reden. Auf Nachfrage hätte er vermutlich gesagt, dass Hank ein Freund sei.

Er hatte Hank bei vielen Dingen geholfen, ein komplettes Buch eingebunden hatte er aber noch nie. Als er den *North Wind* auf den Tisch legte, hoffte er, dass ein Monat genug wäre, um den Roman zu retten.

Als Erstes musste er den ursprünglichen Einband entfernen. Peter klemmte den Buchblock in die aufrecht stehende Presse, an der er Hank bei ihrem ersten Zusammentreffen hatte arbeiten sehen. Mit einem flachen Buchbindermesser trennte er die Überreste des Einbands ab. Auf dem Rücken des Buchblocks verteilte er ein paar Tropfen eines geleeartigen Lösungsmittels. Nach einer halben Stunde war der alte Leim weich geworden und Peter konnte ihn mit dem Messer vorsichtig ablösen. Dann nahm er den Buchblock aus der Presse heraus, zog die einzelnen Bögen sorgfältig auseinander und durchtrennte die Fäden, die sie zusammenhielten. Gegen Abend, als er nach Hause ging, um sich auf seinen Literaturkurs am nächsten Tag vorzubereiten, lagen alle Bögen des Buches lose auf seinem Arbeitstisch.

Die ganze nächste Woche verbrachte er damit, die eingerissenen Seiten des Romans zu reparieren. Die Schäden waren weit größer, als er zunächst gedacht hatte, aber nur wenige Risse gingen bis in den Text, und die Illustrationen waren gar nicht betroffen. Darüber war Peter besonders froh, denn das hauchdünne, aber faserreiche japanische Kozo-Papier, das er benutzte, um die Risse zu reparieren, hinterließ beim Trocknen einen feinen, undurchsichtigen Film auf den Seiten. Experten konnten so winzige Stückchen, ja sogar einzelne Fasern verwenden, dass man die reparierten Stellen nur unter der Lupe erkannte, aber Peter war natürlich kein solcher Experte. Wahrscheinlich hätten die meisten jungen Männer in seinem Alter es äußerst mühselig und langweilig gefunden, eine zerrissene Stelle nach der anderen mit einem kleinen Pinsel und einem speziellen Leim zu befeuchten und dann ein winziges Stückchen Kozo-Papier darauf zu kleben, aber Peter versetzten die vielen Stunden von behutsamer, eintöniger Arbeit in eine Art meditative Versenkung. An einem Tag arbeitete er sieben Stunden lang ununterbrochen, verpasste sein Literaturseminar und hatte keine Ahnung, wie spät es war, als Hank schließlich das Licht ausknipste und erklärte, er müsse die Werkstatt jetzt schließen.

Ehe er die Bögen wieder zusammenheftete, wählte Peter das Papier für den Vor- und Hintersatz aus. Da er den *North Wind* in Leder binden wollte, wählte Peter ein handmarmoriertes Papier mit blauen, goldenen und weißen Wirbeln. Schließlich war es so weit: Peter legte die Blätter wieder in Bögen zusammen, schichtete sie nacheinander in die Heftlade und nähte sie an drei feste Leinenbänder, die im Heftrahmen aufgespannt waren. Dabei bemühte er sich, den Faden durch die gleichen Löcher im Falz der Seiten zu ziehen, die schon beim ersten Binden des Buches entstanden waren. Nach einem Tag harter Arbeit war aus den einzelnen Seiten wieder ein fester Buchblock geworden. Die Seiten würden sich mühelos umblättern lassen, wurden aber von den Fäden fest an den Bändern gehalten, die den neuen Buchrücken bilden würden. Peter hatte das Gefühl, dass die Wiederauferstehung des Buches jetzt wirklich begonnen hatte.

»Komm schon«, sagte Amanda. »Gib mir wenigstens einen Tipp!« Sie saßen auf einer Parkbank hinter der Bibliothek und genossen die letzten Sonnenstrahlen des Tages. Eine herbstliche Frische lag in der Luft.

»Keine Tipps«, sagte Peter und drehte ihr in gespielter Entrüstung den Rücken zu.

»Ich wette, ich kann dich zum Reden bringen«, sagte Amanda und kitzelte seine Rippen. Peter lachte und zappelte, schwieg aber eisern.

»Das ist nicht fair«, sagte Amanda schmollend. Sie schlang von hinten die Arme um seinen Hals und legte ihm den Kopf auf die Schulter. »Ich will nicht, dass wir Geheimnisse voreinander haben.«

»Haben wir auch nicht«, sagte Peter, plötzlich in vollem Ernst. »Keine großen Geheimnisse jedenfalls. Aber hier geht's um ein Geburtstagsgeschenk. Da musst du mir den Spaß schon lassen.«

»Na schön«, sagte Amanda, küsste ihn auf die Wange, löste ihre Arme und stand von der Bank auf. »Aber dann musst du mich auch arbeiten lassen.«

»Na hör mal«, rief Peter ihr nach, als sie in Richtung der Bibliothek ging, »diese kleine Pause war schließlich deine Idee!«

»Gute Arbeit«, sagte Hank, als Peter am nächsten Tag in die Werkstatt kam. »Man sieht, dass du es wirklich mit Liebe machst.«

Peter errötete heftig. Er kam gar nicht auf die Idee, dass Hank seine Liebe zu Büchern gemeint haben könnte. »Danke«, murmelte er.

»Hast du dir schon überlegt, was für ein Leder du nehmen willst?«, fragte Hank.

»Ich dachte, blaues Kalbsleder könnte ganz schön sein, wenn wir genug davon haben«, sagte Peter. »Ich weiß natürlich nicht, was das kostet, aber …« Er ließ den Satz in der Luft hängen. Er hatte schon seit Tagen darüber nachgedacht, wie er die Frage der Bezahlung für die Materialien anschneiden könnte, die er benutzte. Das Leder war mit Sicherheit das Teuerste, aber auch alle anderen Dinge wie das Kozo-Papier, die Leinenbänder und auch den Leim gab es ja nicht einfach umsonst. Peters Arbeit in der Bibliothek, einschließlich der Buchbinderei, gehörte zu seinem Job als studentische Hilfskraft und war zugleich ein Stück Ausbildung. Seine Eltern schickten ihm widerwillig zwanzig oder dreißig Dollar im Monat, aber das reichte allenfalls dafür, dass er Amanda mal einen Kaffee bezahlte. Er hatte keine Ahnung, wovon er die Materialien für das Geburtstagsgeschenk bezahlen sollte, aber er wollte wenigstens wissen, was er Hank schuldete.

»Nun«, sagte Hank, »ich denke ein Stück blaues Kalbsleder in dieser Größe ist ungefähr vier Stunden wert.«

»Wie meinst du das?«

»Nun, du arbeitest dieses Semester irgendwann vier Stunden mehr, und dafür kriegst du das Kalbsleder.«

»Und was ist mit den anderen Sachen? Der Pappe, den Vorsatzblättern, dem Blattgold?«, fragte Peter.

»Blattgold? So, so … Das soll wohl wirklich ein Schmuckstück werden?« Peter entdeckte das wohlvertraute Augenzwinkern hinter den Brillengläsern, das er zum ersten Mal gesehen hatte, als Hank den »Freundinnen-Stapel« erwähnte.

»Ich schätze, wenn du die Pappe für den Deckel ein paar Mal verschneidest und mit dem Buch fertig bist, schuldest du mir ungefähr drei Stunden, plus die vier für das Leder«, sagte Hank.

»Danke«, sagte Peter, weil ihm nichts Besseres einfiel, und wandte sich seiner Arbeit zu.

Aber Hank war noch nicht fertig. »Andererseits«, sagte er, »hast du seit August schon dreißig oder vierzig Überstunden gemacht, die ich nicht bezahlen kann. Also glaube ich, dass ich letztlich bei dir in der Kreide stehe.«

Am Ende hatte Peter die Pappen, die den Einband des Buches bilden würden, dann doch nicht verschnitten. Nachdem er sie an den Leinenbändern befestigt hatte, die den Buchblock zusammenhielten, spannte er das Ganze in die Buchbinderpresse und ließ es für den Rest der Woche unter hohem Druck stehen. »Ein Buch muss sich an seinen neuen Einband gewöhnen«, hatte Hank ihm gesagt.

Inzwischen war der 20. Oktober gekommen und Peter stand vor dem heikelsten Teil seiner Aufgabe: Er musste das teure blaue Leder über den Einband ziehen. Er hatte Hank bei dieser Arbeit schon manchmal geholfen, aber diesmal wollte er alles allein machen. Er hatte das Leder bereits auf die richtige Größe zurechtgeschnitten und die Kanten mit seinem Buchbindermesser sorgfältig abgeflacht. Das Leder auf die Pappe zu kleben war die Sache eines Nachmittags, aber Peter musste rasch und sorgfältig arbeiten. Der Leim befeuchtete das Leder, so dass es sich leichter über die Pappe spannen und um die Ecken herumziehen ließ, aber dabei bestand auch ständig die Gefahr, dass es reißen würde.

Peter spürte, wie Hank ihn von der anderen Seite des Raumes dabei beobachtete, wie er das Leder über das Buch zog.

Er ahnte, dass Hank ihm nur allzu gern geholfen hätte, besonders an den schwierigen Stellen, wo er gut noch eine dritte oder vierte Hand hätte gebrauchen können. Aber Hank widerstand heldenhaft der Versuchung, ihm Hilfe anzubieten, und Peter widerstand der Versuchung, ihn darum zu bitten. Er wollte Amandas Geschenk ganz allein fertigstellen. Als der Abend kam, konnte er das Buch zum Trocknen wieder in die Presse spannen.

Als er das Geschenk am nächsten Tag aus der Presse befreite, war er von nervöser Spannung erfüllt. Er hatte sich die halbe Nacht im Bett gewälzt und von Falten und Beulen im blauen Leder geträumt. Aber siehe da: Der Einband war sauber und glatt. Er klebte die marmorierten Vor- und Hintersatzblätter fest und klemmte das mit einem Filztuch geschützte Buch in die Buchbinderpresse, um den Rücken prägen zu können. Mit einem erhitzten Messingstempel prägte er den Titel und den Namen des Autors in Goldschrift auf den Rücken – getrennt durch eine französische Lilie.

Er hatte immer noch eine Woche Zeit bis zu Amandas Geburtstag, als er letzte Hand an das Geschenk legte und auf den vorderen Einband die goldenen Initialen »A.R.« prägte. Voller Stolz zeigte er seinem Lehrer sein Werk.

»Das hast du sehr gut gemacht, Peter«, sagte Hank und schlug mit professionellen Händen das Buch auf. Er prüfte die Gelenke und nickte, als er spürte, wie leicht sich die Seiten umblättern ließen. »Viele Anfänger binden die Bücher zu fest, aber das liegt wirklich gut in der Hand.« Peter wusste, dass sein Lehrer niemanden leichtfertig lobte, und spürte, wie eine Welle der Befriedigung in ihm aufstieg, als Hank ihm den *North Wind* zurückgab.

In den nächsten Tagen ließ Peter das Buch auf einem Regal in der Buchbinderei liegen, nahm es aber jedes Mal herunter und betastete das weiche Leder, wenn er zur Arbeit kam. Am einunddreißigsten Oktober, kurz vor Feierabend, holte Peter eine Schönschreibfeder heraus und ein Fläschchen mit tiefschwarzer Tusche. Dann schrieb er auf die linke Seite gegenüber dem Titel: »Für Amanda, mit Liebe, von ihrem Buchbinder Peter, 31. Oktober 1985«.

Kingham, Samstag, 18. Februar 1995

Peter schlug den empfindlichen Einband des *Pandosto* auf und begann mit der Untersuchung, die schließlich die ganze Nacht dauern würde. Zuerst beschäftigte er sich mit der Herkunft. Die Liste der Besitzer war möglicherweise das beste Indiz für die Echtheit des Buches. Peter wusste genug über die großen englischen Sammler, um einige der Namen identifizieren zu können, aber er würde die Verbindungen zwischen den Besitzern herausfinden müssen und klären, wer Em Ball, Bartholomew Harbottle und William H. Smith waren. Im Einzelnen entzifferte er folgende Einträge:

R. Greene to Em Ball
Bart. Harbottle
Wm. Shakspere, Stratford
R. Cotton, Augustus B IV
Matthew Harbottle, Red Bull Theatre
John Bagford
John Warburton
R. Harley, Oxford
B. Mayhew for William H. Smith
B.B./E.H.

Zehn Einträge. Zehn Hinweise, die vielleicht erklären konnten, wie der Band vier Jahrhunderte unentdeckt überlebt hatte. An Bagford, Warburton und Harley erinnerte Peter sich zwar recht gut, überprüfte seine Erinnerungen aber vorsichtshalber noch in de Riccis *English Collectors of Books and Manuscripts.* Dann machte er sich sein Chicken Tikka Masala, das er geistesabwesend in sich hineinstopfte.

Von seinen nächtlichen Besuchen im Devereaux-Saal wusste Peter, dass Francis Leland nach Feierabend nie im Büro war, dafür aber an Samstagen von zwei bis fünf arbeitete. Da waren die Special Collections geschlossen, und Leland sagte oft, dass er samstags mehr schaffte als während der ganzen Woche.

Nachdem er gegessen hatte, wählte Peter die Nummer von Lelands Büro. Er hatte seit Wochen nicht mehr mit ihm gesprochen. Er hatte mit überhaupt niemand mehr in den Staaten gesprochen, seit er in Kingham war. Weder mit Hank noch mit Amandas Eltern oder mit deren bester Freundin Cynthia, die ihn beim Begräbnis alle gebeten hatten, er solle doch von sich hören lassen. Wenn sie Nachrichten auf seinen Anrufbeantworter gesprochen hatten, hatte er nicht zurückgerufen.

Bei seiner Flucht vor der Erinnerung an Amanda hatte er jeden Kontakt mit Amerika abgebrochen und kaum darüber nachgedacht, wie sein Schweigen auf die Zurückgelassenen wirken musste. Deshalb begriff er überhaupt nicht, warum Francis Leland so aufgeregt und erleichtert war, als er jetzt seine Stimme hörte.

»Peter! Gott sei Dank! Wir haben uns solche Sorgen um dich gemacht. Geht es dir gut?«

In seinem Eifer, die Spur des *Pandosto* zu finden, erschien Peter diese Frage vollkommen irrelevant. »Ich suche nach ein paar Leuten«, rief er.

»Meinst du die Ridgefields?«, fragte Leland. »Die sind in New York. Aber sie haben mir ihre Nummern dagelassen, für den Fall, dass du anrufst. Du kannst dir gar nicht vorstellen, was wir uns für Sorgen gemacht haben.«

Peter war frustriert. Sein Lehrer hatte ihn doch sonst immer richtig verstanden! »Nein«, rief er verzweifelt. »Sie verstehen nicht. *Ich suche ein paar Leute.*« Er war so besessen von seiner Aufgabe, dass er nicht wusste, wie er sich anders ausdrücken sollte. Ehe Leland antworten konnte, fuhr er einfach fort. »Die ersten drei sind wahrscheinlich aus dem späten 16. oder frühen 17. Jahrhundert. Einer von ihnen hatte Kontakt mit Robert Greene. Der Name ist Em Ball. Dann gibt es zwei namens Harbottle – Bartholomew und Matthew. Matthew hatte etwas mit dem Red Bull Theatre zu tun. Und dann gibt es noch zwei spätere Namen – 18. oder 19. Jahrhundert – Benjamin Mayhew und William H. Smith. Ich weiß, der letzte Name ist ziemlich verbreitet, aber vielleicht war er ein Büchersammler.«

»Peter, ist alles in Ordnung?«

Wenn er nicht so aufgeregt gewesen wäre, hätte Peter vielleicht gemerkt, dass Leland ernsthaft um ihn besorgt war. Aber stattdessen redete er einfach weiter: »Ach, und eine gute Nachricht habe ich auch. Ich habe ein Exemplar der vierten Auflage von Johnsons *Dictionary* gefunden. Ich weiß, dass die Universität sie ohne weiteres kaufen könnte, aber ich möchte sie der Devereaux-Sammlung schenken, zur Erinnerung an Amanda.« Peter unterbrach sich einen Moment und dachte an das Porträt, das in der Bibliothek hing. »*Meine* Amanda«, ergänzte er vorsichtshalber.

»Das ist wunderbar«, sagte Leland. Er zögerte eine halbe Sekunde, dann fragte er: »Hast du einen guten Arzt, da in England?«

»Einen Arzt?«, fragte Peter. »Was soll ich beim Arzt? Ich bin völlig gesund. Das heißt, solange die Leute nicht auf mich schießen.«

»Die Leute schießen auf dich?«, fragte Leland. »Peter, ich glaube, du solltest wirklich …«

»Meinen Sie, dass Sie mir helfen können, bei diesen Namen?«, unterbrach Peter.

Schweigen am anderen Ende der Leitung. Dann meldete Leland sich wieder, diesmal mit seiner gewohnten, professionellen Stimme. »Nun ja«, sagte er. »Em Ball war eine Frau.

Die Geliebte von Robert Greene. Die Schwester eines Straßenräubers, eine Prostituierte. Es heißt, sie wäre bei Greene gewesen, als er im Sterben lag. Sie wollte ihn dazu bringen, dass er ihr neugeborenes Kind als seinen Sohn anerkennt, aber er hat sich geweigert. Dass du dich nicht an Bartholomew Harbottle erinnern kannst, wundert mich. Sein Name steht in einem deiner Lieblingsbücher. Er war Buchhändler und starb zwischen 1610 und 1620. Er hat seinen Namen auf das Vorsatzblatt in unserem Bad Quarto von *Hamlet* geschrieben. Die anderen müsste ich nachschlagen, aber das Red Bull Theatre war in Clerkenwell. Ist beim Großen Brand abgebrannt, glaube ich.«

»Hören Sie«, sagte Peter. »Ich bin in nächster Zeit viel unterwegs. Können Sie mir etwas auf dem Anrufbeantworter hinterlassen, wenn Sie etwas über William H. Smith oder diesen anderen Harbottle rauskriegen?«

»Peter, worum geht es denn eigentlich?«, fragte Leland.

»Ich glaube, ich habe den Heiligen Gral gefunden«, sagte Peter und hängte auf.

Robert Greene hatte seinen *Pandosto* also seiner Geliebten gegeben. Dass sie es an Harbottle verkauft hatte, war ziemlich vernünftig, und dass der es an Shakespeare verkauft hatte, erschien auch nachvollziehbar. Shakespeare hatte das Buch als Quelle für *The Winter's Tale* benutzt. Eine Beziehung zwischen Shakespeare und Robert Cotton hatte bisher niemand nachweisen können, aber die meisten Wissenschaftler hielten es durchaus für möglich, dass Shakespeare gelegentlich in der Bibliothek des Sammlers gewesen war. Hatte er ihm den vollgekritzelten *Pandosto* verkauft? Oder war es ein Geschenk aus Dankbarkeit für die Gastfreundschaft in der Bibliothek? Und wer war dieser zweite Harbottle? Hatte der sich das Buch ausgeliehen und dann nicht wieder zurückgegeben? Cotton war berüchtigt dafür, dass er Bücher verlieh. Hatte das Red Bull Theatre *The Winter's Tale* aufführen wollen?

Um sich nicht weiter in Spekulationen zu verlieren, beschloss Peter, dass er die Randnotizen inhaltlich auswerten musste. Er holte die kleine Reiseschreibmaschine heraus, die ihm Amanda vor Jahren für seine Seminararbeiten geschenkt hatte, spannte ein Blatt Papier ein und begann, die gekritzelten Notizen abzutippen, die neben dem Text des *Pandosto* standen. Es war eine mühselige Arbeit, denn die Schrift war sehr klein und offensichtlich nicht für fremde Augen gedacht, die sich nach vierhundert Jahren darum bemühten, sie zu entziffern. An vielen Stellen musste Peter kapitulieren und Lücken lassen und viele Kürzel vermochte er nicht aufzulösen, aber immerhin hatte er nach einigen Stunden ein Typoskript von fast sieben Seiten fertig. Die Literaturwissenschaftler würden begeistert sein, aber zur Frage der Echtheit des Dokuments trugen diese Kommentare *prima facie* nichts bei, dazu hätte es gründlicher Interpretationen bedurft, für die Peter gar nicht die nötigen Kenntnisse hatte – von der Zeit ganz zu schweigen.

Auf dem hinteren Vorsatzpapier fand Peter ein krauses Durcheinander von Notizen und Korrekturen zu einer ersten Fassung des Liedes, mit dem Autolycus im IV. Akt von *The Winter's Tale* zum ersten Mal auf die Bühne tritt. Um dieses Chaos einigermaßen zu ordnen, brauchte Peter noch einmal zwei Stunden, und auch dann war er sich nicht sicher, ob er alle Abkürzungen richtig verstanden hatte. Erst ganz gegen Ende aber entdeckte er einen verblassten Hinweis, der von anderen Einträgen beinahe gänzlich verdeckt war. Mit Hilfe der Schreibtischlampe und seines Vergrößerungsglases gelang es ihm schließlich, die Zeile zu interpretieren. Sie lautete: »Autolycus = Harbottle«.

Das war amüsant. Peter lehnte sich zurück und fuhr sich mit der Hand durch die Haare. Da hatte der Verfasser von *The Winter's Tale* also wirklich ein konkretes Vorbild für seinen betrügerischen Buchhändler gehabt. Einen Zeitgenossen. Den Mann, der ihm den *Pandosto* verkauft hatte. Nun ja, gedruckte Bücher waren damals ein gutes Geschäft, die neueste Technologie, da mochte mancher Schwindler, Intrigant und Spitzbube mitgemischt haben. Die kleine Notiz war zumindest ein Hinweis darauf, dass Shakespeare den zweiten Besitzer des Buches tatsächlich gekannt hatte. Aber wer war der andere Harbottle?

Ehe er schließlich todmüde die Lampe ausknipste, das Buch in der Schreibtischschublade versteckte und auf der Wohnzimmercouch einschlief, grübelte Peter darüber nach. Robert Greene hatte das Buch seiner Geliebten gegeben, die hatte es an einen skrupellosen Buchhändler verkauft, dann hatten es William Shakespeare und Robert Cotton gehabt. Matthew Harbottle hatte das Buch mit Sicherheit lange vor 1666 in seinem Besitz gehabt, sonst hätte er das Red Bull Theatre nicht erwähnt, das beim Großen Brand zerstört worden war. Der nächste Name auf der Liste wiederum war Peter schon lange bekannt. John Bagford war ein berühmter Sammler und Buchhändler, der um das Jahr 1710 herum besonders aktiv war. Aber wo war der *Pandosto* 45 Jahre lang versteckt gewesen? Und wenn das Buch tatsächlich Robert Harley, dem Earl of Oxford, gehört hatte, warum war es dann nicht im British Museum gelandet, so wie der Rest seiner Sammlung?

Wakefield, Yorkshire, Nordengland, 1720

John Warburton trank einen weiteren Schluck Whisky und stellte das Glas zurück auf den Tisch. Seinen Posten als Steuereintreiber hatte er vor zwei Jahren aufgeben müssen, weil er immer wieder im Dienst betrunken war, aber heute Abend hatte er einen Coup vor, der ihm genügend einbringen sollte, um noch lange in Frieden ein Gläschen in diesem Haus trinken zu können. Auf dem großen Tisch in der Mitte der Bibliothek hatte er mehrere Bücher und Manuskripte aus seiner stetig wachsenden Sammlung in zwei Stapeln angeordnet. Von den mittelalterlichen Kodizes in lateinischer, aber auch in altenglischer Sprache auf der linken Seite hoffte er, dass sie ihm am Ende des Abends fünfhundert Guineen einbringen würden. Genau der richtige Köder, um seinen Dinnergast in Versuchung zu führen.

Auf der rechten Seite lag ein Stapel von Manuskripten und Rollenbüchern aus der Zeit von Elisabeth I. und Jakob I., die er heute nur deshalb zusammengesucht hatte, weil er sie *nicht* verkaufen wollte. Einige stammten von seinem alten, inzwischen verstorbenen Freund John Bagford, Buchhändler und leidenschaftlicher Sammler von Drucken. Er erinnerte sich noch gut an den Tag, an dem Bagford mit einer Kiste vor seiner Tür auftauchte, die bis oben hin gefüllt war mit elisabethanischen Druckerzeugnissen und aus einem Herrenhaus in Exeter stammte.

Warburton hatte den ganzen Nachmittag damit verbracht, einen Katalog der Stücke zusammenzustellen, die hier versammelt waren. Die Liste würde er in seinem Schreibtisch verstecken und die Manuskripte irgendwo anders im Haus.

Das Verzeichnis der Stücke umfasste nicht weniger als fünfundfünfzig Titel, stellte Warburton fest – darunter Werke von Robert Greene, Thomas Dekker, Christopher Marlowe und William Shakespeare. Fast alle waren unveröffentlicht, und von vielen besaß er wahrscheinlich die einzige Abschrift.

Warburton nahm den Stapel vom Tisch und trug ihn in die Küche. Auf dem obersten Regalbrett im Küchenschrank würde auch der hartnäckigste Bibliophile keine Schätze vermuten. Dass eins der Bücher, die zu seiner Theatersammlung gehörten – eine gedruckte Romanze von Robert Greene mit zahlreichen Randnotizen –, versehentlich neben den mittelalterlichen Kodizes auf dem Tisch liegen blieb, war ihm entgangen.

Humfrey Wanley traf pünktlich bei seinem Gastgeber ein, als die Glocken der Allerheiligenkirche acht Uhr schlugen. Wanley war der Bibliothekar des Earl of Oxford & Mortimer.

Es war schon beinahe elf, als die beiden Herren sich nach dem Abendessen endlich in die Bibliothek begaben, um sich dem eigentlichen Anlass ihres Zusammentreffens zu widmen. Wanley musterte die bereitgestellten Stücke in aller Ruhe und tat sein Bestes, um seine Begeisterung zu verbergen; denn obwohl manche Stücke nur relativ uninteressante Gebetbücher waren, gab es doch einige ganz exquisite Stücke.

»Ist das nicht ein schönes Beispiel für frühes Englisch?«, sagte Warburton und hielt seinem Gast einen Auszug aus den Evangelien hin. »Die Handschrift muss über achthundert Jahre alt sein!«

»Ein schönes Stück«, sagte Wanley und las ein paar Zeilen. »Allerdings bestimmt keine achthundert Jahre alt.«

»Dennoch ist dieses Stück allein schon hundert Guineen wert, möchte ich meinen.«

»Mein Lieber, lassen Sie uns nicht gleich über Geld reden«, sagte Wanley. »Haben Sie nicht noch etwas von diesem köstlichen Portwein?«

Wanley ließ sich viel Zeit beim Betrachten der Bücher und sorgte dafür, dass die Portweinkaraffe zwischendurch immer wieder zum Einsatz kam. Allerdings nahm er jedes Mal nur ein kleines Schlückchen, wenn sein durstiger Gastgeber ein ganzes Glas trank. Als die beiden Männer schließlich nach Mitternacht begannen, die Bücher in eine leere Truhe zu packen, schwankte Warburton schon auf den Füßen und musste sich bald auf den Sessel vor seinem Schreibtisch setzen.

Wanley sah, dass der Augenblick jetzt gekommen war, auf den er gewartet hatte. Er packte alles, was auf dem Tisch lag, in die Truhe und verschloss sie fest. »Ich kann Euch Bargeld geben«, sagte Wanley und zeigte einige Banknoten vor, die er in seiner Weste mitführte.

»Fünfhundert Guineen«, sagte Warburton mit schwerer Zunge.

»Nicht ganz«, sagte Wanley trocken. »Sie müssen bitte den Kaufvertrag unterzeichnen.« Er legte ein Blatt Papier auf den Schreibtisch und reichte Warburton eine Feder.

»Wie viel denn dann?«, fragte Warburton und blinzelte auf das Blatt. »Dreihundert?«

»Hundert Guineen«, sagte Wanley jetzt endlich. »Ein fairer Preis, das wisst Ihr genau.« Ein unfairer Preis war es wirklich nicht, dachte der Bibliothekar, auch wenn der Ankauf recht günstig war.

»Hundert?«, sagte Warburton. »Aber ich kann doch nicht …«

»Hundert … oder gar nichts«, sagte Wanley. »Soll ich die Bücher hierlassen?«

»Nein, nein!«, stöhnte Warburton, denn ihm war trotz seiner Trunkenheit wohl bewusst, dass sein Arm auf einem Stapel Rechnungen lag, die er mit den hundert Guineen endlich würde begleichen können. Er würde sogar noch einiges übrig behalten. Er tauchte den Federkiel in die Tinte und kritzelte seinen Namen unter das Schriftstück. Am nächsten

Morgen wachte er auf, mit dem Kopf auf dem Tisch und einer Banknote über hundert Guineen in seiner Hand.

Erst ein Jahr später war für Warburton die Gelegenheit gekommen, seine geretteten Theatermanuskripte hervorzuholen. Als er die Tür zur Küche aufstieß, sah er auf dem Tisch bereits die Zutaten für eine von Betsy Bakers Pasteten stehen, einschließlich Nudelholz und Pastetenform. Seine Köchin machte ausgesucht gute Pasteten. Er reckte sich und griff in den hohen Schrank, wo er die Theaterstücke vor den gierigen Augen von Humfrey Wanley verborgen hatte. Zu seiner Überraschung stießen seine Finger aber nicht auf einen schweren Papierstapel, sondern nur auf ein schmales Bündel. Er wollte gerade beginnen, die anderen Fächer abzusuchen, als Betsy vom Garten hereinkam.

»Guten Morgen, Mr Warburton. War das Frühstück doch nicht genug?«

»Nein, nein, das Frühstück war ausgezeichnet.«

»Vielen Dank, das ist wirklich nett«, sagte Betsy und nahm ihm die erste Seite der *Queen of Corsica* ab. »Ich finde es schrecklich anstrengend, immer auf einen Hocker steigen zu müssen, wenn ich wieder Backpapier brauche.«

»Wie bitte?«, rief Warburton. »Wollen Sie damit sagen, dass Sie ...« Er musste feststellen, dass er nicht in der Lage war, den Satz zu beenden.

»Na ja. Das Papier, das Sie mir da oben hingelegt haben. Ich muss immer auf einen Hocker steigen, wenn ich eins brauche. Aber das Papier ist nun mal das Geheimnis für eine gute Pastete, wissen Sie?« Damit drückte sie die Titelseite der *Queen of Corsica* in die Backform. »Man muss vor allem die Form gut auslegen.«

Als Humfrey Wanley die letzten Bücher aus der Truhe nahm, entdeckte er ein Stück, an das er sich gar nicht erinnern konnte – ein abgeschabtes, vollgekritzeltes Exemplar einer alten Romanze. Weil auch Vor- und Hintersatz vollgeschmiert waren, klebte er nicht wie sonst das Exlibris seines Gönners hinein, sondern schrieb nur dessen Namen unter die Liste der Vorbesitzer: »R. Harley, Oxford«.

Noch ehe er den Roman genauer untersuchen und in den Katalog eintragen konnte, betrat Edward Harley in Begleitung eines Besuchers den Raum. Es handelte sich um einen jungen Adligen aus Cambridgeshire, in dessen stattlichem Herrenhaus sich eine wachsende Sammlung von Büchern, Skulpturen, Porzellanfiguren und Münzen befand.

»Mr Wanley«, sagte der Hausherr, »mein Freund hier möchte ein paar Bücher aus unserer Bibliothek ausleihen, die ihm bei seinen Forschungen über Kostüme aus der Zeit von Königin Elisabeth weiterhelfen.«

»Selbstverständlich, Mylord«, sagte Wanley. »Die Bibliothek steht ganz zu seiner Verfügung.«

»Ausgezeichnet, Mr Wanley«, sagte der junge Harley, stolzierte hocherhobenen Hauptes hinaus und ließ seinen Bibliothekar mit dem Gast allein.

»Ich glaube, hier drüben stehen ein paar hilfreiche Bücher«, sagte Wanley mit einer weiteren leichten Verbeugung und führte den Besucher zu einem Regal, das unmittelbar neben dem Schreibtisch stand, an dem er gerade gearbeitet hatte.

»Danke, guter Mann«, sagte der Besucher. »Ich werde nicht lange brauchen.« Tatsächlich brauchte der Besucher kaum eine Minute, um zu finden, was er gesucht hatte. Er brachte Wanley die Bände, die der Bibliothekar zusammen mit dem Namen des Besuchers sorgfältig in das Register der entliehenen Bücher eintrug. Währenddessen sah der Gast des Hausherrn sich weiter um und entdeckte auf einem Tisch ein schäbiges, schmales Büchlein. Es war eine Romanze mit dem Titel *Pandosto.* Der Besucher beschloss, den Band mit in sein

Zimmer zu nehmen. Es war genau die richtige Lektüre zum Einschlafen, dachte er, und steckte das Büchlein ein.

Das Abendessen verlief in sehr vergnügter Atmosphäre, und der Portwein, den Edward Harley danach servieren ließ, war von so vorzüglicher Qualität, dass sein Gast weder die Neigung noch die Fähigkeit verspürte, noch etwas zu lesen, als er schließlich zu Bett ging. Am nächsten Morgen brach er nach Hause auf und hatte den *Pandosto* in seiner Reisetasche.

Sechs Jahre später, 1726, starb Humfrey Wanley und die Bibliothek, mit deren Aufbau er achtzehn Jahre verbracht hatte, war eine der berühmtesten in ganz England. 1753 wurde sie vom Parlament erworben und bildete den Grundstock für das British Museum und die British Library.

Aber das schmale Bändchen von Robert Greene, das ein Besucher von Edward Harley im Sommer 1720 unbemerkt entliehen hatte, kehrte nie in die »Harleian Collection« zurück. Der Mann, der den *Pandosto* vor dem Einschlafen hatte lesen und dann zurückgeben wollen, starb zwei Wochen nachdem er wieder zu Hause war. Das Buch lag neben drei schweren Bänden über elisabethanische Kostüme, die das Exlibris des Earls of Oxford & Mortimer trugen, auf seinem Schreibtisch. Seine trauernde Witwe schickte die großen Bücher zurück, aber das schmale Bändchen schob sie achtlos in ein Regal der eigenen Bibliothek. Und dort blieb es, nahezu unsichtbar zwischen zwei dicken Folio-Bänden, über hundert Jahre lang stehen.

Ridgefield, 1985

Die alljährliche Halloween Masquerade hatte zum ersten Mal im Jahre 1958 stattgefunden. Sie war die Eröffnungsfeier für sieben neue Gebäude der Universität, die damals in »Ridgefield University« umbenannt worden war, weil das Geld dafür aus der Stiftung kam, die Träger der Lehranstalt war. Einige ältere Mitglieder der Fakultät hatten beklagt, dass dieser Maskenball ein Symbol für den Ausverkauf der früheren, sehr konservativen Baptisten-Hochschule sei, aber sie beklagten sich nicht allzu laut. Die weiträumigen »Faculty Lounges« und die privaten Arbeitszimmer in der neuen Bibliothek waren Annehmlichkeiten, die sie nach einigem Zögern durchaus zu akzeptieren bereit waren, und dagegen, dass sowohl die Intelligenzquotienten ihrer Studenten als auch ihre Gehälter sich drastisch erhöhten, hatten sie letztlich auch nichts.

Obwohl alle Angehörigen der Universität dazu eingeladen waren und die riesige Turnhalle vorher unter großem Aufwand geschmückt wurde, hatte Peter nie an dem Maskenball teilgenommen. Dieses Jahr sah es anders aus. Amanda wollte an ihrem Geburtstag auf den Maskenball gehen, und Peter konnte schlecht nein sagen. Er hatte die Einsamkeit ihrer Beziehung bisher sehr geschätzt, aber er wusste auch, dass Amanda ein Leben außerhalb ihrer heimlichen Treffen in der Snack Bar oder im Devereaux-Saal hatte. Immer wieder erzählte sie von Partys, auf denen sie gewesen war, und von Theaterbesuchen. Wenn sie ihn einlud, sie doch gelegentlich zu begleiten, erklärte er jedes Mal, er müsse arbeiten, weil seine Arbeit in der Bibliothek ihm sonst nicht so viel Zeit zum Studieren lasse. Sie ließ ihm das immer durchgehen, aber zu ihrem Geburtstag gab es kein Pardon: Sie erwartete, dass Peter sie zum Halloween-Ball führte.

»Das ist doch wie geschaffen für dich«, sagte sie. »Ein Maskenball. Du kannst dich hinter dem Kostüm verstecken. Du bist gar nicht Peter Byerly, du bist Romeo!«

»Du weißt ja wohl, dass Romeo am Ende stirbt?«, sagte Peter.

»Ja«, flüsterte Amanda. »Aber zuvor darf er mit Julia schlafen.«

Peter wagte nicht zu fragen, ob das ein Versprechen sei. Obwohl er sich immer wieder sagte, dass er völlig zufrieden damit sei, dass sie vorläufig noch keinen Sex hatten, gelang es ihm immer weniger, sich selbst von der Richtigkeit dieses Prinzips zu überzeugen. Am Abend des Maskenballs jedenfalls zwang er sich, nur an das Geschenk zu denken, das Amanda im Devereaux-Saal erwartete.

Die Kostüme hatte Amanda beim Theaterfundus ausgeliehen, und als er sich im Spiegel betrachtete, musste Peter zugeben, dass er wirklich ganz anders als Peter Byerly aussah. Goldene Schuhe, grüne Strumpfhosen und ein raffiniert geschlitztes, goldbesetztes Doublet verbargen den eigentlichen Peter recht gut. Auf seinem Kopf saß ein kleiner goldener Hut mit einer grünen Fasanenfeder. Er war nie zuvor in Amandas Zimmer gewesen, aber ihre Mitbewohnerin war zum Dinner gegangen, und so hatte ihm Amanda erlaubt, sich hier umzuziehen, während sie sich im Badezimmer zurechtmachte. Peter hatte es eisern abgelehnt, sich in seinem Zimmer bei Professor Leland umzuziehen und dann als Romeo durch die halbe Stadt marschieren zu müssen.

Es klopfte an der Tür, und Peter ließ Amanda wieder herein. Sie sah wunderbar aus: Ein herrliches blau-silbernes Kleid fiel von ihren Schultern bis auf den Boden herab, und in die Haare hatte sie sich ebenfalls blau-silberne Bänder geflochten. Das Beste aber war, dass sie beide Masken trugen, wie Romeo und Julia auf dem Ball im Hause der Capulets. So konnte Peter tatsächlich hoffen, sich ohne Beklemmungen und Schweißausbrüche unter die Menge zu mischen, die bald den Festsaal erfüllen würde.

»Gut siehst du aus«, sagte Amanda lächelnd und rückte sein Wams noch ein wenig zurecht. »Bist du aufgeregt?«

»Nervös, ja«, gab Peter zu.

Amanda ergriff seine Hand und küsste ihn leicht auf die Lippen. »Du brauchst dir keine Sorgen zu machen«, sagte sie. »Wir können uns auch mit den Masken noch küssen.«

»Ach, deswegen hab ich mir gar keine Sorgen gemacht«, sagte Peter. »Aber alle deine Freundinnen haben jetzt schon seit Wochen darauf gewartet, mich kennenzulernen. Ich werde mir wie ein Ausstellungsstück vorkommen.«

»Erstens hab ich gar nicht so viele Freundinnen, und zweitens musst du mit niemandem reden. Du brauchst bloß mit mir zu tanzen und gut auszusehen.«

»Danach darfst du dann gleich dein Geschenk auspacken«, sagte Peter.

»Ich habe auch ein Geschenk für dich«, sagte Amanda und umschloss seine Hand.

»Aber morgen ist doch dein Geburtstag«, sagte Peter.

»Na ja, eigentlich ist es ja auch für uns beide«, sagte sie und zog ihn zur Tür.

Peter hatte sich vorgestellt, dass Amanda Dutzende von Freunden und Freundinnen hätte, die gleich am Eingang über ihn herfallen würden. Er hatte sich innerlich darauf eingestellt, ganz mit seiner Maske als »Romeo« zu verschmelzen, um ja keine Angriffsflächen zu bieten. Er hatte fast die ganze Rolle auswendig gelernt, um auf jede Attacke die richtige Antwort parat zu haben. Erst als sie zehn Minuten lang unbehelligt mit einem Punschglas in der Hand im Ballsaal gestanden hatten, ohne sich unterhalten zu können, weil die Band so laut spielte, entspannte sich Peter. Offenbar hatte Amanda doch nicht so viele Freundinnen, wie er befürchtet hatte. Genau genommen hatte sie eigentlich nur drei Namen erwähnt: ihre Mitbewohnerin Jill, ihre Kindheitsfreundin Cynthia, die mit ihr nach Ridgefield gekommen war, und Alison, die ebenfalls Kunstgeschichte studierte. Das waren mehr Freunde, als Peter hatte, aber auch nicht der Schwarm von glamourösen Vamps, vor dem er sich gefürchtet hatte.

Die Band wechselte zu einer romantischen Ballade. Amanda stellte ihren Punsch weg und ergriff seine Hand. »Komm, tanz mit mir«, sagte sie.

Peter ließ sich auf die Tanzfläche führen, wo sich schon einige Dutzend Paare bewegten. Amanda legte seine rechte Hand auf ihre Hüfte und ihre eigene auf seine Schulter, und sie begannen zu tanzen. Gleich nach den ersten Schritten spürte Peter, dass Amanda ihn führte – er hatte keine Ahnung vom Tanzen. Aber das Ergebnis war gar nicht so übel. Eigentlich waren sie eleganter als viele andere Paare, fand Peter.

Er entspannte sich gerade so weit, dass sein Körper ihr signalisierte: *Ich folge dir überallhin.* Er sah das Blitzen ihrer Augen hinter der Maske. *»Sie spricht, doch sagt sie nichts«*, dachte er. Im Gegensatz zu Romeo verstand er die stumme Sprache seiner Geliebten perfekt, als sie ihn in einem weiten Bogen über die Tanzfläche zog.

Später, als sie in der kühlen Luft am Eingang standen, kamen Amandas Freundinnen doch noch, und Amanda stellte ihn vor.

»Das also ist dein Romeo«, sagte Cynthia. Sie war als Marie-Antoinette verkleidet – sogar mit einem blutigen Schnitt, der Kopf und Rumpf trennte. »Du hast wirklich Glück, unsere Julia erobert zu haben.«

»Sie lehrt die Fackeln, hell zu glühen«, sagte Peter, der immer mehr Gefallen an seiner Rolle fand.

»Sie hat uns gar nichts über dich erzählt«, sagte Cynthia.

»Aber Amanda war schon immer sehr verschwiegen. Mehr als deinen Namen hab ich ihr nicht entlocken können.«

»Was ist ein Name?«, sagte Amanda und drückte Peters Hand.

»Nenn Liebster mich, so bin ich neu getauft«, fügte Peter hinzu.

»Ihr seid ein schönes Paar«, lachte Cynthia und umarmte Amanda. Bevor sie wieder in der Menge verschwand, schüttelte sie Peters Hand und sagte: »Irgendwann einmal musst du mich sehen lassen, wer du wirklich bist.«

Peter war sich gar nicht sicher, ob irgendjemand anderes außer Amanda je wissen würde, wer er wirklich war. Für den Augenblick jedenfalls genügte es ihm vollkommen, dass er der maskierte Romeo war. Das hatte ihm geholfen, seine erste College-Party zu überstehen. Er fragte sich nur, wann er womöglich ohne Maske zu einem Ball würde gehen müssen.

Um Mitternacht verließen sie die Turnhalle, setzten die Masken ab und gingen in der kühlen Oktoberluft Hand in Hand über den Campus. In einiger Entfernung hörte man die Glocke von Ridgefield Chapel Mitternacht schlagen.

»Es klingt so, als käme dein Geburtstagsgeschenk etwas zu spät«, sagte Peter.

»Es macht mir nichts aus, darauf zu warten«, sagte Amanda. »Du warst großartig heute Abend.«

»Ich bin dir doch nur gefolgt«, sagte Peter.

»Du weißt gar nicht, wie sehr ich dich brauche, nicht wahr? Letztes Jahr hab ich mich so elend auf diesem Ball gefühlt. Ich stand zwei Stunden lang in einer Ecke und habe jeden Tanz abgelehnt, wenn mich jemand auffordern wollte. Ich hatte einfach das Gefühl, nicht dazuzugehören. Heute war alles ganz anders. Viel natürlicher. Du hast mich festgehalten.«

»Ich dachte, dass du mich gehalten hättest«, sagte Peter.

»Das nennt man wohl wechselseitige Anziehung.«

Im Devereaux-Saal übergab er Amanda ihr Geburtstagsgeschenk, ebenso sorgfältig eingepackt, wie er es restauriert hatte.

»Das also war das große Geheimnis«, sagte Amanda und wog das Paket in der Hand.

»Mach es auf«, sagte Peter feierlich.

Vorsichtig löste Amanda die rote Schnur und wickelte ihr Geschenk aus – Peter war nicht überrascht, dass sie keine Papierzerreißerin war.

»Ein Buch«, sagte sie mit einem Lächeln. »Das hätte ich mir denken können.«

»Mach's auf«, sagte Peter.

Amanda schlug das Buch auf. Sorgfältig las sie das Titelblatt und schlug langsam die Seiten um. Bei jeder Illustration hielt sie eine Zeit inne.

»Das ist wunderschön, Peter«, sagte sie. »Wie hast du … Ich weiß, ich sollte das nicht fragen, aber wie hast du so etwas Elegantes bezahlen können?«

»Ach, das hat nur einen Dollar gekostet.«

»Sei nicht albern, Peter. Wer würde so etwas Schönes für einen Dollar verkaufen?«

»Na ja, es hat ein bisschen anders ausgesehen, als ich es gekauft habe. Es fiel auseinander, und ich habe es für dich repariert und neu gebunden.«

Amanda schloss das Buch und sah plötzlich ihre Initialen auf dem Einband. »Du …«

Statt weiterzureden, streichelte sie über das blaue Leder. Sie schien ihren Gedanken nicht zu Ende führen zu können. So etwas hatte Peter noch nicht erlebt. Er spürte, wie er vor lauter Stolz rot wurde, und schaute betreten auf sein Doublet, um seine Verlegenheit zu verbergen. Diese Mühe hätte er sich allerdings sparen können; denn als er den Blick hob, sah er, dass Amandas Augen voll Tränen standen.

»Ich wollte dich nicht zum Weinen bringen«, sagte er, und

im nächsten Moment hatte sie die Arme um ihn geschlungen und schluchzte. Ihr Körper zitterte. Einen Augenblick lang dachte er, dass er versehentlich einen großen Kummer in ihrem Leben berührt hätte. Dass ein naher Verwandter bei einem tragischen Buchbindeunfall gestorben war oder so ähnlich. Aber schließlich gelang es Amanda, ihm unter Tränen zu sagen, was sie eigentlich meinte.

»Das ist das wunderbarste Geschenk auf der Welt«, schluchzte sie. Sie löste ihren Griff, und er sah, dass sie lächelte, während sie ihre Tränen abwischte. »Ich kann mir gar nicht vorstellen, wie sehr du mich … lieben musst, um so etwas Schönes zu machen.«

»Sehr«, bestätigte Peter, der jetzt seinerseits mit den Tränen kämpfte, als er spürte, welchen Eindruck sein Geschenk hinterlassen hatte.

»Ach, Peter«, sagte sie. »Du weißt doch, dass ich dich auch liebe.«

»Ich weiß«, sagte Peter, obwohl sie bisher nie so etwas gesagt hatte. »Ich weiß.«

»Okay, jetzt haben wir genug geweint«, sagte Amanda und lehnte sich an den Tisch. Sie holte tief Luft. »Es ist ein wunderbares Geschenk, dabei wollen wir es belassen, ehe ich vollends rührselig werde. Mach lieber jetzt du dein Geschenk auf.«

»Ich sehe gar keine Päckchen?«, sagte Peter verwirrt.

»Du verstehst mich nicht, Romeo«, sagte Amanda, ergriff seine Hand und legte sie auf ihren Busen. »Zieh doch mal an dem silbernen Band hier!«

Kingham, Sonntag, 19. Februar 1995

Vor dem späten Vormittag würde es keinen Grund geben, nach Hay-on-Wye zu fahren, um herauszufinden, welche Bücher Julia Alderson verkauft hatte. Also starrte Peter beim Frühstück erneut auf die Liste der Eigentümer, die er aus dem *Pandosto* kopiert hatte. Natürlich wäre es nicht schlecht, zu erfahren, ob das Buch ein Geschenk von Shakespeare an Cotton war oder wie es von Matthew Harbottle zu John Bagford gelangt war aber viel dringender war es, herauszufinden, wer B.B. und E.H. waren und wie das Buch nach Evenlode Manor gekommen war. Wenn das Buch eine Fälschung war, dann stammte sie wahrscheinlich aus dem 19. Jahrhundert, als Shakespeares Ruhm geradezu explodierte. Peter musste die Beziehungen zwischen den kryptischen Initialen, Evenlode Manor und dem eigenartigen Verhalten von Julia Alderson verstehen, wenn er die Echtheit des Buches beweisen wollte. Außer der Haushälterin hatte er bisher aber keine Informationsquelle über die Aldersons. Vielleicht wusste Martin Wells ja noch mehr, aber ein unangekündigter Besuch am Sonntagmorgen war sicher mehr, als er dem Künstler zumuten konnte.

Erst nach der zweiten Tasse Tee und der dritten Scheibe Toast wurde Peter bewusst, dass heute Sonntag war. Dr. Strayer hatte ihm empfohlen, doch gelegentlich in die Kirche zu gehen, weil das eine gute Gelegenheit sei, andere Menschen kennenzulernen, besonders in so einer kleinen Gemeinde wie Kingham. Fremde Menschen hatten Peter in den vergangenen Monaten allerdings wirklich nicht interessiert, und wenn es etwas gab, was ihn noch weniger interessierte, dann war es Gott. Dabei hatte er keineswegs seinen Glauben verloren. Er glaubte durchaus, dass es Gott gab, er war nur fest davon überzeugt, dass er ein mieser Kerl war.

Als Peter sich in eine der hinteren Bänke der St Andrews Church quetschte, weitab von der kleinen Gemeinde, die sich in den vorderen Reihen drängte, hatte der Acht-Uhr-Gottesdienst schon begonnen. Die Kirche war düster und feucht und bewahrte die Kälte wie das Innere einer Thermosflasche. Die anglikanische Liturgie ähnelte der Liturgie der Episkopalen in vieler Hinsicht, und Peter hätte durchaus gewusst, wann er aufstehen, knien oder beten sollte, aber er blieb nur stumm sitzen und schlug den Mantelkragen gegen die Kälte und den Allmächtigen hoch. Am Abendmahl nahm er nicht teil.

Nachdem die Gemeinde und die altersschwache Orgel sich durch den letzten Choral gekeucht hatten, begann sich die Szene rasch zu verwandeln. Im hinteren Teil der Kirche standen plötzlich Tabletts mit Kaffee und die ersten dampfenden Tassen wurden herumgereicht. Peter gesellte sich schüchtern dazu, stellte sich in den fröstelnden Kreis der Besucher und ließ sich auch eine Tasse geben. Niemand schien ihn zu bemerken, und er dachte schon, dass es eine ziemlich törichte Idee gewesen war, ausgerechnet hier in der Kirche Informationen über die Herkunft »seines« *Pandosto* sammeln zu wollen, als ihn eine freundliche Männerstimme von der Seite her ansprach: »Sie sind doch der Amerikaner, der das Cottage in der West Street wieder hergerichtet hat, nicht wahr?« Und noch ehe er antworten konnte, fügte eine Frauenstimme hinzu: »Ja, ich hab Sie doch bei uns im Laden gesehen.«

Mit einem Schlag stand Peter im Mittelpunkt des Interesses, fast wie eine kleine Berühmtheit oder zumindest wie eine willkommene Abwechslung. Der Mann, der ihn angesprochen hatte, stellte sich als Alan, der Küster, vor. Er war ein breitschultriger, weißhaariger Bursche, dessen Tweedjacke sicher einige Schafe die Wolle gekostet hatte. Er nahm Peter am Ellbogen und stellte ihn der nicht mehr allzu jugendlichen Gemeinde von Kingham vor.

»Und was treibt ein Amerikaner hier bei uns in Kingham?«, fragte ein kleingewachsener Mann, dessen Hand erheblich zitterte, als er den dünnen Kaffee trank.

»Ich bin eigentlich Buchhändler«, sagte Peter, als erklärte das, warum er sich hier niedergelassen hatte. »Ich beschäftige mich mit antiquarischen Büchern.« Diese Erklärung rief eine Welle von Beifall hervor, der wohl kaum größer gewesen wäre, wenn er gesagt hätte, dass er Menschenfreund oder Nobelpreisträger sei.

»Und haben Sie ein paar schöne Bücher im Dorf gefunden?«, fragte der Küster. Die Frage gab Peter genau die Gelegenheit, die er brauchte.

»Ich habe mir gestern ein paar schöne Stücke in Evenlode Manor angeschaut«, sagte er. »Obwohl ich zugeben muss, dass ich zuerst versehentlich im Evenlode House war.« Das löste ein herzliches Gelächter aus.

»Na, das war wirklich ein Fehler.«

»Evenlode House und Evenlode Manor an einem Tag! Dann haben Sie ja wirklich unseren ›alten Groll‹ kennengelernt.«

»Was meinen Sie mit ›altem Groll‹?«, fragte Peter, der sofort an *Romeo und Julia* denken musste.

»Zwischen den Aldersons und den Gardners herrscht schon seit Jahrhunderten böses Blut«, sagte eine Frau, die Peter bisher nicht bemerkt hatte. Sie war so klein und bucklig, dass sie unter den Ellenbogen der anderen Gemeindemitglieder fast zu verschwinden schien, aber ihre Stimme war kräftig und klar.

»Gibt es da nicht einen Mann, der ein Buch darüber schreibt?«, fragte der Mann, der Shakespeare zitiert hatte.

»Ja, gibt es«, sagte die bucklige Frau. »Ein Gentleman aus Cornwall, war erst vor ein paar Wochen hier. Hat lange mit meiner Schwester gesprochen. Die ist alt genug, um die ganze Geschichte zu kennen.« Dass diese Frau, die als »Martha« vorgestellt worden war, noch eine ältere Schwester haben sollte, schien wirklich erstaunlich, aber dass dieser geheimnisvolle Mann aus Cornwall schon wieder erwähnt wurde, war ein Hinweis darauf, dass die ominöse Fehde zwischen Evenlode House und Evenlode Manor irgendetwas mit diesem »B.B.« zu tun haben musste.

»Klingt sehr nach Shakespeare«, sagte Peter.

»Eine sehr bedauerliche Geschichte«, sagte der Vikar. »Nachbarn sollten sich anders verhalten.«

»Sie brauchen nicht zu befürchten, dass diese Leute hier in die Kirche kommen«, sagte der Küster. »Und sie werden Sie auch nicht zum Tee einladen, Herr Vikar. Die werden wohl nie erfahren, was Sie ihnen über Nächstenliebe zu sagen haben.« Wieder lachten die Zuhörer, und damit war das gesellige Beisammensein auch schon wieder zu Ende. Die Kaffeetassen klapperten zurück aufs Tablett, und die Gemeindemitglieder wickelten sich ihre Schals und Kopftücher um, als sie ins Freie traten und den feuchten Morgenwind spürten, der von Churchill her über die Felder fegte.

Der Vikar folgte seiner kleinen Herde hinaus, um sich offiziell von ihr zu verabschieden, und Peter war plötzlich allein. Das dachte er jedenfalls. Aber dann hörte er die Stimme der buckligen alten Frau.

»Kommen Sie mit mir auf ein Stück Kuchen«, sagte sie. »Dann wird Ihnen Louisa die ganze Geschichte erzählen.«

Er drehte sich um und sah, wie sie ihre Handschuhe anzog. Nun ja, es war gerade erst halb zehn. Hay-on-Wye konnte noch etwas warten.

»Kuchen klingt sehr verführerisch«, sagte er, reichte Martha den Arm und führte sie aus der Kirche.

Martha und ihre Schwester wohnten in einem winzigen Cottage, das nur hundert Meter von der Kirche entfernt lag.

Innerhalb von Minuten hatte Martha frisches Feuerholz in den Kamin gelegt, den Teekessel aufgesetzt, Peter ein dickes Stück Ginger Cake abgeschnitten und ihre Schwester geholt.

Louisa war noch kleiner und buckliger als ihre Schwester. Peter war aufgestanden, um sie zu begrüßen, hatte sich dann aber rasch wieder in den Sessel neben dem Feuer gesetzt, weil er wie ein Riese neben ihr aufragte. Sie sah aus wie ein runzliges Kind. Als sie es ihrer Schwester bequem gemacht hatte, verschwand Martha erneut in der Küche und erschien wenige Augenblicke später mit Tassen und einer Kanne Tee. Dann wandte sie sich an Louisa, die bislang noch kein Wort gesagt hatte.

»Mr Byerly will alles über die Aldersons und die Gardners wissen«, erklärte sie.

Ein erfreutes Lächeln huschte über das Gesicht der älteren Schwester, so als sei es ihre vornehmste Aufgabe in dieser Lebensphase, den Dorfklatsch der Jahrhunderte weiterzutragen.

»Das ist wirklich eine Geschichte«, sagte sie und nahm erst einmal einen Schluck Tee, ehe sie ansetzte. »Unser Großvater hat so um 1870 angefangen, für die Gardners zu arbeiten. Er war damals noch nicht mal volljährig. Als ich ein kleines Mädchen war, sind wir oft in den Feldern und Wiesen von Evenlode House spazieren gegangen, und er hat mir von der Familie erzählt. Das waren friedliche, nette Leute, hat mein Großvater immer gesagt.« Wenn er an seine jüngste Begegnung mit dem jetzigen Bewohner des Anwesens dachte, konnte Peter diese Einschätzung nicht recht bestätigen.

»Das einzige Thema, bei dem die Gardners je wütend wurden, waren die Aldersons, sagte mein Großvater.«

»Aber warum denn?«, fragte Peter.

»Ich weiß nicht, wie weit das zurückreicht. Es heißt, sie waren beide Königstreue im Krieg von 1642. Sollen gemeinsam an die zweihundert Soldaten versteckt haben. Wüsste allerdings nicht, wie sie das gemacht haben. So groß waren die Häuser ja damals noch nicht. Aber irgendwann haben sie sich dann gestritten. Vielleicht hatte es mit der Mühle zu tun, die sie am Evenlode bauen wollten. Den Gardners gehörte alles Land südlich des Flusses, den Aldersons gehörte das Land auf der anderen Seite. Wem der Fluss gehörte, darüber konnten sie sich nicht einigen. Aber ich weiß nicht, ob sie sich nicht schon früher gestritten haben. Als mein Großvater dort gearbeitet hat, war Mr Phillip Gardner das Oberhaupt der Familie. Der hat sich für einen Maler gehalten, und Großvater hat wilde Geschichten von ihm erzählt.«

Peter hätte sich fast an seinem Tee verschluckt, als er das hörte. Phillip Gardner ein Maler? War er womöglich der rätselhafte »B.B.«? War der Autor aus Cornwall deshalb in Kingham gewesen? »Was für eine Art Maler?«, fragte er vorsichtig.

»Kein besonders guter, nehme ich an. Er hat wohl immer wieder versucht, in die Royal Academy oder die Watercolour Society aufgenommen zu werden, aber das hat er nie geschafft. Mein Großvater sagte immer, er hätte Mr Alderson die Schuld gegeben. An der Flutwelle, die 1864 durch das Tal geschossen kam und all die Schafe ertränkt hat, waren angeblich auch die Aldersons schuld, obwohl man sich kaum vorstellen kann, dass sie das Wetter beeinflussen konnten.«

»Aber dieser Phillip Gardner war Maler?«, sagte Peter, den dieses Thema weit mehr interessierte als die ertrunkenen Schafe.

»Nun ja«, sagte Louisa. »Gemalt hat er. Ob er deswegen ein Maler war, kann ich nicht beurteilen. Um das Haus unterhalten zu können, hat er was Besseres gefunden. Er hat eine reiche Witwe aus Witney geheiratet. Aber das hat ihm auch nichts genutzt.«

»Erzähl ihm von der Mätresse«, verlangte Martha.

»Na ja, darüber weiß man nichts Näheres«, sagte Louisa. »Es gab nur Gerüchte. Die Dienerschaft sagte, Mr Phillip hätte eine Geliebte genommen, nachdem er geheiratet hatte. Aber so viel ist sicher: Vier Jahre nachdem er sie geheiratet hat, ist die Witwe verschwunden. Und er ist eines gewaltsamen Todes gestorben.«

»Der Coroner hat gesagt, es wäre ein Unfall gewesen«, sagte Martha.

»Das war kein Unfall«, sagte Louisa. »Das hat jedenfalls unser Großvater gesagt. Und als Mr Phillip tot und begraben war, hat sich niemand mehr für das Haus interessiert. Da fing es an zu verfallen.«

»Ich habe gehört, die Mätresse ist mit ihm zusammen begraben worden«, flüsterte Martha. »In der Familiengruft!«

»Ich glaube kein Wort davon«, sagte Louisa.

»Woher willst du das wissen. Auch Großvater ist nie in der Kapelle der Gardners gewesen.«

»Ich weiß gar nicht, ob es die überhaupt noch gibt«, sagte Louisa. »Als ich ein kleines Mädchen war, hat Großvater sie mir mal aus der Ferne gezeigt, und schon damals war sie unter Efeu und Brombeeren begraben.«

»Wo war denn diese Kapelle?«, fragte Peter und überlegte, ob der Familienskandal ihm vielleicht Hinweise auf den rätselhaften »B.B.« geben würde.

»Hinter dem Haus, auf der anderen Seite des Hügels, fast schon am Fluss«, sagte Martha. »Ich bezweifle allerdings, dass Thomas eine geführte Tour mit Ihnen veranstalten würde.«

»Thomas? Ist das der Mann, der jetzt in dem Haus wohnt?«

»Soviel ich weiß, haust er in einem Wohnwagen«, sagte Martha.

»Ja«, sagte Louisa. »Das ist Mr Phillips Großgroßneffe.«

»Dieser Phillip Gardner war also ein erfolgloser Maler, er hat eine reiche Witwe geheiratet, und drei Jahre später ist er unter mysteriösen Umständen gestorben?«

»Ja«, sagte Louisa. »Niemand hat seine Frau jemals des Mordes bezichtigt, aber er wurde ganz schnell begraben.«

»War Phillip nicht auch der mit der Sammlung?«, fragte Martha.

»Ja, stimmt, das hätte ich ja beinah vergessen.«

»Was war das für eine Sammlung?«, fragte Peter.

»Nun ja, als er das Geld der Witwe hatte, dachte Mr Phillip, er müsste ein bisschen angeben.. Er wusste, dass Mr Alderson eine Bibliothek hatte, und deshalb fing er an, alle möglichen Schriften zu sammeln. Urkunden mit den Unterschriften von Königen und solche Sachen, wie nennt man das doch gleich?«

»Historische Dokumente«, sagte Peter. »Autografen.«

»Genau, Autografen, das ist es gewesen. Er hat sie meinem Großvater manchmal gezeigt. Es ging nur ein paar Jahre, er hat das Ganze doch bloß gemacht, um Mr Alderson zu ärgern«, sagte Martha.

»Na, das ist ihm gelungen«, sagte Louisa und lachte.

»Was ist denn aus dieser Sammlung geworden?«, fragte Peter, obwohl er glaubte, die Antwort zu kennen.

»Keine Ahnung«, sagte Louisa.

»Glauben Sie, dass die Sachen an die Aldersons verkauft worden sind?«, fragte Peter.

»Bestimmt nicht. Ein Gardner hätte die Sachen lieber im Ofen verheizt, ganz egal wie wertvoll sie waren.«

»Und das alles haben Sie dem Gentleman aus Cornwall erzählt?«, fragte Peter.

»O ja. War schon ein älterer Herr, wenn auch noch ziemlich jung aus meiner Perspektive.« Die beiden Schwestern lachten und Peter bemühte sich mitzulachen, obwohl er die ganze Zeit überlegte, wie das alles zusammenpasste.

»Aber wie der Mann hieß, wissen Sie nicht mehr?«, fragte Peter.

»O doch«, sagte Martha. »Sein Name war Graham. Hatte einen dicken weißen Bart.«

»War das sein Nachname?«

»Nein, das war natürlich sein Vorname«, sagte Louisa, plötzlich ein wenig beleidigt. »Wie er mit Nachnamen hieß, weiß ich nicht.«

London, 1856

Als Phillip Gardner aus dem Zug aus Oxford stieg, stand er mitten unter dem Glas-und-Stahl-Gewölbe der Paddington Station, die gerade erst fertiggestellt worden war. Er war 24 Jahre alt und vorher noch nie allein in London gewesen. Unter dem Arm trug er ein Portfolio seiner Gemälde, das, so hoffte er, seiner Karriere den nötigen Schwung geben würde. Mit energischen Schritten ging er den Bahnsteig entlang zum Ausgang des Gebäudes und hob den Arm, um eine Droschke anzuhalten.

»Zur Royal Academy of Arts«, rief er dem Fahrer zu und ließ sich auf die Rückbank fallen. Mit einem Peitschenknallen setzte sich das Gefährt in Bewegung und rumpelte Phillips Zukunft entgegen.

Benjamin Mayhew kam zehn Minuten vor der Abfahrt seines Zuges in Paddington an. Er war auf dem Weg zu einer Auktion in Oxfords Holywell Music Room, wo die Hinterlassenschaft eines Professors versteigert werden sollte. Von einem Kontakt in Oxford wusste Benjamin, dass eine Menge wichtiger Bücher unter den Hammer kommen würden. Doch als vor ein paar Tagen ein Kollege in seinem Laden war und ihn gefragt hatte, ob die Auktion eine Reise nach Oxford wert sei, hatte Benjamin nur von den religiösen Traktaten und der extrem langweiligen Persönlichkeit des verstorbenen Professors gesprochen – es hatte ja keinen Zweck, unnötige Konkurrenz anzulocken.

Da er immer noch ein paar Minuten bis zur Abfahrt seines Zuges hatte, schlenderte Benjamin zum Kiosk von W. H. Smith. Diese kleinen Buchhandlungen gab es mittlerweile in allen größeren Bahnhöfen Englands. Benjamin musterte die Regale mit Büchern und Zeitschriften, und dabei fiel sein Blick auf ein schmales Bändchen, das William Henry Smith selbst verfasst hatte. Der Titel faszinierte Mayhew sofort: ›War Lord Bacon der Autor von Shakespeares Stücken?‹. Benjamin Mayhew hatte noch nie davon gehört, dass William Shakespeare seine Stücke nicht selbst geschrieben haben sollte, und der Titel machte ihn neugierig. Er kaufte ein Exemplar des Büchleins und dazu noch die *Times.* Vier Minuten später saß er behaglich in einem gepolsterten Erste-Klasse-Abteil des Zuges nach Oxford und las, was der erfolgreichste Buch- und Zeitschriftenhändler seiner Epoche über Shakespeare zu sagen hatte.

Der Mann aus Stratford, erklärte Smith, war »ein Mann von begrenzter Bildung und ohne Ehrgeiz, der sich zwar aktiv am Management eines Theaters beteiligt hat und sehr am Geld interessiert war«, aber die bloße Tatsache, »dass sein Name mit den Stücken in Verbindung gebracht worden ist, rechtfertigt noch keineswegs die Überzeugung, dass er sie auch tatsächlich geschrieben hat«. Bacon hingegen habe genau die Lebensgeschichte, die man erwarten würde, wenn man den Verfasser der Shakespeare-Stücke aus deren Inhalt zu beschreiben versuchte. Er hatte als Rechtsanwalt zum Beispiel alle juristischen Kenntnisse, die auch der Autor der Stücke zeigt. Und nach Ansicht von W. H. Smith hatte Bacon auch genügend Gründe, warum er nicht mit dem Theater in Verbindung gebracht werden wollte.

Als der Zug in Oxford einfuhr, hatte Benjamin das Büchlein dreimal gelesen. Ein wohlhabender Kaufmann, dachte er, der sich für literarische Kontroversen dieser Art interessierte, war bestimmt ein guter Kunde für einen Antiquar. Es lohnte sich wahrscheinlich, mit diesem Mr Smith Kontakt aufzunehmen.

An diesem Nachmittag ersteigerte Mayhew eine große

Menge von Büchern bei der Auktion in den Holywell Music Rooms. Für eine Erstausgabe von Malones *Inquiry into the Authenticity of Certain Miscellaneous Papers*, in der William Henry Ireland als Shakespeare-Fälscher entlarvt wurde, musste er deutlich mehr zahlen, als er ursprünglich wollte. Aber er tat das nicht ohne Hintergedanken: Der Malone war sicher ein Buch, das Smith interessieren würde. Wenn er es dem Zeitschriftenhändler zu einem besonders günstigen Preis anbot, konnte er vielleicht einen wichtigen neuen Kunden gewinnen. Mit solchen Lockvogelangeboten konnte man selbst die misstrauischsten Kaufleute ködern, besonders wenn man ihre heimliche Leidenschaft damit kitzelte.

Hay-on-Wye, Sonntag, 19. Februar 1995

Peter war ziemlich aufgewühlt, als er nach Westen aus Kingham hinausfuhr. Auf dem Rücksitz lag der *Pandosto*, sicher verpackt in einem säurefreien Schutzumschlag in seiner Aktentasche. Peters Gedanken flogen ihm auf seinem Weg nach Wales weit voraus. Phillip Gardner war ein frustrierter Künstler gewesen, der seinem Nachbarn Reginald Alderson die Schuld an seinem Versagen gab. Er heiratete eine reiche Witwe und begann Dokumente zu sammeln, um seinen Nachbarn zu ärgern. Drei Jahre später war er tot, und in der Nachbarschaft kursierten Gerüchte über Mord und eine Geliebte. Irgendwo in dieser Geschichte war der Schlüssel zum Rätsel des gestohlenen Aquarells und der Echtheit des *Pandosto* zu finden. Hatte Reginald Alderson seinen Nachbarn ermordet, um die Sammlung von Dokumenten in seinen Besitz zu bringen? Oder hatte er mit der Geliebten eine Intrige gesponnen? Was für Geheimnisse barg die Familienkapelle?

Eines schien Peter inzwischen so gut wie sicher: Irgendwie war Gardners Sammlung von historischen Dokumenten in die Hände seines Widersachers gelangt. Erst als er das Cottage von Martha und Louise verlassen hatte und durch die engen Gassen nach Hause ging, waren ihm plötzlich die ineinander verschränkten Initialen »E.H.« wieder eingefallen, die er auf den Dokumenten in der Schatulle gefunden hatte. Er hatte gedacht, die Buchstaben müssten sich auf den Besitzer beziehen, aber jetzt wurde ihm klar, dass »E.H.« für »Evenlode House« stand. Und der *Pandosto*, den er in seiner Aktentasche verstaut hatte, trug dieselben Buchstaben auf dem Vorsatzblatt.

Peter stand vor den Schaufenstern in Hay-on-Wye und täuschte Interesse an den Auslagen vor, die er vor vier Tagen erst ausgiebig gemustert hatte. Er hoffte inständig, dass bald ein Kunde das Antiquariat in der Church Street betreten und den Buchhändler ablenken würde. Er hatte keine Lust auf ein gänzlich überflüssiges Gespräch, das womöglich mit den Worten beginnen würde: »Haben Sie vielleicht das Aquarell gesehen, das in meinem Edmond Malone steckte?«

Es dauerte volle fünf Minuten, bis ein Mann in einem Regenmantel den Laden betrat. Peter überquerte eilig die Straße und stieß die Tür auf. Der andere Kunde hatte den Buchhändler bereits in ein weitschweifiges Gespräch über Erstausgaben der Sherlock-Holmes-Romane verwickelt. Malones Buch stand immer noch genau da, wo Peter es vor vier Tagen zuletzt gesehen hatte. Daneben standen die beiden autobiografischen Bücher von William Henry Ireland, in denen er detailliert beschrieb, wie er Shakespeare-Manuskripte gefälscht hatte, und ein Exemplar von Irelands Theaterstück *Vortigen,* das er als Werk von Shakespeare auszugeben versucht hatte. Alle vier Bände trugen das verschlungene »E.H.« auf dem Vorsatzblatt.

Die nächsten beiden Bücher stammten von John Payne Collier, einem anderen Shakespeare-Fälscher. Auch diese Bände trugen das Monogramm von Evenlode House. Es war ein beunruhigendes Muster, was sich hier zeigte. Es erschien als recht wahrscheinlich, dass Julia Alderson all diese Bücher über Shakespeare-Fälschungen beiseitegeschafft hatte, damit keine Zweifel an der Authentizität des *Pandosto* aufkamen. Doch es schien wahrscheinlicher, dass es sich um die Studienbibliothek eines Fälschers handelte, dessen Meisterstück sich jetzt in Peters Aktentasche befand, die er zu seinen Füßen abgestellt hatte und nicht aus den Augen ließ.

Der Titel auf dem Rücken des nächsten Buchs steigerte Peters Verdacht: *Notes and Emendations of the Text of Shake-*

speare's Plays. Bei diesem Buch handelte es sich um die dreisteste Fälschung von Collier. Im Jahre 1852 hatte er verkündet, er habe ein Exemplar der Second-Folio-Ausgabe von Shakespeares Werken aus dem Jahr 1632 entdeckt, die mit Tausenden von handschriftlichen Randnotizen kommentiert und »verbessert« waren. Er behauptete, diese Verbesserungen beruhten auf Manuskripten, die weniger verfälscht als die Drucke waren. Das wäre natürlich ein gefundenes Fressen für Generationen von Shakespeare-Forschern gewesen, aber Collier war nicht bereit, das Exemplar der Öffentlichkeit zu überlassen, sondern versteckte es in der Bibliothek des Herzogs von Devonshire. Erst als der alte Herzog gestorben war, überließ sein Sohn das so genannte »Perkins-Folio« dem British Museum zur Untersuchung. Die »Verbesserungen« wurden zweifelsfrei als Fälschung entlarvt, und Collier war der Hauptverdächtige.

Das Exemplar von Colliers fatalem Buch, das Peter jetzt in der Hand hielt, war neu gebunden – in edlem grünem Maroquinleder. Innen auf dem hinteren Einband war ein kleiner Stempel in Form eines Schmetterlings – das Markenzeichen des Buchbinders. Auf dem Vorsatzblatt fand sich das mittlerweile vertraute »E.H.« und eine krakelige Widmung, die Peter zutiefst erschreckte: »John Payne Collier für Phillip Gardner, 1877.« Phillip Gardner hatte den berüchtigten Fälscher gekannt!

Damit war die Sache wohl klar. Der *Pandosto* war nur eine weitere Fälschung von Collier, die er unter Gardners Dokumenten versteckt hatte, so wie er die Second-Folio-Ausgabe in der Bibliothek des Herzogs von Devonshire versteckt hatte. Wahrscheinlich hatte er den *Pandosto* bloß deshalb nicht mehr zu »entdecken« gewagt, weil er schon lange vor 1877 als Fälscher entlarvt worden war.

Peter war bitter enttäuscht. Insgeheim hoffte er immer noch, dass der *Pandosto* echt wäre, aber vorsichtshalber hatte er seine Erwartungen deutlich heruntergeschraubt. Eine unbekannte Fälschung von Collier entdeckt zu haben, noch dazu eine von dieser Dreistigkeit, war ja auch irgendwie ruhmvoll. Nicht gerade einen Tsunami, aber ein paar Wellen würde sie in der Shakespeare-Forschung schon machen. Einen kleinen Aufsatz in einer wissenschaftlichen Zeitschrift war sie wert. Und bei einer Auktion gab es bestimmt ein paar gute Gebote für eine komplette Erstausgabe von 1588. Auch ohne die vermeintlich von Shakespeare stammenden Randnotizen war es immer noch ein einzigartiges altes Buch.

Insgesamt fand Peter zehn Bücher, die aus Evenlode House stammten. Die letzten drei enthielten die Untersuchungen, mit denen Collier entlarvt worden war. Peter machte einen sauberen Stapel, trug alle zehn Bände nach vorn und legte sie auf die Ladentheke.

»Na, Sie sind also wiedergekommen«, sagte der Buchhändler.

Peter hielt den Kopf gesenkt, als er sein Scheckbuch herauszog. »Ja, ich habe einen neuen Kunden, der sich für literarische Fälschungen interessiert. Da habe ich mich an diese Bände erinnert. Ich nehme sie alle mit.«

»Ja, das ist eine richtige kleine Sammlung. Das waren zwei komische Leute, die sie mir verkauft haben. Keine typischen Buchmenschen. Aber ich glaube nicht, dass sie gestohlen sind. Dafür sind die Titel viel zu speziell. Ich wollte sie erst gar nicht annehmen.« Der Buchhändler war offensichtlich zufrieden mit seinem Geschäft.

»Sie erinnern sich wohl nicht zufällig, wer sie Ihnen verkauft hat?« Peter wollte doch zu gern wissen, ob John Alderson unter einer Decke steckte mit seiner Schwester bei dem Betrug. »Ich würde die Herkunft gern überprüfen.« Es war nicht ganz korrekt, wenn ein Händler einen anderen nach seinen Quellen fragte, aber da der Buchhändler von sich aus angefangen hatte darüber zu sprechen … Außerdem hatte er ja gewissermaßen akademische und keine kommerziellen Gründe für seine Frage. Da konnte man eine Ausnahme machen.

»Warten Sie mal«, sagte der Mann, zog sein Hauptbuch unter der Theke hervor und fing an zu blättern. »Es war eine ziemlich unauffällige Dame, nicht besonders beeindruckend, wissen Sie?«

»Eine graue Maus?«, sagte Peter.

»Ja, genau«, sagte der Mann. »Genauso würde ich sie beschreiben. Aber den Scheck habe ich auf ihn ausgestellt.« Er ließ seinen Zeigefinger an der Zahlenkolonne hinuntergleiten. »Da ist er ja!« Der Zeigefinger hielt inne. »Hieß Thomas Gardner, der Bursche.«

Ridgefield, 1985

Der Verlust seiner Unschuld verlief vollkommen tröstlich für Peter. Die vertraute Umgebung des Devereaux-Saals, die zärtlichen Arme Amandas, aber auch seine Rolle als Romeo boten ihm hinreichend Schutz vor zu viel Intimität und Enthüllung. Auch für den anderen Schutz hatte Amanda gesorgt. Beim Liebesspiel auf dem weichen Teppich und den abgeworfenen Kleidern führte sie ihn genauso wie auf der Tanzfläche. Danach hatte er sich an ihren Körper geschmiegt und mit der Hand auf ihrem Bauch gefühlt, wie ihre Haut langsamer kühler wurde. Sie lagen schweigend nebeneinander und atmeten gleichmäßig. Ein überwältigendes, nie zuvor empfundenes Zugehörigkeitsgefühl erfüllte ihn bis in die Zehenspitzen.

»Das war das erste Mal«, sagte Amanda.

»Für mich auch«, sagte er.

Sie nahm seine Hand und führte sie über ihr glattes Fleisch. »Lass mal sehen, ob das zweite Mal auch so gut ist«, sagte sie.

Am Samstagmorgen, zwei Tage nach Halloween, ging Peter mit gesenktem Kopf über den Campus und presste seine Bücher dicht an die Brust – eine Haltung, mit der er sich schon in der Highschool von der Außenwelt abgeschirmt hatte –, als er plötzlich eine fröhliche Stimme neben sich hörte.

»Guten Morgen, Romeo. Erkennst du mich auch, wenn der Kopf noch fest auf dem Hals sitzt?«

Es blieb Peter nichts anderes übrig, als den Blick zu heben. Amandas Freundin Cynthia ging neben ihm her und lächelte breit.

»Guten Morgen, Cynthia«, murmelte er und beschleunigte seine Schritte. »Ich muss dringend in die Bibliothek.«

Aber Cynthia ließ sich nicht abschütteln. »Ich auch«, sagte sie munter. Peter wusste genau, dass das eine Lüge war. Kein Mensch ging am Samstagmorgen in die Bibliothek.

»Da können wir endlich mal ein bisschen reden«, fuhr Cynthia fort. »Bei so einem Maskenball hat man es schwer, wenn man richtig reden will.« Peter hatte es gerade gefallen, dass man das auf dem Maskenball nicht konnte. »Weißt du, Amanda erzählt ständig von dir, aber es heißt immer nur: Peter und ich haben dies getan, wir haben jenes getan. Was du eigentlich für ein Mensch bist, darüber redet sie gar nicht.«

»Ich bin wahrscheinlich ein sehr diskreter Mensch«, sagte Peter und packte seine Bücher ein bisschen fester. Obwohl er sich diesem Gespräch so schnell wie möglich entziehen wollte, fand er es doch äußerst aufregend, dass Amanda über ihn sprach. Dann schrak er plötzlich zusammen. Hatte Amanda ihrer Freundin womöglich auch gesagt: *Jetzt haben wir miteinander geschlafen*? Er studierte das Muster der Platten auf ihrem Weg.

»Das ist doch völlig okay«, sagte Cynthia. »Wenn man so diskret ist. Ich meine, ich bin ganz anders. Bei mir wissen immer alle, was ich gerade denke, ob sie es wollen oder nicht. Aber ich glaube, Amanda war auch immer ziemlich diskret.«

»Ich denke, da ähneln wir uns«, sagte er.

Cynthia legte ihre Hand auf seinen Arm und zwang ihn zum Anhalten. Er dachte, es wäre unhöflich, weiter bloß auf den Boden zu starren, deshalb hob er den Kopf, aber immer noch, ohne sie anzusehen. Er hatte zu schwitzen begonnen, und er fürchtete, seine Bücher könnten ihm aus der Hand rutschen. »Hör mal, Peter«, sagte Cynthia, »ich glaub dir ja, dass du ein zurückhaltender Junge bist, und ich bin sicher, du hast deine Gründe dafür. Trotzdem möchte ich mit dir befreundet sein, und dafür gibt es einen sehr einfachen Grund. Ich kenne Amanda, seit wir sechs Jahre alt waren. Sie ist die beste Freundin, die ich jemals gehabt habe. Und sie war noch nie so glücklich wie jetzt. Du bist vielleicht nicht so viel ausgegangen mit Mädchen, deswegen kannst du das nicht so vergleichen.«

»Ich bin überhaupt nie mit jemandem ausgegangen«, murmelte Peter.

»Dann will ich dir sagen, dass Amanda weit mehr für dich empfindet, als ein Mädchen für jemand empfindet, mit dem es mal ausgeht. Sie ist bis über beide Ohren in dich verliebt, Peter. So, und jetzt kommt's: Entweder bist du auch total in sie verliebt, dann möchte ich mit dem Mann befreundet sein, mit dem sie den Rest ihrer Tage verbringt. Oder du bist es nicht, dann muss ich das sofort wissen, damit ich Amanda sagen kann, dass ich dir leider einen Tritt in den Arsch geben musste, weil du ihr sonst das Herz brechen würdest.«

Cynthia hatte nicht aufgehört zu lächeln, aber Peter spürte, dass diese letzte Drohung kein Scherz war. Außerdem stellte er fest, dass seine Hände nicht mehr schwitzten und dass er Cynthia direkt in die Augen sah.

»Es kommt mir ein bisschen komisch vor, dir das zu erzählen«, sagte Peter. »Ich meine, ich kenne dich ja kaum. Aber es stimmt schon: Ich liebe Amanda. Sie weiß es zwar noch nicht, aber ich bin der Bursche, der den Rest seines Lebens mit deiner besten Freundin verbringt.« Peter spürte, wie seine Wangen vor Stolz bei dieser Erklärung blutrot wurden, aber er senkte den Blick nicht.

»Gut«, sagte Cynthia, hängte sich bei ihm ein und zog ihn in Richtung der Bibliothek. »Dann muss ich dir auch keinen Tritt geben.«

»Danke«, sagte Peter. »Ich habe zwar keine große Erfahrung in dieser Hinsicht, aber vielleicht könnten wir dann ja Freunde sein.«

»Gut«, sagte Cynthia. »Ich glaube, du wirst ein hervorragender Freund sein.«

Den Rest des Weges legten sie in geselligem Schweigen

zurück, und Cynthia setzte ihn mit einem Kuss auf die Wange am Eingang der Bibliothek ab, ehe sie sich wieder in Richtung des Wohnheims verzog. Peter sah ihr verdutzt nach und überlegte, wie lange sie ihm wohl schon aufgelauert hatte. Dann lachte er glücklich und stieß die schwere Tür auf.

Zu seiner Überraschung sah er, dass in Francis Lelands Büro schon Licht brannte, als er seine Bücher auf seinem Tisch im Devereaux-Lesesaal ablegte. Er hatte eigentlich erwartet, dass Leland am Samstag wie üblich erst am Nachmittag hereinkommen würde. Als er sich hinsetzte, stellte er fest, dass die heutige *New York Times* auf seinem Platz lag. Aufgeschlagen war ein Artikel mit der Überschrift »Galerist entdeckt erste amerikanische Druckschrift«. Er nahm die Zeitung und fing an zu lesen.

Der Artikel beschrieb, dass ein Antiquar namens Mark Hofmann aus Salt Like City ein Exemplar der vermutlich ältesten Flugschrift gefunden hatte, die in Amerika gedruckt worden war. Es handelte sich um den *Oath of a Freeman*, eine Loyalitätserklärung, die sich auf die Zugehörigkeit zur Gemeinde der Pilgerväter bezog. Von der ersten Auflage dieser Flugschrift, die 1638 oder 1639 in Cambridge, Massachusetts, gedruckt worden war, hatte kein Exemplar überlebt.

»Das ist der ›Heilige Gral‹ der Americana«, sagte Leland, als Peter die Zeitung zurück auf den Tisch legte.

»Ist dieses Blatt wirklich anderthalb Millionen Dollar wert?«, fragte Peter. Das war die in dem Artikel genannte Summe, die von den New Yorker Agenten Hofmanns verlangt wurde.

»Niemand weiß, was das Stück auf einer Auktion bringen würde«, sagte Leland. »Es ist das einzige Exemplar. Ich würde sagen, anderthalb Millionen ist ein sehr ambitionierter Preis, aber nicht übertrieben. Die Frage ist, wer kann sich das leisten?«

In dem Artikel hieß es, sowohl die Library of Congress als auch die American Antiquarian Society hätten ausgedehnte forensische Untersuchungen an dem Dokument vorgenommen und das Flugblatt für echt erklärt. Der Artikel berichtete auch, dass Hofmann, der schon mehrere interessante Dokumente entdeckt hatte, die sich auf die Mormonen bezogen, kürzlich bei der Explosion einer Rohrbombe in Salt Lake City verletzt worden sei, die er wahrscheinlich selbst gebaut habe.

»Was würden Sie tun, wenn Sie so etwas entdeckten?«, fragte Peter.

»Ich würde dasselbe tun wie diese Agenten«, sagte Leland und tippte mit dem Bleistift auf das Papier. »Ich wäre erst mal sehr misstrauisch und würde es den Experten schicken.«

»Glauben Sie, diese Experten benutzen dieselben Methoden wie Carter und Pollard?«, fragte Peter.

»Die Forensik ist heute etwas moderner als vor fünfzig Jahren, aber im Prinzip haben sie auf dieselben drei Dinge geschaut. Erstens: die Herkunft. Wer waren die Vorbesitzer? Bei etwas so Altem und Wertvollem muss man sich fragen, wo es herkommt und warum es so lange unentdeckt geblieben ist. Als Nächstes muss man sich um den Inhalt kümmern. Gibt es Details, die mit der Entstehungszeit nicht übereinstimmen? Orthografie, Wortgebrauch, Anachronismen und so weiter. Das ist in diesem Fall nicht so beweiskräftig, weil der Text des Eides ja aus historischen Quellen bekannt ist. Den kann jeder nachschlagen. Und drittens geht es um die Materialien. Ist die Druckerschwärze so alt, wie sie sein sollte? Stammt das Papier aus der richtigen Periode? Passen die Art des Drucks und die Schrift zur vermuteten Entstehungszeit?«

»Glauben Sie, es ist wirklich echt?«, frage Peter.

»Ich würde den forensischen Bericht selbst lesen wollen, um sicher zu sein, dass es keine Fälschung ist. Aber es sieht so aus, als könnte es tatsächlich stimmen«, sagte Leland.

»Das erste je in Amerika gedruckte Dokument«, sagte Peter. »Das wäre schon eine tolle Sache.«

»Ja«, sagte Leland. »Das stimmt.«

London, 1875

Das erste Mal sah er sie in der Ausstellung der Royal Academy von 1875 vor einem Gemälde von John Everett Millais sitzen. Es war eigentlich nur ein Abstecher auf dem Weg zu einem Treffen mit seinem Lieblingsbuchhändler, Benjamin Mayhew, dem er ein seltenes Manuskript abkaufen wollte.

Phillip Gardner hatte einst gehofft, dass seine eigenen Werke in einer Londoner Galerie hängen würden, aber nach mehreren Zurückweisungen durch die Royal Academy und die Royal Watercolour Society hatte er sich schließlich damit abgefunden, dass er kein großes künstlerisches Talent hatte. Seine handwerklichen Fertigkeiten waren unübertroffen, und wenn er nicht so vorausschauend gewesen wäre, eine finanziell attraktive Ehe zu schließen, hätte er zur Not noch als schlecht bezahlter Kopist arbeiten können, aber es fehlte ihm die visionäre Kraft, wirklich originelle Werke zu schaffen. Und so malte er seine mittelmäßigen Aquarelle jetzt privat und schmückte die Wände seines ländlichen Herrenhauses damit. Einmal im Jahr allerdings musste er nach London in die Ausstellung der Royal Academy gehen, um zu sehen, was die Kunstwelt gerade umtrieb. Jedes Jahr durchstreifte er ratlos die Ausstellungsräume und blieb besonders vor allen Bildern stehen, um die sich das Publikum drängte. Er ging ganz nahe heran, um zu sehen, was diese Bilder so besonders machte. Aber nie gelang es ihm, das herauszufinden.

In den behandschuhten Fingern hielt sie eine kleine Broschüre mit vielen Notizen und Unterstreichungen. Sie war eine schlanke, hochgewachsene Frau mit dunklen Haaren, Phillip hätte sie »vornehm« genannt, aber was ihm vor allem auffiel, war die Intensität ihres Blicks, den er ebenso faszinierend wie beunruhigend fand. Ihre Gesichtszüge waren kantig und scharf, aber ihr Kleid enthielt eindeutig weibliche Kurven.

Phillip gehörte nicht zu den Männern, die fremde Frauen anstarren. Obwohl seine Ehe nur eine Scharade war, die ihm ein passables Einkommen und seiner Frau einen Landsitz verschafft hatte, war er durchaus in der Lage, sich sexuelle Erleichterung zu verschaffen, auch wenn er dabei professionelle Hilfe in Anspruch nehmen musste. Seine häufigen Besuche in London, die ihn regelmäßig auch in eine gewisse Straße in der Nähe von Covent Garden führten, und die paar Schillinge, die er dort hinterließ, genügten vollkommen, um seine sexuelle Ausgeglichenheit sicherzustellen. Umso weniger begriff er, warum ihn diese Frau so faszinierte – vielleicht lag es daran, dass sie genauso ruhig schien wie die Frau auf dem Gemälde oder dass sie selbstbewusst und gänzlich mit sich selbst beschäftigt wirkte. Oder dass sie so offensichtlich allein war.

Ihre Augen waren ganz auf die Leinwand fixiert und schienen sich auch dann nicht ablenken lassen zu wollen, wenn sich ein anderer Besucher zwischen sie und das Bild stellte. Das Gemälde stellte einen Mann dar, der eine Frau einen steinigen Weg hinauftrug. Sein Körper war zugleich kräftig und elegant, er sah ein bisschen aus wie ein Stierkämpfer. Sein Gesicht sah man nicht. Die Hände der jungen Frau waren hinter seinem Rücken gefaltet und ihr Gesichtsausdruck sagte nichts darüber, ob sie gerettet, entführt oder bloß deshalb getragen wurde, weil sie sich bei einem Picknick den Knöchel verstaucht hatte.

Phillip musste länger darüber nachgedacht haben, als ihm bewusst war, denn plötzlich hörte er eine Stimme neben sich und musste feststellen, dass die Frau sich erhoben hatte und mit ihm sprach.

»Ruskin mag es überhaupt nicht«, sagte sie und hielt ihre

Broschüre hoch, obwohl ihre Blicke immer noch auf das Gemälde gerichtet waren. »Er sagt, es wäre ein künstlerischer Mangel, dass der Liebhaber einen Köper ohne Gesicht und die Geliebte ein Gesicht ohne Körper hat.« Phillip war schockiert, dass eine Frau ohne Begleitung ihn so unverblümt ansprach, aber für diese Ungehörigkeit fand er sogleich auch mildernde Umstände. Erstens war sie – zu seiner größten Überraschung – Amerikanerin. Zweitens war sie offenbar intelligent – und eine intelligente Unterhaltung mit einer Frau hatte er seit dem Tod seiner Schwester schmerzlich vermisst. Was ihn aber gänzlich überwältigte, war ihr Parfüm … er hätte es nicht beschreiben können, aber ihr Duft umfasste ihn wie eine Wolke, und in dem Augenblick, als er sich zu ihr umwandte, wusste er, dass er sie haben musste.

»Ist das ein Liebespaar?«, fragte er. »Ich war mir nicht sicher.«

»Aber natürlich sind sie das«, sagte sie mit einem Lachen. »Das Bild heißt *The Crown of Love.*« Sie trat näher an das Gemälde heran und musterte es, dann drehte sie sich zu Phillip um und sah ihn zum ersten Mal direkt an. »Aber ich verstehe jetzt, was Sie meinen. Sie könnten genauso gut Gegner sein. Die Trennungslinie ist äußerst schmal.«

Phillip Gardner war viel zu entzückt, dass seine Unwissenheit als besonderer Scharfsinn betrachtet wurde, um zu bemerken, dass er dabei war, Liebe und Gefahr zu verwechseln.

Hounslow, England, Montag, 20. Februar 1995

Peter verbrachte die Nacht in einer grauen, fabrikähnlichen Hotelanlage in der Nähe des Flughafens. Er war mit dem Auto von Hay nach London gekommen, wollte aber den Verkehr in der Metropole vermeiden. Also hatte er seinen Wagen am Flughafen abgestellt und würde am nächsten Tag mit der U-Bahn in die Innenstadt fahren. Obwohl er die Fenster geschlossen hielt und die dicken Vorhänge zuzog, konnte er schon wegen des Fluglärms kaum schlafen, aber was ihn noch mehr beschäftigte, war die Entdeckung, die er vor wenigen Stunden gemacht hatte: dass die angeblich bis aufs Blut verfeindeten Widersacher Julia Alderson und Thomas Gardner unter einer Decke steckten. Hatte der Mann in der Kirche, der *Romeo und Julia* zitiert hatte, womöglich ins Schwarze getroffen? Peter hatte das Gefühl, dass er Zeuge einer Tragödie und Opfer einer Verschwörung geworden war.

Irgendwann waren sich Julia und Thomas begegnet und hatten sich ineinander verliebt. Was sie trennt, ist aber nicht nur die Familienfehde, sondern die Armut von Thomas Gardner. Julia entdeckt ein seltenes Buch in ihrer Familienbibliothek, das – vermutlich von einem berüchtigten Fälscher aus dem 19. Jahrhundert – mit Randnotizen in Shakespeares Handschrift bedeckt worden ist. Sie hört, dass in der Nähe ein amerikanischer Antiquar wohnt. Daraufhin beschließen sie und ihr Liebhaber, den Amerikaner zu ihrem Werkzeug zu machen. Er soll den *Pandosto* entdecken und für eine gewaltige Summe an einen arglosen Kunden verkaufen, damit sie Evenlode House wieder aufbauen und bis an ihr Lebensende glücklich dort leben können. Aber was war, wenn der

Amerikaner die Fälschung erkannte? Wie weit würden sie gehen, um ihren Plan zu retten? Peter musste so viel wie möglich über den *Pandosto* herausfinden, aber er musste sich auch bald wieder in Evenlode Manor sehen lassen und so tun, als wäre alles in Ordnung.

Aber als Erstes würde er in die Stadt fahren, zum British Museum. Dank Francis Leland hatte er dort einen Kontaktmann, der ihm hoffentlich helfen würde. »Wenn du jemals Hilfe bei irgendwas brauchst, was mit englischer Literatur zu tun hat, musst du dich an Nigel Cook wenden«, hatte Leland gesagt, als Amanda und Peter das erste Mal nach London geflogen waren. »Die haben Dinge in ihrer Bibliothek, die du nirgendwo sonst findest.«

Es war eigenartig gewesen, ausgerechnet ihre Hochzeitsreise in den staubigen Büros der Bibliothek zu verbringen – jedenfalls weniger romantisch als die Dampferfahrt nach Kew Gardens oder das Dinner im Savoy –, aber nachdem Peter mit ihr in der Tate Gallery und im Victoria & Albert Museum gewesen war, mochte Amanda sich nicht verweigern, als Nigel Cook sie durch das Labyrinth der British Library in sein Büro führte.

Nigel hatte Peter einen großen bibliografischen Kick verschafft, als er ihm erlaubte, einen Kodex aus der Bibliothek des großen Robert Cotton nicht nur zu betrachten, sondern auch zu berühren. Der Kodex war ein illuminierter Psalter aus dem 11. Jahrhundert, und ein lateinischer Eintrag wies auf eine Verbindung zu Winchester und Bischof William von Wykeham hin.

Später hatte Nigel Amanda und Peter noch eine Führung durch die Katalogräume, die Buchbinderei und ein Laboratorium gegeben, wo Druckfarben und Papierqualitäten getestet wurden.

»Wenn ich Ihnen je mit etwas behilflich sein kann«, hatte Nigel zum Abschluss gesagt, als sie wieder auf der Publikumsgalerie standen, »dann rufen Sie mich einfach an!« Er hatte Peter seine Visitenkarte gegeben und Peter hatte sie in seine Brieftasche gesteckt. Heute, sieben Jahre später, war sie immer noch da.

Obwohl er schon seit Stunden wach war, wartete Peter mit seinem Anruf bis fünf Minuten nach neun. Ehe er die letzte Ziffer von Nigels Durchwahl ins Telefon tippte, hielt er einen Augenblick inne, weil seine übliche Angst vor Kontakten in ihm aufstieg, aber dann wischte er seine feuchten Hände an der Bettdecke ab und drückte die Taste.

Nigel meldete sich beim zweiten Klingeln und erinnerte sich sofort an ihn. Er schien auch keine Bedenken dagegen zu haben, Peters Wunsch zu erfüllen.

Natürlich hatte er Nigel nicht die ganze Wahrheit erzählt. Es wäre nicht fair gewesen, dem Bibliothekar ein solches Geheimnis anzuvertrauen und ihm dann auferlegen zu wollen, dass er niemandem etwas davon erzählte. »Ich habe eine Erstausgabe des *Pandosto*«, hatte er Nigel gesagt. »Wahrscheinlich noch nirgends verzeichnet.«

Nigel hatte versprochen, ihm die einzige, allerdings unvollständige Ausgabe des *Pandosto* und einen Hinman Collator zu überlassen, damit er die Ausgaben vergleichen konnte. Das Laboratorium würde sicher bereit sein, das Papier und die Druckerschwärze zu überprüfen. Die Ergebnisse könnten in ein paar Tagen vorliegen.

»Und noch etwas, Peter«, sagte Nigel. »Ich freue mich, von Ihnen zu hören. Ich habe vor ein paar Monaten mit Professor Leland gesprochen, und er schien ziemlich besorgt wegen Ihnen. Geht's Ihnen gut?«

Peter war überrascht, wie lange er darüber nachdenken musste. In den letzten Tagen hatte er große Fortschritte gemacht: Er hatte sein Versteck verlassen, er hatte mit völlig Fremden gesprochen, war wieder in seinem Beruf tätig und verfolgte die Spur des *Pandosto* mit echter Jagdleidenschaft. Aber dass es ihm gut ging – das konnte er nicht behaupten. »Ich weiß nicht«, sagte er schließlich.

Vor dem nächsten Anruf zögerte Peter noch länger. Er hatte noch nie gerne telefoniert. Bei Nigel hatte er zumindest hoffen können, dass er auf seine Anfrage positiv reagieren würde. Bei Liz Sutcliffe war er sich da gar nicht sicher, ganz im Gegenteil. Er musste sie um etwas bitten, was sie ihm schon einmal verweigert hatte. Nachdem er zehn Minuten lang auf dem Bett gesessen und auf ihre Visitenkarte gestarrt hatte, gab er es auf, sich zu überlegen, was er genau sagen sollte, und stellte sich, während er die Nummer wählte, nur noch vor, wie sie ihn beim Essen angelächelt hatte. Er war ebenso überrascht wie getröstet, als plötzlich Amandas Stimme ertönte.

»Sie mag dich«, sagte Amanda. »Sie wird sich freuen, von dir zu hören.« Peter glaubte zu spüren, dass sie noch mehr sagen wollte, aber noch ehe er antworten konnte, hatte sich Liz schon gemeldet.

»Peter Byerly«, sagte sie, »was für eine Überraschung.« Peter musste feststellen, dass seine Stimme ihm nicht gehorchte, und so blieb es einen Augenblick stumm in der Leitung. »Ich hoffe, Sie haben es sich nicht anders überlegt, was unsere Verabredung angeht?«

Peter hatte plötzlich das Gefühl, dass die Telefonleitung völlig ungeeignet war, um das zu übermitteln, was er sich von Liz erhoffte. Er musste persönlich mit ihr reden. »Ich … ich komme heute nach London«, stammelte er. »Und ich wollte fragen, ob Sie Zeit haben, mit mir zu essen. Also, ob Sie mit mir … zum Lunch gehen wollen?«

»Lunch wäre brillant!«, sagte Liz. »Mein Büro ist in Bloomsbury, aber wir können uns auch woanders treffen.«

»Ich habe im British Museum zu tun«, sagte er.

»Wie wäre es, wenn ich Sie im Museum abhole?«, fragte Liz. »Wir treffen uns um eins auf der Treppe, okay?«

»Sehr gut«, sagte Peter. »Das wäre ganz ausgezeichnet.«

»Super«, sagte Liz vergnügt. »Dann sehen wir uns also um eins.« Damit hängte sie auf.

Bei W. H. Smith kaufte Peter sich noch die Tageszeitung, dann bestieg er den Zug Richtung Piccadilly. Erst als er es sich auf seinem Platz gemütlich gemacht hatte und gerade die erste Seite der *Times* studierte, wurde Peter plötzlich bewusst, dass Liz Sutcliffe womöglich denken könnte, dass er sich zu einem Rendezvous mit ihr verabredet hatte.

Der Morgennebel war weggebrannt und die Wintersonne schien auf den Russell Square, als Peter die U-Bahn verließ. Er sog behutsam die frostige Luft ein, während er mit raschen Schritten zum British Museum ging. Als er dem Wächter am Eingang zur Buchabteilung seinen Bibliotheksausweis vorlegte, war es kurz vor halb elf.

»Schön, Sie zu sehen, Peter«, sagte Nigel Cook, als er seinen Besucher in einen kleinen, privaten Lesesaal führte. »Sie haben sich ja ewig nicht blicken lassen.«

»Vor sieben Jahren war ich das letzte Mal bei Ihnen«, bestätigte Peter. Eine Sekunde lang hatte er Angst, Nigel könnte ihn fragen, was in diesen sieben Jahren geschehen war, aber diese Sorge war überflüssig. Nigel war britisch genug, um sich an die vorgeschriebenen Themen zu halten.

»Bemerkenswert gutes Wetter heute«, sagte er. »Ich nehme an, es wird sich nicht halten.«

»Nun, wir können uns daran freuen, solange es hält«, sagte Peter, obwohl er genau wusste, dass sie das hier unten in den Eingeweiden des Museums mit Sicherheit nicht tun würden.

»Ich habe den *Pandosto* und ein paar andere Sachen von Greene für Sie bestellt«, sagte Nigel. »Der Collator steht in dem Zimmer auf der rechten Seite am Ende des Flurs. Mein

Assistent macht außerdem noch Fotokopien der *Pandosto*-Ausgaben von 1592 und 1595 für Sie – das sind die einzigen, die wir auf Mikrofilm haben. Es tut mir leid, dass ich Sie jetzt verlasse, aber ich muss zu einer Sitzung. Ich lasse Ihnen alles bringen, sobald es fertig ist.«

So kam es, dass Peter schließlich allein in einem Raum voller Bücher stand, mehrere Stockwerke unter den Touristen und Schulklassen, die auf dem Weg zu den Elgin Marbles und zum Rosetta-Stein waren. Er stellte seine Tasche mit dem *Pandosto* auf den Tisch und wanderte an den Regalen entlang. Das meiste waren Nachschlagewerke: die schweren Bände des *Oxford English Dictionary,* zahllose Bibliografien und lange Regale mit den plumpen Bänden des *Dictionary of National Biography* – unter Forschern als DNB bekannt.

Während ich auf das Material warte, kann ich genauso gut die Herkunft noch weiter erforschen, dachte Peter. Er nahm den *Pandosto* aus seiner Tasche, schob ihn aber gleich wieder zurück. Es brauchte ja nicht jeder zu sehen, was er da hatte. Inzwischen bedauerte er, dass er die Buchkassette nicht mitgenommen hatte, um das Buch besser zu schützen. Um es keinem unnötigen Risiko auszusetzen, zog er die Liste heraus, die er angelegt hatte:

R. Greene to Em Ball
Bart. Harbottle
Wm. Shakspere, Stratford
R. Cotton, Augustus B IV
Matthew Harbottle, Red Bull Theatre
John Bagford
John Warburton
R. Harley, Oxford
B. Mayhew for William H. Smith
B.B./E.H.

Bis zu Matthew Harbottle war die Geschichte zwar etwas verworren, aber doch halbwegs klar. Fraglich war nur, warum das Buch nicht im Besitz von Robert Cotton geblieben war. Danach war das Buch in relativ sichere Hände gelangt, John Bagford und John Warburton waren bekannte Sammler, und wenn sich das Buch wirklich in ihrem Besitz befunden hatte, war das schon ein gewisser Echtheitsbeweis.

Peter zog die beiden Bände der DNB heraus, in denen die Biografien von Bagford und Warburton dargestellt waren. Ja, er hatte das richtig in Erinnerung: Bagford hatte als Antiquar gearbeitet und im ganzen Land Bücher gekauft und verkauft. Bei Warburton wiederum war vermerkt, dass er im Juli 1720 nach einem heftigen Saufgelage, bei dem er vergeblich versucht hatte, Wanley, den Bibliothekar des Schatzkanzlers, unter den Tisch zu trinken, zahlreiche wertvolle Manuskripte an Robert Harley, den Earl of Oxford, verkauft hatte. Die Sammlung, die Harley und sein Sohn angelegt hatten, war dem British Museum gestiftet worden und gehörte zum Grundbestand der British Library. Aber wie war der *Pandosto* entwischt?

Peter nahm ein Diktiergerät aus seiner Tasche, um sich Notizen über Bagford, Warburton und Harley zu machen. In den Handschriftenabteilungen der großen Bibliotheken war die Benutzung von Kugelschreibern verboten, und Bleistifte brachen bei Peter ohnehin meistens ab.

Über einen »B. Mayhew« fand er keinen Eintrag im *Dictionary of National Biography*. Er wollte gerade die Bände mit den »Smiths« aus dem Regal ziehen, als ein junger Mann mit etlichen Büchern den Raum betrat.

»Mr Byerly?«, fragte er.

»Ja, der bin ich.«

»Ich glaube, das hier ist für Sie«, sagte der junge Mann und legte das Paket auf den Tisch. Dann verschwand er, wie er gekommen war.

Peter ließ die DNB-Bände auf dem Tisch liegen und stürzte sich auf das Material. Die meisten Bände steckten in Schubern und Schutzhüllen – nichts besonders Aufwändiges wie in der Bibliothek von Amanda Devereaux, aber durchaus nützlich, um die vierhundert Jahre alten Bücher und Dokumente vor Abnutzung zu bewahren, wenn sie aus dem Regal gezogen wurden. Obwohl er auf den ersten Blick einige interessante Stücke erkannte, suchte Peter letztlich doch nur nach einem einzigen Buch: dem bisher einzigen bekannten Exemplar des *Pandosto* von 1588.

Die Frage der Echtheit »seines« *Pandosto* musste man unter zwei verschiedenen Aspekten betrachten, darüber war sich Peter im Klaren. Die erste Frage war, ob das gedruckte Buch echt war, das hieß, ob es sich tatsächlich um ein Exemplar der Erstausgabe handelte. Die zweite Frage war, ob die Randnotizen echt waren, also wirklich von Shakespeare verfasst worden waren. Heute wollte er zunächst die erste Frage zu klären versuchen.

Das Exemplar des *Pandosto,* das Nigel Cook ihm aus den Beständen der British Library hatte kommen lassen, war zwar eine Erstausgabe, aber nicht vollständig. Es fehlte der zweite Druckbogen. Wenn Peter nachweisen konnte, dass »sein« Exemplar eine echte Erstausgabe und obendrein vollständig war, war das schon eine bemerkenswerte Entdeckung, selbst wenn sich die Randnotizen als Fälschung erweisen sollten.

Peter nahm die beiden Exemplare des *Pandosto* aus dem Lesesaal mit in das Arbeitszimmer am Ende des Flurs, das kaum größer als eine Besenkammer und fast zur Gänze von einer eindrucksvollen Maschine gefüllt war. Der Hinman Collator war etwa ein Meter achtzig hoch und anderthalb Meter breit und hatte die Gestalt einer Bogenbrücke. Die Blechverkleidung war militärisch grau gestrichen, obwohl das Gerät hier durchaus zivilen Zwecken diente. Erfunden hatte es der Shakespeare-Forscher Charlton Hinman Ende der vierziger Jahre, um Druckseiten leichter miteinander vergleichen zu können. Zu diesem Zweck wurden die Texte auf zwei verschiedene Träger montiert und über ein raffiniertes System von Linsen und Spiegeln optisch so »übereinandergelegt«, dass man bei einem Blick durch das binokulare Sehgerät sofort erkennen konnte, was es für Abweichungen gab. Hinman hatte seinen Collator benutzt, um die verschiedenen Exemplare der First Folio vergleichen und auf diese Weise die Veränderungen und Korrekturen verfolgen zu können, die während des Drucks ausgeführt worden waren.

Peter schlug behutsam die beiden *Pandostos* auf und klemmte sie auf die Objektträger. Dann schaltete er das Gerät ein. Helle Lampen strahlten den Text an, während summende Ventilatoren sie kühlten. Peter beugte sich über das Binokular und regulierte die Einstellung, bis die beiden getrennten Bilder vor seinen Augen allmählich zur Deckung gelangten. Ein absolut scharfes Bild. Nirgendwo flimmerte etwas. Das Druckbild des einen Exemplars war mit dem des anderen vollkommen identisch. Im Verlauf der nächsten Stunde wiederholte Peter den Vorgang mit allen Seiten des Textes, außer denen natürlich, die im Museumsexemplar fehlten. Alles passte vollkommen zusammen.

Erst nachdem er die letzten Seiten verglichen hatte, spürte Peter, dass ihm der Rücken wehtat. Er richtete sich auf, reckte sich und ging zurück in den Lesesaal. Dort fand er neben seiner Tasche die Fotokopien der späteren *Pandosto*-Ausgaben, die Nigels Assistent für ihn gemacht hatte.

Peter wusste jetzt, dass das Museumsexemplar und das Exemplar aus Evenlode Manor übereinstimmten. Aber was war mit dem fehlenden Bogen? Wenn der Evenlode-Manor-*Pandosto* eine Fälschung war, dann musste der im British Museum fehlende Bogen aus späteren Auflagen ergänzt worden sein. Wenn der Text des zweiten Bogens in »seiner« Ausgabe mit einer späteren Auflage übereinstimmte, war das ein deutlicher Hinweis, dass sie wahrscheinlich gefälscht war.

Peter kehrte zum Collator zurück, nahm den Museums-*Pandosto* heraus und ersetzte ihn durch die Fotokopie der Ausgabe von 1592. Diesmal verglich er nur die Seiten, die in der Museumsausgabe fehlten. Gleich auf den ersten Blick flimmerten die Zeilen vor seinen Augen und zeigten, wie viele Unterschiede es gab. Dasselbe galt für die Ausgabe von 1595. Schließlich nahm er »seinen« *Pandosto* aus dem Collator und holte tief Luft. Er hatte genau das gefunden, was er gehofft hatte. Es gab jetzt nur noch zwei Möglichkeiten: Entweder der *Pandosto* von Evenlode Manor war eine echte Erstausgabe, oder es war eine brillante Fälschung nach einer vollständigen Erstausgabe. Von diesen zwei Möglichkeiten war die erste nicht nur attraktiver, sondern auch sehr viel wahrscheinlicher.

Peter stellte die Maschine ab und ging zurück in den Lesesaal. Die Fotokopien steckte er in seine Tasche und suchte in »seinem« *Pandosto* nach einer geeigneten Materialprobe für das Labor. Auf dem vollgekritzelten Hintersatz fand er ganz am Rand einen großen Tintenfleck. Er nahm eine Schere aus seiner Tasche, trennte eine kleine Ecke von der Seite ab und steckte sie in einen Umschlag. Das sollte genügen, um das Alter des Papiers und der Tinte festzustellen. Den Pandosto steckte er zurück in die Schutzhülle und wieder in seine Aktentasche.

Er ging mit seiner Probe zu Cooks Büro, klopfte an die offene Tür und hielt ihm den Umschlag hin. »Ich hoffe, dass es 16. Jahrhundert ist«, sagte er. »Aber es besteht auch die Möglichkeit, dass es eine Fälschung aus dem 19. ist.«

»Das überprüfen wir gern«, sagte der Bibliothekar. »Ob wir einen positiven Beweis in der einen oder anderen Richtung erbringen können, weiß ich natürlich nicht. Aber ich lasse Sie wissen, was wir herausfinden.«

Peter schrieb seine Telefonnummer auf einen Zettel. »Wenn es irgendwie geht, wäre es schön, wenn ich bis zum Ende der

Woche etwas Genaueres wüsste. Ich stehe unter einem gewissen Zeitdruck.«

»Ich werde mein Bestes tun«, sagte Nigel Cook lächelnd. Peter hätte lieber eine genauere Zusage gehabt, aber er wollte nicht den ungeduldigen Amerikaner spielen, und so beließ er es dabei.

»Was hat denn unser Collator gesagt?«, fragte Cook.

»Ach, das ist sehr gut gelaufen«, sagte Peter.

Cook ließ sich keinerlei Neugier anmerken. »Ich muss jetzt zu einem Lunchtermin«, sagte er. »Aber wenn Sie noch etwas brauchen – mein Assistent müsste gleich wieder da sein.«

Bei dem Wort »Lunch« fuhr Peter ein gewaltiger Schreck in die Glieder. Die Uhr an der Wand zeigte schon zehn Minuten nach eins. »Ich muss weg«, sagte Peter hektisch und ging rückwärts aus dem Büro. »Ich habe auch eine Verabredung. Rufen Sie mich an, sobald Sie was hören.« Er rannte zurück in den Lesesaal und schnappte sich seine Tasche. Die verstreuten Bände der DNB ließ er auf dem Tisch liegen und stürmte zum Ausgang. Auf der Treppe nahm er immer zwei Stufen auf einmal. Als er endlich den Vorderausgang des Museums erreichte, war es Viertel nach eins.

Erhitzt und atemlos stieß Peter die Ausgangstür auf. Die eiskalte Winterluft klatschte ihm ins Gesicht wie eine Ohrfeige, als er auf die Freitreppe trat. Zahllose Schulkinder wuselten auf den Stufen herum. Peters Blick irrte über die Menge. Er wusste gar nicht mehr genau, wie Liz eigentlich aussah, und fragte sich, ob sie nicht längst aufgegeben hatte und wieder gegangen war. Wie ein Schock überfiel ihn die Erinnerung an einen anderen Tag vor vier Jahren, als er an derselben Stelle mit Amanda verabredet war. Auch damals war er zu spät gekommen, und an Amandas kleinen, warmen Begrüßungskuss, den er noch lange auf der Haut gespürt hatte, konnte er sich so gut erinnern, als wäre es gestern gewesen.

»Suchen Sie jemanden?«, fragte eine Stimme hinter ihm. »Wenn Ihre Uhr nach amerikanischer Zeit geht, sind Sie vierdreiviertel Stunden zu früh dran.« Liz grinste, als er sich umdrehte.

»Tut mir leid«, sagte er hastig. »Ich hab mich bei meinen Recherchen festgelesen.«

»Na«, sagte Liz und hängte sich bei ihm ein. »Das ist wenigstens mal eine Ausrede, die ich verstehen kann.«

Liz sah irgendwie anders aus als vor drei Tagen, aber Peter wusste nicht recht, woran das lag. Er brauchte eine Weile, bis er merkte, dass ihr braunes, mit blonden Strähnen durchzogenes Haar jetzt eine einheitliche, honiggelbe Farbe hatte. Es war auch nicht mehr so kraus wie am Freitag, und der kalte Wind, der die Stufen heraufwehte, konnte ihm kaum etwas anhaben. Dort, wo sich Liz bei ihm eingehakt hatte, war sein Arm so verkrampft, dass es beinahe wehtat. Jeder Muskel schien ihm zuzurufen: Sie denkt, dass das hier ein Rendezvous ist – das darf ich nicht zulassen. Stattdessen hörte er sich sagen: »Hübsches Haar haben Sie.«

»Danke«, sagte Liz. »Als ich am Freitag nach Hause gekommen bin und mich im Spiegel gesehen habe, dachte ich: Ach herrje, der arme Peter hat den ganzen Abend einem ausgefransten Wischmopp gegenübergesessen, du musst unbedingt etwas tun.«

Peter hatte das Gefühl, Beteiligter bei einem Ringkampf zu sein. Sein Körper brannte offensichtlich darauf, sich von Liz loszureißen, während sein Gehirn vergeblich nach einem weiteren Kompliment suchte. Gewiss, er hatte sich am Freitag gut mit ihr amüsiert, aber da hatte auch noch nicht auf dem Spiel gestanden, was jetzt auf dem Spiel stand. Sein Interesse an dem gestohlenen Aquarell war emotional und nostalgisch, aber heute ging es um wesentlich mehr. Liz durfte auf keinen Fall glauben, dass er Sex oder so etwas von ihr wollte. »Seit Freitag ist eine Menge passiert«, sagte er, aber erst als sie in einer Traube von Touristen die Great Russell Street überquerten, gelang es ihm, seinen Arm unauffällig von ihr zu lösen.

»Erzählen Sie mir alles«, sagte sie, umfasste Peters Hand mit ihrem weichen Veloursléderhandschuh und zog ihn an der Museum Street vorbei. »Ich kenne ein sehr nettes italienisches Restaurant gleich um die Ecke.« Peter sträubte sich nicht gegen das Händchenhalten, sondern versuchte sich einzureden, dass es unumgänglich war, wenn man in der Menge nicht für immer getrennt werden wollte. Und nach einigen Schritten waren sie auch schon in der sehr viel stilleren Coptic Street, deren Galerien und Buchhandlungen für die Touristen nicht so interessant waren, die auf der Great Russell Street weiterzogen. Dennoch ließ Peter die Hand seiner Begleiterin nicht gleich los. Das wäre unhöflich, dachte er.

Er folgte ihr um die nächste Ecke und durch die Tür eines kleinen Bistros, aber weder er noch Liz sagten etwas, ehe sie an einem Tisch am Fenster Platz genommen hatten.

»Ich habe Ihnen was mitgebracht«, sagte sie, griff in ihre geräumige Handtasche und zog einen steifen Umschlag heraus. »Ihr Aquarell. Vielen Dank, dass Sie es mir geliehen haben.«

Peter nahm den Umschlag und bedankte sich etwas matt. Nach all der Aufregung wegen des *Pandosto* schien das Bild nicht mehr ganz so wichtig wie vor drei Tagen. Er schob den Umschlag in seine Aktentasche.

»Wollen Sie's gar nicht ansehen?«, fragte Liz.

»Ich traue Ihnen«, sagte Peter.

»Das meine ich gar nicht«, sagte sie. »Ich hatte bloß das Gefühl, dass Sie … das Bild so oft wie möglich anschauen wollten.«

Peter war leicht irritiert. Die Ähnlichkeit der dargestellten

Person mit Amanda war doch nur zufällig, sagte ihm sein Verstand.

Der Kellner stellte zwei Gläser Rotwein auf den Tisch. Liz hob ihr Glas und Peter beeilte sich, mit ihr anzustoßen. Allerdings war seine Bewegung etwas zu heftig, und er hätte fast das frische weiße Tischtuch bespritzt. Er nahm einen großen Schluck und stellte das Glas ungeschickt auf den Tisch.

»Sachte, Cowboy, nur nicht so stürmisch«, sagte Liz. Sie warf ihm einen prüfenden Blick zu und fragte: »Was ist denn seit Freitag passiert?«

Ihre Stimme klang leicht verunsichert, und Peter schämte sich plötzlich, dass er sie nur herbestellt hatte, um Informationen aus ihr herauszuholen. Eine starke Welle von Zärtlichkeit überlief ihn, wie er sie seit Amandas Tod für niemanden mehr empfunden hatte. Es war ebenso erschreckend wie unerwartet.

»Ich habe ein Problem«, sagte er. »Vielleicht sogar zwei.«

»Ich höre«, sagte Liz, verschränkte die Arme vor der Brust und lehnte sich auf ihrem Stuhl zurück.

Peter wusste nicht recht, wie er anfangen sollte. Er wollte unbedingt den Namen und die Adresse des geheimnisvollen Autors aus Cornwall herausfinden, der offenbar als Einziger etwas über B.B. wusste. Und er hatte jetzt vielleicht ein paar Hinweise, mit denen er diese Informationen aus Liz herauspressen konnte. Andererseits hatte sie jetzt eine so abwehrende Haltung eingenommen, dass er das Gefühl hatte, er müsste erst einmal ihre Beziehung klären, sonst würde sie ihm nie etwas sagen. Die Atmosphäre schien plötzlich so geladen mit unausgesprochenen Dingen.

»Es fällt mir so schwer, mich mit alledem hier auseinanderzusetzen«, sagte er schließlich und machte eine schwache Handbewegung, die eigentlich Liz und ihn umfassen sollte, aber letztlich so aussah, als wollte er den Kellner dazu auffordern, den Tisch abzuräumen.

»Was meinen Sie mit *alledem*?«, fragte Liz.

»Sie und mich«, sagte er.

»Was ist denn mit uns?«, fragte Liz und schien ihre Arme noch etwas enger um ihre Brüste zu ziehen.

»Nun ja, es könnte sein, dass ich … Ich meine, dass ich Sie mag.«

»Wow!«, sagte Liz. »Sie verstehen es wirklich, einem Mädchen umwerfende Komplimente zu machen.«

»Sehen Sie, das ist genau mein Problem: Ich kann so etwas einfach nicht. Ich bin in meinem ganzen Leben nur mit einem einzigen Mädchen aus gewesen, und … Ich glaube, ich bin noch nicht über sie hinweg, und ich möchte nicht, dass Sie falsche Vorstellungen haben.«

»Und was für Vorstellungen sollten das sein?«, fragte Liz kalt.

»Dass ich Sie mag, ich meine, dass ich Sie … auf diese Weise mag.«

»Nun, Sie sind zumindest ehrlich. Und als Sie gesagt haben, dass Sie so etwas nicht können, hatten Sie auch recht.«

»Hören Sie«, sagte Peter, der spürte, wie ihm der Appetit verging und stattdessen der Schweiß auf die Stirn trat. »Ich weiß nicht, wie ich das erklären soll, aber ich bin ziemlich gespalten. Ein großer Teil von mir möchte verhindern, dass Sie unsere Verabredung für ein Rendezvous halten. Aber ein fast genauso großer Teil von mir, von dem ich gar nichts wusste, bis ich Sie auf der Museumstreppe gesehen habe, möchte eigentlich, dass es doch ein Rendezvous ist. Können Sie das verstehen?«

»Also erst mal«, sagte Liz, »können Sie sich entspannen, das hier ist kein Rendezvous, sondern ein Treffen von alten Freunden. Denn das sind wir doch, Peter? Zwei Freunde. Ich weiß, dass Sie schweres Gepäck mit sich tragen, und Freundschaft mit jemand zu schließen gehört wohl nicht zu Ihren Talenten, aber Sie können mir glauben: Es ist gar nicht so schwierig. Es genügt, dass Sie glauben, Sie könnten mich mögen.« Endlich lächelte sie, öffnete ihre Arme und griff nach ihrem Glas.

»So, und jetzt stoßen wir noch einmal an«, sagte sie. »Ganz vorsichtig. Und dann trinken wir auf die Freundschaft. Und dann kannst du mich duzen. Dass ich Liz heiße, weißt du ja schon.«

Peter tippte sein Glas ganz sachte an ihres und nahm einen großen Schluck. »Danke, Liz«, sagte er.

Sie nahm seine Serviette und wischte ihm damit den Schweiß von der Stirn. Peter erschrak vor der Intimität dieser Geste, aber noch ehe er etwas sagen konnte, lehnte Liz sich wieder auf ihrem Stuhl zurück.

»Du willst immer noch wissen, wer dieser B.B. war, hab ich recht?«

»Aber es geht nicht mehr um private Neugier«, sagte er.

»Keine private Neugier?«

»Nun, meine Gründe sind nicht mehr so privat wie zuvor.«

»Das beruhigt mich sehr.«

»Also, ich habe etwas gefunden«, versuchte er zu erklären. »Ich habe etwas gefunden, das auch mit B.B. gekennzeichnet ist. Allerdings ist es kein Gemälde, sondern mehr so ein ... Dokument. Es war in einem Haus, von dem ich annehme, dass es dein rätselhafter Autor aus Cornwall besucht hat. Aber ich glaube nicht, dass er es gesehen hat.«

Liz beugte sich vor, ihre Augen begannen zu funkeln. »Was ist das für ein Dokument?«

»Das kann ich dir nicht sagen.«

»Ich dachte, du hättest Vertrauen zu mir.«

»Hab ich ja«, sagte Peter. »Aber ich muss erst noch mehr über diese Sache herausfinden. Ich weiß, es klingt verrückt, aber es könnte sein, dass es gefährlich ist, zu viel darüber zu wissen.« Peter dachte an die kalten Augen von Julia Alderson und die heiße Schrotladung, die Thomas Gardner ihm hinterhergeschickt hatte. Wenn der *Pandosto* eine Fälschung war, würden die beiden bestimmt vor nichts zurückschrecken, um das geheim zu halten.

»Das ist vielleicht gar nicht so verrückt, wie du denkst«, sagte Liz. »Mein Autor aus Cornwall hat mich heute angerufen. Er muss extra dafür in die Stadt fahren, weil er kein Telefon hat. Er hat gesagt, er hätte das Manuskript gerade abgeschickt, aber ich hatte das Gefühl, dass er äußerst nervös war. Er hat sogar gesagt, dass er Angst hat.«

»Wovor denn?«, fragte Peter, der sich gerade vorstellte, wie Thomas Gardner mit einer Schrotflinte über die Felder und Moore von Cornwall streifte.

»Das hat er nicht sagen wollen. Er hat bloß gemeint, dass er ständig komische Geräusche hört und dass er Angst hätte. Ich hab ihm gesagt, er litte unter Verfolgungswahn. Herrje, er wohnt am Rand von Bodmin Moor, da kann's schon mal vorkommen, dass man was Komisches hört. Ich meine, für ihn und mich ist sein Manuskript über B.B. natürlich sehr wichtig, aber der größte Teil der Menschheit wird es gar nicht zur Kenntnis nehmen. Und auch die Konkurrenz wird sich in Grenzen halten. Sie werden bestimmt alle eifersüchtig und neidisch sein, aber niemand in der Historical Watercolour Society hat genug Fantasie oder genügend Courage für diese Art Spionage. Trotzdem beunruhigt es mich, dass er solche Angst hat.«

»Du meinst Graham«, sagte Peter.

»Woher weißt du seinen Namen?«

»Wie ich schon sagte: Seit Freitag ist eine Menge passiert.« Peter lächelte über den Rand seines Glases hinweg.

Aber Liz hatte ihre Fassung schnell wiedergewonnen. »Es gibt mehr als einen Graham in Cornwall«, sagte sie und erwiderte Peters Lächeln.

Grahams Manuskript war vielleicht keine weltbewegende Sensation, aber ein Buch mit handschriftlichen Kommentaren von Shakespeare würde Schlagzeilen machen. Wenn dieser Graham den Besitzern des *Pandosto* irgendwie in die Quere kam, würde er womöglich noch sehr viel mehr hören als ein paar komische Geräusche.

»Hör mal«, sagte Peter. »Ich mach einen Deal mit dir. Du sagst mir, wo ich diesen Graham finde, und ich sehe nach, wie's ihm geht. Ich werde ihm ein paar Fragen stellen, aber ich werde mich auch bemühen, ihn vor irgendwelchen Gefahren zu schützen. Und was ich entdeckt habe, erzähle ich dir so bald wie möglich. Du wirst die Erste sein, die es erfährt, und ich garantiere dir: Es ist eine gute Geschichte.«

»Du würdest heute noch nach Cornwall fahren?«

»Mein Wagen steht draußen in Heathrow, und ich werde wahrscheinlich erst abends in Cornwall sein, aber ich würde jetzt gleich nach dem Essen aufbrechen.«

»Und wenn du glaubst, dass er irgendwie in Gefahr ist, bringst du ihn dazu, dass er nach London kommt?«

»Ja, natürlich«, sagte Peter.

»Leicht wird das nicht werden. Er ist verdammt stur.«

»Sag mir einfach seinen Nachnamen und wie ich ihn finde, und überlass mir den Rest«, sagte Peter. Er war überzeugt, dass er diesen rätselhaften Graham mühelos würde überzeugen können, dass er nach London kam. Notfalls musste er ihm den *Pandosto* zeigen.

»Jetzt essen wir erst mal«, sagte Liz, als der Kellner zwei Teller mit dampfenden Spaghetti auf den Tisch stellte. »Ich sag es dir nach dem Essen.«

»Wirklich?«, sagte Peter, der größeren Widerstand erwartet hatte.

»Lass uns zu deinem anderen Problem zurückkehren, Peter.«

»Meinem anderen Problem?«

»Ja, zu der Tatsache, dass du – wie hast du es genannt? –, dass du mich mögen könntest.«

»Ach, das«, sagte Peter. Er wickelte lustlos ein paar Spaghetti auf seine Gabel, während sein Appetit sich wieder verflüchtigte.

»Du leidest offensichtlich darunter, dass Amanda nicht mehr bei dir ist.« Peter nickte unglücklich. »Und weil das hier ein Mittagessen von zwei Freunden ist, kannst du darüber reden. Also erzähl mir von der verstorbenen Mrs Byerly.«

Plötzlich sah er sie im Eingang des Restaurants stehen. Amanda trug das bodenlange schwarze Abendkleid mit dem engen, paillettenbesetzten Mieder, das er schon fast vergessen hatte. Wahrscheinlich hatten die italienischen Opernarien es wiederauferstehen lassen, die im Hintergrund zu hören waren. Erzähl ihr von der Oper, sagte Amanda, ehe sie wieder verblasste.

»Ich war noch nie im Theater gewesen, bevor ich sie kennenlernte«, sagte Peter und starrte über die Schulter seines Gegenübers hinweg auf die Stelle, wo Amanda gestanden hatte. »Ich hätte es ohne sie gar nicht ausgehalten in einem Raum mit so vielen Leuten. Aber an der Uni in Ridgefield gab es Studentenaufführungen, und einmal sind wir nach Raleigh gefahren und haben uns *A Midsummer Night's Dream* angesehen. Es war mein erster Shakespeare, und ich habe so laut gelacht. Es hat mich ungeheuer beeindruckt, dass er Witze schreiben konnte, über die ich vierhundert Jahre später noch lachen musste.«

Liz nahm einen kleinen Schluck Wein, und Peter folgte ganz unbewusst ihrem Beispiel.

»Im dritten Jahr unserer Ehe haben wir einen Besuch in London geplant. Amanda hatte gelesen, dass die English National Opera *Die Hochzeit des Figaro* aufführen würde. Sie war noch nie in der Oper gewesen, also hat sie in London angerufen und Karten bestellt. Dann hat sie sich von ihrer Mutter die Schallplatten und das Libretto geholt, die noch von ihrer Großmutter stammten. Einen Monat lang hat sie die Platten gespielt und das Libretto gelesen, damit sie dem italienischen Text folgen konnte.

Als wir in London waren, hat sich Amanda dieses wunderbare Abendkleid machen lassen und darauf bestanden, dass ich mir einen Frack lieh. Wir waren viel zu fein angezogen, aber Amanda war das egal. Wir sitzen also in unserer Loge, die Lichter gehen aus, die Ouvertüre wird gespielt, und Amanda ist so aufgeregt, dass sie meine Hand wie ein Schraubstock umklammert. Dann geht der Vorhang auf, und da stehen sie: Figaro und Susanna. Figaro misst das Zimmer aus für sein Hochzeitsbett und fängt an zu singen: ›*Five, ten, twenty, thirty* …‹

Amandas Hand wurde so schlaff wie ein welkes Veilchen, und ihr Gesicht verzog sich voller Entsetzen. Einen Monat lang hat sie Italienisch gelernt, und jetzt wird die Oper *auf Englisch* gesungen. Ich hätte beinahe gelacht, denn es war ja auch komisch, aber das wäre natürlich gar nicht gegangen. Dazu liebte ich sie viel zu sehr. Die Oper hat mir sehr gut gefallen, und weil englisch gesungen wurde, konnte ich auch alles verstehen.

Als es vorbei war, bin ich aufgesprungen und habe geklatscht, so begeistert war ich. Ich fühlte mich großartig in unserer Loge und meinem geliehenen Frack und hab sogar ›Bravo‹ geschrien. Erst nach dem letzten Vorhang hab ich mich zu Amanda umgedreht und gesehen, dass sie weinte. Daraufhin hab ich mich hastig hingesetzt und ihre Hand genommen und ihr gesagt, wie leid es mir tut, dass sie ihr die Oper verdorben haben, und dass wir vielleicht nach Mailand fahren sollten, um eine ordentliche Inszenierung zu sehen. Und da hat sie mich angesehen und gelächelt und gesagt – ich werde das niemals vergessen: ›Ach, darum geht es doch gar nicht. Ich bin nur so glücklich, dass es dir gefallen hat.‹ Das war so unglaublich, ich –«

Peters Stimme brach. Er wischte sich eine Träne ab und

starrte auf die Stelle, wo das Bild von Amanda allmählich verblasste. Ihm wurde plötzlich bewusst, dass er die Geschichte noch nie jemandem erzählt hatte – nicht einmal Dr. Strayer.

»Verdammt noch mal«, sagte Liz und riss Peter in die Gegenwart zurück. »Jetzt hast du mich zum Heulen gebracht. Das war eigentlich nicht vorgesehen.« Sie betupfte ihre Augen mit der Serviette. »Es muss wirklich schlimm für dich sein, ohne sie.«

»Ja«, sagte Peter leise. »Das ist es.« Es fühlte sich gut an, das jemandem sagen zu können und nicht so tun zu müssen, als wäre alles okay. Er streckte die Hand aus und berührte Liz am Arm. »Danke, dass du mir zugehört hast.«

Peters Pasta blieb ungegessen. Während er den Kellner rief und zahlte, schrieb ihm Liz die Adresse von Graham Sykes auf. Anschließend zeichnete sie noch eine kleine Wegeskizze und beschrieb ihm ausführlich, wie man das Haus am Rand von Bodmin Moor am besten erreichte.

Als sie in Richtung Russell Square gingen, fiel Peter noch etwas ein. »Kennst du zufällig einen W. H. Smith?«, fragte er.

»Tja, unsere Bücher führen die leider nicht«, sagte Liz. »Die haben bloß Bestseller und Zeitungen.«

Peter warf ihr einen überraschten Blick zu. »Ich meine William H. Smith. Ich dachte, das wäre so ein viktorianisches Urgestein, 19. Jahrhundert, du weißt schon.«

»Der Herrscher der Meere«, sagte Liz.

»Wie bitte?« Peter war endgültig verwirrt.

»Ich glaube, sein Vater hat das Geschäft angefangen – am Bahnhof Zeitungen zu verkaufen. Aber erst der Sohn hat den Laden so richtig hochgebracht. Er war Mitglied des Parlaments und sogar First Lord of the Admiralty. Ich glaube, unter Disraeli. Das fanden die Leute ein bisschen komisch. Sie hielten ihn für eine reiche Landratte, die den Job nicht verdiente. Sie haben sich über ihn lustig gemacht. Er taucht auch in einer Operette auf – *H.M.S. Pinafore oder das Mädchen, das einen Matrosen liebte.* Du weißt schon: *›I am the monarch of the sea, the ruler of the Queen's Navee‹*.« Liz hatte die beiden Zeilen gesungen, dann fügte sie sachlich hinzu. »Ich habe neulich einen Vortrag in der Victorian Theatre Society darüber gehört. Sonst wüsste ich das auch nicht.«

»Wie vielen Clubs und Gesellschaften gehörst du eigentlich an?«, fragte Peter.

»Ach, einigen«, sagte Liz und lachte ein bisschen verlegen.

»Merkwürdig, dass ich da nicht drauf gekommen bin. Aber vielleicht hat es ja gar nichts miteinander zu tun. Der William H. Smith, den ich suche, hat sich wahrscheinlich für Shakespeare interessiert und für das elisabethanische Drama.«

»Ich kann ja Lawrence mal fragen.« Peter warf ihr einen raschen Blick zu, und sie ergänzte: »Lawrence Smith – das war der Mann, der den Vortrag gehalten hat. Ich glaube, er ist ein Großneffe oder so etwas.« Sie standen jetzt vor der U-Bahn-Station Russell Square, und Liz wiederholte noch mal ihre Wegbeschreibung zum Haus von Graham Sykes.

»Er ist eine Nachteule«, sagte sie. »Du kannst ruhig spätabends noch bei ihm vorbeischauen.«

»Das mache ich«, sagte Peter. Ohne zu wissen, wie es dazu gekommen war und wer sie eingeleitet hatte, fand er sich plötzlich in einer Umarmung mit Liz.

»Ruf mich an«, flüsterte sie ihm ins Ohr. Dann wandte sie sich ab und verschwand um die Ecke. Peter stieg allein in die zugige U-Bahn hinunter.

London, 1875

Benjamin Mayhew saß in seinem üppig ausgestatteten Büro, gleich um die Ecke von der St Paul's Cathedral und erledigte seine Korrespondenz. Er hatte einen Besuch von Phillip Gardner, einem seiner besten Kunden, erwartet, aber es war ein Uhr geworden, ohne dass Gardner erschien. Vielleicht hat sein Zug Verspätung gehabt, dachte Mayhew.

Seit zwanzig Jahren war Mayhew jetzt Buchhändler und hatte einen Kundenstamm aufgebaut, der ihm ein behagliches Leben erlaubte. Er erinnerte sich noch an seine erste Begegnung mit seinem berühmtesten Kunden, dem Zeitschriftenhändler William Henry Smith, der vor einigen Monaten von Disraeli zum Sekretär im Schatzamt ernannt worden war. Es war Mayhew tatsächlich gelungen, mit dem Buch über die Shakespeare-Fälschungen das Interesse des reichen Kaufmanns zu wecken, und Smith war im Lauf der Jahre zu einem regelmäßigen Kunden geworden. Smith war kein Sammler, aber er war ehrgeizig und intelligent, und seine intellektuelle Neugier war groß genug, um Bücher zu einem festen Bestandteil seines täglichen Lebens zu machen. Er war für Mayhew zum Freund geworden. Als er damals seine Monografie *Bacon und Shakespeare* veröffentlichte, hatte Mayhew wesentlich dazu beigetragen, indem er Smith zahlreiche Quellen besorgte. Das Werk nahm einen Ehrenplatz in seinem Büro ein. Benjamin hatte herzlich gelacht, als ihm Smith das zweite Kapitel, »A Brief History of Shakespeare«, vorgelesen hatte.

William Shakespeares Geschichte liegt ziemlich im Dunkeln. Von seinem ganzen Leben wissen wir eigentlich nur, wann er gestorben ist. Wir wissen nicht, wann er geboren wurde. Wir wissen nicht, wann und wo er erzogen wurde. Wir wissen nicht, wann und wo er geheiratet hat und wann er nach London gekommen ist. Wir wissen nicht, wann, wo und in welcher Reihenfolge seine Stücke geschrieben und aufgeführt wurden und wann er London wieder verlassen hat. Er starb am 23. April 1616.

»Und das ist das ganze Kapitel?«, fragte Benjamin lachend.

»Nun ja«, sagte Smith. »Das ist alles, was wir wissen. Also brauche ich nicht mehr zu sagen.«

Während seine Beziehung zu W. H. Smith ihm geistige Anregung, einen guten Portwein und die gelegentliche Havanna verschaffte, sorgte die Beziehung zu Phillip Gardner für etwas kaum weniger Wichtiges: ein regelmäßiges Einkommen. Gardner hatte im zarten Junggesellenalter von siebenunddreißig Jahren den Landsitz der Familie geerbt, aber rasch feststellen müssen, dass die Konten leer und die Ländereien überschuldet waren. Innerhalb eines Jahres hatte er eine reiche Witwe geheiratet, und das Herrenhaus war im alten Glanz wiedererstanden. Die Nachbarn, mit denen die Gardners in Fehde lagen, hatte das mächtig geärgert.

Wegen ebendieser Nachbarn war Gardner vor einigen Monaten bei Benjamin Mayhew vorstellig geworden. »Ich würde gern eine Sammlung historischer Dokumente beginnen«, hatte er Mayhew in seinem Laden erklärt.

»Woran hatten Sie denn gedacht?«, fragte Mayhew.

»An alles, was Mr Reginald Alderson interessieren könnte«, sagte Gardner.

Auf diese Weise war Phillip zu einem der einfachsten Kunden geworden. Ihn motivierten nicht intellektuelle Neugier oder literarisches Interesse, sondern Hass. Reginald Alderson war ein leidenschaftlicher Sammler historischer Dokumente; Phillip Gardner wiederum hatte die Feindschaft gegenüber den Aldersons von seinen Ahnen geerbt, und so benutzte er das Geld seiner Frau, um Alderson bei Auktionen zu überbieten, und setzte alles daran, ihm überall zuvorzukommen. Und das erzählte er Mayhew auch noch – gleich bei ihrem ersten Treffen. Seitdem hatte Benjamin sehr gut an diesem Kunden verdient.

Auch an diesem Nachmittag würden Mayhew und Gardner wieder einen solchen Coup landen. Bei Sotheby's stand ein handschriftliches, signiertes Gedicht von Robert Greene zur Auktion. Benjamin wusste von einem Informanten, dass sich Alderson als Bieter hatte registrieren lassen. Er hatte erwartet, mit Gardner zu Mittag zu speisen, ehe sie zu Sotheby's schlendern würden, um Reginald Alderson eine weitere Niederlage beizubringen. Diese Dinge liefen immer nach demselben Muster: Wenn die Gebote stiegen und Alderson noch dabei war, nickte Gardner Benjamin zu und dieser dem Auktionator. Irgendwann fiel der Hammer zugunsten von Gardner, und Reginald Alderson stürmte wutentbrannt aus dem Saal, begleitet vom Gekicher der anderen Besucher, die genau wussten, was vorging.

Normalerweise nahm Gardner Benjamin dann in seinen Club mit, um den Sieg zu feiern, aber als die Stunde der Auktion näher rückte und Gardner noch immer nicht aufgetaucht war, musste Benjamin sich an den Gedanken gewöhnen, dass er diesmal würde allein feiern müssen. Aber das war ihm letztlich egal. Das Greene-Fragment würde einen hohen Preis bringen, wenn Reginald Alderson mitbot, und ein hoher Preis hieß immer auch eine ansprechende Kommission. Benjamin war durchaus gern mit Phillip Gardner befreundet, aber was ihm am meisten an dem Mann gefiel, war das Geld seiner Frau.

Ridgefield, 1985

»Ich glaube, es wird Zeit«, sagte Amanda, als sie eng umschlungen auf dem Teppich im Devereaux-Saal lagen und ihr Puls und ihre Atmung allmählich wieder langsamer wurden. Seit Halloween waren fünf Wochen vergangen – mit fünf wundervollen Samstagabenden voller Leidenschaft. Denn in ihrem Liebesleben war Amanda genauso methodisch wie bei allem anderen. Und das war Peter ganz recht. Es gab keine ungeschickten Versuche von seiner Seite, etwas in Gang zu bringen, keine Knutscherei auf dem Rücksitz eines Autos, kein unbeholfenes Zerren und Ziehen an Kleidungsstücken, weil man nicht wusste, wie weit man gehen durfte. Es gab nur das starke Gefühl der Vorfreude, wenn sie jeden Samstag kurz nach elf Uhr abends durch die dunklen Flure der Bibliothek zum Devereaux-Saal gingen. Nach dem ersten Mal hatte es keine Kostüme mehr gegeben, und die vergangenen fünf Wochen hatten eine immer weiter gehende Entfaltung gebracht, die zu diesem schönen, erfüllten Moment führte. »Ich glaube, es ist jetzt Zeit«, wiederholte sie flüsternd.

»Ich glaube, du musst mir noch ein paar Minuten Zeit lassen«, sagte Peter. Normalerweise dösten sie nach dem Sex so lange vor sich hin, bis sich aus einer Bewegung oder Berührung die nächste Aufwallung ihres Begehrens ergab.

»Das hab ich nicht gemeint«, lachte Amanda und gab ihm einen Klaps auf die Schulter. Sie stemmte sich hoch und sah ihn mit einem strengen Blick an: »Ich meine: Es ist Zeit, dass meine Familie dich kennenlernt.«

»Irgendwie hatte ich immer gehofft, ich könnte sie kennenlernen, wenn unsere Kinder von der Highschool abgehen«, sagte Peter, dessen Eingeweide sich plötzlich krampfhaft zusammenzogen.

»So schlimm sind sie nun auch wieder nicht«, sagte Amanda. »Eigentlich sind sie sogar sehr nett.«

»Aber sie sind und bleiben die Ridgefields«, sagte Peter. »Die Eltern des Mädchens, das ich liebe, kennenzulernen, wäre auch dann schon schwierig genug, wenn sie nicht zum amerikanischen Hochadel zählten.«

»Sag das noch mal«, flüsterte Amanda und küsste ihn auf die Brust.

»Was? Das mit dem Hochadel?«

»Nein, das andere.«

»Dass ich total und leidenschaftlich in ihre kostbare Tochter Amanda verliebt bin?«

»Ja«, sagte Amanda und küsste ihn auf den Bauchnabel. »Genau den Teil.« Als ihre Lippen über seine Haut flatterten, vergaß er die Ridgefields für eine Weile, dachte nicht mehr daran, dass er Angst hatte, sondern nur noch daran, dass er Amanda liebte, ihre Lippen, ihre Zunge, ihren Mund, ihre Haut. Und wie er sie liebte.

Als sie schließlich in den frühen Morgenstunden nach Hause gingen, lange nachdem die letzte Party beendet war, aber noch ehe der erste panische Medizinstudent aufgestanden war, um sich auf seine Zwischenprüfung vorzubereiten, drückte Peter Amandas Hand und sagte das, was sie von ihm erwartete und was er in dieser stillen Stunde der Dunkelheit vor der Winterkälte beinahe selbst glaubte: »Ich würde deine Eltern sehr gerne kennenlernen.«

Als sie am Montagabend in ihrer üblichen Nische in der Snack Bar saßen, lud Amanda ihn offiziell zum Abendessen bei ihren Eltern am folgenden Samstag ein.

»Am Samstagabend?«, fragte Peter enttäuscht. Es würde schon schwierig genug sein, ihre Familie kennenzulernen –

aber ausgerechnet an einem Samstagabend? Wo er nur an das eine denken konnte: Wie Amandas Körper ihn umfing?

»Könnte sein, dass wir der Bibliothek schon am Freitag einen Besuch abstatten müssen«, sagte Amanda und streichelte mit ihrem Zeh seine Wade. »Ich will ja nicht, dass du total … verspannt bist.«

»Ich fürchte, das lässt sich gar nicht verhindern«, sagte Peter und fügte hastig hinzu: »Aber ich wünsche mir natürlich dringend, dass du es versuchst.«

»Es sind doch bloß Mama und Papa«, sagte Amanda. »Sie werden dich mögen, und du wirst sie auch mögen. Sie beißen doch nicht, nur mein Papa ein bisschen.«

»Worüber sollen wir denn reden?«, fragte Peter. »Ich meine, ich komme aus einer Familie, die nicht mal einen Gemischtwarenladen führen konnte – in einer Stadt, wo es keinerlei Konkurrenz gab. Und deine Eltern sind die Ridgefields, die erfolgreichsten Geschäftsleute im ganzen Süden. Wir haben doch gar nichts gemeinsam.«

»Das Wichtigste ist doch, dass du mich liebst. Und dann gibt es natürlich noch etwas, worüber du mit Mama reden kannst: Du weißt wahrscheinlich genauso viel über ihre Mutter wie sie selbst.«

»Ihre Mutter?«, sagte Peter.

»Ja, du weißt schon: Amanda Ridgefield, geborene Devereaux.«

»Amanda war deine Großmutter *mütterlicherseits*?«, fragte Peter. »Wieso heißt du dann Ridgefield? Wie heißt denn dein Vater?«

»Ach, mein Vater hieß früher Middleton, aber er hat den Namen seiner Frau angenommen. Die Ridgefields durften schließlich nicht aussterben«, lachte Amanda. »Außerdem konnte er damit Eindruck machen.«

Peter verstummte. Er fragte sich, wie es wohl sein würde, wenn er Peter Ridgefield hieß.

»Wie alt war deine Mutter, als ihre Mutter starb?«, fragte er schließlich. Die Tochter der Frau kennenzulernen, der er seine Liebe zu Büchern verdankte, war vielleicht gar nicht so schlecht.

»Achtzehn«, sagte Amanda. »Sie war im ersten Semester in Wellesley, als sie nach Hause gerufen wurde. Sie hat sich dann in Ridgefield eingeschrieben, damit sie in der Nähe ihres Vaters sein konnte. Der ist drei Jahre später gestorben. Man sagt, er hätte bloß noch durchgehalten, bis die Sammlung meiner Großmutter sicher in der neuen Bibliothek installiert war.«

»Dann erinnert sich deine Mutter noch gut an Amanda?«

»Ich glaube ja. Aber sie redet nicht viel über sie.«

»Dann sollte ich vielleicht lieber auch nicht nach ihr fragen?«, sagte Peter.

»Doch, das solltest du. Sie ist sehr stolz auf ihre Mutter. Das Magazin der Freunde der Bibliothek liest sie immer von vorne bis hinten, und gelegentlich kauft sie auch ein Buch für die Sammlung – vor allem solche Sachen, von denen Professor Leland sagt, dass sich meine Großmutter darüber gefreut hätte. Lass sie nur spüren, wie sehr du die Bücher von Großmutter liebst, dann erzählt sie dir bestimmt ein paar gute Geschichten.«

»Und sollte ich ihr auch zeigen, wie sehr ich dich liebe?«, fragte Peter.

»Als ob du das verstecken könntest«, sagte Amanda und umschloss seine Hand.

Als er am nächsten Tag in den Devereaux-Saal kam, fand Peter Professor Leland und Hank Christiansen vor, die über einem einzelnen Blatt Papier brüteten.

»Was ist denn das Spannendes?«, fragte Peter.

»Ein handgeschriebenes Gedicht von Emily Dickinson«, sagte Leland.

»Bisher unveröffentlicht«, sagte Hank.

»Das haben wir doch schon eine ganze Weile«, sagte Peter. »Ich habe es sogar für eine Seminararbeit über die Lyrik des 19. Jahrhunderts benutzt.«

»Weißt du, woher es kommt?«, fragte Leland.

»Nein«, sagte Peter.

»Wir haben es mit Hilfe von Sarah Ridgefield gekauft«, sagte Leland. »Schon vor einigen Jahren. Es kam von Mark Hofmann.«

»Ist das nicht derselbe, der den *Oath of a Freeman* entdeckt hat?«

»Genau der«, sagte Hank. »Aber seit in Salt Lake City diese Bomben hochgegangen sind, wird in der Branche geflüstert, dass die Sachen, die er verkauft hat, möglicherweise nicht wirklich das sind, was er gesagt hat.«

»Glauben Sie, dass das Gedicht eine Fälschung ist?«, fragte Peter.

»Das ist nicht sehr wahrscheinlich«, erklärte Leland.

»Das Papier stimmt«, sagte Hank, »die Tinte stammt auch aus dem letzten Jahrhundert, und die Handschrift ist der von Dickinson zumindest sehr ähnlich.«

»Also, wenn das eine Fälschung ist«, sagte Leland, »dann ist Hofmann einer der brillantesten Fälscher, die je gelebt haben.«

Cornwall, Montag, 20. Februar 1995

Als Peter bereits eine Stunde lang auf der M4 unterwegs war, fing es an dunkel zu werden, was nicht nur daran lag, dass die Sonne früh unterging. Es ballten sich auch düstere Wolken über dem Horizont. In der Regel versuchte Peter, die Autobahn zu vermeiden; er war meist nicht in Eile und fand die Autobahn schrecklich langweilig, aber heute war eine Ausnahme. Die Fahrt nach Cornwall würde viereinhalb Stunden dauern, und dann musste er noch in der völligen Dunkelheit des ländlichen Cornwall der komplizierten Wegbeschreibung zu Graham Sykes' Haus folgen. Als er mit siebzig Meilen pro Stunde an den Ausfahrten Reading und Swindon vorbeisauste, blickte Peter nach links und sah Amanda neben sich auf dem Beifahrersitz, mit der Landkarte auf ihrem Schoß. Sie hatte es geliebt, ihn über die verwinkelten englischen Straßen zu dirigieren. Peter erinnerte sich noch gut daran, wie er sich zum ersten Mal getraut hatte, einen Wagen zu mieten. Der Wechselkurs war günstig, und sie waren nach England gekommen, um Bücher zu kaufen. Wochenlang waren sie auf schmalen Landstraßen unterwegs, hielten in jeder Stadt und besuchten die örtlichen Antiquariate und Buchhandlungen. Auch Flohmärkte am Wochenende verschmähten sie nicht. Man wusste ja nie, was dort auftauchte, und seit Peter begonnen hatte, beruflich mit Büchern zu handeln, hoffte er immer auf einen Glücksgriff. In Städten wie Oxford und Cambridge verbrachten sie mehrere Tage, aber die kleineren Städte schätzte Peter in mancher Hinsicht noch mehr. Oft gab es dort nur ein einziges Antiquariat, und ein- oder zweimal hatten die Besitzer aus Freude über ihr Interesse gleich ihren Laden geschlossen und sie zum Lunch ausgeführt. Mit Amanda an seiner Seite hatte Peter diese Begegnungen immer genossen. Auch seinen ersten Besuch in Hay-on-Wye hatte Peter damals gemacht. Amanda hatte eine romantische, kurvenreiche Strecke für sie ausgesucht, und sie hatten den River Wye auf einer schmalen, buckligen Brücke gekreuzt, wo ein alter Mann aus seinem Häuschen kam und ein paar Münzen als Wegzoll von ihnen kassierte, ehe er seinen Schlagbaum hochzog. Die ganze Reise war von einem Gefühl des Abenteuers geprägt, das Amanda ganz besonders gefiel.

»Ich liebe es, wenn man nie weiß, was der nächste Tag bringt«, sagte sie. Einmal hatten sie morgens in Bath gefrühstückt und am Abend in Southampton am Strand gesessen und gewartet, bis die Sonne im Meer unterging. In Salisbury und Winchester hatten sie spontan die Abendgottesdienste besucht, weil die Buchhandlungen schon geschlossen hatten, als sie dort eintrafen. In York waren sie mit den Antiquariaten schnell fertig und fuhren stundenlang durch die wilde Landschaft, bis sie am Abend bei Fish & Chips in Witby landeten und einen herrlichen Ausblick über die Bucht hatten. Peter lächelte bei der Erinnerung an diese Fahrt voller Unschuld und wandte sich zu Amanda um. Aber neben ihm saß keine Amanda, und die Straßenkarte lag allein auf dem Sitz.

Als er die A30 in Bodmin verlassen hatte, wurden die Straßen immer schmaler und enger. Schließlich holperte er am Bodmin Moor entlang eine steile, schlammige Straße mit tiefen Furchen hinunter, die unter knorrigen Bäumen in ein unbestimmtes Dunkel hinabführte. Er hoffte inständig, dass er keinen Fehler gemacht hatte, denn er hatte kaum Hoffnung, den etwas untermotorisierten Vauxhall in der Dunkelheit die Straße wieder hinaufzubringen. Und wenn er nicht wenden konnte, würde er das wohl auch bei Tage nicht schaffen. Als er das untere Ende erreicht hatte, endete der Weg plötzlich vor einem Gatter. Dahinter erkannte Peter eine kleine Wiese, er hörte ein Blöken und kurz darauf erschienen einige Schafe, deren Augen das Licht seiner Scheinwerfer spiegelten.

Peter spürte einen Knoten von Panik in seiner Kehle aufsteigen. Er stoppte und würgte vor Schreck den Motor ab. Nach einem Augenblick stieg er aus. Allmählich gewöhnten seine Augen sich an die Finsternis, und er erkannte auf der anderen Seite der Wiese den matten Schimmer eines Fensters mit zugezogenen Vorhängen und dann die Umrisse eines kleinen Hauses. Es half nichts, er musste es einfach versuchen. Hier stehen bleiben konnte er nicht. Er holte seine Aktentasche vom Rücksitz und machte die Wagentür zu. Die Verriegelung hallte wie ein Schuss durch die Nacht.

Mit bangen Schritten ging er auf das Gatter zu, fand einen Zauntritt, kletterte leise hinüber und ging auf das Haus zu. Wer so abgelegen wohnte, würde nächtliche Besucher bestimmt nicht mit offenen Armen empfangen. Besonders dann nicht, wenn er glaubte, dass er in Gefahr war. Das Mondlicht drang nicht durch die Wolkendecke, und Peter musste sich in fast völliger Dunkelheit über die Wiese bewegen. Schon nach wenigen Schritten spürte er, wie der Tau seine Hosenbeine durchnässte. Als er die Tür des Cottage erreichte, waren seine Schuhe mit Schlamm beschmiert. Sein erstes, zaghaftes Klopfen blieb unbeantwortet, daraufhin schlug er etwas heftiger an die Tür.

»Verschwinden Sie!«, ertönte eine Stimme von drinnen. »Wer um diese Zeit klopft, hat bestimmt nichts Gutes vor.«

»Mr Sykes«, sagte Peter und versuchte, dieselbe Lautstärke zu erreichen wie der Mann, der ihm geantwortet hatte. »Mein Name ist Peter Byerly. Ich bin ein Freund von Liz Sutcliffe. Sie hat mich geschickt, weil sie sich Sorgen um Sie macht.«

»Das kann ja jeder behaupten«, erklärte die Stimme.

»Das ist aber die Wahrheit, Sir. Ich komme gerade aus London. Und ich könnte dringend eine Tasse Tee brauchen.« Peter spekulierte darauf, dass sein Appell an die britische Gastfreundschaft den alten Mann erweichen würde.

»Gibt es in London denn keinen Tee?«, sagte die Stimme. »Hauen Sie ab.«

»Da ist noch etwas«, sagte Peter. Es hatte zu regnen begonnen, und die Aussicht, die Nacht durchnässt in seinem Wagen verbringen zu müssen, ließ ihn zum Äußersten greifen. »Ich habe ein Buch bei mir, das früher einmal einem gewissen B.B. gehört hat. Sie wissen schon, wen ich meine. Ich muss unbedingt wissen, ob es sich um eine Fälschung handelt, und ich hatte gehofft, dass Sie mir dabei helfen können.«

Eine endlose Minute lang blieb es still, und man hörte nur den Regen herunterpladdern. Peters Haare waren schon völlig durchweicht. Schließlich kehrte die Stimme zurück. Ihre Feindseligkeit war jetzt mit Neugier vermischt. »Was wissen Sie von B.B.?«

»Nicht sehr viel«, musste Peter zugeben. Nach einer längeren Pause fügte er hinzu: »Ich habe ein Aquarell gefunden, das er gemalt hat, aber ich glaube, das hat Ihnen Liz schon erzählt. Das andere Objekt ist womöglich viel wertvoller. Außer natürlich, wenn dieser Regen meine Tasche völlig durchweicht. Dann kann man gar nichts mehr damit anfangen.«

Wieder entstand eine Pause, dann hörte man, wie mehrere Riegel zurückgeschoben wurden, und schließlich ging die schwere Balkentür auf. Umrahmt von schwachem gelbem Lampenlicht ragte ein Mann vor Peter auf, der durchaus den Eindruck machte, als wüsste er sich zu verteidigen. Graham Sykes war über eins neunzig groß, hatte breite Schultern und trug ein grobes Flanellhemd, das sich über starken Muskeln spannte. Sein Kopf war leicht vorgebeugt wie der eines Raubvogels. In der rechten Faust hielt er ein erhobenes Schüreisen. Seine tief liegenden Augen spähten aus einem braungebrannten Gesicht hervor, das von dichtem, weißem Haar und einem üppigen weißen Bart umrahmt war. Sein mächtiger Körper blockierte den Türrahmen, während er Peter musterte, der seine Tasche inzwischen unter den Mantel geschoben hatte und sich tief nach vorn beugte, um den kostbaren Inhalt vor dem heftigen Regen zu schützen.

»Na kommen Sie schon rein«, knurrte Sykes. »Hat keinen Zweck, dass Sie nass werden. Ich kann ja den Kessel aufstellen.« Er trat beiseite, und Peter stolperte direkt über die Schwelle ins Wohnzimmer. Das Feuer im Kamin schien fast schon erloschen, aber der Raum war noch angenehm warm und vom Licht einer Leselampe erhellt.

Sein widerwilliger Gastgeber schloss die Tür und verriegelte sie; dann verschwand er in die Küche und ließ Peter auf dem Steinboden stehen, auf dem sich bald erste Tropfen abzeichneten. Peter zog seinen Mantel aus und hängte ihn an die Garderobe. Dann überprüfte er, ob seine Tasche trocken geblieben war, und erst als er sich dessen vergewissert hatte, trat er an den Kamin und wärmte sich die Hände über der Glut.

Sykes kam mit zwei großen Steingutbechern aus der Küche zurück – zerbrechliche Porzellantassen waren nichts für den Riesen. Obwohl er seinen Tee meist schwarz trank, nahm Peter dankbar den heißen Becher, der mindestens ein Fünftel Milch und viel Zucker enthielt, und trank einen großen, wärmenden Schluck.

»Setzen Sie sich«, sagte Sykes und zeigte auf ein Ledersofa am Fenster. Peter folgte der Einladung und versank fast in dem durchgesessenen Möbelstück, während Sykes auf einem alten, hölzernen Sessel Platz nahm, auf dem er seinen Gast weit überragte. »Nun, was haben Sie mir zu sagen?«, fragte Sykes.

Peter fand nur mühsam die ersten Worte. Statt seinen einschüchternden Gastgeber anzusehen, starrte er in seine Tasse.

Er erzählte, wie er ein Porträt gefunden hatte, das seiner verstorbenen Frau glich, obwohl er davon ausging, dass Sykes diesen Teil der Geschichte schon von Liz gehört hatte. Er schilderte außerdem seine unerfreuliche Begegnung mit Thomas Gardner, den Besuch in Evenlode Manor und die Dokumente, die Julia Alderson ihm gezeigt hatte.

»Aha«, sagte Sykes, »und was hat das alles mit mir zu tun?«

»Nun, man hat mir gesagt, Sie hätten die Aldersons ebenfalls aufgesucht.«

Sykes schürzte die Lippen. Diese Wendung des Gesprächs schien ihm nicht zu gefallen. »Na und?«, sagte er schließlich. »Was geht Sie das an?«

Peter hatte das Gefühl, dass er sich jetzt auf dünnem Eis bewegte. »Ich wollte Sie etwas fragen«, sagte er vorsichtig, zog den *Pandosto* hervor und legte ihn auf den Tisch. »Sehen Sie, hier steht: B.B./E.H. Soviel ich weiß, sind Sie ein Experte für diesen B.B. Ich habe gedacht, Sie können mir vielleicht sagen, was es mit dieser Notiz auf sich hat.«

Sykes zog eine Lesebrille aus seiner Hemdtasche und setzte sie auf. Dann nahm er das Buch. Sein Gesicht blieb vollkommen ausdruckslos, während er langsam darin blätterte und dabei immer wieder zu dem Vorsatzblatt mit der Namenliste zurückkehrte.

Plötzlich geriet Peter in Panik. Wie hatte er diesem rauen und womöglich gewalttätigen Mann sein kostbarstes Buch in die Hand geben können? Er versuchte sich mit dem Gedanken zu beruhigen, dass Sykes ein Privatgelehrter und Buchautor war, aber trotzdem spürte er, wie ihm der kalte Schweiß ausbrach.

»In der Bibliothek, in der ich das Buch gefunden habe«, sagte Peter so gelassen wie möglich, »standen auch einige Bücher über Shakespeare-Fälschungen.«

»Sie haben also Ihre Zweifel«, sagte Sykes. Er steckte seine Brille ein, behielt den *Pandosto* aber auf seinem Schoß.

»Ja«, sagte Peter. »Ich habe die meisten Namen auf der Liste der Besitzer ermittelt, aber über B.B. weiß ich gar nichts. Außer, dass er Aquarelle gemalt hat und Sie ein Buch über ihn schreiben.«

»Und jetzt wollen Sie wissen, ob er ein Fälscher war.«

»Ja«, sagte Peter. »Obwohl es mir recht wäre, wenn er das nicht war.« Er hatte die Hoffnung nicht aufgegeben, dass der *Pandosto* echt war. »Wenn es tatsächlich eine Fälschung ist, dann ist sie extrem gut gemacht.«

»Wäre es nicht eigenartig, wenn ein Fälscher sein Werk signiert?«, sagte Sykes.

»Eigenartig schon, aber man hat schon von solchen Fällen gehört«, sagte Peter. »Besonders wenn er ein Pseudonym benutzt hat.« Peter hatte die Frage durchaus schon erwogen. Er hatte sich vorgestellt, wie es wäre, wenn B.B. sämtliche Dokumente in Evenlode Manor gefälscht hätte. Aber da gab es auch einen Widerspruch: Warum sollte er nur den *Pandosto* und seine Aquarelle signiert haben, aber die anderen Dokumente nicht? Die Initialen auf dem Vorsatzblatt des Buches erschienen fast wie ein Beweis, dass die Marginalien echt waren.

»Und noch eine Frage«, sagte Sykes. »Wer heimst den Ruhm bei der Sache ein?«

»Wie bitte?«, sagte Peter. Er spürte, wie der Schweiß ihm den Rücken herunterlief.

»Wer erntet den Ruhm? Wer darf die Sache bekanntmachen? Wenn dieses Ding echt ist«, sagte Sykes und tippte mit dem Finger auf den *Pandosto*, »wer steht dann vor den Fernsehkameras und erklärt der Menschheit: ›Ich bin der Mann, der das größte literarische Rätsel aller Zeiten gelöst hat‹? Sie oder ich?«

Obwohl Peter noch gar nichts über Shakespeare und den Streit zwischen Oxfordianern und Stratfordianern gesagt hatte, war klar, dass Sykes genau wusste, welche Bedeutung die Randnotizen in diesem *Pandosto* möglicherweise besaßen.

Und Peter musste zugeben, dass er sich die Szene genauso vorgestellt hatte: Peter Byerly als großer Retter der Stratfordianer. Peter Byerly – der größte Bücherkenner seit Robert Cotton. Ein schrecklicher Gedanke schoss ihm durch den Kopf, als er sah, wie Sykes den *Pandosto* in seinen Krallen hielt. Manche Leute hatten schon für geringere Dinge gemordet.

»Ich habe das Buch entdeckt«, sagte Peter einfach. Seine Worte hingen ein paar Sekunden lang unheilvoll in der Luft, ehe Sykes antwortete.

»Ohne mich werden Sie nie wissen, was Sie da eigentlich haben.«

»Ich könnte einfach warten, bis Ihr Buch erscheint«, sagte Peter.

»Das wird jetzt nicht erscheinen«, sagte Sykes. »Morgen früh rufe ich Liz an und sage ihr, ich müsste alles noch einmal überarbeiten, weil ich neues Material entdeckt habe.«

»Hören Sie«, sagte Peter. »Sie sind nicht der Einzige, dessen Hilfe ich brauche. Ich habe bereits ein Labor beauftragt, die Tinte und das Papier zu analysieren. Das Ganze ist Teamarbeit. Aber ich bin der Leiter des Teams.«

»Wir werden sehen«, sagte Sykes. Er hielt Peter das Buch hin, der es dem alten Mann mit einer gewissen Erleichterung aus der Hand riss. Wenn Sykes eine Sackgasse war, dann hatte er jetzt zumindest den *Pandosto* wieder in seinem Besitz.

»Wir sollten erst mal darüber schlafen«, sagte Sykes. »Vielleicht sehen wir die Dinge morgen früh etwas klarer.«

»Ich glaube, bei Dunkelheit und im Regen kriege ich meinen Wagen nicht aus Ihrer Einfahrt raus«, sagte Peter, obwohl ihm die Aussicht, im Haus eines Mannes zu übernachten, dem er so wenig traute, fast genauso erschreckend erschien wie der Aufenthalt in einem Auto, das in einer Winternacht in einem Schlammloch in Cornwall feststeckte.

»Sie können in der Scheune schlafen«, sagte Sykes mürrisch. »Ich hole Ihnen gleich eine Decke.«

Zehn Minuten später lag Peter unter einer dünnen Wolldecke auf dem Heuboden der Scheune, krümmte seinen Körper rund um die Tasche mit dem *Pandosto* und lauschte dem Regen, der unvermindert aufs Dach trommelte, und den Mäusen, die leise pfiffen und raschelten. Er war bis über die Nasenspitze von Heu bedeckt, trotzdem vermochte die Decke die Kälte nicht abzuhalten, und er fror bis auf die Knochen. Der alte Mann hatte ihn bestimmt in die Scheune geschickt, um seinen Widerstand zu brechen. Besonders frustrierend fand Peter die Vorstellung, dass die Informationen, die er brauchte, um das Geheimnis des mysteriösen B.B. zu knacken, wahrscheinlich nur zwanzig Meter entfernt behaglich in einer Schublade lagen.

Irgendwann in den frühen Morgenstunden schlief Peter dann doch eine Stunde, bis die Tür von Sykes' Cottage geräuschvoll zugeschlagen wurde und er durch den Lärm hochgerissen wurde. Er blieb reglos liegen und umklammerte seine Tasche. Kam Sykes jetzt mit dem Schüreisen oder mit womöglich noch Schlimmerem, um sich den *Pandosto* zu holen? Als er ein paar Minuten lang nichts mehr hörte, fiel ihm plötzlich wieder ein, dass Sykes angekündigt hatte, er wolle Liz Sutcliffe anrufen. Liz hatte erwähnt, dass Sykes kein Telefon hatte, sondern jedes Mal ins Dorf gehen musste, um zu telefonieren. Wenn Sykes aber gerade ins Dorf ging, waren alle Geheimnisse, die das Haus bergen mochte, mindestens eine Stunde lang unbewacht.

Ridgefield, 1985

»Das ist eine Panikattacke«, sagte Professor Leland.

»Das ist eine soziale Angststörung«, sagte Hank Christansen.

»Finden Sie es denn so anormal, dass ich nervös bin, weil meine Freundin mich ihren Eltern vorstellen will?« Sie saßen bei einer Tasse Kaffee in Lelands Büro und blätterten in den neuesten Antiquariatskatalogen.

»Nein«, sagte Hank, »aber bei dir geht es ja nicht bloß um die Eltern deiner Freundin. Du hast doch vor allen Leuten Angst. Du gehst doch manchmal auf die andere Straßenseite, wenn dir auf dem Bürgersteig jemand begegnet.«

»Woher willst du das wissen?«, sagte Peter empört. Er war richtig gekränkt, dass ihn Hank so durchschaute.

»Das kann ich dir sagen«, erklärte Hank und legte ihm eine Hand auf die Schulter. »Ich mach es genauso.«

»Das ist doch unmöglich«, sagte Peter. »Ich seh doch immer in der Buchbinderei, wie locker du mit den Leuten umgehst. Und ich weiß noch, wie du mich damals behandelt hast, da warst du doch nicht nervös.«

»Ja«, sagte Hank. »In der Buchbinderei. Aber hast du mich jemals woanders gesehen? In einem Restaurant? Oder in einer Bar?« Peter überlegte. Er hatte Hank tatsächlich noch nie woanders gesehen als in der Bibliothek.

»Also hast du …« Peter wusste nicht, wie er den Satz zu Ende bringen sollte. Er konnte sich einfach nicht vorstellen, dass andere Leute ähnlich ängstlich auf die Welt reagierten wie er selbst. Er hatte immer angenommen, dass dieser Zug seiner Persönlichkeit vor allem deshalb so unangenehm war, weil niemand sonst unter Menschenscheu litt.

»Ich habe eine soziale Angststörung«, sagte Hank. »Ich leide unter Anthropophobie, aber ich habe auch einen guten Arzt und sehr gute Medikamente. Wenn ich tatsächlich mal ins Theater, in ein Restaurant oder zu einem Rendezvous gehen will, kann ich es schaffen.«

»Du solltest auch mal zu Dr. Strayer gehen, Peter«, sagte Professor Leland.

»Mir scheint, als wäre deine Menschenscheu nicht so schlimm wie meine«, sagte Hank. »Du hast gesagt, wenn du mit Amanda zusammen bist, ist alles okay.«

»Sie ist eben seine natürliche Medizin«, sagte Leland, und alle drei lachten.

Zwei Tage später verließ Peter die Sprechstunde von Dr. Strayer mit seinem ersten Rezept für ein Medikament gegen Angstattacken und einem völlig neuen Blick auf die Welt. Peter Byerly war nicht der einzige Mensch mit irrationalen Angstzuständen. Die Entdeckung begeisterte und beunruhigte ihn gleichzeitig. Was er für seine Persönlichkeit gehalten hatte, erwies sich jetzt als therapierbare Störung. Seine Sorge, dass die kleinen weißen Pillen seine Identität unwiederbringlich auflösen könnten, hinderte ihn aber nicht, die erste davon zu schlucken, ehe Amanda ihn zum Abendessen bei ihren Eltern abholte.

Nervös war er trotzdem, als Amanda die lange Einfahrt hinaufsteuerte, die zu dem großen, weißen Herrenhaus im klassischen Kolonialstil hinaufführte, das ihre Urgroßeltern erbaut hatten. Aber zumindest war ihm nicht schlecht.

Auf den Stufen des hohen Säulenvorbaus standen Sarah Ridgefield und ihr Ehemann, der ehemalige Charles Middleton. Sarah sah ihrer Mutter, Amanda Devereaux, auffallend ähnlich. In ihrem Gesicht verband sich weibliche Schönheit mit männlicher Stärke, und obwohl ihr Ehemann ein echter Football-Spieler mit breiten Schultern und starkem Nacken zu sein schien, spürte man gleich, dass Sarah den Ton angab. Als Amanda und Peter aus dem Wagen stiegen, trat Mr Ridgefield auf sie zu, um seine Tochter zu umarmen. Aber es war Amandas Mutter, die Peter ihre Hand hinstreckte und mit klarer Stimme sagte: »Peter Byerly, endlich lernen wir uns kennen.« Ihr Händedruck war fest, und Peter erwiderte gern den Blick ihrer grünen Augen. Zu seiner Überraschung fühlte er sich vollkommen wohl, als sie sich die Hand schüttelten. Das konnte nicht bloß die Medizin sein. Peter sah in Sarah Ridgefields Augen dasselbe, was er aus den Augen ihrer Tochter kannte.

»Sie sehen Ihrer Mutter so ähnlich«, sagte Peter. »Ich bin einer ihrer größten Verehrer.«

»Ich habe gehört, dass Sie auch ein großer Fan meiner Tochter sind«, sagte Mrs Ridgefield, ließ seine Hand los und streifte einen Fussel von Peters Schulter.

»Etwas mehr als ein Fan«, sagte er.

»Mom, du machst Peter ja jetzt schon Angst«, sagte Amanda und umarmte ihre Mutter.

»Ganz im Gegenteil«, sagte Mrs Ridgefield. »Nachdem Peter so ein Verehrer von Amanda Ridgefield und Amanda Devereaux ist, hoffe ich, dass er auch bei der mittleren Generation etwas Liebenswertes entdeckt.«

»Da bin ich ganz sicher«, sagte Peter, als ihm Amandas Mutter über die Schulter ihrer Tochter hinweg zuzwinkerte. Er spürte eine Zuneigung für Sarah Ridgefield, wie er sie für seine leibliche Mutter schon seit Jahren nicht mehr empfunden hatte. Konnte es sein, dass dies seine eigentliche Familie werden sollte? Er fühlte sich als Beschützer und Beschützter zugleich.

Das Abendessen war zauberhaft. Peter hatte befürchtet, von livrierten Dienern und silbernen Tabletts eingeschüchtert zu werden, aber stattdessen saßen sie hinter dem Haus auf der Veranda und aßen gebratenes Huhn von gewöhnlichen

Tellern. Der Ausblick auf eine Wiese, die zu einem kleinen See hinunterführte, gefiel Peter genauso wie die Baumgruppe, an deren Zweigen immer noch einige gelbe Blätter hingen.

»Lange werden wir nicht mehr draußen sitzen können«, sagte Amandas Vater. »Jetzt kommen bald kältere Tage, aber wir lieben die frische Luft.«

Peter verbrachte den Abend damit, Sarah Ridgefield nach ihrer Mutter auszufragen, obwohl sich rasch zeigte, dass Mrs Ridgefield nicht viel Ermutigung brauchte, um zu erzählen. Irgendwann griff Amanda nach der Hand ihrer Mutter und fragte: »Warum hast du *mir* diese Geschichten eigentlich nie erzählt?«

»Ich weiß nicht«, sagte Mrs Ridgefield. »Wahrscheinlich hast du mich nicht darum gebeten.« Dann fuhr sie fort: »Einmal hat meine Mutter mich zu einer Auktion bei Sotheby's in New York mitgenommen. Sie wollte auf eine First-Folio-Ausgabe von Shakespeare bieten. Ich war damals noch ein kleines Mädchen und hatte schreckliche Angst, wenn ich auch nur die geringste Bewegung machte, würde das der Auktionator als Angebot auslegen. Also legte ich die Hände in den Schoß und saß vollkommen still. Die Folio-Ausgabe war aber erst das letzte Stück, das verkauft wurde. Ich musste also volle zwei Stunden wie ein Götzenbild dasitzen. Meine Mutter dachte wahrscheinlich, das wäre ein tolles Abenteuer für mich, aber ich hatte tagelang Muskelkater, weil ich mich so verkrampft hatte.«

»Und?«, fragte Amanda. »Hat sie das Buch bekommen?«

»Ja«, sagte Peter. »Ich habe erst vor einigen Tagen ein Zitat aus dem *Lear* darin nachgeschaut.«

»Wirklich?«, sagte Amanda. »Wie himmlisch.«

Eine Woche darauf lagen Peter und Amanda wieder auf dem Teppich im Devereaux-Saal, nachdem sie sich geliebt hatten.

Zum ersten Mal war es Peter weniger innig erschienen als sonst. Nicht, dass er nicht glücklich war, aber Amanda wirkte irgendwie abwesend. Jetzt lag sie auf dem Rücken, hatte die Finger sachte in seine geschlungen und starrte zur Decke.

»Stimmt was nicht?«, fragte Peter schließlich.

»Tut mir leid«, sagte Amanda.

»Es braucht dir nichts leidzutun, sag mir nur, was los ist.«

»Ach, es ist so dumm.«

Peter stützte sich auf einen Ellbogen, damit er Amanda ansehen konnte. »Es ist bestimmt nicht dumm«, sagte er.

»Ich glaube, ich bin eifersüchtig«, sagte Amanda.

»Eifersüchtig?«

»Ich habe mein ganzes Leben nach einem Weg gesucht, meiner Mutter näherzukommen«, sagte Amanda. »Ich meine, sie war diese glamouröse Dame der großen Gesellschaft, die ständig zu Wohltätigkeitsveranstaltungen in New York und Atlanta gefahren ist, und ich wollte doch bloß normal sein. Ich habe sie nicht verstanden, und sie hat mich nicht verstanden.« Amanda schwieg für einen Moment und Peter sah sie bestürzt an. »Und dann kommst du anmarschiert und ihr seid innerhalb von fünf Minuten die besten Kumpel.«

»Ich dachte, du willst, dass ich deinen Eltern gefalle«, sagte Peter verwirrt.

»Ja, stimmt«, sagte Amanda. »Aber ich habe nicht gedacht, dass dir das so leicht fällt, wo ich mich so habe anstrengen müssen.«

»Anstrengen?«, sagte Peter. Er setzte sich auf und wandte sich ab. »Du hast dich anstrengen müssen, um eine gute Beziehung zu deiner Mutter zu haben? Weißt du eigentlich, dass ich mit meiner eigenen Mutter gerade mal drei Sätze in den letzten zwei Jahren gesprochen habe? Und dabei war sie wahrscheinlich nicht einmal nüchtern genug, um einen davon zu verstehen.« Er spürte plötzlich eine unverständliche Wut auf dieses verwöhnte kleine Mädchen neben sich aufsteigen, das sich über seine Mutter beschwerte – obwohl seine Mutter die zauberhafte Sarah Ridgefield war und keineswegs irgendeine versoffene Schlampe.

»Das weiß ich doch, Peter«, sagte Amanda und legte ihm eine Hand auf den Rücken.

So schnell, wie sein Ärger gekommen war, war er auch wieder verflogen. Er wandte sich zu Amanda um und zog sie in seine Arme. »Es tut mir leid«, sagte er. »Es tut mir leid, dass du es so schwer mit deiner Mutter gehabt hast.«

»Ach, Peter, ich hab dich so lieb. Es braucht dir doch nicht leidzutun, dass ich so unsicher bin«, sagte Amanda. Eine Träne rollte sacht ihre Wange hinunter. Diesmal fasste sie mit ihrer ganzen Kraft nach seiner Hand. »Aber manchmal muss ich auch sagen dürfen, wenn mir etwas wehtut.«

Peter umschlang sie mit seinen Armen, und sie weinte an seiner Schulter. Es kam ihm wie Stunden vor, und dann musste er sie gleich noch einmal lieben, und diesmal war es ganz anders. Peter wusste jetzt, dass Amanda genauso wenig perfekt wie er selbst war. Er hatte gar nicht gemerkt, wie sehr er sie idealisiert hatte, und obwohl es herrlich war, mit der perfekten Frau Sex zu haben, war es noch schöner, eine reale Frau in den Armen zu halten, die auch ihre Schwächen hatte.

In den nächsten Monaten bemühte sich Peter sogar, Sarah Ridgefield und ihre Tochter näher zusammenzubringen. Er führte Amanda die wichtigsten Stücke der Devereaux-Sammlung vor, erklärte ihr, worum es beim Sammeln von seltenen Büchern ging, und gab sich stets große Mühe, Amanda in jedes Gespräch einzubeziehen, das er bei ihren Besuchen mit ihrer Mutter führte. Auch zu Amandas Vater entwickelte er eine passable Beziehung. Sie hatten zwar kaum gemeinsame Interessen – Charlie Ridgefield war nun mal Banker und Golfspieler –, aber über importiertes Bier und Sport konnte man schon mit ihm reden. Peter hatte sich noch nie um Sport gekümmert, aber es fiel ihm nicht schwer, ein

Minimum an Kenntnissen zu entwickeln, und Basketball fand er sogar ganz interessant.

Peter verbrachte den größten Teil der Weihnachtsferien im Hause der Ridgefields. Er hatte eine wenig glaubwürdige Geschichte erfunden, warum er nicht seine Eltern besuchte – angeblich waren sie ans Krankenbett seiner Tante in Norfolk geeilt –, und durfte in einem Gästezimmer im ersten Stock schlafen. Sein Zimmer war weit von dem Amandas entfernt, aber das hinderte die Tochter des Hauses nicht, ein paar Mal heimlich in sein Bett zu kriechen.

Am Weihnachtsmorgen saßen sie zum Frühstück vor dem drei Meter hohen Weihnachtsbaum, den Peter mit aufgestellt und geschmückt hatte, und aßen Eggs Benedict, die Sarah Ridgefield persönlich servierte.

»Sicher vermisst du deine Familie«, sagte sie zu Peter, und er wusste nicht recht, was er antworten sollte. Er konnte schlecht zugeben, dass er sie kein bisschen vermisste. Weihnachten war immer der deprimierendste Tag des Jahres bei ihm zu Hause gewesen – kaum je ein Weihnachtsbaum, fast keine Geschenke und keine Liebe. Konnte er zu Sarah Ridgefield sagen, dass er sich bei ihr so fühlte, als wäre er bei seiner eigentlichen Familie? Und so griff er zu einer Notlüge.

»Ja, ich vermisse sie. Ich werde später mal anrufen und sehen, wie es zu Weihnachten bei ihnen war.«

»Nimm dir noch Bacon«, sagte Amandas Vater, und brennend vor Schuldgefühlen häufte sich Peter eine weitere Portion auf den Teller.

Am Neujahrsmorgen schlüpfte Amanda in Peters Bett und fragte, wann sie denn seine Eltern kennenlernen würde. Er versuchte sich vorzustellen, wie sie in der Küche des klapprigen Pappmaschee-Hauses, wo er seine Kindheit verbracht hatte, beim Abendessen saß. Sie würde das sicher mühelos überstehen. Das Schlimme war nur, dass seine Eltern auch da sein würden.

Eines Februartages fand er Professor Leland und Hank Christensen zusammen im Devereaux-Saal.

»Schon gehört?«, fragte Hank und tippte auf die Zeitung, die vor ihnen lag. »Sie haben Mark Hofmann verhaftet.«

»Den Mann, der den *Oath of a Freeman* gefunden hat?«

»Ja, wahrscheinlich hat er ihn mehr *gefälscht*«, sagte Leland.

»Er ist wegen Mord und Betrug festgenommen worden«, sagte Hank.

»Sieht so aus, als ob viele der Dokumente gefälscht waren, die er verkauft hat«, sagte Leland. »Der Mann war ein brillanter Fälscher. Aber als einige seiner Kunden misstrauisch wurden, hat er ihnen Rohrbomben geschickt, wirklich unglaublich.«

Die Geschichte gefiel Peter gar nicht. Er war wie gelähmt. Die Entdeckung des *Oath of a Freeman* war für ihn der Beweis gewesen, dass es immer noch Schätze in der Welt zu finden gab. Dass einer dieser Schätze jetzt als Fälschung entlarvt worden war, versetzte seinem Traum, selbst einmal den Heiligen Gral zu finden, einen empfindlichen Stoß.

»Du hast wahrscheinlich auch nicht gedacht, dass die Welt der Bücher so gefährlich sein kann, was?« Hank grinste ironisch.

»Nun ja«, sagte Leland. »Fälschungen sind Lügen, und wenn man zu viele davon erzählt, dann kann man am Ende in einer Grube landen, aus der man sich nur noch mit Mord befreien kann. Denkt man.«

An diesem Abend waren Amanda und Peter bei Amandas Eltern zum Dinner. Peter war betroffen von Professor Lelands Worten, und nachdem er während des gesamten Essens in größter Panik an seiner Serviette gedreht hatte, legte er beim Nachtisch plötzlich seine Hand auf den Arm von Amandas Mutter und sagte: »Ich muss ein Geständnis ablegen, ich habe Ihnen nicht die Wahrheit über meine Eltern gesagt.« Und dann brach alles aus ihm heraus: die Trunksucht seiner Eltern, die Art und Weise, wie sie ihn vernachlässigt hatten, und die Lügen, die er sich ausgedacht hatte, um Weihnachten bei den Ridgefields sein zu können.

»Denn eigentlich seid ihr jetzt meine Familie«, schluchzte er schließlich, als er spürte, wie seine Stimme brach und Tränen in seinen Augen standen. Und die Ridgefields reagierten genau so, wie gute Eltern das tun. Amandas Mutter nahm ihn in den Arm und sagte, es würde bestimmt alles gut werden, und Amandas Vater gab ihm einen Klaps auf den Rücken und sagte: »Komm, lass uns mal ins Wohnzimmer gehen und sehen, wie die Dukes spielen!«

In den Wochen nach Hofmanns Verhaftung in Salt Lake City kamen immer weitere Einzelheiten über seine Karriere als Fälscher heraus. Jedes Dokument, das er je verkauft hatte, stand jetzt unter Verdacht. Sogar einige Stücke aus der Frühgeschichte der Mormonen, die den Glauben dieser Sekte wesentlich mitgeprägt hatten. Peter verfolgte die Geschichte mit wachsender Faszination. Es war ein abscheuliches Verbrechen, aber die Raffinesse, mit der Hofmann zu Werke gegangen war, nötigte einem auch eine gewisse Bewunderung ab. Er hatte die besten Experten des Landes getäuscht.

Im Falle des *Oath of a Freeman* hatte er zuerst einen falschen Herkunftsnachweis beschafft. Dazu hatte er im Argosy Bookstore in New York einen Einblattdruck mit einem Kirchenlied versteckt, das er handschriftlich mit dem Titel ›Oath of a Freeman‹ versehen hatte. Dann war er in das riesige, mehrstöckige Antiquariat zurückgekehrt und hatte das Blatt gekauft. Auf diese Weise verschaffte er sich die Quittung eines anerkannten Händlers.

Dann machte er sich daran, den eigentlichen Druck herzustellen. Das Papier aus dem 17. Jahrhundert beschaffte er sich aus einem alten Buch, indem er eine leere Seite heraustrennte. Er selbst schrieb dann den Text, wobei er die zeitgenössische Schrift geschickt imitierte. Das Ergebnis ließ er in Zink gießen und erhielt auf diese Weise eine geeignete Druckplatte. Um die Druckerschwärze herzustellen, beschaffte er sich eine Rezeptur aus dem 17. Jahrhundert und mischte die entsprechende Farbe zusammen. Um auch wirklich alle Tests einschließlich der Radio-Karbon-Methode zu bestehen, fügte er der Farbe am Schluss noch etwas Ruß hinzu, den er durch das Verbrennen von Papier aus dem 17. Jahrhundert in einem Glaskolben gewonnen hatte.

Es war eine fantastische Arbeit, das musste Peter zugeben, und eine Menge Leute ließen sich täuschen. Entlarvt worden war die Fälschung schließlich mit einer neuen Methode, bei der die Ionenwanderung in der Druckfarbe analysiert wurde. Trotzdem war Hofmann fast die perfekte Fälschung gelungen, und Peter fragte sich, wie viele Fälschungen sich womöglich auch in der Devereaux-Sammlung befanden, die so gut waren, dass sie niemals entdeckt worden waren.

Es war die vielleicht stillste Nacht im ganzen Jahr. Am Sonntag zuvor hatten die Examensfeiern stattgefunden, und die Sommerschule würde erst in einer Woche anfangen.

»Ich habe ein Examensgeschenk für dich«, sagte Amanda.

»Ich hab gerade erst das dritte Jahr hinter mir«, sagte Peter. »Bis zum Examen ist es noch weit.«

»Na ja, es ist ein Geschenk, und es kommt direkt nach der Examensfeier, wie soll ich es sonst nennen.«

»Was ist es denn?«, fragte Peter.

»Es steckt in meiner Hosentasche«, sagte Amanda.

»Aber deine Hose liegt doch auf der anderen Seite des Saals!«

»Ach, und wessen Schuld ist das?«, sagte Amanda und kitzelte Peters nackte Rippen.

»Okay, okay, ich geh ja schon«, sagte Peter und krabbelte

quer durch den Devereaux-Saal zum Eingang, wo er Amanda die Hose abgestreift hatte, kaum dass sie eingetreten waren und die Tür verriegelt hatten. Die Abschlussexamen und die Feierlichkeiten des Graduation Day hatten sie zwei Wochen lang gehindert, sich im Devereaux-Saal zu treffen, und sie waren regelrecht ausgehungert gewesen. »Da ist nichts außer deinen Autoschlüsseln«, sagte Peter.

»Das sind *deine* Autoschlüssel.«

»Wie sollen das meine Schlüssel sein? Ich habe doch gar kein Auto.«

»Doch, hast du. Es ist dein Noch-nicht-Examens-Geschenk«, sagte Amanda.

»Du hast mir ein Auto gekauft?« Peter war in seinen ersten drei Jahren am College immer zu Fuß gegangen. Wenn er tatsächlich mal nach Hause fuhr, hatte er nach einer Mitfahrgelegenheit gesucht.

»Na ja, es ist nicht gerade ein Porsche. Es ist ein sechs Jahre alter Volvo-Kombi, aber ich dachte, damit könntest du deine Bücher befördern. Du hast doch gesagt, du wolltest im Sommer die Antiquariate und Flohmärkte von Virginia abklappern. Das kannst du jetzt.«

Peter krabbelte wieder zu Amanda zurück. In der einen Hand hatte er ihre Hose, in der anderen die Autoschlüssel. Trotzdem hätte ihre Nacktheit ihn beinahe auch diesmal wieder von der Frage abgelenkt, die ihn schon lange beschäftigte. Er hatte sich zwar immer wieder gesagt, dass es vollkommen gleichgültig war und dass ihre Liebe gar nichts damit zu tun hätte, aber jetzt war er doch neugierig. Mehr als neugierig.

»Du hast also Milliarden Dollar? Seh ich das richtig?«

»Nein, nicht direkt«, sagte sie und schloss ihn wieder in ihre Arme. »Es gibt einen Treuhandfonds, über den ich verfügen kann, wenn ich einundzwanzig bin, und ich kriege jeden Monat Geld von meinen Eltern. Gemessen an dem, was andere Studenten kriegen, ist es gewiss nicht so wenig, und ich brauche auch nicht so viel. Aber ich habe trotzdem eine ganze Weile sparen müssen für deinen Volvo.«

»Du bist ja so süß«, sagte er und küsste sie auf die Schulter. »Ich hab dir überhaupt nichts gekauft.«

»Ich dachte, du könntest mich ja mal mitnehmen, wenn du auf Bücherjagd gehst«, sagte Amanda und streichelte sein Schlüsselbein. Ihre Hand glitt tiefer und tiefer, aber Peter mochte das Thema noch nicht ganz fallenlassen.

»Dieser Treuhandfonds«, sagte er. »Bedeutet der, dass du irgendwann ... richtig reich sein wirst?«

»Soll das heißen, dass du mich verlässt, wenn ich bloß fünf Millionen habe?«, sagte Amanda und kitzelte ihn am Bauch.

»Nö, es ist bloß, ich weiß ja, dass du aus einer reichen Familie stammst und so weiter ...« Peters Stimme versickerte.

»Also, Peter, jetzt mal ganz im Ernst«, sagte Amanda, richtete sich auf und kreuzte die Arme über den Brüsten. »Du bist der einzige Typ, bei dem ich nie den Verdacht hatte, dass er bloß auf mein Geld scharf ist, und jetzt fragst du mich, ob ich reich bin?«

»Darum geht es gar nicht. Das Geld ist mir egal – ich meine, darum geht es nicht wirklich.«

»Nicht wirklich?«

»Es geht nur um meine beruflichen Pläne. Ich will ja Antiquar werden – und das ist kein Beruf, bei dem man schnell reich wird. Und ich möchte uns doch ernähren, aber du bist an Dinge gewöhnt ... ich möchte ja nicht, dass du das Gefühl hast, im Elend mit mir zu leben.«

»Wirst du für mich da sein?«, fragte Amanda.

»Immer«, flüsterte Peter.

»Dann ist es kein Elend.« Sie umarmte ihn fest und küsste ihn lange. »Du bist das Einzige, worauf ich nicht verzichten kann.«

»Außerdem«, fuhr sie fort, »wird es uns gut gehen. Besser als gut. Ich werde auch arbeiten – jedenfalls, bis wir Kinder haben.« Peter wurde schrecklich nervös. So nahe waren sie dem Thema Ehe und Familie noch nie gekommen. Peter glaubte zwar, dass Amanda heiraten wollte, aber er sparte immer noch auf den Ring, und deshalb hatte er sich nicht getraut, sie zu fragen. Dass sie Kinder mochte, wusste er, und er wünschte sich dringend, dort alles richtig zu machen, wo er glaubte, dass seine eigenen Eltern versagt hatten.

»So«, sagte Amanda und biss ihn sacht in die Brustwarze. »Jetzt lass uns über die Dinge reden, ohne die ich nicht leben kann.«

London, 1875

Die ersten Male waren Phillip Gardner und die junge Frau, die sich nur Isabel nannte, im Hyde Park und in den Kensington Gardens spazieren gegangen. Sie hatte ihm erzählt, wie sie in Begleitung ihrer früheren Gouvernante Miss Prickett nach Europa gekommen war, um die Grand Tour zu machen, dann aber von London so fasziniert war, dass sie gar nicht mehr woanders hinwollte. Sie hatte mit ihrer Gouvernante Miss Prickett eine Wohnung in Chelsea gemietet, ganz in der Nähe der Themse. Die Anstandsdame hatte darauf hingewiesen, dass es auch in Paris, Florenz, Rom, Wien und Berlin Museen, Theater und Kunst gebe, aber Isabel war nicht zu bewegen gewesen: London war ihre Stadt. Sie hatte die Rosettis kennengelernt, die ganz in ihrer Nähe am Cheyne Walk wohnten, und durch deren Vermittlung war sie immer weiter in den Künstler-, Dichter- und Schauspielerkreisen herumgereicht worden.

»Wissen Sie«, sagte Isabel, als sie an der Serpentine entlangschlenderten. »Vorgestern bin ich einfach zum Haus von Mr Leighton gegangen und habe bei ihm geklopft. Man hat mich ohne weiteres in sein Arbeitszimmer geführt, bloß weil ich eine Amerikanerin bin, die sich für Kunst interessiert.«

»Erstaunlich«, sagte Phillip, der festgestellt hatte, dass solche Ein-Wort-Antworten auf Isabels Erzählungen die beste Methode waren, um noch weitere Anekdoten aus ihr herauszulocken, die es ihm ersparten, von sich selbst zu erzählen. Außerdem lenkten sie ihn von seiner wachsenden Gier ab, sie zu besitzen. Von sich selbst wollte Phillip schon deshalb nicht reden, weil zu seiner Geschichte ja auch seine Ehe gehörte; und was seine Begierde anging, so hoffte er, dass sie irgendwann von ihrer Seite erwidert wurde. Auch Phillip war in Kensington im Arbeitszimmer von Leighton gewesen, um dem großen Maler seine Aufwartung zu machen. Leighton war nicht nur Mitglied der Royal Academy, sondern galt vielen schon als ihr künftiger Präsident, und so war es geraten, sich bei ihm vorzustellen, wenn man Mitglied in dieser vornehmen Körperschaft werden wollte. Leighton war sehr liebenswürdig gewesen, aber Phillips Mappe mit Aquarellen hatte ihn wenig beeindruckt.

»Letzte Woche habe ich Ellen Terry als Portia im *Kaufmann von Venedig* gesehen. Ich habe ihr meine Karte hinter die Bühne geschickt, und sie hat mich eingeladen, nach der Vorstellung in die Garderobe zu kommen. Wir haben zwanzig Minuten geplaudert – über Shakespeare und Shylock und Henry Irving. Volle zwanzig Minuten, während sämtliche Honoratioren auf sie gewartet haben. Können Sie sich das vorstellen? Dabei wusste sie nicht mal, wer ich überhaupt bin.«

»Und wer sind Sie?«, fragte Phillip, der nur allzu gern gewusst hätte, wen er eigentlich vor sich hatte. Denn Isabel war eigenartig verschwiegen, wenn es um ihr Leben jenseits des Atlantiks ging. Immer wenn Phillip nach ihren Eltern und ihrer Familie fragte, wechselte sie das Thema und redete über Lyrik oder Bildhauerei oder zeigte auf irgendeine Aussicht, die gar nicht sonderlich spektakulär war. Sie muss aus einer reichen Familie stammen, dachte Phillip, sonst hätte man sie ja nicht auf eine Europareise geschickt, und sie muss auch studiert haben, sonst könnte sie ja nicht so geläufig über Kunst und Literatur reden. Aber außer diesen recht oberflächlichen Beobachtungen vermochte er über ihre Vergangenheit nichts zu ermitteln.

»Ich bin eine junge Frau, die vom vielen Spazierengehen erschöpft ist, mein Herr«, sagte Isabel. »Wollen wir nicht nach Chelsea fahren?« Phillip stoppte direkt außerhalb des Parks eine Droschke, und alsbald ratterten sie die Sloane

Street hinunter in Richtung ihrer Wohnung am Wellington Square. Im Hyde Park, wo stets ein frischer Wind wehte, war ihr Parfüm ihm kaum aufgefallen, aber jetzt, in der geschlossenen Droschke, überwältigte ihn der Duft geradezu. Als der Kutscher in die King's Road einbog, geriet Isabel für einen kurzen Moment aus dem Gleichgewicht, und Phillip glaubte, er müsste vor Entzücken ohnmächtig werden, als ihr weicher Körper an seinen geworfen wurde und ihr betörender Duft ihn umfing.

Als sie auf dem stillen Wellington Square standen, sagte Phillip dem Kutscher, er solle warten, während er Isabel bis an die Tür brachte. Dass der Kutscher ihm aufdringlich zuzwinkerte, als er das sagte, gefiel ihm gar nicht.

»Miss Prickett findet es ziemlich unpassend, dass ich allein in den Park gehe«, sagte Isabel, als sie hinter den schwarz lackierten Eisenspitzen des Staketenzauns auf den Stufen des eleganten weißen Stadthauses standen.

»Aber Sie waren doch gar nicht allein«, sagte Phillip.

»Das würde sie erst recht missbilligen«, sagte Isabel und nickte leicht in Richtung eines Erkerfensters, dessen Vorhänge einen Spalt offen standen. »Wahrscheinlich beobachtet sie uns sogar jetzt. Und nur der Himmel weiß, was sie in ihren Berichten an meine Mutter schreibt.«

»Unsere Beziehung mag etwas unkonventionell sein, aber doch vollkommen unschuldig«, sagte Phillip, der sich dringend wünschte, dass es ganz anders wäre.

Isabel beugte sich vor, als hätte sie in dem kleinen, umzäunten Park in der Mitte des Platzes etwas Interessantes entdeckt. Sie starrte aufmerksam in die Büsche, aber ihr Kopf hatte sich Phillips Ohren genähert, und jetzt wisperte sie: »Nächsten Donnerstag hat Miss Prickett ihren freien Tag. Sie besucht eine entfernte Cousine in Brixton. Wahrscheinlich werde ich zu müde sein, um auszugehen. Vielleicht mögen Sie mich ja besuchen?«

Noch ehe Phillip darauf etwas sagen konnte, hatte sich Isabel umgedreht und war die Stufen hinaufgeschwebt. Sie stieß die schwere Tür auf und war im Inneren des Hauses verschwunden. Die Bedeutung ihrer geflüsterten Worte traf ihn wie ein Blitz, und die Reaktion, die darauf erfolgte, war so stark, dass Phillip nur noch zurück in die Droschke stolpern und dem Kutscher mit erstickter Stimme Anweisung geben konnte, ihn sofort nach Covent Garden zu bringen, wo er hoffen konnte, sich Erleichterung zu verschaffen.

Cornwall, Dienstag, 21. Februar 1995

Peter überquerte den nassen Rasen und drückte die Klinke des Cottage herunter. Zu seiner Überraschung ließ die Tür sich ohne weiteres öffnen. Das Feuer war endgültig erloschen, und das Wohnzimmer war jetzt fast so kalt wie die Scheune. Peter blieb einen Augenblick reglos stehen und lauschte.

»Mr Sykes?«, rief er leise und wiederholte den Namen dann noch einmal lauter, aber es kam keine Antwort. Entweder schlief Sykes oder er war ins Dorf gegangen. Links neben dem Kamin war ein Durchgang, der nicht mit einer Tür, sondern mit einem blassblauen Vorhang voller Farbspritzer abgetrennt war. Peter schob ihn beiseite und betrat einen Raum, der wohl das Arbeitszimmer von Sykes war.

Die eine Wand war mit rohen Bücherregalen aus Fichtenholz vollgestellt, an der anderen hingen viktorianische Aquarelle und Drucke – größtenteils Landschaften, aber gelegentlich auch ein Porträt oder ein religiöses Motiv. Gegenüber stand ein großer Bauerntisch, der offenbar als Schreibtisch diente. Links und rechts auf dem Tisch sah er Drucker und Scanner. Überall lag Papier herum. Ganze Stapel davon auf dem Boden, aber auch der Schreibtisch, das Fensterbrett und einige Regale waren mit losen Blättern bedeckt. Einen Moment lang dachte Peter, dass Sykes offenbar ein viel weniger methodischer Gelehrter war, als er gedacht hatte, aber dann fiel ihm auf, dass auch sämtliche Bilder an der Wand schief hingen. Und plötzlich wusste er, dass etwas nicht stimmte.

Sein Magen drehte sich um und kalter Schweiß trat auf seine Stirn. Es waren Bücher aus den Regalen gezogen worden und lagen mit gebrochenem Rücken am Boden. Die Schubladen eines Aktenschranks neben dem Schreibtisch waren herausgezerrt worden, und jetzt sah Peter auch die zwischen den Papieren verstreuten Mappen, deren Inhalt wahllos verstreut worden war. Die Schreibtischlampe war umgekippt, die Birne zerschmettert. Das Arbeitszimmer von Graham Sykes war von Fremden verwüstet worden, und angesichts der Teepfütze, die auf dem Schreibtisch stand und auf die Dielen herabtropfte, war klar, dass dies erst vor kurzem geschehen war.

Es würde jetzt nicht mehr so einfach sein, das Manuskript des Buches über B.B. zu finden. Selbst wenn der oder die Täter das Manuskript zurückgelassen hatten, würde es Stunden dauern, das Durcheinander hier wieder halbwegs in Ordnung zu bringen. Peter wischte sich mit dem Ärmel den Schweiß von der Stirn, und dann entdeckte er noch etwas: Irgendjemand hatte den Computer gestohlen.

Peter war sich ganz sicher, dass der oder die Eindringlinge genau dasselbe wie er bei Sykes gesucht hatten. Alle Hinweise darauf, ob B.B. ein Fälscher gewesen war oder nicht, waren vermutlich verschwunden. Dafür hatten Thomas Gardner, Julia Alderson oder ein Dritter, dessen Identität er noch ermitteln musste, gesorgt. Was zugleich bedeutete, dass der *Pandosto* wahrscheinlich nicht echt war. Warum hätte man die Spuren von B.B. sonst so gründlich verwischen sollen?

Zwischen den Bücherregalen gab es noch einen weiteren, mit einem groben Vorhang abgetrennten Durchgang – wahrscheinlich zur Küche. Obwohl er mit Sicherheit keinen Hunger hatte, ging Peter hindurch. Er brauchte dringend ein Glas Wasser und ein Beruhigungsmittel. Er schob den Vorhang beiseite und betrat eine winzige Küche, in der kaum Platz für den Herd und die Spüle zu sein schien. Ein einzelnes, tief in die dicken Feldsteinmauern eingelassenes Fenster ließ gerade genug von dem grauen Morgenlicht herein, dass Peter den massigen Körper erkannte, der auf dem Boden lag.

Zuerst begriff er überhaupt nichts. Er dachte nur, dass es schrecklich unbequem für den alten Mann sein musste, auf den nackten Steinen zu schlafen, noch dazu auf dem hinter den Rücken gedrehten Arm. Erst als sich seine Augen an das schwache Licht gewöhnt hatten, packte ihn das Bild mit seinem ganzen Schrecken. Die Haut des Mannes war aschfahl, seine Augen starr geöffnet und eine dunkle Blutlache breitete sich über den Küchenboden aus. Ein brutaler, weit klaffender Schnitt zog sich quer über die Kehle des Toten. Als er sich über die Spüle beugte, um sich zu erbrechen, sah er ein langes, schmales Tranchiermesser mit blutbesudeltem, elfenbeinfarbenem Griff.

Peter würgte heftig, aber das brachte nur einen gallebitteren Geschmack in seinen Mund. Er hatte schließlich seit fast vierundzwanzig Stunden nichts mehr gegessen. Er zerrte einen kleinen Umschlag aus seiner Brieftasche, in dem er immer ein paar Ativan-Tabletten verwahrte. Er glaubte zwar nicht, dass er wirklich ruhiger werden würde, stopfte aber doch zwei davon in den Mund und zerkaute sie zu einem bitteren Pulver. Als er ins Arbeitszimmer zurückging, glitt sein Fuß auf dem Boden aus, und er sah, dass er jetzt eine Blutspur hinter sich herzog.

Er taumelte durch das Wohnzimmer und machte sich nicht die Mühe, die Haustür hinter sich zu schließen, als er in die nasse, kalte Morgenluft hinausstolperte. Einen Augenblick lehnte er sich an die Hausmauer und zog keuchend die Luft ein, um das Schwindelgefühl in seinem Kopf loszuwerden. Sobald er sich etwas besser fühlte, lief er strauchelnd über die nasse Wiese. Dann zog er die Autoschlüssel aus der Tasche. Er hatte schon den Motor angelassen und den Rückwärtsgang eingelegt, um den Vauxhall zu wenden und den bedrohlich steilen Abhang hinaufzufahren, der ihn gestern Abend so beunruhigt hatte, als ihm bewusst wurde, dass er seine Aktentasche in Sykes' Arbeitszimmer vergessen hatte.

Peter saß minutenlang bewegungslos hinter dem Steuer, während der Motor im Leerlauf brummte, und wartete darauf, dass die Beruhigungstabletten endlich zu wirken anfingen. Schließlich stellte er den Motor ab, ohne sich im Geringsten besser zu fühlen. Aber was immer die Folgen sein mochten – er musste jetzt den *Pandosto* zurückholen. Der Mörder war bestimmt schon über alle Berge, und die Polizei würde erst in ein paar Stunden auftauchen. Wer weiß, es konnte Tage dauern, bis irgendjemand die Leiche von Sykes fand. Peters Fingerabdrücke waren sowieso schon im ganzen Haus, seine Fußabdrücke im Garten und seine Reifenspuren im Schlamm des Hohlwegs, in dem der Vauxhall jetzt stand. Ein neuerlicher Besuch in Sykes' Haus würde den Ermittlern keine weiteren Hinweise mehr geben.

Peter stieg aus dem Wagen und trabte langsam zurück in das Cottage. Die Aktentasche stand noch genau da, wo er sie auf dem Boden des Arbeitszimmers hingestellt hatte. Als er sie aufhob, fiel sein Blick auf eine Visitenkarte, die auf dem Boden lag. Die linke obere Ecke war etwas verknickt, und der Name, der darauf stand, war sein eigener. Kein Zweifel, es war die Karte, die er John Alderson gegeben hatte. Das war dann wohl der Beweis, dass Julia Alderson in diesen Mord verstrickt war.

Sein erster Versuch, den Vauxhall den steilen Hohlweg hinaufzufahren, scheiterte kläglich. Er blieb auf halber Höhe stecken, die Räder drehten durch, und um nicht endgültig festzusitzen, musste er sich wieder zurückrollen lassen. Das zweite Mal brachte er den Motor auf Hochtouren, und der Schwung trug ihn weit über die Hälfte des Abhangs hinauf, während hinter ihm der Schlamm unter den Rädern wegspritzte. Endlich erreichte er festeren Boden, die Reifen fanden mehr Halt, und mit einem Satz gelangte er auf die befestigte Straße. Er war schon auf halbem Weg nach Exeter, als ihm plötzlich bewusst wurde, dass der Mörder wahrscheinlich gar nicht gefunden hatte, was er eigentlich suchte.

Thomas Gardner und Julia Alderson hatten den alten Mann für immer zum Schweigen gebracht, sie hatten seinen Computer gestohlen und das Arbeitszimmer verwüstet, aber das fertige Manuskript über den geheimnisvollen B.B. war ja längst unterwegs. Das hatte Sykes schon an seine Verlegerin geschickt, und wenn die beiden das wussten, dann war Liz in großer Gefahr.

Bei der nächsten Tankstelle fuhr er ab und hielt mit quietschenden Reifen vor einer Telefonzelle. Er musste Liz warnen, dachte er, während er aus dem Auto sprang.

Der Anrufbeantworter von Bloomsbury Art Publishers informierte ihn, dass die Geschäftszeiten des Verlages an Wochentagen zwischen neun Uhr morgens und vier Uhr nachmittags lagen. Auf Peters Uhr war es Viertel nach zehn. Er wählte noch einmal, aber die Meldung war wieder die gleiche. Der private Anschluss von Liz hatte nicht einmal einen Anrufbeantworter. Das Telefon klingelte einfach bloß immer weiter.

Konnten es die Mörder schon bis nach London geschafft haben? Peter hatte angenommen, dass er heute Morgen das Türenschlagen gehört hatte, als die Täter das Cottage verließen, aber was war, wenn Sykes schon mitten in der Nacht getötet worden war und die Mörder sofort nach London gefahren waren, um dort nach dem Manuskript über B.B. zu suchen? Hätte nicht jemand das Telefon abnehmen müssen, wenn in London alles in Ordnung war?

Sollte er die Polizei informieren? Wenn er das täte, würde er erklären müssen, warum Liz in so großer Gefahr war, aber ohne sich selbst als Hauptverdächtigen in dem Mord an Skyes zu erkennen zu geben. Panik stieg in ihm auf. Er hängte hastig den Hörer ein und sprintete über den Parkplatz zu seinem Wagen. Zwei Minuten später fegte er mit achtzig Meilen pro Stunde über die Autobahn.

Er hatte immer wieder über die Ereignisse der letzten Nacht und des Morgens nachgedacht und war jedes Mal zu dem gleichen Ergebnis gekommen – er selbst war am Tod von Graham Sykes schuld. Der Mord musste damit zu tun haben, dass irgendwelche Dinge über B.B. verdeckt werden sollten.

Julia Alderson und Thomas Gardner hatten ihm nur eine Woche Zeit gelassen, den *Pandosto* zu prüfen, weil sie glaubten, dass diese Zeit nicht ausreichen würde, um ihn als Fälschung zu entlarven. Und dann hatten sie Graham Sykes umgebracht, weil sie fürchteten, der könnte ihn warnen. Sie wussten, dass Peter das Papier und die Tinte untersuchen lassen würde, doch sie verließen sich darauf, dass B.B. ein Meisterfälscher war und dass sein Werk den ersten Untersuchungen standhalten würde. Aber sie hatten nicht damit gerechnet, dass Peter die Bücher entdecken würde, die den Beweis enthielten, dass B.B. den Fälscher John Payne Collier gekannt hatte. Und noch weniger hatten sie damit gerechnet, dass Peter von dem Buch über B.B. erfahren würde, in dem Graham Sykes den Fälscher bloßstellen würde. Dass Sykes über B.B. schreiben würde, hatten sie wahrscheinlich gewusst, denn der alte Mann war ja in Evenlode Manor gewesen. Peter vermutete, dass die Nachforschungen von Sykes die Besitzer des *Pandosto* in Panik versetzt hatten, weil sie wussten, dass sie das Buch verkaufen mussten, ehe Sykes seine Enthüllungen an die Öffentlichkeit brachte.

Und dann tauchte dieser amerikanische Antiquar auf und verschaffte ihnen die ideale Gelegenheit! Julia überredete ihren Bruder, ein paar Bücher aus der Bibliothek zu verkaufen, Peter besuchte Evenlode Manor und das gab ihr die Möglichkeit, dem Amerikaner den *Pandosto* zuzuspielen. Seither mussten sie und Thomas ihn ständig beobachtet haben. Und als er nach Cornwall fuhr, um sich mit Graham Sykes zu treffen, gab es nur noch ein Mittel, um die Enthüllung der Fälschungen zu verhindern – Sykes musste ermordet werden.

Plötzlich wurde Peter klar, dass seine Visitenkarte nicht zufällig in Sykes' Arbeitszimmer gelegen hatte. Er hatte nicht nur unfreiwillig Fingerabdrücke und Fußspuren am Tatort hinterlassen, man hatte sogar einen deutlichen Fingerzeig auf ihn geben wollen, falls die Polizei nicht gleich wissen sollte, wem die Fingerabdrücke gehörten.

Wenn Peter nicht nach Cornwall gekommen wäre, wäre Graham Sykes jetzt wahrscheinlich noch am Leben und läge schnarchend im Bett – dabei hatte Peter ihn doch beschützen sollen, statt ihn zu gefährden. Bei der Vorstellung, dass der weiße Hals von Liz Sutcliffe von einem scharfen Messer aufgeschlitzt werden könnte, überlief es Peter heiß und kalt. Er war überrascht, welches tiefe Bedürfnis er hatte, sie zu beschützen, und wie wütend er bei dem Gedanken wurde, jemand könnte ihr wehtun. Aber diese Wut tat ihm gut; sie vertrieb das Schwindelgefühl, und was blieb, war die Überzeugung, trotz seiner Angst das Richtige zu tun.

Während er nach London fuhr, hoffte Peter inständig, dass Amanda auf dem Beifahrersitz auftauchen und ihm sagen würde, was er jetzt tun solle. Wenn sie erschienen wäre, hätte ihn das beruhigt. Sie hätte ihm sagen können, dass alles gut werden und die Polizei die wahren Mörder bald fassen würde. Aber Amanda schien weiter weg denn je, und in ihrer Abwesenheit lief immer derselbe Hitchcock-Film vor seinem inneren Auge ab: Der Unschuldige wird verurteilt, die schwere Eisentür schlägt hinter ihm zu, der Galgen wird aufgerichtet. Gewiss, im Film wurde der Mann immer in letzter Minute gerettet und die Todesstrafe war abgeschafft – zumindest in England, aber eine lebenslange Freiheitsstrafe war auch keine verlockende Aussicht.

Als er das zehnte Mal nach links blickte, merkte er zu seiner Überraschung, dass er eine gänzlich andere Begleitung neben sich hatte. Auf dem Beifahrersitz saß Liz Sutcliffe und drehte Spaghetti auf ihrer Gabel.

»Mit überhöhter Geschwindigkeit über die Autobahn zu rasen, ist möglicherweise gar keine gute Idee für jemanden, der wegen Mordes gesucht wird«, sagte sie.

»Meinst du?«, sagte Peter. »Ich dachte, es wäre wichtig, dass ich recht schnell zu dir komme.«

»Denkst du, ich kann nicht selber auf mich aufpassen?«

»Ich glaube nicht, dass du einen Mörder erwartest.«

»Dich zu treffen, hab ich ja auch nicht erwartet, aber ich bin doch ganz gut mit dir fertig geworden.«

»Aber warum gehst du dann nicht ans Telefon?«, fragte Peter. Als keine Antwort kam, drehte er sich zur Seite, aber der Beifahrersitz war wieder leer. Das nächste Schild sagte, dass es noch hundert Meilen bis London waren. Er trat aufs Gaspedal und brachte den Wagen auf fünfundachtzig.

Ridgefield, 1986

Nach seinem dritten Jahr verbrachte Peter den Großteil des Sommers in dem Volvo, den ihm Amanda geschenkt hatte. Der Rücksitz war böse zerkratzt und manchmal ließ sich die Handbremse nicht lösen, aber das alles war Peter egal. Für ihn zählte nur zweierlei: Der Volvo machte ihn unabhängig – und er war ein Geschenk von Amanda. Peter konnte die Tür nicht aufschließen, den Zündschlüssel umdrehen oder die Gänge einlegen, ohne an sie zu denken.

In diesem Jahr machte er zahlreiche Einkaufsreisen mit seinem Wagen, angefangen mit Tagesausflügen nach Raleigh und nach Charlotte. Dann kam ein Wochenende in Atlanta, und schließlich plante er einen Drei-Wochen-Trip nach Neuengland.

»Drei Wochen?«, sagte Amanda, als sie bei den Ridgefields am Swimmingpool lagen.

»Na ja, dafür hast du mir den Wagen doch geschenkt, oder? Und den Job hast du dir gesucht.«

Amanda arbeitete inzwischen dreimal wöchentlich in einer Galerie in Raleigh.

»Ich weiß, aber ich werde dich sehr vermissen.«

»Ich werde dich auch vermissen.«

»Ach was! Du wirst bloß dein Bett vermissen.« Peter hatte zugegeben, dass er plante, hinten im Auto zu schlafen, um Geld zu sparen. Amandas Vater hatte zwar angeboten, Peters Geschäftsreise mit einer Investition zu unterstützen, aber davon hatte Peter nichts hören wollen.

»Das Bett und das Mädchen, das drin liegt«, sagte Peter und grinste.

»Ja, ist mir schon aufgefallen, dass du diesen Sommer nicht

mehr so oft in deinem Apartment gewesen bist.« Amandas Eltern hatten Peter gern um sich und schienen nicht zu bemerken, dass Amanda inzwischen jede Nacht im Gästezimmer bei ihm war.

»Willst du, dass ich wieder zurückgehe?«, fragte Peter besorgt.

»Nein, ich will, dass du genau da bleibst, wo du bist.«

»Ich bin ja bald wieder zurück.«

»Ja«, sagte Amanda und tat so, als ob sie schmollte. »In drei Wochen.«

»Na ja, wir können ja heute Abend noch mal richtig Spaß haben«, sagte Peter. »Wenn wir uns verabschieden.«

»Du kannst Spaß haben.« Amanda warf Peter ihr Handtuch über den Kopf. »Ich gehe schwimmen.«

Peter zerrte das Handtuch weg und sah gerade noch, wie Amandas schlanker Körper fast ohne zu spritzen ins Wasser tauchte. Er wünschte sich, er hätte genug Talent, um sie zu malen. Und ihre Schönheit einzufangen.

Sie hatten tatsächlich Spaß in der Nacht, aber Amanda weigerte sich, ihm auf Wiedersehen zu sagen.

Auf seinem Weg nach Norden fand Peter praktisch in jeder kleinen Stadt ein Antiquariat. Er fuhr durch Pennsylvania und New York und verbrachte fünf Tage in Connecticut und Rhode Island, ehe er aufs Cap Cod hinausfuhr. Er stieß bis nach Boston vor, und auf dem Rückweg parkte er sein Auto einen Tag in Hoboken, als er mit dem Zug nach Manhattan hineinfuhr. Sein Platz auf der Ladefläche des Volvo wurde von Tag zu Tag kleiner, weil die Zahl der Bücherkartons sich beständig vermehrte.

Auf andere Bibliophile schien seine Menschenscheu sich nicht zu erstrecken, und zu den schönsten Erlebnissen in diesem Sommer gehörten die Gespräche mit Buchhändlern. Peter hatte das Gefühl, zu einer großen Bruderschaft zu gehören – nicht zu den bierseligen, lauten Verbindungsstudenten in Ridgefield, für die er sich nie interessiert hatte, sondern zu einer Bruderschaft von Männern und Frauen, die ein und dieselbe Leidenschaft teilten.

Peter hatte das Geld von seinen Überstunden gespart, und wenn er auch von Charlie Ridgefield kein Geld genommen hatte, war er doch sehr glücklich, als Francis Leland und Hank ein paar hundert Dollar in sein kleines Unternehmen investiert hatten. Als ihm Amanda das Gleiche anbot, hatte er aber abgelehnt. »Du hast mir schon das Auto gekauft«, sagte er. »Das war schon ein großes Investment.« In einer Hinsicht allerdings ließ er zu, dass sie sich an den Kosten dieser Reise beteiligte: Wenn er sie anrief, dann immer per R-Gespräch.

Er teilte ihr alle seine Erlebnisse mit: günstige Entdeckungen in einem staubigen Winkel der Buchhandlung, reizende Städtchen, Buchhändler, die ihn herzlich begrüßt hatten. Amanda erzählte immer enthusiastisch von ihrer Arbeit in der Galerie, von den Künstlern und Sammlern, die sie kennenlernte. Aber meistens sprachen sie über nichts Bestimmtes, unterhielten sich, um die Stimme des Anderen zu hören, um zusammen zu sein. »Mutter sagt, sie vermisst dich«, sagte sie eines Abends, als Peter in einer Telefonzelle in Massachusetts stand. »Ist das nicht süß?«

»Sag ihr, dass ich sie auch vermisse«, erwiderte Peter. Und das stimmte. Er vermisste nicht nur Amanda, sondern die ganze Familie, deren Teil er geworden war, das wurde ihm täglich klarer. »Und deinem Vater kannst du erzählen, dass ich gestern am Fenway Park vorbeigefahren bin.«

»Hast du für mich denn auch eine Nachricht?«

»Ja«, sagte Peter. »Aber ich weiß nicht, ob AT&T solche Sachen über die Leitungen lässt.«

An dem Abend, als Amanda nicht beim ersten Klingeln den Hörer abhob, war Peter in Princeton. Und es war auch nicht ihre Stimme, die sich dann meldete.

»Peter? Bist du das?«

»Wer spricht da?«, fragte Peter.

»Cynthia«, sagte die Stimme. »Tut mir leid, dass es so lange gedauert hat. Ich kenn mich mit dem Schloss nicht so aus. Ach, Peter, es tut mir so leid. Es wird schon dunkel, und ich konnte den … gottverdammten Schlüssel nicht finden.« Peter hörte Tränen und Hysterie in Cynthias Stimme.

»Cynthia? Ist alles in Ordnung? Du hörst dich so aufgeregt an.«

»Es ist wegen Amanda. Du musst sofort kommen!«

Peter hatte das Gefühl, von einem Donnerschlag getroffen zu werden. Ein Knoten blockierte alle Organe, und er bekam keine Luft. »Was ist mit Amanda?«, keuchte er mühsam. Sie hatte sich schon die letzten Tage nicht wohl gefühlt, sie dachte, es wäre vielleicht eine Lebensmittelvergiftung. Irgendwelche Muscheln, die ihr nicht bekommen waren. Aber eigentlich war es schon vorbei. Gestern Abend waren es nur noch Krämpfe gewesen; sie erwartete ihre Periode, und das war manchmal recht schmerzhaft.

»Ist sie da?«, fragte Peter mit gepresster Stimme. Er wollte nicht auch noch hysterisch werden.

»Sie ist im Krankenhaus.« Peters Magen verknotete sich noch etwas fester.

»Gib mir die Nummer«, sagte er mühsam. »Ich möchte sie anrufen. Ich muss jetzt sofort mit ihr sprechen. Wie lautet die Nummer?«

»Du kannst nicht mit ihr sprechen«, sagte Cynthia. »Sie wird operiert.« Jetzt verlor Peter jede Sicherheit, und eine Panikattacke riss ihn von den Beinen. Er rutschte an der Wand der Telefonzelle herunter und hockte am Boden.

»Warum wird sie operiert?«, fragte er heiser.

»Ich glaube, sie hat einen Blinddarmdurchbruch«, sagte Cynthia. Es klang, als ob sie jetzt weinte. »Sie hat sich heute Morgen so mies gefühlt und da hat sie mich angerufen. Du weißt ja, dass ihre Eltern in Frankreich sind, und da musste ich sie zum Arzt fahren, und der hat gesagt … hat gesagt …«

»Langsam, hol erst mal Luft«, sagte Peter, der selbst kaum zu atmen vermochte. »Was hat der Arzt gesagt?«

»Er hat gesagt, es müsse wohl eine Entzündung sein«, sagte Cynthia. »Sie haben diese Tests und Ultraschall gemacht, und dann haben sie gesagt, sie hätte vielleicht einen Blinddarmdurchbruch, und sie wurde in dieses Krankenhaus in Raleigh gebracht, und jetzt wird sie operiert, und sie sagen mir nicht, was mit ihr los ist, weil ich nicht zur Familie gehöre.« Cynthia weinte jetzt stetig und gleichmäßig.

»So ein Quatsch, du bist doch ihre Freundin!«, rief Peter empört und war selbst überrascht, dass er so wütend war. »Was haben sie denn gesagt, ehe sie reinging?«

Er hörte, wie Cynthia tief Luft holte. »Sie haben gesagt, es könnte alles gut ausgehen. Es hängt davon ab, wie weit die Infektion sich ausgebreitet hat. Sie haben gesagt … sie haben gesagt, es gibt immer das Risiko … dass … dass …«

»Ich fahr sofort los!«, sagte Peter. Er wollte nicht hören, was sie beide dachten.

Obwohl er um sieben aufgestanden war und es jetzt fast zehn Uhr abends war, schluckte er eine Beruhigungstablette, stieg in den Wagen und fuhr nach Süden.

London, 1876

Phillip Gardner lag in den Armen seiner Geliebten. Das blasse Licht der Wintersonne spielte auf ihrer makellosen, noch etwas blasseren Haut. Miss Prickett hatte an ihrer entfernten Cousine Gefallen gefunden, und Isabel hatte sie überreden können, die kleine Reise nach Brixton jetzt jeden Donnerstag zu machen.

Es waren die schönsten drei Monate in Phillips Leben gewesen. Seine Frau hatte sich seit ihrer Hochzeit nur selten dazu herbeigelassen, sein Bett zu teilen, und blieb stets ziemlich teilnahmslos. Isabel war ganz anders. Sie stürzte sich mit einer Leidenschaft in die Liebe, die Phillip geradezu Angst machte. Mehr als einmal hatte er befürchtet, ihre Schreie könnten die Nachbarn aufschrecken und einen Polizisten an ihre Tür bringen; manchmal fürchtete er um ihre Gesundheit, wenn sie nach einem Höhepunkt der Hingabe schluchzend zusammenbrach. Wie eine solche zarte Person zu solcher Leidenschaft fähig war, blieb ihm ohnehin ein Mysterium. Und während er seine Finger in hemmungsloser Erregung tief in ihr weißes Fleisch krallte, bis er zum Höhepunkt kam, war er sich auch diesmal nicht sicher, ob sie vor Lust oder Schmerz schrie, als sie mit einem lauten Stöhnen auf ihm zusammensank.

Eine Stunde später erwachte er und sah Isabel an der Frisierkommode sitzen, wo sie die Bürste durch ihr hüftlanges Haar zog. Er liebte es, wenn ihr Haar von allen Spangen und Klammern befreit war, er freute sich daran, wie es ihr über die Brust fiel und die Spitzen mit jedem Bürstenstrich reizte. Auch wenn er viel zu erschöpft war, um sie noch einmal ins Bett zurückzulocken, sah er Isabel doch unendlich gern zu. Dort auf dem gepolsterten Hocker, halb abgewandt, so dass er nicht nur ihre Haare, ihre Hand und ihre Brüste, sondern auch ihre schneeweiße Schulter, die Taille, den Schwung ihrer Hüfte und sogar die Spalte in ihrem Gesäß sah, erschien sie ihm wie ein herrliches Kunstwerk, so vollkommen wie alles, was er aus der Royal Academy kannte. Er wünschte sich nur, sie so malen zu können, als Tribut an den Augenblick und an ihre Schönheit.

»Wann musst du gehen?«, fragte sie, als sie seinen Blick im Spiegel wahrnahm.

»Ich bleibe für immer«, sagte er. »Und wann musst du gehen?«

»Ich wohne hier«, sagte sie.

»Na ja, du bist doch nur zu Besuch«, sagte Phillip. Er setzte sich auf und schlug einen ernsthafteren Ton an. »Irgendwann werden deine Eltern erwarten, dass du von deiner Europareise zurückkommst.«

»Ich möchte lieber gar nicht darüber nachdenken«, sagte Isabel.

»Ich auch nicht«, gab Phillip zu. »Aber ich kann auch den Gedanken nicht ertragen, dass es immer das letzte Mal sein könnte, wenn wir zusammen sind.«

»Nun, das hier ist nicht das letzte Mal«, sagte sie und ihr Spiegelbild lächelte ihm zu. Zumindest dieses Versprechen hatte er ihr entlockt – er würde noch einmal bei ihr liegen. Er stand auf und zog seine Kleider an, während er weiter auf ihr Haar und ihre Brüste schaute und sie ihr Haar bürstete.

»Am besten nehme ich den Fünf-Uhr-Siebzehn von Paddington«, sagte er und beantwortete damit ihre ursprüngliche Frage. Er küsste sie sanft auf die nackte Schulter und umfing mit der Hand ihren Busen.

»Du findest doch allein hinaus?«, fragte sie.

»Ja, natürlich«, sagte er und ließ sie vor dem Spiegel zurück, während das letzte Licht des Tages auf ihrem Haar und ihrem Lächeln schimmerte.

London, Dienstag, 21. Februar 1995

Peter war noch nie mit dem eigenen Auto in den Straßen von London gefahren, und er hatte das Gefühl, dass er nicht ausgerechnet an diesem Tag damit anfangen sollte. Als er an der Autobahn einen Hinweis auf die Bahnstation Reading sah, beschloss er, lieber mit dem Zug nach Paddington weiterzufahren.

Er ließ den Vauxhall in einem mehrstöckigen Parkhaus und nahm die Aktentasche mit dem *Pandosto* mit.

Als er in der Schlange stand, um sein Ticket zu kaufen, hörte er plötzlich die Nachrichten aus einem Fernseher, der zur Unterhaltung der Wartenden über dem Schalter angebracht worden war. Ein kalter Schauer überlief ihn, als er hörte, was die Sprecherin sagte:

»In Cornwall entdeckte die Polizei heute Morgen die Leiche eines älteren Mannes, der in seinem abgelegenen Cottage auf brutale Weise umgebracht worden ist. Die Ermittlungen laufen noch, die örtliche Polizei hat für den Nachmittag eine Pressekonferenz angekündigt.«

Wie konnte das sein? Peter hatte das Haus von Sykes doch erst vor drei Stunden verlassen. Wenn der Mord jetzt schon in den Nachrichten auftauchte, war er der Polizei wohl wirklich nur mit knapper Not entkommen. Aber wieso war Sykes so schnell gefunden worden? Sein Haus lag zwei Meilen vom nächsten Dorf entfernt. Als Peter sein Ticket in Empfang nahm und sich dem Bahnsteig zuwandte, durchzuckte es ihn erneut. Die Polizei wusste über den Mord Bescheid, weil ihn Julia Alderson und Thomas Gardner selbst angezeigt hatten!

Ohne Zweifel hatten sie mit starkem Akzent bei der Polizei angerufen und gesagt: »Wir haben gestern einen verdächtigen Amerikaner mit einem beigen Vauxhall beim Cottage von Mr Sykes gesehen. Er hat gesagt, dass er sich bedroht fühlt. Schauen Sie lieber mal nach, ob dem alten Mann nichts passiert ist!« Anders war das nicht zu erklären.

Er sank auf seinen Sitz im Zug nach London und erwartete fast, dass die Zeitung, die der Mann ihm gegenüber aufschlug, bereits ein Foto von ihm zeigen würde. Wie viel hatten Alderson und Gardner der Polizei erzählt? Peter griff sich eine liegengebliebene Zeitung vom Nebensitz und versteckte sich dahinter. Die volle halbe Stunde, die der Zug nach Paddington brauchte, starrte er auf die Rugby-Ergebnisse der dritten Liga vom vergangenen Sonntag.

In Paddington mischte er sich so unauffällig wie möglich unter die Reisenden, die aus dem Bahnhof zur U-Bahn hinabströmten. Er war mittlerweile fest überzeugt, dass jeder Polizeibeamte in England ein Foto von ihm und den Befehl hatte, ihn unbedingt zu verhaften – koste es, was es wolle.

Als er an der relativ ruhigen Station Russell Square wieder aus dem Untergrund auftauchte, stand unmittelbar vor dem Ausgang ein Bobby mit Helm. Peter wandte hastig den Blick ab, und erst als der Beamte ihn unbehelligt passieren ließ, beruhigte er sich wieder ein wenig. Vielleicht war er ja doch noch ein paar Minuten lang sicher.

Das Büro von Bloomsbury Art Publishers war in einem schmalen Gebäude am Bury Place, direkt um die Ecke vom British Museum. Als er jetzt an der Fassade hochsah, entdeckte er an einem Fenster im dritten Stock die Initialen B.A.P. Das schien der einzige Hinweis auf das Büro von Liz Sutcliffe zu sein.

Peter stieß die Tür auf und gelangte in einen engen Hausflur, der zu einer schmalen, gewundenen Treppe führte. Daneben gab es auch einen Aufzug, aber dafür hatte Peter keine

Geduld. Er stürmte die Treppe hinauf. An der Tür des Verlagsbüros fand er einen mit Klebestreifen befestigten Zettel mit einer Notiz:

Am Dienstag, dem 21. Februar, bleibt das Büro der B.A.P. wegen eines Seminars der Independent Publishers Group geschlossen.

Das also war der Grund, warum Liz nicht ans Telefon gegangen war!

Erleichtert lehnte Peter sich an die Tür und stellte voller Überraschung fest, dass sie sich hinter ihm öffnete. Er stolperte nach hinten und wäre fast in den dunklen Flur gefallen. Sobald sich seine Augen an das Dämmerlicht gewöhnt hatten, verflog seine Erleichterung allerdings rasch. Überall waren Papiere verstreut, Stühle waren umgekippt und die Schubladen lagen wirr auf dem Boden. Das Büro war durchsucht worden. Er ging weiter, bis er an eine Tür mit dem Namen von Liz kam. Im Inneren ihres winzigen Büros sah es noch schlimmer aus. Hier waren kein Schubfach und kein Regal von der Verwüstung verschont geblieben. Es sah genauso schlimm aus wie im Arbeitszimmer von Graham Sykes.

Peter wusste, was die Einbrecher gesucht hatten: das Manuskript der Monografie über den rätselhaften B.B. Ob sie es gefunden hatten, wusste er allerdings nicht. Wenn sie es mitgenommen hatten, würde er die Wahrheit über B.B. wahrscheinlich niemals erfahren; wenn sie es allerdings nicht gefunden hatten, war Liz in höchster Gefahr. Er überlegte eine Sekunde, dann knipste er das Licht an und suchte nach Hinweisen. In dem Büro herrschte allerdings ein solches Chaos, dass er kaum hoffen konnte, das Manuskript schnell zu finden – und viel Zeit hatte er nicht.

Auf dem Fußboden, unmittelbar vor dem Fenster fand er allerdings etwas, was ihn zutiefst beunruhigte: einen großen Terminkalender. Und unter dem 21. Februar war dort eingetragen: »Zu Hause arbeiten; Bob & S. beim IPG-Seminar.«

Zu Hause arbeiten. Aber Liz hatte ihr Telefon nicht abgehoben. Die Übelkeit und die Schwindelgefühle waren mit einem Schlag wieder da. Wo wohnte Liz? Irgendwo in Hampstead. Er wühlte in den Papieren herum, in der Hoffnung, einen Hinweis auf die genaue Adresse zu finden. Er hatte gerade einen Umschlag mit einer Adresse in Hampstead gefunden, als er Polizeisirenen hörte, die sich rasch näherten und vor dem Haus stoppten.

Er stürzte zurück in den Eingangsbereich und sah ein kleines rotes Lämpchen, das gleichmäßig blinkte. Ein stiller Alarm, dachte er. Das bedeutete zweierlei: Thomas und Julia waren ihm wahrscheinlich kaum zehn Minuten voraus – und die Polizei würde im nächsten Augenblick hier sein.

Er sprang in den Flur und wollte schon die Treppe hinuntersprinten, als er Stimmen im unteren Flur hörte. Voller Verzweiflung drückte er auf den Knopf des Aufzugs, der sich zu seiner größten Überraschung direkt vor ihm öffnete. Er ließ sich hineinfallen und drückte den Knopf für das Kellergeschoss. Die Türen schlossen sich und dann fuhr die Kabine langsam nach unten.

Peter hielt den Atem an. Er hörte die schweren Schuhe der Polizisten die Treppe heraufkommen, dann glitt er – nur durch die Aufzugstüren von ihnen getrennt – an den beiden Beamten vorbei. Als er im Keller angekommen war, verließ er den Aufzug und lauschte. Er fuhr zusammen, als die Aufzugtüren sich mit einem Klicken hinter ihm schlossen, aber aus dem Erdgeschoss war nichts zu hören. Mit leisen Schritten ging er die Treppe hinauf und schlüpfte hinaus auf die Straße. Ein verlassener Streifenwagen stand quer auf dem Bürgersteig.

Peter ging langsam um die Ecke, und als er sie hinter sich

hatte, begann er zu rennen. Die New Oxford Street ging es hinunter zur Tottenham Court Road. Dort würde er die Northern Line erwischen, die direkt nach Hampstead fuhr.

Ridgefield, 1986

Peter saß zwei Tage lang praktisch ununterbrochen am Bett seiner Freundin und hielt ihre Hand, bis ihre Eltern aus Frankreich zurückkamen.

Die Ärzte hatten Amanda in ein künstliches Koma versetzt. »Damit sie ihre ganze Energie auf den Kampf gegen die Entzündung verwenden kann«, sagten sie. Aber das war alles an Informationen, was Peter und Cynthia erhielten. Selbst Peters Behauptung, er sei Amandas Verlobter, hatte nicht viel genutzt. Informationen über den Gesundheitszustand der Patienten durften nur an Familienmitglieder gegeben werden. Peter solle froh sein, dass er sich auch außerhalb der Besuchszeiten in Amandas Zimmer aufhalten dürfe. Seit er im Krankenhaus angekommen war, hatte er nur an Amanda gedacht, und diese Konzentration auf seine Liebe hatte ihn nicht nur von Hunger und Durst, sondern auch von sämtlichen Ängsten befreit. Er weigerte sich, an irgendwas anderes als an eine völlige Genesung Amandas von dem zu denken, was ihm die Ärzte nicht sagten.

»Die Patientin hatte eine Blinddarmentzündung. Der Appendix ist durchgebrochen und die Infektion hat die Bauchhöhle erfasst«, sagte Dr. Harris.

»Sie heißt Amanda«, sagte Peter. »Die Patientin hat einen Namen.« Harris war in den letzten zwei Tagen äußerst unhöflich und beinahe schroff gewesen. Seine jetzige Munterkeit genügte bei weitem nicht, um Peter versöhnlich zu stimmen. Er saß auf einem Sofa im Wartezimmer, und Amandas Mutter umklammerte seine Hand. Charlie Ridgefield stand neben ihr. Amandas Krankenzimmer hatte Peter nur deshalb verlassen, weil er hoffte, jetzt endlich die Prognose für seine Freundin zu hören. Harris hatte gesagt, es wäre besser, das nicht in Gegenwart der Patientin zu diskutieren, obwohl sie noch immer »fest schlafe«, wie er das ausdrückte.

»Natürlich«, sagte Harris und warf einen Blick auf das Krankenblatt. »Amanda. Wir haben den Blinddarm herausgenommen, aber die Infektion war schon weit fortgeschritten.«

»Wie konnte das passieren?«, fragte Peter. »So ein Appendix platzt doch nicht einfach.«

»Nach Angaben der jungen Frau, die sie hergebracht hat, hatte die Patientin schon seit einigen Tagen Symptome. Sie hat wohl geglaubt, sie hätte Menstruationsschmerzen.«

»Und wie geht es ihr jetzt?«, fragte Amandas Vater.

»Ihr Körper kämpft gegen die Infektion«, sagte Harris und fügte eilig hinzu: »Wir haben ihr starke Antibiotika gegeben und hoffen sehr, dass wir sie in ein, zwei Tagen aufwecken können. Wenn alles gut geht, werden wir sie trotzdem noch ungefähr eine Woche hierbehalten müssen, aber die Zahl der weißen Blutkörperchen scheint allmählich zu sinken. Die Patientin … Amanda ist sehr stark.«

»Was verheimlichen Sie uns?«, sagte Peter. Harris hatte die ganze Zeit in die Krankenakte gestarrt und kein einziges Mal Blickkontakt mit Amandas Eltern gehabt.

»Es war eine sehr massive Entzündung, Mr …«

»Byerly«, sagte Amandas Mutter. »Sein Name ist Peter Byerly.«

»Ja, Mr Byerly«, sagte Harris. »Wie ich schon gesagt habe, war es eine schwere Entzündung. Und in solchen Fällen kommt es häufig zu einer Ausweitung der Infektion auf die Eierstöcke und Eileiter.«

»Und ist das bei meiner Tochter der Fall?«, fragte Mr Ridgefield.

»Wir halten es für möglich«, sagte Harris. »Wir sind uns

noch nicht hundertprozentig sicher, aber es ist sehr wahrscheinlich, dass die Patientin … unfruchtbar sein wird.«

Peter sah, wie die ersten Tränen über das Gesicht von Amandas Mutter rannen, und nahm sie fest in den Arm.

Eine Stunde später verließ Peter das Krankenhaus zum ersten Mal nach zwei Tagen. Er hatte darauf bestanden, dass er derjenige sein wollte, der Amanda mit ihrer Prognose vertraut machte, und wollte das erst tun, wenn sie bereit dafür war. Die Ridgefields waren einverstanden.

Unter dem Briefschlitz in seiner Kellerwohnung fand Peter einen Haufen Post vor, aber das meiste war bloß Reklame. Trotzdem wühlte er den Haufen hastig durch, auf der Suche nach einem Schreiben von seiner Bank. Stattdessen fand er zunächst einmal etwas ganz anderes: eine Postkarte! Sie zeigte das Porträt von Amanda Devereaux, und auf der Rückseite stand:

Willkommen zu Hause, mein Liebling. Ich habe Dich so vermisst.
All meine Liebe, Amanda.
P.S. Großmutter hat Dich auch vermisst.

Plötzlich und völlig unvermittelt musste Peter daran denken, wie ihm Amanda im Devereaux-Saal unter dem Bild ihrer Großmutter ein Kondom übergestreift hatte und wie sie gelacht hatten, als es immer wieder missglückte. Dass solche Vorsichtsmaßnahmen in Zukunft nicht mehr nötig sein würden, erschien Peter plötzlich als unermesslicher Verlust, und zum ersten Mal seit seiner Rückkehr heulte er hemmungslos. Er lehnte sich an die geschlossene Tür und wühlte mit tränenblinden Augen weiter in seiner Post.

Schließlich fand er den Umschlag, den er gesucht hatte, vermochte ihn aber noch nicht zu öffnen. Er presste ihn an die Brust, starrte ins Leere und schluchzte. Er dachte daran, dass ihm Amanda schon immer gesagt hatte, Tränen könnten eine reinigende Wirkung haben. Der Verlust war zwar nicht geringer geworden, aber der bleierne Druck der Hoffnungslosigkeit, den er gespürt hatte, als Dr. Harris seine Prognose abgab, war etwas geringer geworden.

Er riss den Umschlag auf und las: »Ihr Antrag auf einen Kredit von $ 5000 wurde bewilligt.« Gut, dachte er, das sollte reichen.

Irgendwie war es merkwürdig, dass er sich Geld von den Ridgefields lieh, dachte er. Aber die Ridgefield Bank & Trust war schließlich eine ganz normale Aktiengesellschaft. Es war nicht so, als hätte er Sarah Ridgefield um ein persönliches Darlehen gebeten, außerdem war er zuversichtlich, dass er die Einkäufe, die hinten in den Bücherkisten in seinem Volvo lagen, innerhalb weniger Wochen mit Gewinn würde verkaufen können. Dann würde er den Erlös für weitere Geschäfte nutzen.

Nachdem er den Darlehensvertrag unterschrieben hatte, verließ er die Bank und war, kaum drei Stunden seit er aus dem Krankenhaus weggegangen war, wieder an Amandas Seite.

Am nächsten Tag wachte er auf, als Amandas Finger sacht in seiner Hand zuckten. Sie schlug die Augen auf, ihr Blick wurde fester und sie erkannte ihn. Sie lächelte und flüsterte zufrieden: »Ach, Peter!«

Kingham, 1876

Phillip und Isabel hatten eine Vereinbarung: Wenn sie außerhalb ihrer Donnerstagstreffen mit ihm Kontakt aufnehmen wollte, konnte sie ihm über seinen Buchhändler eine Nachricht zukommen lassen. Phillip wusste, dass Benjamin Mayhew diskret genug war, um sich nicht darüber zu wundern, und ein Brief oder ein Telegramm seines Buchhändlers würde auch in Evenlode House keinen großen Verdacht wecken, wo Phillips Ehefrau meist die Erste war, die einen Blick auf die Post warf.

Phillip war daher ziemlich entsetzt, als er eines Tages doch einen Brief erhielt, der direkt an ihn gerichtet war. Glücklicherweise kam er mit der Nachmittagspost, als seine Frau gerade ihr Schläfchen hielt, und glücklicherweise hatte er die geschwungene Handschrift Isabels gleich erkannt und den Brief an sich genommen, ehe es zur Katastrophe kam. Er lief damit hastig in sein Atelier, wo Mrs Gardner, die seine künstlerischen Bemühungen noch kritischer kommentierte als die Royal Academy, kaum jemals hinkam.

Liebster Phillip,
ich muss sofort mit Dir sprechen. Bitte triff mich im Tea Room von Fortnum & Mason morgen Nachmittag um drei.
Deine Isabel

Phillip knüllte den Brief zusammen und warf ihn blindlings in den Kamin, wo das Feuer ihn rasch verzehrte. Wieso war Isabel so ein Risiko eingegangen? War sie plötzlich zur Närrin geworden? Oder wollte sie ihn ganz bewusst in eine Konfrontation mit seiner Frau zwingen? Er hatte ihr doch ganz deutlich gemacht, dass eine feste Beziehung ganz unmöglich war. Obwohl er seine Frau nicht liebte, war gar nicht daran zu denken, dass er die Ehe mit Mrs Gardner beendete. Er musste unbedingt dafür sorgen, dass ihr Geld in Evenlode House investiert blieb. Das war er seiner Familientradition schuldig.

Er überlegte einen Moment, dann griff er nach seinem Mantel. Er teilte der Haushälterin mit, dass er von seinem Rechtsanwalt nach London gerufen worden sei und die Nacht in seinem Club verbringen werde. Ob sie wohl so freundlich sein könne, das auch Mrs Gardner auszurichten.

Als er zwei Stunden später in London eintraf, begab er sich direkt zum Covent Garden, wo er eine schamlose Nacht mit zwei Frauen verbrachte, die wahrscheinlich Mutter und Tochter waren. Er war entschlossen, jegliche sexuelle Energie zu verbrauchen, ehe er sich mit Isabel traf. Dann war sie ihrer schärfsten Waffe beraubt und er konnte sie für ihren Leichtsinn ordentlich schelten, ohne befürchten zu müssen, dass sie ihn ins Bett lockte.

Isabel saß steif und sittsam im hinteren Teil des Tea Room, als wüsste sie gar nicht, was für eine Katastrophe ihr Brief hätte auslösen können. Wieso hatte sie eigentlich eine Verabredung in aller Öffentlichkeit vorgeschlagen? Als ihre Beziehung noch unschuldig gewesen war, hatte Phillip gar nichts dagegen gehabt, im Hyde Park oder in Kensington Gardens mit ihr gesehen zu werden – er hatte ja nichts zu verbergen. Aber seit sie regelmäßig in seinen Armen lag, hatte er das Gefühl, er müsse geheim halten, dass er sie überhaupt kannte. Und ausgerechnet jetzt verlangte sie von ihm, dass er sich in einem öffentlichen Lokal mit ihr traf, wo jede Menge Bekannte von Mrs Gardner verkehrten.

Isabel saß mit dem Rücken zum Eingang, und so war es ihm möglich, sich von hinten zu nähern und überraschend mit der Zeitung auf den Tisch zu schlagen, um sie zu erschrecken. Dass sie nicht mal zusammenzuckte oder sich umdrehte, nahm er als ein schlechtes Zeichen.

»Guten Tag, Phillip«, sagte sie.

»Hast du eigentlich eine Vorstellung davon, wie viel Ärger ich wegen dir hätte haben können«, fauchte er, als er sich vor sie hinsetzte. »Du bist ja verrückt, mir einfach so einen Brief ins Haus zu schicken.«

»Das ist mir egal«, sagte sie trocken und starrte zum Fenster hinaus.

»Wahrscheinlich ist es dir auch egal, von wessen Geld ich die Diamantenbrosche bezahlt habe, die du in ganz London herumzeigst.«

»Wir haben ein weitaus größeres Problem als Briefe, Geld und Diamanten«, sagte sie, ohne auf seine Giftigkeit einzugehen. Es ärgerte ihn, dass sie so gelassen blieb. Er hatte sich schon sehr auf den Streit gefreut. Er hatte sich vorgestellt, wie er sie dazu bringen würde, das Feuer zu erwidern, wie die Schlacht hin und her wogen würde, wie sie schließlich kapitulierte und um Vergebung bat, wie er sie verlassen würde, damit sie über ihre Sünden nachdenken konnte, ehe er schließlich in ihre Arme zurückkehrte. Aber Isabel schien nicht bereit, ihre Rolle zu spielen.

»Nichts ist wichtiger als Geld«, sagte er. »Du scheinst zu vergessen, dass die Zukunft der Familie Gardner auf meinen Schultern ruht.«

»Die Zukunft der Familie Gardner ruht ganz woanders«, sagte sie und wandte ihm endlich den Blick zu.

»Du weißt ja nicht, wovon du redest.«

»Ganz im Gegenteil, Mr Gardner«, sagte sie. »Ich weiß ganz genau, wovon ich rede. Es sind jetzt zwei Monate.« Sie hatte ihn seit langem nicht mehr »Mr Gardner« genannt, und es verunsicherte ihn.

»Zwei Monate seit wann?«

»Seit ich unser Kind im Leib trage.«

Einen Augenblick verschlug es Phillip den Atem. Er vermochte Isabel nicht anzusehen. Weder ihr Gesicht noch ihre Gestalt. Selbst den Tee, der gerade gebracht wurde, nahm er nur durch eine Nebelwand wahr. Seine ganze Empörung war wie weggeblasen. Und was blieb zurück? Ein außereheliches Kind? Ein Kind, das seine Ehe, sein Vermögen und seine Familie ruinieren würde?

»Bist du sicher?«, flüsterte er.

»Vollkommen«, sagte Isabel. »Eine Frau weiß so etwas, wie ich bemerkt habe.«

»Weiß es Miss Prickett?«

»Noch nicht«, sagte Isabel kalt. »Aber sie wird es bald erfahren. Ich werde hier in London ins Wochenbett gehen.«

»Und was willst du deinen Eltern sagen?«

»Dass ich mich an der Kunstschule immatrikuliert habe.«

»Ist das nicht ein wenig unkonventionell?«

»Dass ich auf Konventionen nichts gebe, hatten wir, glaube ich, früher schon festgestellt, Mr Gardner.«

»Du scheinst wirklich an alles gedacht zu haben«, sagte Phillip.

»Nicht ganz. Es ist noch nicht geklärt, welche Beziehung das Kind zu seinem Vater haben wird, Mr Gardner.«

Ihre Eröffnung hatte Phillip so überraschend getroffen, dass es einen Moment dauerte, bis er begriff, dass *er* mit dem Wort »Vater« gemeint war. Es war ein Wort, an das er schon lange nicht mehr gedacht hatte. Seine Frau hatte ihm gleich nach der Ehe gesagt, dass sie nicht die Absicht hatte, ihm einen Erben zu schenken. Die Kinder seines Bruders würden Evenlode House erben und auch das Geld seiner Frau. Phillip hätte damit auf Kosten seines eigenen Glücks das Familienvermögen gerettet. Das war der Plan, dem er alles zu opfern bereit war. Nichts durfte ihn stören.

»Und woher soll ich wissen, dass ich der Vater bin?«, sagte Phillip.

Wäre der Tea Room nicht so leer gewesen, hätte sie es vielleicht nicht getan. Aber eigentlich kam ihre Antwort ganz instinktiv: Sie schlug ihm mit der flachen Hand ins Gesicht, und obwohl sie Handschuhe trug, spürte er doch den Schmerz auf der Wange. Er hatte schon die Hand erhoben, um den Schlag zu erwidern, als er eine schrille Stimme neben sich hörte.

»Ach, Mr Gardner, sind Sie das? Ja, natürlich! Ich habe gerade zu Mr Thompson gesagt: Ist das nicht Mr Gardner?« Die Stimme gehörte zu einer voluminösen Frau. Phillip wusste sofort, dass sie eine Bekannte seiner Frau war, hatte den Namen aber schon längst vergessen. »Ich hoffe, wir sehen uns dieses Jahr wieder beim Royal Ascot? Ich liebe das Royal Ascot, Sie nicht auch, Mr Gardner? Ich habe gerade erst zu Mr Thompson gesagt, wie ich das Royal Ascot liebe. Und wer, bitte, ist diese reizende junge Dame?« Mrs Thompson hielt abrupt inne – nicht nur um Atem zu holen, sondern auch um Isabel ausführlich zu mustern und auf eine Erklärung dafür zu warten, dass sie mit einem verheirateten Mann ohne Begleitung beim Tee saß.

Fast ohne nachzudenken, erklärte Phillip: »Sie ist aus Amerika. Mein Bruder hat mich gebeten, sie zu befragen, weil er sie eventuell als Gouvernante für seine Kinder einstellen will.«

»Eine amerikanische Gouvernante, wie ungewöhnlich«, sagte Mrs Thompson und warf Isabel einen weiteren prüfenden Blick zu.

»Ja, also wenn Sie mich jetzt entschuldigen würden, Mrs Thompson. Ich habe noch einiges zu besprechen.«

»Gewiss, Mr Gardner, gewiss. Ich verstehe vollkommen. Meine Empfehlung an Mrs Gardner, und bitte sagen Sie ihr, dass wir uns beim Royal Ascot sehen.« Das Fleischgebirge bewegte sich durch den Tea Room zurück und informierte auch Mr Thompson über ihre Erkenntnisse: »Es war Mr

Gardner. Ich habe dir doch gesagt, dass es Mr Gardner ist. Er sagt, wir treffen uns beim Royal Ascot.«

»So, Mr Gardner«, sagte Isabel, als Mrs Thompson endlich verschwunden war. »Soll ich künftig die Gouvernante Ihres Bruders sein, oder treffen wir eine andere Regelung?«

London, Dienstag, 21. Februar 1995

Peter hatte die Londoner U-Bahn vom ersten Tag an geliebt. Amanda zog Taxis vor – sie fand es schöner, die Straßen und Häuser zu sehen. Aber Peter fand, die U-Bahn sei nicht nur billiger, sondern auch schneller. Was ihm aber am meisten gefiel, war die Anonymität. Man brauchte niemandem zu sagen, wo man hinfahren wollte, und es gab auch keine Konversation mit dem Fahrer. Und er liebte den Streckenplan. Oberirdisch war London ein einziges Chaos, aber unter der Erde war alles mit bunten Linien so herrlich geordnet.

Jetzt rumpelte Peter mit der Northern Line nach Hampstead. Das Adrenalin seiner Flucht schien verbraucht, und Peter hockte in dumpfer Angst auf seinem gepolsterten Sitz.

Der Zug hatte gerade Camden Town hinter sich gelassen, als plötzlich Liz Sutcliffe neben ihm erschien, die in ihrem Beef Vindaloo stocherte. Diesmal allerdings ging es um eine echte Erinnerung. Gleich bei ihrer ersten Begegnung hatte ihr Peter die Frage gestellt, die er jedem Londoner irgendwann stellte: »Welches ist Ihre U-Bahn-Station?« Er hatte festgestellt, dass ihm diese Frage über seine sozialen Ängste hinweghalf, und oft genug hatte ihn Amanda gelobt, wenn er damit ein Gespräch in Gang gebracht hatte.

»Belsize Park«, sagte Liz Sutcliffe und schob sich ihr Beef Vindaloo in den Mund, ehe sie wieder verschwand.

Ihre Adresse war Hampstead, aber die nächste U-Bahn-Station lag näher an der Innenstadt. Falls Thomas Gardner und Julia Alderton bis nach Hampstead fuhren, hatte er noch eine Chance, wenn er schon in Belsize Park ausstieg.

Er sprang aus dem Zug und suchte auf dem Umgebungsplan nach der Adresse. Dann lief er nach rechts aus dem Bahnhof und stellte zu seinem Entsetzen fest, dass sein Weg steil bergauf führte. Selbst wenn die Mörder bis zur Station Hampstead gefahren waren, würden sie bergab gehen können. Er konnte nur hoffen, dass sie nicht ahnten, dass er ihnen so dicht auf den Fersen war. Hektisch begann er zu rennen.

Er war keuchend vom Tavistock Hill abgebogen und spähte gerade eine stille Seitenstraße hinauf, um zu sehen, ob die Mörder dort auftauchten, als ihm eine Gestalt entgegenkam, die einen olivgrünen Parka trug. Er war so darauf fixiert, dass die beiden von oben kommen würden, dass er die Person gar nicht beachtete. Erst als sie sich plötzlich umdrehte und auf ihn zutrat, wurde er aufmerksam.

»Peter, bist du das?« Ihre Wangen waren von der Kälte gerötet, und ihr warmer Atemhauch verflog in der Mittagssonne. »Was machst du denn hier?«

Peter war so außer Atem, dass er gar nichts sagen konnte. Er stützte seine Hände auf die Knie und schnaufte. Liz wartete so geduldig, als ob er ein kleiner Hund oder ein Kind wäre. Schließlich keuchte er: »Mord.«

»Wie bitte?«, sagte Liz und lächelte freundlich. So als wäre Peter ein besonders frühreifer Sechsjähriger, der gerade ein lustiges Spiel spielte.

»Sykes«, stieß er mühsam hervor. »Graham Sykes ist ermordet worden.«

Liz packte Peter am Arm und zog ihn zu sich hoch, damit sie ihm in die Augen schauen konnte. »Wovon redest du?«

»Ich bin zu ihm gefahren und habe mit ihm geredet«, sagte Peter immer noch keuchend. »Und heute Morgen haben sie ihn ermordet.«

»Verdammt!«, sagte Liz. »Woher weißt du das?«

»Ich hab ihn gefunden«, sagte Peter. »Es war entsetzlich. Es war so entsetzlich.« Er spürte den ganzen Abscheu und die Übelkeit von heute Morgen wieder in sich aufsteigen, als er sich an die Szene erinnerte. Eine Träne bahnte sich ihren Weg über seine kalte Wange. »Sie haben ihm die Kehle durchgeschnitten«, flüsterte er.

»Heilige Scheiße!«, sagte Liz, und alle Farbe wich aus ihrem Gesicht. »Verdammt!«

»Es tut mir so leid«, sagte Peter. »Eigentlich sollte ich ihn vor der Gefahr beschützen. Ich sollte ihn warnen, aber er war … wir haben gestritten …« Er erinnerte sich an das Gespräch mit Sykes. Wenn er nicht so besessen gewesen wäre, hätte er vielleicht daran gedacht, Sykes vor Thomas Gardner zu warnen. Jetzt sah er nur noch das Gesicht des Toten und das viele Blut. »Es war so schrecklich.«

»Wie konnte es dazu kommen?«, fragte Liz.

Ihre Frage hing für einen Augenblick in der kalten Luft, während sich Peter mühte, das Bild der Leiche aus seinem Kopf zu verdrängen. »Ich werd dir das alles erklären«, sagte er und hatte das Gefühl, sich aus einem schwindelnden Abgrund retten zu müssen. »Aber zuerst müssen wir dich hier wegbringen.«

»Was soll das heißen?«, fragte Liz. »Was hat das mit mir zu tun?«

»Sie sind in dein Büro eingebrochen und haben alles durchwühlt«, sagte Peter. »Und jetzt sind sie womöglich in deiner Wohnung.«

Noch ehe er sie daran hindern konnte, rannte Liz die Straße hinunter. Seine Beine brannten noch, und er hatte Seitenstechen, trotzdem lief er hinter ihr her, so schnell er nur konnte. Aber er holte sie erst ein, als sie schon vor ihrem Haus stand. Eine Scheibe in der Haustür war eingeschlagen, und ein Fenster im zweiten Stock stand offen. Auf dem Gehweg lagen haufenweise Papiere und Bücher. Liz stand mit weit aufgerissenen Augen davor.

Peter hatte Angst, dass Thomas und Julia womöglich noch im Haus waren. Er nahm Liz in den Arm und führte sie eilig die Straße hinunter. »Wir müssen hier weg«, sagte er. »Weg aus London. Und zwar sofort.«

»Mein Wagen steht gleich um die Ecke«, sagte Liz und führte ihn an der Hand.

Als sie sich in den Wagen gesetzt hatten und Liz den Citroën in den Verkehr eingefädelt hatte, fragte sie: »Wo sollen wir hinfahren?«

»Nach Kingham«, sagte Peter. Er war fest entschlossen, die Angelegenheit jetzt zu klären. Ein paar Tage noch, dann würde er vielleicht wissen, ob der *Pandosto* echt war. Und vielleicht gelang es ihm ja auch, Beweise dafür zu finden, was Julia Alderson und Thomas Gardner getan hatten.

Erst als sie auf der Finchley Road waren, fragte Liz: »Was haben sie denn gesucht?«

»Sie wollen das Manuskript von Sykes«, sagte Peter. »In seinem Haus haben sie es nicht gefunden, weil er es schon an dich geschickt hatte. In deinem Büro haben sie es wohl auch nicht gefunden, sonst wären sie nicht zu deiner Wohnung gekommen, außer …«

»Außer was?«

»Nun ja, sie haben von Sykes nicht bloß das Manuskript gewollt. Sie haben ihn umgebracht. Sie haben ihn umgebracht, weil er wusste, was drinstand.« Peter berührte Liz mit der Hand. »Ach, es ist gar nicht so schlimm, wenn sie das Manuskript in deiner Wohnung gefunden haben. Ich bin bloß froh, dass sie dich nicht erwischt haben.«

»Das Manuskript haben sie garantiert nicht gefunden«, sagte Liz.

»Woher willst du das wissen?«

»Weil ich den ganzen Vormittag damit in Hampstead in einem gemütlichen kleinen Café war«, sagte Liz. »Gib mir mal meine Tasche.«

Peter holte die Tasche vom Rücksitz, Liz griff hinein und zeigte ihm einen Stapel Papier. »Da ist es.«

Ridgefield, 1986

In den vergangenen zwei Tagen war Peter hundertmal das Gespräch durch den Kopf gegangen, das er vor einigen Wochen in der Nacht mit Amanda geführt hatte, als sie ihm den Volvo geschenkt hatte.

»Bist du froh, dass du ein Einzelkind bist?«, hatte Amanda gefragt.

»Ich weiß nicht«, sagte Peter. »Ich glaube, wenn ich einen kleinen Bruder gehabt hätte, dann wäre da jemand gewesen, mit dem ich hätte reden können. Dann wäre ich vielleicht etwas … geselliger. Aber ich hätte mir auch ständig Sorgen um ihn gemacht.«

»Ich hätte gern eine kleine Schwester gehabt«, sagte Amanda.

»Und warum keine ältere Schwester?«, fragte Peter.

»Wahrscheinlich, weil ich das erste Kind war. Aber ich hab immer gehofft, ich würde noch ein Schwesterchen kriegen, um das ich mich kümmern kann. Ich möchte, dass meine Kinder Geschwister haben.«

»Und wie viele?«, fragte Peter nach einer langen Pause.

»Du meinst, wie viele Kinder ich haben möchte?«

»Ja.«

»Drei oder vier«, sagte Amanda. »Falls die ersten drei Jungens sein sollten, würde ich auf jeden Fall versuchen, noch ein Mädchen zu kriegen.«

»Du möchtest also Mädchen?«, sagte Peter und stellte sich vor, wie er mit zwei Krabbelkindern im Park spielte, eine Vorstellung, die ihn ebenso erschreckte wie faszinierte.

»Ich möchte zumindest ein Mädchen und einen Jungen«, sagte Amanda. »Aber ich bin realistisch. Und was möchtest du?«

»Mir ist jedes Kind recht, das dich als Mutter hat«, hatte Peter gesagt und daran gedacht, dass seine Karriere als Antiquar es ihm wahrscheinlich ermöglichen würde, von zu Hause aus zu arbeiten und viel Zeit mit seinen Kindern zu verbringen. Er stellte sich lebhaft vor, wie er Kataloge schrieb, während die Kinder spielten und schliefen.

Und jetzt saß er an Amandas Bett und wusste, dass sie niemals Kinder haben würde. Er weckte sie behutsam auf. »Wie geht es dir?«, fragte er.

»Besser«, sagte Amanda. »Ich glaube, ich kann mich schon hinsetzen.« Peter drückte auf die Steuerung, und das Kopfteil des Bettes richtete Amanda in eine sitzende Position auf.

»Na ja«, sagte er. »Nicht so kerzengerade, wie du sonst gerne sitzt.«

»Trotzdem fühle ich mich so etwas menschlicher.«

»Wir müssen reden«, sagte Peter.

»Das klingt gar nicht gut«, sagte Amanda. »Und sagen das nicht immer die Mädchen?«

»Es sind ein paar Sachen passiert, als du krank warst.«

»Peter, du machst mir Angst. Ist jemand gestorben?«

»Niemand ist gestorben, du hattest nur eine sehr schwere Entzündung.«

»Aber sie sagen doch, dass sie abklingt.«

»Ja, die Antibiotika wirken sehr gut. Du wirst wieder gesund. Es ist nur so, dass …«

»Ich werde nicht wieder gesund – geht es darum?«

»Die Entzündung hat deine Eierstöcke erfasst«, sagte Peter und nahm ihre Hand. »Wir werden über die Kinderfrage noch einmal nachdenken müssen.«

»Du meinst …?«

»Die Ärzte befürchten, dass du … dass wir keine Kinder werden haben können.«

»Oh«, sagte Amanda leise und wandte den Blick ab. Sie starrte eine volle Minute lang in den blassblauen Sommerhimmel hinaus, ehe Peter sie zu sich zog. Er machte keinen Versuch, die Tränen zu trocknen, die ihr über die Wangen liefen. »Aber …«

»Ja, ich weiß«, sagte Peter, »wir haben's uns beide gewünscht.« Lange Zeit schwiegen sie, Amandas Hand lag schlaff in der seinen. Schließlich, als er das Schweigen nicht länger ertragen konnte, sagte Peter: »Da ist noch etwas.«

»Ach ja?«, sagte Amanda und zwang sich zu einem Lächeln.

Peter fasste ihre Hand noch fester, dann stand er auf und ließ sich auf das rechte Knie nieder.

»Hast du etwas verloren?«, fragte Amanda.

»Ja«, sagte Peter. »Schon vor zwei Jahren. Mein Herz.«

»Peter, was hast du vor?«

»Amanda Ridgefield«, sagte Peter und empfand zu seiner eigenen Überraschung keinerlei Panik, sondern nur einen tiefen Frieden, »willst du mich heiraten?«

Amanda fing erneut an zu weinen, aber ihre Mundwinkel zuckten, als ob sie zu lächeln versuchte. Er stand wieder auf und zog den Ring, den er mit seinem brandneuen Bankdarlehen gekauft hatte, aus seiner Tasche. »Na, was meinst du?«, sagte er, und noch ehe sie ihn daran hindern konnte, streifte er ihr den Ring über den Finger.

»Er ist … wunderschön, Peter«, schluchzte Amanda, und Peter wartete geduldig, bis sie sich gefasst hatte. Nach einer Minute entzog sie ihm ihre Hand und griff nach einem Papiertaschentuch.

»Ich will nicht, dass du mich bloß heiratest, weil ich dir leidtue«, sagte Amanda.

»Es geht nicht darum, dass du mir leidtust«, sagte Peter. »Wir können Kinder adoptieren, wir können alles Mögliche tun. Ich werde alles tun, um dich … um uns glücklich zu machen. Nur eins werde ich nicht tun: Ich werde diesen Raum nicht verlassen, ehe wir nicht miteinander verlobt sind.«

»Das ist also wirklich kein Mitleidsheiratsantrag?«

»Amanda, du kennst mich doch. Du kennst uns beide. Du weißt, wie sehr ich dich liebe. Warum, glaubst du, habe ich angefangen, mit Büchern zu handeln? Um Geld für den hier zusammenzusparen.« Er hob die Hand hoch, an die er den Ring gesteckt hatte, der aussah, als wäre er immer schon da gewesen.

»Wirklich?«, sagte Amanda.

»Ja, wirklich.«

»Na gut, Peter Byerly. Dann sage ich: Ja!«

Obwohl Peter oft mit Trauer daran dachte, welche Wunde es für Amanda war, dass sie keine Kinder kriegen konnte, bedauerte er nie, dass er diesen Augenblick gewählt hatte, um ihr seinen Heiratsantrag zu machen. Eigentlich hatte er damit warten wollen, bis er die Bücher im Volvo alle verkauft hatte, und natürlich hatte er seinen Antrag im Devereaux-Saal machen wollen, aber so war es auch gut. Charlie und Sarah Ridgefield freuten sich fast noch mehr als Amanda, als sie den Ring an der Hand ihrer Tochter zum ersten Mal sahen.

»Jetzt werd ich dich wohl Schwiegersohn oder eigentlich lieber ›Sohn‹ nennen müssen«, sagte Charlie und schlug Peter auf die Schulter. »Ich hoffe, du hast nichts dagegen.«

»Nein«, sagte Peter. »Ich hab ganz und gar nichts dagegen.«

Fünf Tage später konnte er mit Amanda nach Hause fahren. Er verbrachte den Rest des Sommers im Gästezimmer der Ridgefields und kümmerte sich um Amandas Genesung. Sie schien wieder ganz die Alte zu sein. Sie saß im Arbeitszimmer, studierte, las, lachte und neckte Peter am Swimmingpool und in der Küche. Als ihre Eltern übers Wochenende nach New York fuhren, liebten sie sich sogar in Amandas Bett.

Dennoch gab es seither eine schmale, unausgesprochene Barriere, die vorher nicht da gewesen war. Man spürte sie nur ganz selten – wenn ihnen auf der Straße ein Kleinkind begegnete oder wenn sie im Fernsehen einen Disney-Film wegzappten. Es war eine kleine Verlegenheit – so wie bei Freunden, die sich versehentlich nackt gesehen haben.

Peter lernte mit der Zeit, dass jede Beziehung irgendwann solche Narben trägt, aber diese Beschädigung ihrer absoluten Offenheit und Vertrautheit kränkte ihn fast noch mehr als Amandas Unfruchtbarkeit. Und dass er nie den Mut fand, mit Amanda darüber zu sprechen, bedauerte er für den ganzen Rest seines Lebens.

Als sein Sohn schließlich geboren wurde, hatte Phillip Gardner die Mutter des Kindes überredet, einigermaßen vernünftig zu sein, obwohl es nicht leicht gewesen war. Bei den ersten Verhandlungen hatte sie jegliche finanzielle Unterstützung abgelehnt und darauf bestanden, dass sie einen Vater und väterliche Zuneigung für ihr Kind wolle. Das sei das Einzige, was er ihr nicht geben könne, hatte Phillip gesagt. Am Ende war es Miss Prickett gewesen, die Isabel von der Aussichtslosigkeit ihrer Forderung überzeugt hatte, und Phillip war ihr sehr dankbar dafür gewesen.

Es wurde beschlossen, dass Isabel nach Amerika zurückkehren sollte, sobald das Kind alt genug für die Reise war. Die Frauen würden behaupten, dass es sich um ein Findelkind handelte, das Isabel in der Nähe der Akademie entdeckt habe und von dem sie sich um keinen Preis habe trennen wollen. Isabel gab zu, dass ihre Eltern das Kind wahrscheinlich adoptieren und aufziehen würden. Bis dahin würde Phillip – innerhalb vernünftiger Grenzen – für etwaige Kosten aufkommen. Isabel war nicht bereit, Geld von ihm anzunehmen, aber Miss Prickett ließ sich ein paar Pfund von ihm geben, um die Hebamme zu bezahlen und Sachen für das Kind zu besorgen.

Falls sie Phillip etwas mitzuteilen hatte, konnte Isabel nach wie vor eine Nachricht bei Benjamin Mayhew für ihn hinterlassen, aber Phillip hatte den Buchhändler angewiesen, ja nichts nach Kingham weiterzuleiten, und er erkundigte sich auch nur einmal wöchentlich, ob etwas vorlag.

Seit der Auseinandersetzung bei Fortnum & Mason trafen sich Phillip und Isabel zwar immer noch regelmäßig, aber ohne irgendwelche sexuellen oder romantischen Aktivitäten. Und als Isabel den letzten Monat ihrer Schwangerschaft erreichte, beschränkten sich Phillips Besuche in ihrer Wohnung nur noch auf ein Gespräch mit Miss Prickett, die ihm bestätigte, dass es Isabel gesundheitlich gut ging. Das Interesse an fleischlicher Lust schien Phillip gänzlich verloren zu haben. Um Covent Garden machte er einen großen Bogen.

Das Kind, das seinem leiblichen Vater nur mit dem Namen »Phillip« bekannt wurde, kam an einem kalten Novembertag auf die Welt. Miss Prickett schickte sogleich eine Nachricht an Benjamin Mayhew, aber Phillip hatte seine Ehefrau auf eine Reise zu ihrer Nichte in Yorkshire begleitet und kam erst kurz vor Weihnachten wieder nach London. Als er seinen Sohn das erste Mal sah, war das Kind schon drei Wochen alt.

Je länger Phillip nicht auftauchte, desto dringender war Isabels Wunsch geworden, ihn nicht zu sehen, und so ergab es sich, dass schließlich Miss Prickett das schlafende Kind ins Wohnzimmer am Wellington Square trug. Freundlich lächelnd hielt sie Phillip das Bündel hin.

»Ach, ich glaube, es ist besser, wenn Sie ihn halten, Miss Prickett«, sagte Phillip.

»Da haben Sie wahrscheinlich recht, Mr Gardner«, sagte die Gouvernante. Sie blieb noch ein paar Minuten mit dem Kind auf dem Arm im Wohnzimmer sitzen, dann ging sie wieder mit ihm hinaus. Phillip nutzte die Gelegenheit, um eilig das Haus zu verlassen.

Während er blindlings durch die dämmrigen Straßen zum Hyde Park lief, wo er im Herbst vor einem Jahr so unschuldig mit Isabel spazieren gegangen war, beschloss Phillip, dass er seinen Sohn besser nicht wiedersah. Der Anblick des Säuglings hatte eine solche Beschämung bei ihm ausgelöst, wie er sie noch nie empfunden hatte. Zugleich hatte er sich mit dem schlafenden Kind auf rätselhafte Weise verbunden gefühlt. Dies war nun sein rechtmäßiger Erbe – den er nicht kennen durfte. Den Gedanken, erneut in den emotionalen Abgrund zwischen Liebe und Schande zu stürzen, konnte er nicht ertragen. In wenigen Monaten würden Isabel und der Junge für immer verschwinden. Bis dahin würde er nicht mehr nach London kommen.

Zwei Monate später. Ein kalter Ostwind heulte um die Giebel und Schornsteine von Evenlode House, während die Sonne sich langsam am blassblauen Himmel über den Cotswolds senkte. Phillip beneidete die Arbeiter nicht, die auf dem Gerüst stehen und die Mauern des neuen Westflügels hochziehen mussten. Mrs Gardner war mal wieder in Yorkshire, um sich ihrer kranken Nichte anzunehmen, und Phillip war zurückgeblieben, um die Bauarbeiten zu überwachen, obwohl es heute nicht viel zu überwachen gab.

Er hatte den ganzen Tag in seinem Arbeitszimmer gesessen, gelesen und Briefe geschrieben. Ins Atelier zu gehen und Aquarelle zu malen, hatte er schon seit Monaten keine Lust mehr. Es schien, als wäre ihm jede Kraft zu schöpferischer Tätigkeit völlig abhandengekommen. Er hatte gerade ein neues Holzscheit ins Feuer gelegt und sich in seinen Lieblingssessel gesetzt, als das neue Hausmädchen klopfte. Sie war von seiner Frau eingestellt worden, und er konnte sich ihren Namen einfach nicht merken. Es war eine angenehme Person – still wie ein Gespenst.

»Ja?«, sagte Phillip, ärgerlich über die Störung. »Was gibt's?«

»Eine junge Frau und ihre Gesellschafterin«, sagte das Mädchen. »Sie sagen, Sie hätten sie eingeladen, aber ich war mir nicht ganz sicher. Ich habe sie an der Tür warten lassen. Sie hat ein … also, wie gesagt, Sir, ich wusste nicht, ob Sie die drei in Ihrem Salon haben wollen.«

Reginald Alderson stand im obersten Stock seines Hauses und spähte hochzufrieden durch das Messingteleskop, das er schon vor Monaten auf einem soliden Stativ montiert und auf das anderthalb Meilen entfernt liegende Haus seines Nachbarn am anderen Ufer des Flusses gerichtet hatte. Es hatte sich als ebenso nützlich erwiesen wie der kleine Geldbetrag, den er dem Bahnhofsvorsteher zugesteckt hatte, um zu erfahren, wann Mrs Gardner ihre nächste Reise antrat.

Natürlich hätte er sich gefreut, wenn sie schon ein paar Wochen früher gefahren wäre. Aber Reginald Alderson war ein geduldiger Mann. Das hatte er jetzt seit über zwei Jahren bewiesen. Er war geduldig gewesen, als er Phillip Gardner zu Benjamin Mayhem und nach Covent Garden gefolgt war; den eigentlichen Durchbruch hatte er aber erst erzielt, als er gesehen hatte, wie Gardner diese junge Amerikanerin kennenlernte. Er hatte ihre Adresse herausgefunden, er hatte ihre Gesellschafterin beobachtet und schließlich den ersten Kontakt hergestellt. Er erinnerte sich noch genau an den Donnerstagmorgen, als er sich im Zug nach Brixton neben Miss Prickett gesetzt und sie angesprochen hatte.

»So ein Zufall«, hatte er lächelnd gesagt. »Ich fahre auch jeden Donnerstagmorgen nach Brixton.« Es war der Beginn einer überaus informativen Geschäftsbeziehung geworden. Trotzdem hatte er lange warten müssen, bis er den letzten, krönenden Teil seines Plans verwirklichen konnte. Denn das ging nur, wenn Mrs Gardner nicht anwesend war.

Besondere Befriedigung zog Alderson aus der Tatsache, dass Phillip Gardner ihm das Werkzeug seiner Rache selbst an die Hand gegeben hatte. Vor zwei Jahren, kurz nachdem er die jetzige Mrs Gardner geheiratet hatte, hatte sich Gardner erdreistet, ihm einen hämischen Brief zu schicken, in dem er sich erbötig machte, Reginald seine gesamte Sammlung historischer Dokumente »zu einem angemessenen Preis« abzukaufen. Zum Glück hatte er dieses dreiste Schreiben nicht gleich weggeworfen, und so hatte er ohne Mühe Gardners Handschrift kopieren können, als er vor zwei Tagen einen Brief nach London schickte, in dem er Isabel, Miss Prickett und das Kind nach Evenlode House einlud.

Jetzt brauchte er nur noch zu warten. Wenn Gardner die Mutter seines Kindes und ihre Gesellschafterin erst einmal vor die Tür gesetzt hatte – was er unweigerlich würde tun müssen, weil seine Ehefrau heute Abend zurückkehrte –, konnte Reginald ihnen ohne weiteres auf der Straße begegnen und seiner lieben Freundin Miss Prickett und ihren Schutzbefohlenen sein Haus als Quartier für die Nacht anbieten. Wenn er sie erst in Evenlode Manor hatte, würde der Rest eine Leichtigkeit sein.

Ridgefield, 1986

Peter studierte gerade die Lektüreliste für sein Mittelalterseminar, als ihm Professor Leland einen staubigen Karton auf den Tisch stellte.

»Na, wie wär's mit ein paar gut bezahlten Überstunden in diesem Semester?«, fragte er.

»Aber der Tag hat doch nur vierundzwanzig Stunden«, sagte Peter. Abgesehen von acht Stunden Schlaf verbrachte er ohnehin schon den ganzen Tag in seinen Seminaren und in der Bibliothek. Und das Dekanat hatte darauf bestanden, dass er seine Arbeit in der Bibliothek und in der Buchbinderei nicht länger als »Seminar« definierte, sondern auch englische Literatur, Geschichte und Wirtschaftskunde belegte.

»Nun ja«, sagte Leland. »Da, wo diese Kiste herkommt, stehen noch sechs weitere dieser Art. Ich finde, es ist höchste Zeit, dass dieses Material katalogisiert wird. Und angesichts deiner … persönlichen Umstände und deiner bibliografischen Fähigkeiten bist du genau der richtige Mann für den Job.«

»Was ist denn da drin?«, fragte Peter, dessen Neugier jetzt plötzlich erwacht war.

»Das«, sagte Leland und machte eine kurze rhetorische Pause, »sind die persönlichen Papiere und Briefe von Ms Amanda Devereaux.«

»Ist das Ihr Ernst?«, fragte Peter und stürzte sich geradezu auf die Kiste. »Warum haben Sie davon denn nicht schon früher erzählt?«

»Um ganz ehrlich zu sein«, sagte Leland und lächelte, »das Projekt hat keine besonders hohe Priorität. Die Wissenschaft interessiert sich mehr für die Sammlung als für die Sammlerin. Aber jetzt, wo es so aussieht, als würdest du in die Familie unserer Stifterin einheiraten, habe ich mir gedacht, es könnte nichts schaden, wenn du das Katalogisieren von Handschriften übst und zugleich noch etwas über Amanda Devereaux erfährst.«

»Darauf können Sie wetten!«, rief Peter und klappte die Kiste auf. Die Lektüreliste für das historische Seminar blieb unbeachtet auf dem Tisch liegen.

In den nächsten Monaten sortierte Peter die umfangreiche Korrespondenz mit Antiquaren, Buchhändlern und Sammlern. Jeden Tag erzählte er Amanda etwas Neues über ihre Großmutter, und Amanda hörte sich alles geduldig an, obwohl sie längst den Überblick über die unzähligen Sammler und Händler verloren hatte. Am Wochenende teilte Peter dann seine Geschichten auch mit Sarah Ridgefield, die sich ehrlich dafür interessierte.

»Als ich alt genug war, um zu verstehen, was meine Mutter da machte, hatte sie schon etwas nachgelassen in ihrem Eifer«, sagte sie. »Abgesehen von dem Trip zu dieser Auktion bei Sotheby's in New York kann ich mich nicht erinnern, dass sie mir viel vom Büchersammeln erzählt hätte.«

»Aber hast du dir denn ihre Papiere nie angeschaut?«, fragte Peter.

»Das hätte mir nicht viel genutzt. Ich wusste ja nicht, wer diese Leute alle waren, Rosenbach oder Huntington … Das wird erst richtig lebendig, wenn du davon erzählst.« Sie gab Peter einen raschen Kuss auf die Wange.

»Heute Morgen habe ich ihre Korrespondenz mit Henry Folger gelesen«, sagte Peter.

»War das nicht der Gründer der Folger Shakespeare Library in Washington?«, fragte Amandas Mutter.

»Genau. Folger war der größte Shakespeare-Sammler aller Zeiten. Sie scheinen gut befreundet gewesen zu sein. Ich nehme an, Folger war ein ziemlich aggressiver Konkurrent auf

Auktionen. Er war ja Präsident von Standard Oil und hatte eine Menge Geld zur Verfügung. Aber seine Briefe an deine Mutter waren sehr herzlich.«

Peter hatte festgestellt, dass Amanda Devereaux zu Folgers Lebzeiten nie auf eine First-Folio-Ausgabe geboten hatte – offensichtlich eine Höflichkeit ihrem Freund gegenüber, der mehr als achtzig First Folios zusammengekauft hatte. »Er war sehr stolz darauf, mit Ihnen befreundet zu sein«, hatte ihr Folgers Witwe geschrieben. »Er wird sich bestimmt darüber freuen, wenn Sie Ihre erste First Folio kaufen.« Aber es hatte noch fünfzehn Jahre gedauert, bis sie endlich das Exemplar ersteigert hatte, das sich heute im Devereaux-Saal befand.

»Die großen Sammler haben sie alle geschätzt«, sagte Peter. »Aber in den Grolier Club durfte sie trotzdem nicht. Ich glaube, das hat sie ziemlich geärgert.«

»Was ist denn der Grolier Club?«, fragte Amanda, die gerade zur Tür hereinkam.

»Ein Club für Antiquare und Büchersammler. Der älteste in Amerika. Aber bis vor zwanzig Jahren durften Frauen nicht rein.«

»Das hat sie sicher angepisst«, sagte Amanda und setzte sich auf die Couch neben Peter.

»Amanda!«, sagte ihre Mutter. »Kannst du dich vielleicht etwas gewählter ausdrücken?«

Peter hatte in letzter Zeit schon öfter beobachtet, dass sich Amanda ihren Eltern gegenüber ziemlich vulgär ausdrückte. Offenbar wollte sie zeigen, dass sie jetzt eine selbständige junge Frau war, die sich nicht nur ihren künftigen Ehemann ohne Standesrücksichten ausgesucht hatte, sondern auch sonst nicht länger die höhere Tochter zu spielen bereit war. Deshalb passte es ihr auch nicht, dass Peter sich so gut mit ihrer Mutter verstand.

»Entschuldige, Mama!«, sagte sie, ergriff Peters Hand und drückte sie unauffällig. »Erzähl doch weiter, Peter!«

»Nun ja«, sagte Peter und drückte Amandas Hand, »sie war so … verärgert über den Grolier Club, dass sie den Hroswitha Club gründete.«

»Den was?«

»Den Hroswitha Club«, sagte Peter, »das war ein New Yorker Club für bibliophile Damen. Er wurde 1944 gegründet und nach Roswitha von Gandersheim, einer deutschen Nonne des 10. Jahrhunderts, benannt, die Verse und Dramen geschrieben hat.«

»Wieso ›Damen‹?«, sagte Amanda in politisch korrekter Empörung.

»So haben sich Frauen damals genannt, meine Liebe«, sagte ihre Mutter nachsichtig.

»Mindestens einmal haben sich die Mitglieder in der New Yorker Wohnung deiner Großmutter getroffen«, sagte Peter. »Sie sollen sehr beeindruckt gewesen sein.«

»Die Damen in meiner Familie wussten wohl immer schon, was man in einem Raum voller seltener Bücher alles so machen kann«, sagte Amanda und zwickte Peter verstohlen.

»Was soll denn das wieder heißen?«, fragte ihre Mutter erstaunt.

Zum Glück blieb Peter die Antwort erspart; denn in diesem Augenblick rief Amandas Vater zum Essen.

London, Dienstag, 21. Februar 1995

Liz war nicht bereit, Peter zu sagen, was in Graham Sykes' Manuskript stand, ehe er nicht genau erzählte, was in Cornwall passiert war. Während sie, immer wieder von roten Ampeln gestoppt, auf der North Circular Richtung A40 dahinrollten, berichtete er, was er erlebt hatte. Es war ihm peinlich, dass er sich mit Sykes fast gestritten hatte, aber im Grunde war er froh, dass er die Geschichte loswurde. Er versuchte den *Pandosto* nicht zu erwähnen, aber je länger er redete, desto deutlicher wurde ihm, dass er gar keine andere Wahl hatte, als Liz zu vertrauen. Sie gehörte längst dazu, und wenn sie jetzt nach Kingham fuhren, musste sie alles wissen.

»Eins verstehe ich nicht«, sagte sie. »Graham hat über einen Skandal geschrieben, der über hundert Jahre zurückliegt. Außer ein paar Spezialisten interessiert das doch niemanden. Warum musste er sterben? Es gibt doch gar kein Motiv für einen so brutalen Mord.«

Peter holte tief Luft – und wagte den Absprung. »Was würdest du sagen – wenn es um die wertvollste Reliquie der englischen Literatur ginge? Wäre die es wert, dafür zu morden?«

»Wie wertvoll ist diese Reliquie denn?«

»Millionen.«

»Und wo befindet sich diese Reliquie?«, fragte Liz.

»Auf dem Rücksitz deines Autos.«

»Das ist ja wirklich eine große Beruhigung«, sagte Liz. »Möchtest du mir vielleicht endlich sagen, was hier gespielt wird?«

Ein Zurück gab es jetzt nicht mehr. Peter erzählte rückhaltlos alles: von der Entdeckung des *Pandosto* bis zu seinem Verdacht, dass Thomas Gardner und Julia Alderson Graham

Sykes umgebracht hatten, weil sie ein paar Millionen Pfund für den *Pandosto* wollten. Als er mit der Geschichte fertig war, hatten sie die M40 erreicht und fuhren in Richtung Nordwesten.

»Das heißt, wenn B.B. ein Fälscher war«, sagte Liz, »dann ist wahrscheinlich auch der *Pandosto* gefälscht.«

»Genau«, sagte Peter. »Also, was kannst du mir über B.B. sagen? Wer ist er gewesen?«

»Das weiß ich nicht«, sagte Liz.

»Das weißt du nicht? Aber du hast doch das Manuskript von Sykes gelesen?«

»Um ganz ehrlich zu sein, war ich ein bisschen enttäuscht«, sagte Liz. »Ich hatte das Gefühl, er redet um den heißen Brei herum.«

»Wie meinst du das?«

»Er hat gesagt, er wolle mir den vollen Namen erst in letzter Minute mitteilen. Im Manuskript steht immer nur ›Mister‹. Ich weiß also nur, dass dieser B.B. ein Künstler war, der von einem gewissen Reginald Alderson daran gehindert wurde, Mitglied in der Royal Academy und der Watercolour Society zu werden.«

»Reginald Alderson?«, sagte Peter. »Das ist interessant. Das war ein Vorfahr von John und Julia Alderson. Die Geschichte hat also tatsächlich mit Kingham zu tun. Dann ist B.B. garantiert Phillip Gardner.«

»Sykes behauptet, B.B. habe eine reiche Witwe geheiratet, die ihn finanziell saniert und das Haus wiederaufgebaut hätte. Dann habe er in London ein Verhältnis mit einer jungen Amerikanerin angefangen und den Fehler gemacht, sie zu schwängern. Ein ziemlich großer Fehler im Jahr 1876.«

»Das passt zu dem, was mir die alten Schwestern in Kingham erzählt haben. Nur von der Schwangerschaft wussten sie nichts.«

»Alderson hat von der Affäre erfahren und B.B. erpresst.

Aber was er genau verlangt hat, scheint Sykes nicht zu wissen. Alderson war ja selbst reich genug, und Erpressung ist eigentlich viel zu riskant für jemanden, der schon Geld genug hat. Angeblich hängen die meisten noch existierenden Aquarelle von B.B. bei den Aldersons. Aber warum sollte Alderson einen Mann wegen mittelmäßiger Bilder erpressen, die er wahrscheinlich beinahe umsonst hätte haben können?«

»Ich weiß genau, was er von B.B. erpresst hat«, sagte Peter. »Ich habe es selbst in der Hand gehalten.«

»Den *Pandosto*?«

»Ja, wahrscheinlich auch. Aber das war nicht das Einzige, was Phillip Gardner hat abliefern müssen. Julia Alderson hat mir eine Schatulle gezeigt, in der jedes einzelne Stück mit ›E.H.‹ gekennzeichnet war, und das heißt meiner Meinung nach, dass es aus Evenlode House kam, von Phillip Gardner. Die beiden waren Konkurrenten. Alderson hat Gardner die besten Stücke seiner Sammlung abgeknöpft.«

»Meinst du, so ein gebildeter Mensch würde sogar vor Erpressung nicht zurückschrecken, bloß um so ein paar alte Dokumente zu kriegen?«, fragte Liz.

»Du kennst diese Sammler nicht!«, sagte Peter. Zugleich keimte neue Hoffnung in ihm auf. Vielleicht war B.B. gar kein Fälscher! Vielleicht war er nur das Opfer einer Erpressung.

»In einer Hinsicht ist Sykes sehr genau«, sagte Liz. »Und das sind die Daten. Das Kind wurde Ende 1876 geboren, und die Erpressung fand im Frühjahr 1877 statt. Viel mehr scheint er aber nicht zu wissen. Das war noch so was, worüber ich mich geärgert habe. Das Manuskript wirft mehr Fragen auf, als es beantwortet. Was ist aus dem Kind und was ist aus der Geliebten geworden?«

»Woher hat Sykes denn seine Informationen gehabt?«, fragte Peter.

»Eine Menge stammt wohl aus der Korrespondenz von

B.B. mit seinem Buchhändler, einem gewissen Benjamin Mayhew.«

»Bist du dir sicher?«, fragte Peter erstaunt.

»So sicher wie das Amen in der Kirche.«

»Das ist interessant. Dieser Mayhew war einer der Vorbesitzer des *Pandosto.*«

»Wer zum Teufel war dann dieser B.B.?«

»Es muss Phillip Gardner gewesen sein. Es passt alles zusammen. Sykes hat die Schatulle mit den Dokumenten offenbar nie gesehen, sonst hätte er gewusst, worum es bei der Erpressung ging.«

»Hast du ihm von den anderen Dokumenten erzählt?«, fragte Liz.

»Nein«, sagte Peter. »Wir haben nur über den *Pandosto* geredet. Daneben verblasst alles andere.«

Der Verkehr war jetzt dünner geworden, und Liz konnte schneller fahren. Die nächsten fünf Meilen legten sie schweigend zurück, während draußen die kahle Landschaft vorbeirauschte.

»Da ist noch etwas, was du wissen musst«, sagte Liz schließlich, als die ersten Schilder nach Oxford auftauchten.

»Was denn?«, fragte Peter.

»Na ja«, sagte Liz. »Du scheinst fest überzeugt, dass Thomas Gardner und Julia Alderson diejenigen sind, die Sykes umgebracht haben und in mein Büro eingebrochen sind.«

»Sie müssen es einfach gewesen sein«, sagte Peter.

»Nein«, sagte Liz. »Oder zumindest nicht beide. Denn als ich heute Vormittag in diesem Café in Hampstead war, hab ich in Evenlode Manor angerufen und mit Julia Alderson gesprochen. Sie kann also nicht in London gewesen sein und meine Wohnung verwüstet haben.«

»Warum um alles in der Welt hast du sie angerufen?«, fragte Peter. Es war das erste Mal, seit sie aus London losgefahren waren, dass er vor Anspannung zusammenzuckte.

»Graham hat sie in seinen Danksagungen als diejenige erwähnt, die ihm die Aquarelle gezeigt hat. Ich wollte sie dazu überreden, dass sie uns den Abdruck der Bilder erlaubt.«

»Und was hat sie gesagt?«

»Sie erwartet mich morgen Nachmittag um drei zum Tee.«

London, 1877

Benjamin Mayhew betrat den Auktionssaal und nahm seinen gewohnten Platz in einer der vorderen Reihen bei Sotheby's ein. Auf der anderen Seite des Raumes lehnte Reginald Alderson an der Wand. Benjamin blätterte im Katalog und dachte daran, dass dies wahrscheinlich wieder ein ziemlich frustrierender Tag für Alderson werden würde. Die Dokumente mit den Unterschriften britischer Könige, die er sich so dringend wünschte, würden unweigerlich bei Gardner landen.

Er warf der hageren Gestalt einen weiteren verstohlenen Blick zu und bemerkte, dass Alderson diesmal gar nicht so niedergeschlagen und düster wirkte wie sonst. Ganz im Gegenteil: Ein zuversichtliches Lächeln spielte um seine Mundwinkel, als er sich eine schwarze Locke aus der Stirn strich.

Als die Auktion begann, wurde Aldersons Verhalten noch merkwürdiger. Er blieb an der Wand stehen und rührte keinen Finger, als die Dokumente aufgerufen wurden, von denen Mayhew wusste, dass er sie gerne gehabt hätte. Für den Auktionator musste das eine herbe Enttäuschung sein, denn die Bietgefechte zwischen Gardner und Alderson hatten die Preise in schwindelnde Höhen getrieben. Stattdessen gelang es Mayhew relativ mühelos, die vier relevanten Dokumente und noch einiges andere für Gardner zu ersteigern. Aber Alderson schien sich darüber gar nicht zu ärgern, sondern lächelte bloß süffisant. Als der Hammer zum letzten Mal fiel, lüpfte er kurz seinen Hut in Richtung von Mayhew und verschwand aus dem Saal. Benjamin akzeptierte die Gratulationen seiner Kollegen mit einem gewissen Unbehagen, denn er hatte das deutliche Gefühl, dass Reginald Alderson etwas Ungutes vorhatte.

Zwei Tage nach der Auktion kam Phillip Gardner nach London. Statt sich über die ersteigerten Dokumente zu freuen, kam er völlig niedergeschlagen in Mayhews Büro.

»Sie wissen doch, dass wir auf der ganzen Linie erfolgreich waren?«, sagte der Buchhändler leicht beunruhigt und schlug die Mappe mit den Neuerwerbungen auf, die jetzt Gardner gehörten. »Ein paar ganz ausgezeichnete Stücke, und noch dazu ziemlich preiswert.«

Aber Gardner warf nicht einmal einen Blick auf die Mappe, sondern ließ sich seufzend in einen Plüschsessel unter dem Fenster fallen. »Kennen Sie einen Mann namens Collier?«, fragte er. »John Payne Collier?«

»Ich habe von ihm gehört«, sagte Mayhew, verblüfft über die plötzliche Frage.

»Aber Sie kennen ihn nicht persönlich? Ist er vielleicht ein Kunde?«

»Nein«, sagte Mayhew. »Lebt er denn überhaupt noch? Er hat zuletzt in Maidenhead gewohnt, soviel ich gehört habe. Nach der Geschichte mit dem Shakespeare-Folio lag immer ein Schatten auf seiner Arbeit.«

»Er hat die Randnotizen gefälscht, nicht wahr?«

»Ja, ich glaube, das war es. Ich war damals noch ziemlich neu im Geschäft. Es hat aber reichlich Wirbel gemacht.«

»Und jetzt wohnt er in Maidenhead, sagen Sie?«

»Er muss ziemlich alt sein, aber wenn er noch lebt, dann wohnt er wahrscheinlich in Maidenhead. Warum interessieren Sie sich denn plötzlich für Collier?«

»Ich denke daran, eine kleine Sammlung über Fälscher und Fälschungen anzufangen«, erklärte Gardner.

»Das wäre ja eine ganz neue Richtung«, sagte Mayhew vorsichtig.

»Aber nein«, sagte Gardner. »Ich finde, wenn man Dokumente sammelt, sollte man auch über Fälschungen Bescheid wissen. Schon, um sich vor Betrug zu schützen.« Benjamin wusste, wie exzentrisch fanatische Sammler sein konnten, und so hütete er sich, die Motive von Gardners neuer Leidenschaft zu hinterfragen. Die Aussicht, damit Geld zu verdienen, genügte ihm völlig.

»Sind es nur die Shakespeare-Fälscher, für die Sie sich interessieren, oder auch andere Fälscher?«, fragte er.

»Eigentlich alle«, sagte Gardner. »Gibt's denn noch andere Shakespeare-Fälscher?«

»Ich könnte Ihnen vielleicht ein paar Bücher über William Henry Ireland besorgen«, sagte Mayhew. »Er war der größte Fälscher von allen. Er hat Manuskripte, Briefe und alles mögliche andere gefälscht. Er war absolut schamlos.«

»Steht in diesen Büchern auch drin, wie er's gemacht hat?«, fragte Gardner, und zum ersten Mal glaubte Mayhew zu ahnen, worauf sein Kunde hinauswollte.

Ridgefield, 1987

Der Campus war ein einziges Blütenmeer von Kornelkirschen und Azaleen und die Studenten waren in Shorts und T-Shirts aus den Osterferien zurückgekommen, als Peter die letzten Briefe aus der Hinterlassenschaft von Amanda Devereaux aus ihrem Karton nahm. Und jetzt hatte er doch noch etwas gefunden, was er Amanda und ihrer Mutter nicht so ohne weiteres erzählen konnte: die Korrespondenz zwischen Amanda Devereaux und ihrem künftigen Ehemann Robert Ridgefield. Darin zeigte sie sich nicht als Büchersammlerin, sondern als Frau.

Getroffen hatten sie sich bei Sotheby's in New York. Dabei war Robert Ridgefield von Ms Devereaux nicht nur überboten worden, sondern hatte sich auch noch in sie verliebt. Sie war gerade vierzig geworden, und er war zwanzig Jahre älter. Ihre Korrespondenz beschäftigte sich zunächst nur mit Büchern – Ridgefield war kein ernsthafter Sammler, kaufte aber gelegentlich etwas, was ihn interessierte. Dann trafen sie sich in New York, wo Ridgefield fast die ganze Saison hindurch wohnte. Amanda war bei wichtigen Versteigerungen gern selbst dabei, und Ridgefield begriff sehr schnell, wann er bei Sotheby's und Parke-Bernet sein musste, um sie zu treffen.

Allmählich schlichen sich Bekenntnisse seiner Zuneigung in seine Briefe. Amandas Briefe beschäftigten sich meist mit bibliografischen Themen, aber sie wies seine brieflichen Annäherungsversuche auch nicht zurück und ließ sich offenbar immer häufiger zu gesellschaftlichen Ereignissen von ihm einladen. Diese dezente Werbung des alternden Bankiers um die brillante Bücherfreundin fand ihren Höhepunkt im Frühjahr 1939. Der abschließende Brief stammte vom 2. Mai, und es war speziell dieser Brief, den Peter sowohl Sarah Ridgefield als auch ihrer Tochter lieber vorenthielt.

Mein sehr lieber Mr Ridgefield,
ich schreibe Ihnen in Hinsicht auf Ihren freundlichen Antrag vom Fünfundzwanzigsten, für den ich mich herzlich bedanke. Ich habe mich seit vielen Jahren als überzeugte Junggesellin gefühlt und nie an eine Ehe gedacht, unter anderem weil ich die Bücher als meine Familie betrachtet habe. Jetzt allerdings nähere ich mich einem Alter, in dem solche Entscheidungen unwiderruflich zu werden drohen, und ich bin zu der Überzeugung gelangt, dass ein Ehemann aus Fleisch und Blut und – so Gott will – auch Kinder aus Fleisch und Blut mein Leben in einer Weise bereichern könnten, wie es die Bücher, so wertvoll sie mir auch immer gewesen sind, niemals können.
Das ist der Grund, warum ich Ihnen heute schreibe. Seit Jahren habe ich die Vorhaltungen meiner Freunde und Familie ignoriert, die mir versichert haben, das Leben einer Frau könne ohne Kinder nicht vollständig sein. Ich hielt mich für ein »modernes Mädchen«, das über solchen Dingen stand. In den letzten Jahren habe ich mich aber in kleinen Schritten der Position eines großen amerikanischen Büchersammlers genähert, der mir einmal gesagt hat, dass Kinder der größte Segen seines Lebens gewesen seien und dass es irgendwann zu größter Trauer führen würde, wenn ich keine hätte.
Sie sind kein junger Mann mehr, Mr Ridgefield, und obwohl Sie vielleicht die einzige Gelegenheit sind, meiner Sammlung einen leibhaftigen Ehemann hinzuzufügen, könnte ich Ihrem Antrag nicht zustimmen, ohne Ihnen zugleich zu sagen, was ich mir davon erwarte. In dieser späten Phase meines Lebens – wie Sie wissen, habe ich das vierzigste Lebensjahr fast vollendet – habe ich eine tiefe Sehnsucht nach Mutterschaft und würde von jedem Ehemann erwarten, dass er sie respektiert und erfüllt. Vielleicht erscheint es Ihnen bedenklich, in Ihrem Alter noch Vater zu werden, und das könnte ich durchaus verstehen. Wenn Sie aber bereit sein

sollten, mir eine Chance zur Mutterschaft zu geben, bin ich bereit, Ihren Heiratsantrag in Demut und echter Zuneigung anzunehmen.

Ganz die Ihre,

Amanda Devereaux

Wie es schien, hatte Robert Ridgefield die Bedingungen akzeptiert. Elf Monate später wurde Sarah Ridgefield geboren. Dennoch schmerzte Peter das Dokument, wenn er an die Enkelin von Ms Devereaux dachte. Obwohl Amanda so tat, als hätte sie verkraftet, dass sie keine Kinder haben würde, wusste Peter doch, wie sehr sie darunter litt.

Zwei Wochen nachdem er den letzten Devereaux-Brief katalogisiert hatte, legte Peter das Abschlussexamen ab.

»Nächstes Jahr wirst du hier stehen«, sagte Peter zu Amanda, als sie ihn unter den vielen Absolventen gefunden hatte und ihm überschwänglich zu seinem akademischen Erfolg gratulierte. Charlie Ridgefield klopfte ihm aufmunternd auf den Rücken und Sarah küsste ihn auf die Wange. Peters Eltern waren zu spät gekommen und hatten die Abschlussfeier verpasst.

Seit drei Jahren hatte er jetzt erfolgreich verhindert, dass Amandas Eltern und seine eigenen sich begegneten. Auch Amanda selbst waren Peters Eltern nur zweimal begegnet – einmal auf dem Campus und einmal, als Amanda darauf bestanden hatte, dass er sie zum Thanksgiving-Dinner zu seinen Eltern mitnahm. Bei beiden Gelegenheiten hatte er sie nur mit ihrem Vornamen vorgestellt und kein Wort über ihre wohlhabende Familie erwähnt.

Aber nach der offiziellen Abschlussfeier am Graduation Day gaben die Ridgefields in ihrem Haus für Peter einen kleinen Empfang, und so kam es endlich doch zum Zusammenstoß der beiden Welten, in denen er bisher gelebt hatte. Denn Amanda und ihre Eltern hatten darauf bestanden, dass er seine Eltern zu der kleinen Festlichkeit einlud.

Peters Vater sah aus, als ob er sich sehr unbehaglich in seinem gebügelten Anzug mit dem schlecht gebundenen Schlips fühlte, zu dem ihn seine Frau aus Anlass der Feier gezwungen hatte. Er hielt sich auf der Terrasse auf, gleich neben der Bar – schon deshalb, weil sie das Einzige aus der Welt der Ridgefields war, was er tatsächlich verstand. Dort, fand Peter, störte er zumindest niemanden, auch wenn sein Alkoholpegel stetig stieg. Weitaus schlimmer war seine Mutter, die ein grünes Kleid trug, das so aussah, als wäre es aus den Vorhängen eines überbreiten Wohnanhängers geschneidert. Doreen fegte durch die Gruppen von Professoren, Dozenten, Studienabgängern und Ridgefields, als wäre sie die Gastgeberin.

»Das ist mein Sohn Peter«, verkündete sie mit einer Stimme, die man bis zur Einfahrt hinunter hörte. »Wissen Sie, er ist mit Amanda Ridgefield verlobt. Alles das hier wird einmal ihm gehören.«

Nachdem er diesen Auftritt eine Stunde lang auszuhalten versucht hatte, flüchtete Peter ins Gästezimmer, wo ihn Amanda allerdings nach kurzer Zeit aufstöberte. »Versteckt sich unser Ehrengast etwa?«, fragte sie, schubste ihn aufs Bett und küsste ihn leidenschaftlich.

»Bist du sicher, dass du in diese Familie einheiraten willst?«, fragte Peter und nickte in Richtung der Tür.

»Ach, so schlimm ist es nun auch wieder nicht«, sagte Amanda.

»Keine Sorge, sobald er wieder nüchtern ist, werde ich meinem Vater sagen, dass er meine Mutter bis zur Hochzeit nicht mehr herbringen soll«, sagte Peter, während Amanda an seinem Gürtel zupfte. »Das wäre dann so im Jahr 1995, nehme ich an.«

»Eltern sind immer ein bisschen peinlich«, sagte Amanda und schob ihm die Hand in die Hose. »Das ist von der Natur so vorgesehen.«

»Bist du dir darüber im Klaren, dass halb Ridgefield hinter dieser Tür da versammelt ist?«, fragte Peter.

»Die wissen ja nicht, was die adrette Miss Ridgefield hier oben so treibt«, sagte Amanda.

Als Peter und Amanda sich eine halbe Stunde später wieder unter die Gäste mischten, waren Mr und Mrs Byerly schon gegangen. Und sie kamen auch nicht zur Hochzeit. Zwei Monate nach Peters Examensfeier fuhr sein Vater den Pick-up der Familie einschließlich seiner Frau und zweier leerer Whiskyflaschen mit hundertfünfzig Stundenkilometern von der Interstate 40 in den Straßengraben. Als Peter in der Nacht nach der Beerdigung in Amandas Armen in seinem alten Zimmer lag und nicht einschlafen konnte, überwältigte ihn die Trauer darüber, dass er jetzt verwaist war und selbst auch niemals Kinder haben würde. Obwohl ihm seine Eltern die meiste Zeit eine Bürde gewesen waren und obwohl er darüber gekränkt war, dass sie ihn vernachlässigt hatten, waren sie doch seine Eltern gewesen. Er hatte zwar so getan, als ob sie nicht zu ihm gehörten, aber jetzt wusste er doch, dass er durch ihren Tod einen Teil seiner selbst eingebüßt hatte.

»Du hast nie über sie geredet«, sagte Amanda.

»Nein.«

»Aber du weißt doch, dass du über alles mit mir reden kannst, oder?«

»Ja, ich weiß«, sagte Peter und drückte Amandas Arm. »Das ist einer der Gründe, weshalb ich dich liebe.«

»Hast du sie geliebt?«

Peter starrte lange an die Decke. »Ich wünschte, ich wüsste es.«

Oxfordshire, Dienstag, 21. Februar 1995

Als sie sich ihren Weg durch Woodstock bahnten und am Tor von Blenheim Castle vorbeifuhren, sah Peter plötzlich Amanda auf dem Rücksitz des Citroën sitzen. Sie blinzelte ihm zu, aber als er sich umdrehte, war sie verschwunden. Auf dem Rücksitz lag nur Peters Tasche, die seine Zukunft enthielt – Ruhm oder Untergang.

»Ach, ich hab noch etwas«, sagte Liz und holte Peters Aufmerksamkeit wieder zurück in die Gegenwart. »Ich habe die Sache mit W. H. Smith zu klären versucht. Gestern Abend habe ich Lawrence angerufen, das ist der Forscher, von dem ich dir erzählt habe. Er ist ein Urgroßneffe, hat sich herausgestellt.«

»Was hast du rausgekriegt?«, fragte Peter, der sich an diesen Teil der Recherchen kaum noch erinnerte.

»Nun ja, wenn es um Shakespeare geht, dann ist es nicht weiter erstaunlich, dass Smith in die Sache verwickelt war. Er war einer der ersten Anti-Stratfordianer.«

»Ist das dein Ernst?«

»Ja. Er dachte, Francis Bacon hätte die Stücke geschrieben«, sagte Liz. »Er hat eine Broschüre darüber geschrieben.«

»Und das war dieser Zeitschriftenhändler, der später First Lord of the Admiralty wurde?«

»Ja, genau der«, sagte Liz kichernd. »Sir Joseph Porter, von der H. M. S. Pinafore.«

»Aber warum hätte Smith denken sollen, dass Bacon die Stücke geschrieben hat, wenn er den *Pandosto* gesehen hatte?«

»Hat er ihn denn wirklich gesehen?«, fragte Liz. »Was steht denn genau in dem Buch?«

Peter griff nach hinten und holte die Tasche nach vorn.

Vorsichtig zog er den *Pandosto* heraus. Wenn er daran dachte, welchen Risiken er das unersetzliche Buch in den letzten Tagen ausgesetzt hatte, wurde ihm regelrecht schlecht. Es war vielleicht doch ein Fehler gewesen, die schützende Buchkassette nicht mitzunehmen, auch wenn sie recht unhandlich war. Er kannte die Liste der Eigentümer zwar nahezu auswendig, aber jetzt schlug er sie noch einmal auf.

»B. Mayhew für William H. Smith«, las er vor.

»Also war W. H. Smith Kunde von Mayhew.«

»Wahrscheinlich.«

»Das heißt aber nicht, dass Smith tatsächlich auch in den Besitz des Buches gelangt ist, oder?«

»Ich weiß nicht«, sagte Peter. »Da er sich so engagiert für Bacon ausgesprochen hat, scheint er die Bedeutung des *Pandosto* jedenfalls nicht erkannt zu haben.«

»Vielleicht hat er ihn gar nicht gekriegt?«, sagte Liz. »Oder er wollte nichts davon wissen, weil er gerade die Bacon-Theorie aufgestellt hatte. Das wäre ja ziemlich peinlich gewesen.«

»Also noch mal von vorn«, sagte Peter, der sich für diese Spekulationen immer mehr zu erwärmen begann. »Mayhew gelangt irgendwie in den Besitz des *Pandosto.* Der Vorbesitzer war Robert Harley, aber das muss Anfang des 18. Jahrhunderts gewesen sein. Danach ist das Buch für über hundert Jahre verschwunden, denn es ist nicht in der Harleian Collection gewesen, als sie zur British Library wurde.«

»Smith war ein reicher Kunde von Mayhew, und deshalb wollte ihn Mayhew nicht bloßstellen. Er lässt den *Pandosto* in einer hübschen Kassette verschwinden und sagt W. H. Smith nichts davon.«

»Was für edle Menschen ihr Buchhändler doch alle seid«, sagte Liz lächelnd. »Und was hat er dann damit gemacht?«

»Er hat das Buch bei sich behalten, und irgendwann hat er es an B.B. verkauft.«

»War das nicht ein bisschen riskant?«, fragte Liz. »Wenn dieser B.B. ein Sammler war, hätte er ja womöglich die Bedeutung des Buches erkannt. Warum hat Mayhew das Buch nicht verbrannt?«

»Das hätte er niemals getan«, sagte Peter. »Nicht, wenn er ein Bücherliebhaber war. Wir müssen alle Bücher beschützen, das liegt uns im Blut.«

»Oh, entschuldige!«, sagte Liz. »Ich hatte vergessen, was für aufrechte Burschen ihr alle seid. Aber vielleicht hat dieser Mayhew ja gar nicht begriffen, was er da in der Hand hatte. Oder er war ein Fälscher und hat den *Pandosto* gefälscht, um den ebenso eitlen wie reichen William H. Smith damit zu erpressen? Nach dem Motto: Deine Bacon-Theorie ist lächerlich, und ich kann es beweisen?«

»Nein, ich denke, wenn es eine Fälschung ist«, sagte Peter, »dann war der Fälscher dieser B.B. Der war schließlich der Künstler.«

»Und außerdem mit diesem Mayhew befreundet. Ich glaube, du suchst bloß nach einer Theorie, wonach dein *Pandosto* echt ist.«

»Na ja, schön wäre das schon«, gab Peter zu.

»Und was genau hast du vor, wenn wir jetzt nach Kingham kommen?«, fragte Liz. »Wirst du auf diesen Thomas Gardner losgehen und sagen: Hallo, sind Sie ein Mörder? Und wenn ja, warum?«

Peter dachte an seine letzte Begegnung mit Gardner. Auch die Gerüchte, von denen die alten Schwestern gesprochen hatten, fielen ihm wieder ein, dass Phillip Gardner von seiner Frau ermordet worden war, womöglich zusammen mit seiner Geliebten.

»Was mich wirklich interessieren würde«, sagte er, fast zu sich selbst, »ist die Familienkapelle der Gardners.«

»Wart mal, ich glaube, Graham ist da vielleicht drin gewesen«, sagte Liz.

»Ist das dein Ernst?«

»Er hat mal was von einer privaten Kapelle erzählt, die er in den Cotswolds besucht hat. Es hätte ihn ziemlich genervt, weil der Bursche, der ihn herumgeführt hat, die ganze Zeit eine Schrotflinte über der Schulter gehabt hätte.«

»Das muss Thomas Gardner gewesen sein!«, sagte Peter.

»Graham hat gesagt, sie hätten fast eine Stunde da zugebracht.«

»Hat er denn gefunden, was er gesucht hat?«, fragte Peter.

»Nein, er hat gesagt, es war eine Sackgasse, trotzdem hätte er das Gefühl gehabt, dass der Bursche mit der Flinte ihm was verheimlicht.«

»Das glaube ich sofort«, sagte Peter, als Liz von der A44 auf die Straße nach Chipping Norton herunterfuhr. »Und diese Kapelle werd ich mir auf jeden Fall ansehen, wenn wir nach Kingham kommen.«

»Ich glaube, da nimmst du mich lieber mit. Einer muss schließlich Schmiere stehen.«

Persönliches Unglück gehörte zu Mayhews Geschäft. Er verkaufte seine Bücher zwar meist an Leute, denen es gut ging, aber wenn er einkaufte, dann oft bei denen, die gerade ihre Karriere, ihr Vermögen oder einen nahen Verwandten eingebüßt hatten. Auch an diesem Morgen breitete er die *Times* auf seinem Tisch aus und las die Todesanzeigen und Nachrufe. Und auch diesmal war der Name eines Mannes darunter, dessen Bibliothek er schon kannte. Im Lauf der Jahre hatte Benjamin ihm einige Bücher verkauft, auch wenn er vielleicht nicht der Lieblingsbuchhändler dieser Familie war. Trotzdem erinnerte er sich noch gut an den Besuch auf dem Landsitz dieser Familie, wo ihm der älteste Sohn gesagt hatte: »Wenn mein Vater nicht mehr ist, werden wir von diesen Büchern wohl einiges abgeben müssen.« Tatsächlich war die Bibliothek so vollgestopft, dass man kaum etwas fand und die Schönheit der Bücher auch nicht recht zur Wirkung kam.

Benjamin zögerte nicht, sondern setzte sich gleich in den nächsten Zug, der King's Cross verließ. Der Sohn, an dessen Worte Benjamin sich erinnert hatte, erriet auch sofort, weshalb er gekommen war.

»Ich fürchte, Sie kommen zu spät«, sagte er.

»Ja, das dachte ich mir schon fast«, sagte Benjamin mitfühlend. »Ich werde meine Freundschaft mit Ihrem Herrn Vater vermissen.«

»Sie und Vater sind niemals Freunde gewesen«, sagte der junge Mann sachlich. »Was ich meinte, war, dass Sie wegen der Bücher zu spät kommen. Mein Vater hat mich schon vor drei Monaten gebeten, die Hälfte der Bibliothek zu verkaufen.«

Benjamin ärgerte sich zwar mächtig über diese Mitteilung, ließ sich aber nichts anmerken. Dass ein anderer Buchhändler schneller gewesen war, ließ sich jetzt nicht mehr ändern.

»Sie können sich aber die Shakespeare-Folios ansehen, wenn Sie wollen. Mein Vater hat bis zum Schluss darauf bestanden, sie zu behalten, aber ich will sie loswerden.«

Benjamin erinnerte sich an die beiden Bände. Der eine war angeblich ein Exemplar der zweiten Ausgabe, der andere ein Exemplar der vierten Ausgabe. Ob das allerdings zutraf, wusste niemand so genau, denn die Bände wurden seit Generationen so heiliggehalten, dass niemand sie anrühren durfte. Wenn sie allerdings das waren, was der alte Mann gesagt hatte, dann konnte Benjamin sie mit einem einzigen Telegramm an einen seiner reichen amerikanischen Kunden verkaufen. Er folgte dem Sohn in die Bibliothek, die tatsächlich ziemlich geschrumpft schien.

»Ich werde aber eine schöne Summe dafür verlangen«, sagte der Sohn. »Schauen Sie sich die Bände an. Ich komme in einer halben Stunde zurück. Ich habe Besseres zu tun, als mich um alte Bücher zu kümmern. Die Bände stehen da unten, unter dem Gainsborough.« Er wandte sich abrupt ab und ließ Mayhew allein.

Benjamin kniete sich vor das Regal und zog mit zitternden Händen die beiden Folianten mit dem Namen »W. Shakespeare« auf dem Rücken aus dem Regal. Er fand es eine erregende Vorstellung, dass diese Bücher seit Jahrzehnten von keiner Hand mehr berührt worden waren. Die Einbände waren in sehr gutem Zustand, und Benjamin vermutete, dass sie aus dem frühen 18. Jahrhundert stammten. Er trug die Bücher zum Tisch, setzte sich und schlug den ersten Band aufs Geratewohl in der Mitte auf. Mit dem, was ihn erwartete, hatte er allerdings nicht gerechnet. Verblüfft starrte er auf die Seiten und wusste nicht, ob er lachen oder wütend sein sollte. Die Blätter waren vollkommen leer.

Hastig blätterte er bis zum Ende des Buches, fand aber keine einzige gedruckte Zeile. Erst als er das Buch von vorn aufschlug, fand er tatsächlich das Titelblatt der zweiten Ausgabe aus dem Jahr 1632. Die Werke selbst aber fehlten. Nach dem Titelblatt kamen nur noch acht Seiten mit Teilen des III. Akts von *Othello.* Der Rest des Bandes war leeres Papier. Kein Wunder, dass der alte Besitzer nicht zugelassen hatte, dass jemand die kostbaren Folios anfasste. Benjamin hatte diesen buchbinderischen Trick schon früher gesehen, wenn jemand eine schmale Broschüre zu einem richtigen Buch hatte aufblähen wollen. Aber dass der Besitzer des Hauses von seinem eigenen Vater so hereingelegt worden war, das war schon außergewöhnlich. Er schlug den zweiten Band auf, der angeblich die vierte Ausgabe von 1685 sein sollte. Das Titelblatt stimmte, und hier waren auch alle Seiten bedruckt. Vielleicht war der Tag ja doch nicht verloren. Aber bei genauerer Überprüfung stellte er fest, dass etliche Stücke fehlten. Ohne *Hamlet, King Lear, A Midsummer Night's Dream* und *The Winter's Tale* war ein Exemplar des Fourth Folio eigentlich nur eine Kuriosität. Benjamin fand die Sache nur noch zum Lachen, was er aber schon deshalb nicht tat, weil er sich in einem Trauerhaus aufhielt. Zugleich beschloss er, dem Sohn nichts weiter zu sagen. Diese Aufgabe würde er einem anderen überlassen.

Er war gerade dabei, die Folios wieder an ihren Platz zu stellen, als er tief hinten im Regal ein schmales Bändchen entdeckte, das wohl zwischen oder hinter den Folianten gesteckt hatte. Der Einband war stark zusammengepresst, und es war klar, dass dieses kleine Buch genauso lange nicht angerührt worden war wie die Folios. Neu aufgebunden war es jedenfalls nicht. Der Einband war so abgestoßen, dass er gut und gerne aus dem 17. Jahrhundert stammte oder gar noch älter war. Behutsam schlug er ihn auf.

Benjamin kannte Robert Greene gut, er hatte zahlreiche seiner kleinen Pamphlete an Kunden in England und Amerika verkauft, einen Erstdruck des Romans *Pandosto* hatte er aber noch nie gesehen. Es war allerdings weniger der Text, der seine Aufmerksamkeit fesselte. Was ihn schockierte, waren die Randnotizen. Denn er brauchte nicht lange, um zu erkennen, was er da in der Hand hielt. Er war sich zwar nicht ganz sicher, aber es deutete doch alles darauf hin, dass er eine unglaubliche Entdeckung gemacht hatte. Nur zu gut erinnerte er sich an die immer wieder pathetisch vorgetragenen Worte seines Freundes William Henry Smith: »Wenn mir jemand auch nur ein einziges zeitgenössisches Dokument zeigen könnte, das die unter dem Namen Shakespeare veröffentlichten Stücke mit William Shakspeare aus Stratford verbindet, würde ich meine Überzeugung sofort verlassen und mich vor den Stratfordianern verneigen.« Nach dem Vortrag waren sie zusammen in den Club des mächtigen Mannes gegangen, und auf dem Weg hatte Smith lächelnd gesagt: »Wäre verdammt peinlich, wenn das tatsächlich passierte.«

»Keine Sorge«, hatte Benjamin ihm geantwortet. »Das wird nicht passieren.«

Und jetzt saß er da und hatte genau das auf dem Tisch liegen: ein Dokument in Shakespeares eigener Handschrift. Wie es fast dreihundert Jahre unentdeckt geblieben war, war kaum vorstellbar, aber wenn diese Entdeckung veröffentlicht wurde, war es eine gewaltige Demütigung für Smith.

Benjamin überlegte. Der junge Mann, dem die Bibliothek gehörte, konnte jeden Augenblick wieder da sein. Wenn Benjamin die beiden Shakespeare-Folios nicht haben wollte, sondern stattdessen dieses kleine Büchlein kaufen wollte, würde der junge Mann misstrauisch werden. Er würde womöglich andere Buchhändler hinzuziehen, es würde eine Diskussion und am Ende wahrscheinlich eine spektakuläre Auktion bei Sotheby's geben, bei der sein Freund erneut bloßgestellt werden würde. Ob er, Benjamin, bei der ganzen Sache etwas verdiente, war höchst zweifelhaft.

Er beschloss, die Sache auf andere, stillere Art zu erledigen. Mit einer raschen Handbewegung, fast instinktiv, schloss er das Buch und schob es in seine Zeitung, als er auch schon Schritte auf dem Korridor hörte und die Tür sich öffnete.

»Ich könnte Ihnen gar nicht bezahlen, was diese Folios wert sind«, sagte er dem jungen Hausherrn mit einem bedauernden Lächeln. Und in gewissem Sinne, dachte er, ist das ja nicht mal gelogen.

»Tja, tut mir leid, dass Sie Ihre Zeit verschwendet haben«, sagte der junge Mann. »Sie entschuldigen, wenn ich Sie nicht hinausbringe?«

Ridgefield, 1988

»Versteh mich nicht falsch«, sagte Charlie Ridgefield und nahm noch einen Schluck Bourbon. »Ich liebe meine Frau. Du magst sie ja auch sehr.«

»Sie ist jetzt so etwas wie meine Mutter«, sagte Peter und starrte in sein leeres Glas. »Und sie versteht mich besser, als meine Mutter das je getan hat.«

Die beiden Männer saßen auf der Veranda hinter dem Haus. Die anderen Gäste waren inzwischen ins Bett gegangen, einige in die Gästezimmer im Haus und im Nebengebäude, andere ins Marriot unten in Ridgefield. Die Hochzeit sollte der Höhepunkt einer dreitägigen Feier sein, die mit Amandas Abschlussfeier begonnen hatte. Peter hatte gar nicht bemerkt, seit wann er mit Amandas Vater allein war, aber es war seit mindestens einer halben Stunde kein anderer mehr auf die Veranda gekommen. Ob Charlie Ridgefield dieses Gespräch geplant hatte oder ob nur das Zusammentreffen von Gelegenheit, Gefühl und Jim Beam dazu geführt hatte, dass sie jetzt hier saßen, ließ sich nicht ohne weiteres feststellen. Allerdings wurde bald klar, dass sich Amandas Vater deutlicher über seine Situation äußern würde als je zuvor.

»Mit einer Ridgefield verheiratet zu sein … das ist eine Herausforderung«, sagte er. »Ridgefield ist eine kleine Stadt, Peter. Und die Welt der Leute, die so reich wie die Ridgefields sind, ist auch klein. Du kannst so verliebt sein, wie du willst, es wird immer Leute geben, Peter, die denken, dass du eine Ridgefield nur aus einem einzigen Grund geheiratet hast.«

»Geld«, sagte Peter.

»Genau.«

»Ich weiß, warum ich Amanda heirate«, sagte Peter. »Was die Leute denken, ist mir egal.«

»Meinst du?«, sagte Amandas Vater. »Ich habe Betriebswirtschaft studiert, und ich arbeite gern. Als ich geheiratet habe, war ich bei einer Bank angestellt. Ich hatte mir vorgenommen, mich von ganz unten hochzuarbeiten, damit jede Beförderung etwas war, worauf ich richtig stolz sein konnte. Aber sobald sie herausgefunden hatten, dass ich mit Sarah Ridgefield verheiratet war, hatte ich keine Chance mehr. Mein Chef ging davon aus, dass ich keine Beförderung brauchte, weil ich sowieso nur zum Spaß arbeitete. Und als ich dann doch befördert wurde, dachten alle, das wäre nur deshalb, weil ich mit Sarah verheiratet war, und nicht, weil ich es verdiente. Was immer ich machte, war falsch. Schließlich habe ich aufgegeben und habe für die Ridgefield Bank gearbeitet. Da konnte ich mich dann hocharbeiten, und wenn die Leute dachten, es wäre nur, weil ich mit Sarah verheiratet war, war mir das verdammt egal.« Er nahm einen weiteren Schluck Bourbon.

»Nun, ich habe ja nicht vor, bei einer Bank zu arbeiten«, sagte Peter. »Ich glaube, der Antiquariatsbuchhandel funktioniert etwas anders.«

»Wirklich?«, sagte Charlie. »Sag mal, Peter, warum willst du eigentlich Buchhändler werden?«

»Weil es meine Leidenschaft ist«, sagte Peter. »Ich weiß, es klingt etwas albern, aber das ist meine Art, die Welt zu verändern. Ich will dafür sorgen, dass schöne Bücher in den Besitz von Leuten gelangen, die sie lieben und gut damit umgehen, damit die nächste Generation sich auch daran freuen kann.«

»Genau. Das ist eine Leidenschaft. Und dafür verdienst du doch auch Respekt, oder?«

»Ja, vielleicht«, sagte Peter. »Wie gesagt: Ich habe mir nie große Gedanken darüber gemacht, was die Leute über mich denken.«

»Aber würde es dich nicht kränken, wenn die Leute, mit denen du zu tun hast, dich nicht richtig ernst nehmen, weil sie denken, du wärst bloß so ein reicher Bubi, der ein bisschen herumspielt?«

»Aber so ist es ja nicht«, sagte Peter, etwas lauter, als er eigentlich wollte; denn er hatte plötzlich begriffen, worauf Charlie hinauswollte. Dass sein Traum, ein respektiertes Mitglied der Antiquariatsgilde zu werden, im selben Augenblick enden könnte, in dem er Amanda sein Jawort gab.

»Natürlich ist es nicht so«, sagte Charlie. »Du weißt es, und ich weiß es auch. Aber in diesem Spiel geht es nicht um falsch oder richtig, mein Sohn. Alles, worauf es ankommt, ist, was die Leute denken, und in dem Moment, wo sie wissen, mit wem du verheiratet bist, hast du verloren. Willkommen bei den Ridgefields.« Charlie leerte sein Glas und stand auf. »Ich seh dich am Altar, Junge!« Er stolperte über die Terrasse ins Haus und ließ Peter im Dunkeln sitzen.

Peter und Amanda lagen atemlos in ihrem zerwühlten Bett. Es war ihre dritte Nacht in London und ihre fünfte Nacht als Ehepaar. Amandas Eltern hatten darauf bestanden, die Flitterwochen für sie zu bezahlen, und die Frischverheirateten waren erster Klasse nach London geflogen und in einer Suite im Ritz abgestiegen. Bei alledem hatte Peter vergeblich versucht, seine Unterhaltung mit Charlie Ridgefield zu vergessen.

»Betten sind eine großartige Erfindung«, sagte Amanda. »Betten sind sogar noch besser als der Teppich im Devereaux-Saal.«

»Wir haben doch schon in einem Bett zusammen geschlafen«, sagte Peter.

»Ja, aber die Bettlaken hier haben eine Fadenzahl von vierhundert. Ich liebe dich und dieses Bett.«

»Darf ich dich mal was fragen?«

»Sie können mich alles fragen, Mr Byerly«, sagte Amanda. »Schließlich bin ich ja Mrs Byerly.« Sie seufzte. »Klingt irgendwie gut: Mrs Byerly, umschlungen von Mr Byerly und einem Satz Bettwäsche mit einer Fadenzahl von vierhundert.«

»Würdest du mich denn auch ohne die teuren Bettlaken lieben?«, fragte Peter.

»Aber natürlich. Was redest du da?«

»Ach, es war nur so etwas, was dein Vater zu mir gesagt hat, vor ein paar Tagen.«

»Nach dem Examensdinner? Gott, das tut mir so leid. Er war ziemlich betrunken, nicht wahr? Er trinkt nicht sehr oft, aber wenn, dann wird er echt depressiv.«

»Er war nicht depressiv«, sagte Peter, »bloß ehrlich.«

»Was hat er denn gesagt?«, fragte Amanda und drehte mit ihrem lackierten Fingernagel träge Kreise auf Peters Brust.

»Er hat gesagt ... na ja, dass die Leute denken, ich hätte dich wegen des Geldes geheiratet.«

»Aber du weißt doch, dass das nicht stimmt.«

»Natürlich«, sagte Peter. »Aber er hat gesagt, die Leute ... würden mich deshalb nicht mehr ernst nehmen – als Buchhändler und Antiquar, meine ich. Sie werden denken, das ist nur ein Hobby und in Wirklichkeit lebe ich von deinem Geld.«

»Das ist doch albern«, sagte Amanda.

»Wirklich? Wenn wir in einem großen Haus wohnen, tolle Autos fahren und erster Klasse nach England fliegen, wann immer wir Lust dazu haben, dann wissen die Leute doch genau, dass man das nicht mit dem bezahlt, was man als Buchhändler verdient.«

»Willst du damit sagen, dass mein Vater sich aushalten lässt?«

»Manchmal scheint er das Gefühl zu haben, dass es so ist.«

»Aber nur, wenn er betrunken ist«, sagte Amanda und rollte von Peter weg.

»Hör mal«, sagte Peter, »es ist großartig, dass wir keine Geldsorgen haben und uns alles leisten können, aber …«

»Was, aber?«

»Ich würde gern wissen, ob wir es auch allein schaffen könnten. Auch wenn du keine Ridgefield wärst.«

Amanda starrte einen Augenblick stumm an die Decke. »Peter«, sagte sie schließlich, »würdest du mich auch noch lieben, wenn ich nicht hübsch wäre?«

»Das weißt du doch«, sagte Peter.

»Und würdest du mich auch noch lieben, wenn ich eine schlimme Krankheit hätte oder verkrüppelt wäre?«

»Natürlich.«

»Ja. Weil es Teil meiner Natur wäre, weil es zu mir gehört. Und eine Ridgefield zu sein, gehört eben auch zu meiner Persönlichkeit und zu meinem Leben dazu. Lange Zeit habe ich das zu leugnen versucht, aber letztlich bist du es gewesen, der mir geholfen hat, das zu verstehen und zu akzeptieren. Und jetzt willst du plötzlich, dass ich es wieder verleugne?«

»Nein, das sollst du ganz und gar nicht«, sagte Peter. »Ich mag deine Eltern, das weißt du doch. Ich habe sie von Herzen gern und möchte, dass sie Teil unseres Lebens sind. Ich dachte nur, es wäre irgendwie schön, wenn wir versuchen könnten … von dem Geld zu leben, das wir tatsächlich verdienen. Wäre es schlimm, wenn wir versuchen würden, in einer kleinen Wohnung anzufangen wie andere junge Ehepaare?«

»Nein«, sagte Amanda leise. »Das wäre überhaupt nicht schlimm.« Sie schob ihre Hand in seine. »Darf ich die Wohnung einrichten?«

»Es macht dir nichts aus?«, sagte Peter. »Ich meine, wenn wir das Geld der Familie erst mal außer Acht lassen?«

»Peter, ich kann auf Luxusbettlaken, Erste-Klasse-Flüge, schicke Autos und große Häuser verzichten. Ich meine, das sind nette Sachen, aber nett ist nicht alles. Was zählt, ist nicht das Geld. Was zählt, das ist meine Familie und das bist du – vor allem du. Ich liebe dich. Was ich brauche, bist du, Peter Byerly.«

»Aber die Bettlaken sind wirklich schön«, sagte Peter.

»Ja. Ich glaube, wenn ich demnächst in einer winzigen Wohnung wohnen und beim K-Mart einkaufen soll, muss ich jetzt unbedingt schnell noch in diesen Bettlaken vögeln.« Sie nahm ihn in ihre Arme, und Peter spürte eine so heftige Liebe in sich aufsteigen, dass er fürchtete, explodieren zu müssen.

Kingham, Dienstag, 21. Februar 1995

Es war schon dunkel, als Liz und Peter in Kingham ankamen. Peter hielt es nicht für ausgeschlossen, dass sein Haus beobachtet wurde, deshalb fuhren sie am Sportplatz vorbei zum Mill House Hotel und hielten auf dem gekiesten Parkplatz. Peter war zwar schon oft daran vorbeigefahren, hatte das Hotel aber noch nie selbst betreten. Sie betraten die kleine, mit grauem Stein geflieste Eingangshalle und baten um zwei Einzelzimmer. Seinen Namen gab Peter als »Robert Cotton« an. Das war ein Vorschlag von Liz gewesen; denn wenn sein Cottage beobachtet wurde, dann war das Hotel vielleicht auch nicht ganz sicher. Als Peter nach seiner Kreditkarte griff, zog sie ihn vom Empfang weg und flüsterte: »Siehst du dir denn nie Krimis im Fernsehen an? Du musst bar bezahlen! Hast du genügend dabei?«

Wie sich herausstellte, hatte er nur genug für ein Zimmer dabei. Aber während er noch überlegte, ob der »King's Head« in Bledington vielleicht billiger wäre, kam Liz an die Theke und sagte mit überraschend überzeugendem amerikanischen Akzent: »Haben Sie vielleicht ein Zweibettzimmer? Mein Bruder und ich können uns das Zimmer gern teilen.«

Peter ließ sich erschöpft auf sein Bett sinken, sobald die Tür sich geschlossen hatte, aber Liz machte das Fenster auf und starrte hinaus in den kühlen Abend. »Da draußen sind alle Antworten«, sagte sie und spähte ins Dunkel. »Ich glaube, wenn ich hier die ganze Nacht herumsitze, drehe ich durch.«

»Du könntest ja schlafen«, sagte Peter vorsichtig.

»Machst du Witze?«, sagte Liz. »Ich bin in meinem ganzen Leben noch nie so wach gewesen.« Sie beugte sich aus dem Fenster und holte tief Luft. »Übrigens«, sagte sie, »vielen

Dank, dass du gekommen bist, um mir das Leben zu retten. Das war sehr ritterlich von dir.« Sie setzte sich auf die Bettkante und gab ihm einen Kuss auf die Wange.

Dass er ritterlich gewesen sein könnte, war Peter noch gar nicht bewusst geworden, aber den Kuss fand er verblüffend angenehm. Er spürte, dass er begann, rot zu werden.

Aber in diesem Moment stand sie auch schon wieder auf und sagte: »Ich glaube, ich geh mal runter in die Bar und hole uns ein paar Sandwiches. Das kann ja nicht so gefährlich sein. Es kennt mich ja keiner in Kingham.«

Als Liz gegangen war, streifte Peter rasch seine Schuhe ab und zog sich die Bettdecke über die Ohren. Er war fast schon eingeschlafen, als er plötzlich Amanda im anderen Bett liegen sah. Über die Lücke hinweg sah sie ihn aufmerksam an. »Wie ich sehe, schläfst du mit einer anderen Frau«, sagte sie.

»Aber das tue ich doch gar nicht«, sagte Peter.

»Ich hab nichts dagegen«, sagte sie.

»Ich weiß. Aber so ist es wirklich nicht.« Peter vermochte ihr kaum in die Augen zu sehen.

»Ich will, dass du glücklich bist, Peter.«

»Aber ich bin doch glücklich.«

»Lüg mich nicht an, Peter«, sagte sie tadelnd.

»Okay, vielleicht nicht gerade glücklich«, sagte Peter. »Aber in den letzten Tagen habe ich mich so lebendig gefühlt wie seit Monaten nicht mehr. Eigentlich seit …«

»Lebendig ist gut«, sagte Amanda. »Lebendig ist mal ein Anfang.« Peter lag noch minutenlang da und versuchte, die Augen offen zu halten, um Amanda noch weiter anzusehen. Schließlich sagte sie: »Liz ist nett.«

»Sie ist nur eine Freundin«, murmelte Peter.

Er hatte keine Ahnung, wie viel Zeit vergangen war, als ihn Liz wieder wach rüttelte. Dort, wo Amanda gewesen war, stand jetzt ein Tablett mit Sandwiches. »Es gibt Neuigkeiten«, sagte Liz, als sich Peter im Bett aufgerichtet hatte. Sie drückte ihm ein Käse-Gurken-Sandwich in die Hand, und er staunte, wie viel Hunger er hatte.

»Ich glaube, ich habe deine beiden alten Damen in der Bar gesehen«, sagte sie. »Diese uralten Schwestern. Ich habe sie nicht nach ihren Namen gefragt, weil ich nicht aufdringlich sein wollte, aber sie sahen genauso aus, wie du gesagt hast. Dienstagabends gehen sie wohl immer aus. Sie haben voller Neuigkeiten gesteckt. Wie es scheint, hast du einiges verpasst, als du nicht da warst. Soweit ich verstanden habe, war Thomas Gardner auf Fasanenjagd auf seinen Feldern, obwohl Fasane jetzt gar nicht gejagt werden dürfen. Das hat die Leute am meisten beschäftigt: dass die Fasane jetzt in der Schonzeit sind.« Liz machte eine Pause, um Atem zu holen.

»Hat die Geschichte auch eine Pointe?«, fragte Peter mit vollem Mund.

»Oh, tut mir leid, tut mir leid«, sagte Liz. »Aber wenn ich aufgeregt bin, fange ich an zu plappern. Jedenfalls ist das Ganze schon vor zwei Tagen passiert. Thomas Gardner war auf der Jagd, und dabei ist er gestolpert oder so irgendwas. Was genau passiert ist, war nicht ganz klar. Es gab einige Diskussionen über die Einzelheiten, aber jedenfalls ist das Gewehr losgegangen und er hat sich ins Bein geschossen.«

Peter musste lachen, als er daran dachte, wie er hatte davonlaufen müssen, weil Gardner ihn mit der Flinte beschossen hatte.

»Er hat sich mühsam bis zur Straße geschleppt, dann ist er zusammengebrochen. Der Pfarrer hat ihn gefunden. Er musste notoperiert werden und liegt jetzt im Krankenhaus in Chipping Norton.«

»Vor zwei Tagen ist das passiert?«, fragte Peter. »Dann kann er Graham Sykes also nicht umgebracht haben?«

»Nein«, sagte Liz und biss in ihr Schinken-Sandwich. »Thomas Gardner und Julia Alderson haben beide erstklassige Alibis. Du wirst dir andere Mörder suchen müssen.« Sie grinste.

»Aber das ist noch nicht alles. Gardner ist in Chipping Norton und vor morgen wird er wohl nicht entlassen werden. Das heißt, Evenlode House ist heute Nacht unbewacht.«

»Du meinst …?«

»Genau«, sagte Liz. »Wenn wir uns ungestört die Kapelle mit der Familiengruft ansehen wollen, dann ist das heute die Nacht aller Nächte.«

Sie kletterten über die Gartenmauer des Nachbarn, und auf diese Weise waren sie in der Lage, durch den Wintergarten von hinten in Peters Haus zu gelangen, für den Fall, dass von der Straße her jemand das Cottage beobachtete. Sie machten kein Licht an, aber das blasse Mondlicht ermöglichte es Peter, eine Wetterjacke, eine Taschenlampe, eine sehr detaillierte amtliche Landkarte, einen Notizblock und einen Bleistift, eine verschließbare Plastiktüte mit Beruhigungstabletten und sein Buchbindermesser zu finden. Letzteres nahm Peter aus seinem Werkzeugkasten, über den Liz im Wohnzimmer stolperte.

»Den hättest du verdammt noch mal wegräumen können, ehe du losgefahren bist«, sagte sie.

»Ich hab ja nicht geahnt, dass ich mich mitten in der Nacht hier hereinschleichen muss«, grinste Peter. »Noch dazu in Gesellschaft.«

Als er das Messer einsteckte, fragte Liz, wofür das denn gut sein solle. »Weiß nicht«, sagte Peter. »Aber ich fühle mich einfach wohler, wenn ich's dabeihabe.«

Als sie gerade wieder hinausgehen wollten, fiel Peter das blinkende Licht des Anrufbeantworters auf. Er stellte den Apparat auf »leise« und drückte die Taste.

»Peter? Hier ist Nigel vom British Museum. Ich wollte Ihnen nur sagen, das Papier ist eindeutig spätes 16. Jahrhundert. Mit der Druckerschwärze haben wir noch Probleme. Die müssen wir noch weiter testen, um sicher zu sein, dass sie nicht modern ist. Könnte auch aus dem 16. Jahrhundert stammen, aber dafür kann ich nicht garantieren. Wenn Sie wollen, machen wir einen Radiokarbontest, aber das ist ziemlich teuer. Sagen Sie mir Bescheid? Cheerio.«

»Also könnte der *Pandosto* tatsächlich echt sein?«, sagte Liz.

»Vielleicht ja, vielleicht nein«, sagte Peter.

Die zweite Nachricht war von Professor Leland. »Über Matthew Harbottle und Benjamin Mayhew habe ich noch nichts herausgefunden. Aber bei diesem W. H. Smith hast du bestimmt was zu lachen. Das war einer der ersten Anti-Stratfordianer. Ruf mich doch mal an!«

»Da sind wir uns also einig«, sagte Peter und stellte den Apparat ab.

Als sie wieder im Hotel waren, studierte Peter die Karte und entdeckte einen Fußweg nach Cornwell, der ein paar hundert Meter westlich von Evenlode House vorbeiführte. »Wenn wir den benutzen, ist es wahrscheinlich sicherer als auf der Straße«, sagte Peter.

»Und wie kommen wir in die Kapelle rein?«, fragte Liz. »Glaubst du nicht, dass sie abgeschlossen ist?«

»Du meinst, wir brauchen ein Stemmeisen?« Peter zuckte die Achseln. »Das hätte ich sowieso nicht gehabt. Antiquare und Buchhändler benutzen so etwas eher selten.«

»Ich hab ein bisschen Werkzeug im Auto«, sagte Liz. Sie wählten einen schweren Schraubenschlüssel, und mit dieser zusätzlichen Bewaffnung, die Liz in ihrem Parka verstaute, machten sie sich auf den Weg durch die dunklen Wiesen.

Diesen Pfad hatte Peter noch nie benutzt. Selbst am Tage wäre er nicht leicht zu gehen gewesen, da er immer wieder durch Hecken und Zäune versperrt wurde. Zwar gab es überall schmale Durchlässe und Zauntritte, aber die mussten erst mal gefunden werden. Im Dunkeln war das beinahe unmöglich, aber die Taschenlampe zu benutzen, wagten sie nicht. Ein Licht, das im Tal nach Evenlode House hüpfte, wäre vom

Höhenzug oder von Evenlode Manor aus leicht zu sehen gewesen.

Sie brauchten fast eine Stunde, bis sie schließlich den gurgelnden Fluss erreichten. Auf einer Anhöhe zu ihrer Linken sah man die düsteren Umrisse von Evenlode House im schwachen Mondlicht.

»Louisa hat gesagt, die Kapelle wäre unten im Tal in der Nähe des Flusses. Es kann also nicht mehr weit sein«, flüsterte Peter.

Sie bahnten sich einen Weg durch die Nebelschwaden und das welke Farnkraut, bis sie an eine Trockenmauer kamen.

»Ist das die Grenze von Gardners Grundstück?«, fragte Liz.

»Könnte sein«, sagte Peter. Liz kletterte über die Steine und sprang auf der anderen Seite herunter. Peter war weniger gelenkig und zerriss sich die Hose, als er von der Mauer herabsprang. Etwa fünfzig Meter vor ihnen war ein Gebüsch mit ein paar hohen Bäumen darin zu erkennen, und da der Rest des Geländes offenes Grasland war, konnte sich die Kapelle nur darin verstecken.

»Louisa hat gesagt, die Kapelle sei stark überwuchert«, sagte Peter und zog Liz an der Hand durch die Wiese. »Sie muss da in dieser Baumgruppe sein.«

Sie duckten sich unter die niedrig herunterhängenden Äste und standen in völliger Dunkelheit. Die Zweige der Bäume ließen praktisch überhaupt kein Mondlicht mehr durch.

»Selbst wenn wir sie finden«, sagte Liz. »Wie sollen wir in dieser Dunkelheit reinkommen?«

»Wir müssen die Taschenlampe benutzen«, sagte Peter.

Er suchte noch nach der Lampe, als Liz plötzlich fluchte. »Verdammt, das war kein Baum!«

»Was ist?«, fragte Peter.

»Ich bin mit den Knien an etwas gestoßen.«

»An was denn?«

»Fühlt sich an wie eine Mauer«, sagte Liz. »Ich blute nicht, und ich hab mir auch nichts gebrochen, danke der Nachfrage.«

Peter knipste die Taschenlampe an und hielt den Strahl dicht auf den Boden. Direkt vor Liz erhob sich Mauerwerk aus dem Efeu. Es waren keine rohen Feldsteine, sondern sorgfältig gefügter, gelb schimmernder Kalkstein. Sie umrundeten das Gebäude.

»Da muss doch irgendwo eine Tür sein«, sagte Liz.

Peter klopfte ein paar Mal mit dem Schraubenschlüssel an die Wand, schien aber überall nur auf feste Steine zu stoßen. »Louisa hat gesagt, die Kapelle sei baufällig, aber die Mauern hier scheinen mir ziemlich solide zu sein«, sagte er. Er reckte sich etwas hoch, um erneut an die Mauer zu klopfen, als er plötzlich das Gleichgewicht verlor, vorwärts durch die Efeuranken fiel und schwer auf den Boden aufschlug.

»Au, das hat wehgetan«, sagte er.

»Das hat man gehört«, sagte Liz. »Bist du jetzt drin? Hier ist es stockdunkel.«

Peter leuchtete ein bisschen herum und stellte fest, dass er unter dem Portikus der Kapelle stand. Die Ranken hatten das Dach und die Säulen komplett überwuchert, aber vor ihm war eine hölzerne Tür. »Ich habe den Eingang gefunden«, sagte Peter und griff nach hinten, um Liz an der Hand zu nehmen.

»Hoppla, du gehst aber ran!«, sagte Liz und kicherte. Dann schlossen sich ihre Finger um seine Hand. »Ich dachte, du führst mich wenigstens vorher zum Essen aus!«

»Entschuldige«, sagte Peter und wurde so rot, dass man es noch im Dunkeln sah. Vorsichtig zog er sie unter den Vorbau.

»Na, hoffentlich ist die Tür unverschlossen«, sagte Liz.

Peter drehte an dem eisernen Ring in der Tür und man hörte, wie sich im Inneren der Riegel hob. »Scheint fast so«, sagte er, gab dem Holz einen Stoß und die Tür wich zurück. Sie standen im Inneren der Familienkapelle der Gardners.

Das Gebäude war weder so klein noch so verfallen, wie Peter gedacht hatte. Der Mittelgang war zehn Schritte lang und etwa vier Schritte breit. Zwei Stufen führten zum Altar hinauf. Die spitz zulaufende Decke war ungefähr zwanzig Fuß hoch und wurde von hölzernen Balken getragen. Relativ hoch oben an den Wänden gab es zwei schmale Fenster. Die Kapelle war nicht möbliert, aber neben den zahlreichen Grabplatten und Gedenktafeln an den Wänden gab es drei freistehende Sarkophage, deren Deckel mit gemeißelten Gardners geschmückt waren, die dort in ewiger Ruhe lagen.

Peter und Liz gingen zum Altar, der außer einem eingemeißelten Kreuz keine besonderen Verzierungen trug. Peter stellte seine Tasche darauf ab und zeigte mit dem Strahl der Taschenlampe auf die Wände.

»Schätze, jetzt müssen wir Grabsteine lesen«, sagte er.

Peter zog seinen Notizblock heraus, ging zu dem größten der drei Sarkophage und wollte gerade die Inschrift lesen, als ein kratzendes Geräusch vom anderen Ende des Raumes ertönte, gefolgt von einem erschreckenden Schlag.

»Die Tür«, rief Liz und rannte los. Peter folgte ihr, aber es war schon zu spät. Die schwere hölzerne Tür, die sie halb offen gelassen hatten, war jetzt fest geschlossen. »Aber es war doch gar nicht so windig«, sagte Liz hilflos.

»Der Wind hätte diese Tür sowieso nicht bewegen können«, sagte Peter. Er versuchte, den Riegel zu heben, aber er ließ sich nicht bewegen, und als sie an der Tür zogen, rührte sie sich nicht von der Stelle. Sie lehnten sich an die Tür und schwiegen fast eine Minute. Aus der Kapelle war eine Gefängniszelle geworden. Peter erwartete eine Panikattacke und tastete nach den Tabletten in seiner Jackentasche. Aber statt Panik spürte er eine merkwürdige Ruhe. Seit dem Tod von Graham Sykes war er nicht mehr so ruhig gewesen.

»Sie werden eine Weile brauchen, um die Polizei hier aufs Grundstück zu kriegen um diese Uhrzeit«, sagte er. »Trotzdem sollten wir uns beeilen.«

Kingham, 1878

Phillip tauchte seinen Federkiel in die Tinte, die er nach einem Rezept aus dem alten Notizbuch gemischt hatte, das aufgeschlagen vor ihm auf dem Tisch lag. Die Feder glitt leicht und flüssig über das Papier, als er die Konturen des Textes nachahmte, den er vor sich aufgebaut hatte. Phillip Gardner war der geborene Fälscher. Während seiner ganzen gescheiterten Laufbahn als Künstler war er ständig beschuldigt worden, er habe kein originelles Talent und könne nur andere nachahmen. Seine Bilder seien eigentlich nur gute Kopien. Als Kopist und Fälscher dagegen erwies er sich als wahrer Meister. Fremde Schriftzüge auf einer Seite schienen durch seine Pupillen direkt in die Finger zu fließen und nahmen unter seiner Feder wieder Gestalt an. Und mit Hilfe des kleinen Büchleins wusste er sich auch Federn, Papier, Pergament und Tinte aus der Zeit zu beschaffen, aus der das Dokument stammte, das er zu fälschen gedachte. Heute war es ein Brief von Lord Nelson an seine geliebte Lady Hamilton.

Das Licht der Kerzen schimmerte stetig – es rührte sich kein Lüftchen in dieser abgelegenen Kammer, und Phillip hatte festgestellt, dass Kerzenlicht völlig für seine Arbeit genügte. Als Künstler hatte er sich ein großes Atelier im obersten Stockwerk mit riesigen Fenstern gesichert – ein Künstler braucht schließlich Licht. Aber ein Fälscher braucht vor allem Geheimhaltung, und in dieser dunklen Kammer hatte Phillip sein Talent zur vollen Meisterschaft entwickelt.

Es war jetzt fast ein Jahr her, dass Phillip den Brief erhalten hatte, in dem Reginald Alderson drohte, Mrs Gardner über seine Mätresse und das Kind zu informieren. Phillip hatte die ganze Nacht wach gelegen und darüber nachgedacht, was er tun sollte. Es schien nur zwei Möglichkeiten zu geben, und beide waren nicht akzeptabel – entweder musste er seine Sammlung seinem geschworenen Feind übergeben oder er musste auf Mrs Gardner und ihr Vermögen verzichten, was bedeutete, dass er Evenlode House nicht würde halten können. In beiden Fällen würde er als der größte Versager in die Annalen der Gardner-Familie eingehen. Erst als die Morgenröte den Himmel färbte und in sein Schlafzimmer drang, verfiel er auf eine Lösung. Wenn er beim arroganten Establishment der Royal Academy nur als Kopist galt, warum sollte er sein Talent dann nicht als Waffe zu seiner Verteidigung nutzen?

Für Fälscher gab es nicht allzu viel Fachliteratur, aber Phillip erinnerte sich, vor Jahren über die Shakespeare-Fälschung von John Payne Collier gelesen zu haben. Collier war zwar nach einigen Jahren von Experten entlarvt worden, aber Reginald Alderson war schwerlich ein wirklicher Fachmann. Also war Phillip eines schönen Tages nach Maidenhead gefahren und hatte sich Collier als Shakespeare-Forscher vorgestellt, der seinen Rat brauchte.

»Ich bin sicher, dass Sie das Opfer eines Anderen geworden sind«, erklärte er etwas heuchlerisch, »aber ich habe mir gedacht, dass Sie mir einiges darüber sagen können, wie diese Fälscher arbeiten.« Der alte Mann hatte sich über den Besucher gefreut und Phillip nicht nur einige seiner Bücher geschenkt, die sonst keiner mehr haben wollte, sondern ihn sogar einige kostbare Minuten lang in seinem Arbeitszimmer allein gelassen, als er das Teegeschirr wegbrachte. Phillip hatte den Raum sofort zu durchsuchen begonnen und in einer unteren Schreibtischschublade ein altes, ledergebundenes Notizbuch gefunden, das Aufzeichnungen darüber enthielt, wie der Fälscher historisches Schreibmaterial hergestellt und Tinte gemischt hatte, wo er sich altes Pergament und Papier beschafft und was für Mittel er angewandt hatte, um neue Dokumente alt aussehen zu lassen. Es war die Sache eines Augenblicks gewesen, das Buch einzustecken, und Phillip gab es auch niemals zurück. Ob es tatsächlich von Collier oder von jemand anderem stammte, war ihm egal. Worauf es ankam, war nur, dass die darin beschriebenen Tricks funktionierten.

Benjamin Mayhew saß mit einer Havanna und einem guten Glas Brandy in einem exklusiven Club an der Mall und hörte zu, wie sein Freund William Henry wieder einmal die Theorie erläuterte, dass Francis Bacon die Werke von Shakespeare geschrieben hätte. Öffentlich hatte Smith diese Theorie seit vielen Jahren nicht mehr vertreten, dazu waren seine öffentlichen Ämter viel zu bedeutend, aber mit Freunden redete er nur zu gern darüber, wenn man ihm die entsprechenden Stichwörter gab.

In einem Regal in seinem Büro, das kaum eine Meile entfernt lag, hatte Benjamin jetzt ein Buch, das geeignet war, William Henrys Ideen mit einem Schlag zu vernichten. Aber Smith war nicht nur einer seiner ältesten Kunden, sondern mit Abstand auch der einflussreichste und der berühmteste. Benjamin genoss es, ab und zu in einen Club eingeladen zu werden, dem er aufgrund seiner eigenen Verdienste niemals hatte beitreten können. Als ihm ein Bediensteter nachschenkte, dachte er, dass er vielleicht noch etwas mehr tun könnte, um den Ruf seines Freundes zu schützen.

»Na, haben Sie Mr Collier aufgespürt?«, fragte Benjamin, als ihn Phillip Gardner wieder einmal in seinem Büro besuchte.

»Ja, ich war bei ihm«, sagte Gardner. »Ein interessanter alter Herr. Er hat mir ein paar von seinen Büchern für meine Sammlung geschenkt. Natürlich habe ich ihm gesagt, dass ich fest überzeugt sei, dass er selbst zum Opfer eines Fälschers geworden sei.«

»Wahrscheinlich glaubt er das sogar selbst«, sagte Benjamin. »Trotzdem, zu seiner Zeit war er ein brillanter Kopf.«

»Sie finden, ein Fälscher könne brillant sein?«

»Nun ja, es ist auch eine Kunstform, nicht wahr?«

»So habe ich das noch nie gesehen«, sagte Gardner.

»Nun, was würden Sie sagen«, erklärte Benjamin mit einer großzügigen Handbewegung, »wenn ich Ihnen sage, dass eins dieser Dokumente hier eine Fälschung ist?« Er hatte vier verschiedene Stücke auf dem Tisch ausgebreitet, die er sorgfältig ausgesucht hatte, um Gardner genau diese Frage stellen zu können. Zwei waren auf Pergament geschriebene Gerichtsprotokolle aus dem 15. Jahrhundert, das andere Briefe aus dem 18. Jahrhundert. Keins davon war besonders bedeutend, denn Benjamin wollte nicht, dass Gardner sie womöglich kaufen wollte. Er war der Ansicht, dass Besitzgier den Blick und das Urteil trübt.

Gardner betrachtete alle vier Dokumente ein paar Minuten lang und hielt sie in verschiedenen Winkeln ans Licht. Schließlich nahm er einen Brief aus dem Jahr 1756, fuhr mit den Fingerspitzen über die Oberfläche und stieß ein verächtliches Schnauben aus.

»Das ist offensichtlich gefälscht«, sagte er. »Eine ziemlich dürftige Arbeit.«

»Wie kommen Sie darauf?«, fragte Benjamin, obwohl er eigentlich schon sicher war, dass seine Vermutungen über Gardner zutreffend waren.

»Man sieht es daran, wie die Feder das Papier zerkratzt hat«, erklärte Gardner. »Mit einem Federkiel wäre das nicht passiert. Der Brief ist mit einer Stahlfeder geschrieben worden, die wurden aber erst in den zwanziger Jahren des 19. Jahrhunderts massenhaft hergestellt. Es handelt sich um einen gewöhnlichen Haushaltsbrief, daher kann man davon ausgehen, dass er mit einem gewöhnlichen Werkzeug geschrieben wurde, und Metallfedern waren 1756 noch äußerst selten.« Gardner warf den Brief zurück auf den Tisch.

»Sie klingen ja wie ein richtiger Fachmann«, sagte Benjamin.

»Nun ja, ich habe Ihnen ja gesagt, dass ich neuerdings Bücher über Fälschungen sammle. Man muss sich ja schützen.«

»Na gut, aber Bücher können einem nicht das Gefühl vermitteln, wie sich ein Schriftstück anfühlt, das mit einer Stahlfeder geschrieben worden ist«, sagte Benjamin. »Aber keine Sorge, ich werd es nicht weitersagen.«

»Was werden Sie nicht weitersagen?«

»Es gibt nur zwei Personengruppen, die eine solche Fälschung so rasch erkennen können«, sagte Benjamin langsam und hob das Schriftstück noch einmal ans Licht. »Das eine sind forensische Kriminalisten, und das andere sind erfahrene Fälscher.«

»Soll das eine Beschuldigung sein?«, fragte Gardner empört.

»Aber nein«, sagte Benjamin geschmeidig. »Es ist auch keine Beschuldigung, sondern eher … ein Kompliment.« Seit jenem denkwürdigen Tag, als Reginald Alderson aufgehört hatte, bei Versteigerungen gegen Gardner zu bieten, hatte Benjamin den Verdacht gehabt, dass etwas Merkwürdiges vorging. Dieser Verdacht hatte neue Nahrung erhalten, als sich Gardner plötzlich für Fälschungen interessierte. Was genau das bedeutete, wusste er nicht, aber dass ein Zusammenhang zwischen beiden Verdachtsmomenten bestand, dessen war er sich ziemlich sicher.

»Hören Sie«, sagte Gardner. »Haben Sie vielleicht Alderson von Isabel erzählt?«

»Wie bitte?«, sagte Benjamin, der keinen Zusammenhang zwischen der jungen Amerikanerin und dem Gespräch über Fälschungen sah.

»Der Kerl erpresst mich, wissen Sie?«, sagte Gardner empört. »Reginald Alderson hat gedroht, er würde Mrs Gardner alles verraten. Ich brauche Ihnen wohl kaum zu sagen, dass Sie einen sehr guten Kunden verlieren würden, wenn sie es erfährt.«

»Mein lieber Freund«, sagte Benjamin lächelnd. »Ich habe gar nicht die Absicht, Mrs Gardner irgendwas zu erzählen. Ihre junge Freundin hatte ich ehrlich gesagt ganz vergessen. Ich suche nur nach einem sehr guten … Kopisten. Jemandem, der nicht solche Fehler macht wie der Mann, dessen Fälschung Sie gerade entlarvt haben.«

»Ich verstehe«, sagte Gardner gedehnt. Er nahm den gefälschten Brief vom Tisch, lachte leise, knüllte ihn zusammen und warf ihn ins Feuer. »In diesem Fall bin ich Ihr Mann. Ich glaube, ich bin … ziemlich gut.«

Ridgefield, 1988

Ein paar Monate nach ihrer Rückkehr aus den Flitterwochen waren Amanda und Peter zu der Übereinkunft gelangt, dass Amanda – solange sie einigermaßen bescheiden lebten – ihr unabhängiges Einkommen (wie sie es nannte) gelegentlich einsetzen durfte, um Engpässe zu überwinden. Peters Geschäft wuchs nur langsam, und die Aufträge, die Amanda als Beraterin für Inneneinrichtung erhielt, waren nicht allzu zahlreich. Trotzdem konnten sie nach einem Jahr in ein kleines Haus ziehen, das in einer gediegenen Wohngegend in der Nähe des Campus lag. Das Haus war renovierungsbedürftig, und so lernte Peter, wie man Farbe abbeizt, Fußböden erneuert und Gipswände einzieht. »Es ist so ähnlich, wie wenn man einem alten Buch einen neuen Einband verpasst«, sagte er, als er wieder einmal voller Farbspritzer zum Essen erschien. »Nur größer.« Auch im zweiten Sommer ihrer Ehe waren sie nach England geflogen, allerdings Economy Class. Es war die erste ihrer halbjährlichen Einkaufsreisen. Sie übernachteten in bescheidenen Bed-and-Breakfast-Pensionen, in denen das Bad oft am anderen Ende des Korridors lag. Aber Amanda beschwerte sich nie.

Im Frühjahr 1993, als Peter merkte, dass ihr nächster Trip nach England mit ihrem fünften Hochzeitstag zusammenfallen würde, dachte er, es wäre vielleicht an der Zeit, etwas weniger frugal zu reisen.

»Du hast ein paar neue Kunden«, sagte er zu Amanda, »und ich auch. Vielleicht sollten wir uns diesmal ein paar Hotels suchen.«

»Ich mag diese kleinen Familienpensionen«, sagte Amanda. »Aber das Jubiläum unserer Hochzeitsnacht sollten wir unbedingt wieder im Ritz feiern.« Und das hatten sie auch getan. Peter hatte schon ganz vergessen, wie gut sich die Bettlaken da anfühlten.

Eine Woche später waren sie auf der Suche nach bisher unentdeckten Buchhandlungen in Kingham gelandet und hatten auf dem Dorfanger ein improvisiertes Picknick mit einem Sandwich und prickelndem kühlem Cider veranstaltet.

»Ist das nicht das perfekte englische Dorf?«, hatte Amanda gesagt.

»Sehr friedlich«, hatte Peter bestätigt. »Vielleicht sollten wir ein paar Tage hier bleiben?«

»Hast du was gesehen, wo man übernachten kann?«

Sie waren durch das ganze Dorf gewandert, hatten aber bloß ein »ZU VERKAUFEN«-Schild vor einem Cottage gefunden. Später konnten sie sich nicht mehr daran erinnern, wer es vorgeschlagen hatte, aber als sie in der kühlen Maibrise standen, hatten sie sich plötzlich vorgestellt, wie es wäre, in diesem Häuschen zu wohnen.

»Es muss renoviert werden«, sagte Peter.

»Aber wir sind so oft in England, dass es nicht schaden kann, eine feste Basis hier drüben zu haben.«

»Stimmt«, sagte Peter und hatte eine lebhafte Vision, wie er an einem feuchten Wintertag mit einer Tasse heißem Tee vor dem Kaminfeuer stand, während Amanda ein gutes Buch las.

»Warum nicht«, sagte Amanda. »Wir können's uns leisten.«

»Du kannst es dir leisten.«

»Und du hast noch kein Geschenk zu unserem fünften Hochzeitstag gekriegt«, sagte Amanda.

Und ohne weitere Diskussion war es entschieden. Sie waren erst seit einer Stunde in Kingham und hatten noch keinen Fuß in das Haus gesetzt, aber sie wussten, dass es das Richtige war. Drei Monate später waren Peter und Amanda stolze Besitzer eines Cottage in England, und ein paar Wochen später begannen die langwierigen Renovierungsarbeiten.

»Danke«, sagte Peter zu Amanda, an dem Tag, als der Notar den Kaufvertrag nach Ridgefield geschickt hatte. »Jetzt fühle ich mich wirklich wie ein echter Experte für englische Bücher.«

»Aber du warst immer schon ein Experte«, sagte Amanda und schmiegte sich noch enger an ihn.

»Was meinst du, wie lange die Renovierungsarbeiten dauern?«, fragte er.

»Na ja, wenn englische Handwerker ähnlich chaotisch und langsam sind wie die hier in Ridgefield, wird es bestimmt ein volles Jahr dauern«, sagte Amanda. »Vielleicht können wir dort nächstes Jahr Weihnachten feiern.«

»Das klingt gut«, sagte Peter. Amanda fuhr ihm mit der Hand über die Brust, und er spürte, wie seine Erregung wuchs.

»Diese Bettlaken sind wunderbar weich«, murmelte sie, als er sie berührte.

»Du hast es also gemerkt?«, sagte er lächelnd. »Die sind ein kleines Geschenk für dich. Ich habe extra gezählt, ob sie auch wirklich vierhundert Fäden haben.«

Kingham, Dienstag, 21. Februar 1995

Peter und Liz waren jetzt schon seit fast einer Stunde in der Kapelle eingesperrt und hatten immer noch kein Geheimnis entdeckt, das einen Mord erklärt hätte. Sie hatten sämtliche Grabplatten und auch die drei Sarkophage sorgfältig studiert, aber viel mehr als den ungefähren Stammbaum der Familie Gardner seit dem 16. Jahrhundert hatten sie nicht ermittelt. Auf Phillip Gardner hatten sie keinerlei Hinweis gefunden.

Sie saßen erschöpft auf dem Boden und lehnten sich an die unbewegliche Tür, als Peter im Licht der Taschenlampe noch etwas Neues entdeckte.

»Schau mal«, sagte er. »Ich glaube, im Boden sind auch noch Gräber.« Er kroch einen Meter nach vorn und tastete die Schriftzüge auf einer Grabplatte ab.

»Das zu entziffern wird mühselig«, sagte Liz. »Die Schrift ist fast komplett abgeschliffen.«

»Außerdem ist es ziemlich unwahrscheinlich, dass Phillip Gardner unter so einer uralten Platte begraben ist«, sagte Peter.

Trotzdem suchten sie jetzt auf Händen und Füßen auch den Boden der Kapelle nach Grabplatten ab. Hier und da konnten sie ein paar Buchstaben oder ein Datum ausmachen, aber das brachte sie nicht viel weiter. Schließlich gelangten sie zu einer Platte, die fast genau in der Mitte vor dem Altar lag. Peter beleuchtete den blankgewetzten Sandstein, um zu entziffern, was nach der Zahl 1705 kam, als Liz den Schraubenschlüssel fallen ließ. *Klonk.* Zu ihrer größten Überraschung hörten sie ein hohles Geräusch, das unter ihnen widerzuhallen schien.

»Was war das?«, fragte Peter.

»Mir ist der Schraubenschlüssel runtergefallen.«

»Mach das noch mal«, sagte Peter.

Liz ließ das Werkzeug noch einmal auf die Platte fallen, und wieder hing ein hohler Klang sekundenlang in der Luft. »Da ist was drunter«, sagte Liz.

»Oder genauer gesagt: Da ist nichts drunter«, sagte Peter. »Gib mir mal den Schraubenschlüssel.«

Liz gab ihm das schwere Werkzeug, und er versuchte, das schmale Ende in die Ritze am Rand der Platte zu zwängen. Aber die Fugen waren so sauber gearbeitet, dass es keine Chance gab, das klobige Werkzeug hineinzuschieben. »Wie sollen wir die Platte bloß hochkriegen?«, sagte Peter.

»Gib mir mal das Ding«, sagte Liz.

»Es hat keinen Zweck«, sagte Peter. »Da ist einfach kein Platz …« Aber noch ehe er den Satz zu Ende bringen konnte, hatte Liz den Schraubenschlüssel hoch über den Kopf gehoben und brachte ihn mit einem gewaltigen Krachen wie einen Hammer in der Mitte der Platte herunter. Das Echo hallte laut in der Kapelle wider, dann hörte man Steinbrocken in die Dunkelheit prasseln.

»Na also, geht doch!«, sagte Liz befriedigt.

Die Platte war in Stücke gegangen, und sie knieten jetzt vor einem Loch, das etwa zwei Fuß lang und ebenso breit war. Die Dunkelheit darunter schien den Strahl der Taschenlampe verschlingen zu wollen, erst in einiger Tiefe glaubte Peter einen Boden zu sehen.

»Ich gehe als Erster«, sagte er.

»Bist du verrückt?«, sagte Liz. »Du hast doch keine Ahnung, was da unten ist.«

»Genau deshalb will ich ja da runter.« Peter war selbst von seinem Wagemut überrascht – seit Amandas Tod hatte er dieses Gefühl nicht mehr empfunden. Er schob zuerst seine Füße durch das Loch und ließ sich dann langsam herunter. Als er die Hüfte durch die Öffnung zu schieben versuchte, musste er etwas zappeln. Es gelang ihm, die Arme über den Kopf zu bringen, und nach zwei Minuten hing er im freien Raum, während er sich mit den Händen gerade noch am Boden der Kapelle festklammerte. Über sich sah er das besorgte, von der Taschenlampe erhellte Gesicht von Liz Sutcliffe, aber gerade als seine Finger heftig zu schmerzen anfingen, erschien an dessen Stelle das Gesicht von Amanda. Sie warf ihm eine Kusshand zu und flüsterte: »Lass los, du kannst mir vertrauen.«

Peter ließ erst die Finger der linken und dann auch die der rechten Hand von den Steinen abgleiten und spürte einen kalten Luftstoß, als er durch die Dunkelheit fiel und auf dem Steinboden aufprallte. Er spürte einen heftigen Schmerz im Knöchel, aber nachdem er einen Augenblick in der Dunkelheit gelegen hatte, stand er wieder auf und hatte das Gefühl, dass alles noch heil war.

»Ist alles in Ordnung?«, rief Liz mit ängstlicher Stimme. Peter schaute nach oben, wo die Öffnung plötzlich sehr klein aussah. Sie schien fast zwei Meter über ihm zu liegen.

»Mir geht's gut«, sagte er. »Wirf mir die Taschenlampe herunter, damit ich dir helfen kann, wenn du herunterkommst.«

»Ich geh da nicht runter«, rief Liz. »Ist schon schlimm genug, dass ich hier oben eingesperrt bin. Ich kriege sehr schnell Klaustrophobie.«

»Ich habe das Gefühl, dass es ein ziemlich großer Raum ist«, sagte Peter. »Gib mir doch mal die Taschenlampe.« Liz beugte sich über das Loch und ließ die Taschenlampe in Peters wartende Hände herunterfallen.

Peter ließ das Licht durch den Raum gleiten, in dem er jetzt stand. Als Erstes fiel der Strahl auf einen Eichentisch, der ein paar Schritte entfernt stand. Das war die Lösung! Er schob den Tisch unter das Loch in der Decke und kletterte dann darauf. Wenn er jetzt die Arme reckte, konnte er fast schon die Decke erreichen.

»Schau«, sagte er. »Lass dich zu mir herunter. Jetzt kann ich dir helfen. Der Raum hier ist auch nicht viel kleiner als die Kapelle.«

»Das tröstet mich auch nicht«, sagte Liz. »Andererseits hast du die Taschenlampe.« Sie gab ihm die Aktentasche, dann setzte sie sich auf die Kante des Lochs und ihre Beine baumelten direkt über Peters Kopf. Sie holte tief Luft und ließ sich langsam herunter. Peter packte erst ihre Füße, dann ihre Waden, und während sie ihren Halt in der Oberwelt langsam lockerte, ließ er ihren Körper langsam durch seine Arme gleiten, bis sie sicher vor ihm auf dem Tisch stand. Liz hielt ihn auch weiter umschlungen, und er spürte, dass sie heftig zitterte. Er hielt sie in seinen Armen, um sie zu beruhigen, wie er glaubte, aber als sie den Druck seiner Arme erwiderte, spürte er eine knisternde Spannung in seinen Adern. Eine Sekunde lang überlegte er, ob er sie küssen sollte.

»Und? Wie willst du hier wieder rauskommen?«, fragte Liz, löste sich aus der Umarmung und kletterte vom Tisch.

»Ich bin sicher, die Polizei wird uns gern behilflich sein, wenn sie mich wegen Mordes verhaftet«, sagte Peter und schüttelte die Gedanken an eine Romanze endgültig ab.

»Was ist das eigentlich für ein Raum hier?«, sagte Liz, nachdem Peter ebenfalls vom Tisch gestiegen war.

Peter ließ die Taschenlampe an den Wänden entlanggleiten. Sie befanden sich offenbar in der Krypta unter dem Altar der Kapelle. Dort, wo sie eingestiegen waren, war die Decke am höchsten, der Rest des Raums wurde von steinernen Pfeilern gegliedert, die mehrere Ecken und Winkel erzeugten. In diesen Nischen standen aber keine Altäre und Grabsteine, sondern Regale, Tische und Stühle. Auf den Brettern standen Flaschen und Werkzeuge.

»Sieht aus wie eine Art Werkstatt«, sagte Liz.

»Und ich glaube, genau das ist es auch«, sagte Peter. »Oder ist es gewesen.« Er trat an einen der Tische und untersuchte die verkorkten Tintenfässer und Tiegel, die neben einer Reihe von Schreibfedern und Federkielen standen. In der nächsten Nische stand eine kleine Handpresse und in der darauf folgenden ein Tisch mit Buchbinderwerkzeugen. »Aber wer braucht schon eine Druckerpresse, alte Schreibfedern und Tusche?«

»Klingt, als hätte jemand hier alles versammelt, um alte Bücher und Dokumente zu fälschen«, sagte Liz.

»Ja, das habe ich auch gerade gedacht«, sagte Peter.

»Dann hältst du den *Pandosto* also für eine Fälschung?«

»Es sieht sehr danach aus«, sagte Peter, während er weiter von einer Nische zur anderen ging. Eine davon war nur mit alten Brettern gefüllt; in der nächsten stand ein Sarkophag. »Komm, halt mir mal das Licht«, sagte er. »Ich glaube, hier liegt jemand begraben.«

Liz richtete den Strahl der Taschenlampe auf den Sarkophag, aber Peter konnte die Inschrift erst lesen, als er auf den Sockel geklettert war und die Buchstaben mit dem Finger nachzeichnete.

Having Made his Mark,
Phillip Gardner 1832-1879,
Beloved Brother,
and All his Secrets Rest Here.

Peter hatte laut vorgelesen.

«Beloved Brother?«, sagte Liz.

»Ja«, sagte Peter. »B.B. Wir haben ihn endlich gefunden. Den Sarkophag hat wahrscheinlich sein Bruder errichtet.«

»*And all his secrets rest here*? Was soll das heißen?«, fragte Liz.

»Um das zu erfahren, müssen wir reinschauen.«

»Aber das ist doch ein Grab«, sagte Liz. »Man darf doch ein Grab nicht entweihen.«

»Ich entweihe es ja nicht«, sagte Peter. »Aber da drin ist

mehr begraben als der Leichnam von Phillip Gardner. Und während ich hier rumsitze und darauf warte, dass ich verhaftet werde, kann ich auch rauszufinden versuchen, was er für Geheimnisse hatte. Gib mir den Schraubenschlüssel.«

Peters anfängliche Versuche, den Deckel des Sarkophags anzuheben, führten nur dazu, dass er die Steine zerkratzte. Er versuchte es mit kräftigen Schlägen, in der Hoffnung, auch diese Platte würde zerbrechen, aber der Sarkophagdeckel war aus dickerem, härterem Stein. Nachdem er sich zehn Minuten lang daran abgearbeitet hatte, sank er keuchend und schwitzend auf den Boden und lehnte sich an die Wand.

»Wie sollen wir das Ding bloß da runterkriegen?«, japste er.

»Überhaupt nicht«, sagte Liz.

»Verstehst du denn nicht?«, sagte Peter. »Ich muss es jetzt einfach wissen. Wenn ich schon für einen Mord, den ich nicht begangen habe, in einem englischen Gefängnis verrotte, dann muss ich wenigstens genau wissen, wie es sich mit dem *Pandosto* verhält.«

»Du wirst nicht im Gefängnis landen«, sagte Liz.

»Da bin ich mir nicht so sicher«, sagte Peter.

»Außerdem dachte ich, es ginge dir eigentlich um die Frau auf dem Aquarell, die so aussieht wie …«

»… wie Amanda«, sagte er leise. Er hatte schon fast vergessen, wie er hierhergekommen war. Es war Amanda gewesen, die ihn hergeführt hatte. Was hätte sie jetzt getan? Als er den Blick hob, saß sie am Tisch bei den Federkielen und Tintenfässern.

»Du kannst nicht alles mit Gewalt lösen, Peter«, sagte sie.

»Ich weiß«, sagte Peter.

»Was weißt du?«, fragte Liz.

»Dass ich nicht alles mit Gewalt lösen kann«, sagte Peter, während sich Amandas Bild unmerklich auflöste.

»Das habe ich mir auch gerade gedacht«, sagte Liz, die inzwischen die Taschenlampe ergriffen hatte und auf Händen und Knien am Sockel von Gardners Grabmal herumsuchte.

»Und was nehmen wir, wenn wir nicht mit Gewalt vorgehen?«

»Einen Schlüssel«, erwiderte Liz.

»Wie bitte?«

»Hier unten ist etwas, das sieht aus wie ein Schlüsselloch«, sagte Liz.

»Ich hab keinen Schlüssel gesehen«, sagte Peter.

»Na ja, ich bezweifle auch, dass er ihn einfach herumliegen lässt.«

»Warte mal, wie hieß noch mal der Anfang der Inschrift?«, sagte Peter.

»*Having made his mark*«, sagte Liz. »Was soll das heißen? Welches Zeichen ist da gemeint? Geht es um den *Pandosto*?«

»*Having made his mark*«, murmelte Peter vor sich hin, während er das Buchbinderwerkzeug musterte. Auf einem der Regale lagen mehrere Reihen von Messingwerkzeugen mit Holzgriffen. »Ich frage mich, ob er vielleicht ein Buchbinderzeichen gemeint hat.«

»Ein Buchbinderzeichen? Was ist das?«, fragte Liz.

»Manche Buchbinder kennzeichnen ihre Arbeiten mit einem Stempel.«

»Heißt das, wir müssen alle diese Werkzeuge ausprobieren?«, fragte Liz.

»Nein«, sagte Peter. »Mir ist gerade klargeworden, dass ich Gardners Stempel schon mal gesehen habe. Er hat offenbar eins von Colliers Büchern noch einmal neu gebunden.«

»Und wie sieht dieses Zeichen aus?«

»Es ist eine Art Schmetterling«, sagte Peter. »Er hat es auf die Innenseite des hinteren Einbands geprägt. Gib mir mal die Lampe.«

Peter brauchte nur zwei Minuten, um den Schmetterlingsstempel zu finden. »Versuch den mal«, sagte er. Er hielt den

Strahl der Taschenlampe auf den Sockel des Sarkophags gerichtet, als Liz das Gerät vorsichtig in das Schlüsselloch schob. »Der Schmetterling passt«, sagte sie. »Aber er lässt sich nicht rumdrehen.«

Peter erinnerte sich, was ihm Hank beigebracht hatte. »Nicht drehen«, sagte er, »einfach bloß mit dem Handballen drücken. Von rechts nach links abrollen.«

»Wie kommst du auf die Idee, dass …?«

»Versuch's doch mal!«, sagte Peter.

»Okay, okay«, sagte Liz. »Jetzt nicht die Nerven verlieren.« Sie spannte ihre Muskeln und Peter hielt den Atem an. Nichts geschah.

»Den Druck ganz langsam steigern«, sagte Peter und schloss seine Augen, während er sich daran erinnerte, wie das Leder sich anfühlte, wenn man es prägte. »Nicht zu heftig, sonst bricht der Stempel oder das Leder reißt.«

»Was soll das heißen, das Leder …« Aber in diesem Augenblick ertönte ein lautes, widerhallendes Klicken, und als Peter die Augen aufschlug, sah er, dass jetzt zwischen dem Sarkophag und dem Deckel ein breiter Spalt klaffte.

»Was war denn das?«, fragte Liz.

»Ich glaube, du hast gerade Phillip Gardners Grab aufgeschlossen«, sagte Peter.

»Ich bin sicher, darüber wird er sich unheimlich freuen«, sagte Liz und stand auf. Peter hatte schon begonnen, den Deckel des Sarkophags wegzuschieben. Der Stein bewegte sich jetzt so leicht, dass er Peter unter den Händen wegglitt und krachend auf den Boden stürzte, wo er in zwei Stücke zerbrach. Es dauerte lange, bis der Staub sich wieder gelegt hatte.

»Na toll«, sagte Liz. »Jetzt sitzen wir in einer Krypta fest, mit einer Leiche, die wir nicht wieder einsargen können. Es wird immer gemütlicher.«

»Da ist keine Leiche«, sagte Peter und leuchtete in den Sarkophag.

»Was soll das heißen: Da ist keine Leiche?«, fragte Liz und machte einen Schritt auf das Grab zu.

»Da ist keine Leiche, bloß eine eiserne Kiste.«

»Eine eiserne Kiste? Ist da seine Asche drin?«

»Glaub ich nicht«, sagte Peter, als er die Kiste heraushob und auf den Tisch stellte. Es war ihm nicht entgangen, dass sie Folio-Format hatte.

»Und wie willst du die aufkriegen?«, fragte Liz.

»Kein Problem. Sie ist unverschlossen.« Peter schlug den Deckel zurück.

»Lauter Papiere?«, sagte Liz. »Was soll das sein?«

»Komm, lass uns nachsehen, solange die Batterien noch funktionieren.«

»Wir können's ja mit den Kerzen da drüben probieren«, sagte Liz. Tatsächlich standen auf einem der Tische zwei Leuchter, und in den Regalen lag ein kleiner Vorrat an Kerzen. Sie brauchten vier Streichhölzer, aber dann hatten sie ausreichend Licht für ihre Lektüre und konnten die Taschenlampe erst einmal ausknipsen.

Das oberste Dokument in der Kiste war ein Umschlag mit der Aufschrift »Mein letzter Wille«. Peter nahm sein Messer aus dem Rucksack und schlitzte den Umschlag auf. Im Inneren waren vier verschiedene Blätter, die Schrift auf dem ersten war dieselbe säuberliche, leicht nach rechts geneigte Handschrift wie auf dem Umschlag.

Ich, Phillip Gardner von Evenlode House, Kingham, setze die Kinder meines Bruders Nicholas als meine Erben ein. Ausgenommen von diesem Erbe sind der Inhalt dieser Schatulle sowie meine Sammlung von seltenen Büchern und Dokumenten, die ich, wo immer sie sein mögen, meinem Sohn Phillip oder seinem jüngsten lebenden Erben als Legat hinterlasse.

»Er hatte einen Sohn?«, sagte Liz.

»Ja, scheint so«, sagte Peter. »Aber warum hat er den nicht zum Erben gemacht?«

»Vielleicht war es kein legitimer Sohn?«, sagte Liz. »Es war doch immer die Rede von einer Geliebten.«

»Könnte sein«, sagte Peter. »Aber was soll das bedeuten: *wo immer sie sein mögen?*«

»Hat das vielleicht damit zu tun, dass ein Teil davon in Reginald Aldersons Haus war?«, fragte Liz.

»Könnte sein«, sagte Peter. »Wenn dieser Sohn Kinder hatte, wäre John Alderson bestimmt nicht sehr glücklich, wenn dieses Testament auftaucht.«

»Aber wie sollte denn jemand beweisen, dass einige Stücke aus Aldersons Sammlung eigentlich Phillip Gardner gehört haben?«

»Na, schauen wir mal, was wir sonst noch finden«, sagte Peter, und tatsächlich verschaffte ihnen das nächste Dokument weitere Klarheit. Es trug den Briefkopf von Evenlode Manor.

Mr Gardner,
Ich habe einen höchst informativen Abend mit meiner Freundin Evangeline Prickett und ihrem jungen Schützling verbracht. Können Sie sich vorstellen, wie schockiert ich gewesen bin, als ich erfahren musste, dass Miss Isabel einen Sohn mit dem Namen Phillip Gardner zur Welt gebracht hat? Ich möchte Sie nicht mit den unappetitlichen Einzelheiten dieser Affäre langweilen – Sie kennen sie sicher noch besser als ich. Ich könnte mir aber vorstellen, dass Mrs Gardner sie höchst interessant finden könnte. Wenn Sie vermeiden wollen, dass sie von Ihrem Doppelleben erfährt, möchte ich vorschlagen, dass Sie mir umgehend Ihre Sammlung von historischen und literarischen Dokumenten übergeben. Um keinen Verdacht zu erwecken, sollte die Übergabe allerdings nicht auf einmal erfolgen. Lassen Sie mir im Verlauf der nächsten drei Monate

einfach ein Stück nach dem anderen zukommen. Auf diese Weise werden die Leute vermuten, dass Sie Geld zur Finanzierung der umfangreichen Bauarbeiten an Ihrem Haus gebraucht haben.
Es wird Sie wahrscheinlich freuen, dass ich bei der Auktion königlicher Dokumente in der nächsten Woche nicht gegen Sie bieten werde. Ich erwarte vielmehr, dass die für mich interessanten Stücke innerhalb einer Woche nach der Versteigerung ohne weitere Aufforderung bei mir eintreffen. Eine Kommission können Sie allerdings nicht erwarten.
Reginald Alderson

»Ein Erpresserbrief«, sagte Liz.

»Genau«, sagte Peter. »Damit ist klar, dass sich Alderson einen Teil seiner Sammlung auf unrechtmäßige Weise verschafft hat.« Er legte den Brief beiseite und griff nach dem nächsten Blatt, das eine weibliche Schrift zeigte.

Liebster Phillip,
ich sende Dir diesen Brief durch Deinen Buchhändler, Mr Mayhew, wie Du es gewünscht hast, und ich verspreche Dir, dass es der letzte sein wird. Dein Sohn und ich sind sicher in Amerika gelandet, und meine Familie hat sich als sehr verständnisvoll erwiesen. Ich habe daher nicht auf Deinen Vorschlag zurückgreifen müssen, Deinen Sohn als Findelkind einzuführen. Sowohl Miss Prickett als auch ich haben meinen Eltern vielmehr ehrlich berichtet, was in London passiert ist, und der kleine Phillip ist jetzt Teil der Familie. Alles, was mein Vater verlangt hat, war, dass er nicht den Namen Gardner trägt, sondern unseren. Bei all der Liebe und Fürsorge, die er seiner gefallenen Tochter erwiesen hat, kann ich ihm diese Bitte nicht abschlagen. Was immer ich für Dich gewesen sein mag, möchte ich Dir sagen, dass Du in meiner Zuneigung niemals ersetzt werden wirst.
Stets, Deine Isabel

»Die Geliebte war also Amerikanerin«, sagte Liz. »Kein Wunder, dass sie spurlos verschwunden ist.«

Es lag noch ein weiteres Blatt auf dem Tisch. Die Handschrift war die von Gardner, aber die Mitteilung schien keinen besonderen Adressaten zu haben.

Normalerweise neige ich nicht zu großen Geständnissen, meine Frau und meine Familie sind mir ziemlich egal, beruflich und finanziell bin ich gescheitert, und meine Moral war nie meine höchste Priorität, aber eins ist mir doch immer wichtig gewesen: meine Sammlung. Was immer für dunkle Motive am Anfang standen – im Lauf der Zeit ist mir klargeworden, dass diese Dokumente, Briefe und Manuskripte das sind, was ich der Welt hinterlassen kann. Trotz der Drohung von Mr Reginald Alderson, meine Ehe, meinen Ruf und meine Finanzen zu zerstören, war ich zu keinem Zeitpunkt bereit, ihm diese Schätze zu überlassen, oder sie zu vernichten. Stattdessen kann ich heute das stolze Geständnis ablegen, dass ich durch seine Erpressung meine wahre Berufung als Künstler erkannt habe. Manche Leute mögen von Fälschungen reden, für mich war es nichts anderes als Selbstschutz. Dank meines Talents ist es mir gelungen, meinen Frieden zu finden und meine Sammlung für immer vor ihm zu bewahren.

Dieses Geständnis verfasse ich für meine Erben und hoffe, dass sie meine Sammlung zu gegebener Zeit wiederauferstehen lassen. Mr Alderson dagegen habe ich mit dem größten Vergnügen darüber informiert, dass die Dokumente, die er in den vergangenen zwei Jahren von mir erpresst hat, vollkommen wertlos sind. Um sicherzustellen, dass Mr Alderson nicht etwa versucht, andere auf die gleiche Weise zu täuschen, wie ich ihn getäuscht habe, sind alle meine Fälschungen mit einem im Text verborgenen Hinweis versehen. Meine technischen Fähigkeiten sind – so glaube ich – gegen jede Entdeckung gefeit, aber bei sorgfältiger Lektüre wird der geschulte Leser feststellen können, dass die Dokumente und auch die unvergleichliche literarische Reliquie, die ich ihm bald schicken

werde, sämtlich gefälscht sind. Die Aldersons werden also in alle Ewigkeit damit leben müssen, dass ich ihren Vorfahr getäuscht habe.
Wenn ich tot bin, wird Mr Alderson ein paar Tage lang glauben, dass er gewonnen hat. Aber dann wird mein letzter Brief bei ihm eintreffen, und er wird die Wahrheit erkennen. Dann ist die Rache endgültig mein.
Wer immer das Geheimnis dieser Krypta geschaffen hat, muss wohl geahnt haben, dass der geheime Zugang zu den Aldersons vielfältigen Zwecken dienen kann, und so werde ich es jetzt nutzen, um ihm ein paar Bücher in die Bibliothek zu stellen, von denen er gar nichts weiß. Ob er sie entdeckt, werde ich niemals wissen.
Bei Mrs Gardner muss ich mich nicht entschuldigen. Meiner Isabel aber will ich gestehen, dass ich bis zuletzt nur an Dich gedacht habe. Vergib mir meine Schuld, und sei herzlich gesegnet.
Phillip Gardner, 22. November 1879

»Kein Wunder, dass auf der Schatulle in Evenlode Manor stand: *Darf nicht verkauft werden*«, sagte Peter. »Jedes einzelne Stück darin ist eine Fälschung.«

»Dann sind das da die Originale?«, sagte Liz und zeigte auf die eiserne Kiste.

»Sehr wahrscheinlich«, sagte Peter und blätterte die Dokumente vorsichtig durch. »Es ist schon merkwürdig, all diese Papiere in Händen zu halten, die ich alle schon einmal gesehen habe.«

»Und was ist jetzt mit dem *Pandosto*?«, fragte Liz. »Ist der die *unvergleichliche literarische Reliquie,* von der Gardner redet?«

»Eine sorgfältige Lektüre soll Fehler im Text zeigen, die beweisen, dass es sich um eine Fälschung handelt«, sagte er. »Ich habe den Text doch geprüft. Da ist mir nichts aufgefallen.«

»Und was ist mit den Randnotizen?«, fragte Liz.

»Die habe ich selbst entziffert und abgeschrieben«, sagte Peter.

»Das schon«, erwiderte Liz. »Aber du hast nicht nach Fehlern gesucht, sondern du warst einfach begeistert von dem, was du gefunden hattest. Gib mir mal den *Pandosto.*« Er gab ihr das Buch, und sie fing an zu lesen.

»Was meinst du denn, was er für einen Fehler gemeint hat?«, fragte Peter.

»Na ja, irgendetwas, das inhaltlich falsch ist«, sagte Liz. »So als ob Hermione eine digitale Armbanduhr tragen würde, wenn sie auf die Bühne kommt.«

Peter sah ihr über die Schulter, als sie eine Seite nach der anderen umdrehte und ihr Zeigefinger die Randnotizen hinunterglitt. Obwohl es immer unwahrscheinlicher schien, wünschte er sich immer noch dringend, dass sein *Pandosto* echt wäre und William Shakespeare aus Stratford am Avon diese Zeilen geschrieben hätte. Er hatte sich so oft vorgestellt, wie es sein würde, wenn er Professor Leland den *Pandosto* zeigte – der Lehrling, der seinem Meister den Heiligen Gral bringt. Und er war noch nicht ganz bereit, die Fantasie aufzugeben.

»In welchem Jahr ist Shakespeare gestorben?«, fragte Liz, während ihr Finger unten auf einer Seite anhielt.

»1616«, sagte Peter. »Warum?«

»Ach, verdammt! Hör dir das an: *Tod von Garinter ungerecht wie Raleighs Hinrichtung.*«

»Na und?« sagte Peter. »Wir wissen doch gar nicht, was Shakespeare über Raleighs Hinrichtung dachte. Vielleicht hat er sie wirklich ungerecht gefunden.«

»Du irrst dich, Peter. Wir wissen genau, was Shakespeare über Raleighs Hinrichtung dachte.«

»Ach ja? Glaub mir, Liz, ich habe genug über Shakespeare gelesen, und er hat …«

»Peter, wir wissen, was Shakespeare gedacht hat: Überhaupt nichts! Als Raleigh hingerichtet wurde, war Shakespeare schon zwei Jahre tot.«

»Ach herrje«, sagte Peter, »wie hab ich das nur übersehen können?«

»Es ist raffiniert gemacht, und du hast nicht danach gesucht.«

Enttäuscht sah Peter, wie der Heilige Gral sich auflöste und zu einer gewöhnlichen Fälschung aus dem 19. Jahrhundert wurde. Wenn er sich die Druckerpresse in der Ecke anschaute, musste er davon ausgehen, dass nicht mal der Text des *Pandosto* echt war. Andererseits hatte er das doch überprüft! Gardner musste eine echte Vorlage für seine Fälschung gehabt haben. Aber viel mehr als ein paar hundert Pfund würde die Fälschung trotzdem nicht bringen. Und sie gehörte ihm ja noch nicht mal.

Mit einem Schlag wurde Peter die Aussichtslosigkeit seiner Lage bewusst. Er war eingesperrt in einem unterirdischen Verlies, und er war der Hauptverdächtige in einem Mordfall von äußerster Brutalität. Dass er der gegenwärtige Besitzer eines Buches war, das unter Shakespeare-Forschern bestenfalls ein Kuriosum sein würde und der breiten Öffentlichkeit völlig egal war, nutzte ihm gar nichts.

»Ich könnte wetten, dass dieser Mayhew den falschen *Pandosto* in Auftrag gegeben hat«, sagte Liz plötzlich. Sie schien der Angelegenheit immer noch ein gewisses Interesse abgewinnen zu können. »Wahrscheinlich wollte er sogar, dass die Fälschung entdeckt wurde. Damit hätte man die Stratfordianer schön in Verlegenheit bringen können.«

»Und sein Freund W. H. Smith hätte triumphieren können«, sagte Peter, der sich für die Geschichte zu erwärmen begann.

»Aber was war das mit dem *geheimen Zugang zu den Aldersons?*«, fragte Liz und griff noch einmal nach dem Geständnis, das Gardner in seinen letzten Stunden abgelegt hatte. »*Wer immer das Geheimnis dieser Krypta geschaffen hat, muss wohl geahnt haben, dass der geheime Zugang zu den Aldersons vielfältigen Zwecken dienen kann*«, zitierte sie.

»Du meinst …?«

»Es gibt offenbar einen Geheimgang nach Evenlode Manor«, sagte Liz. »Und wahrscheinlich beginnt er hier in der Krypta.«

»Glaubst du wirklich? Aber wozu sollte der gut sein …? Halt, warte mal, da war doch diese Geschichte mit den versteckten Soldaten im Bürgerkrieg. Sogar Phillip Gardner hat das vergessen.« Peter hatte die Taschenlampe ergriffen und leuchtete damit die Ecken aus. »Diese Kapelle muss mindestens vierhundert Jahre alt sein. Kannst du mir mal mit den Brettern da helfen?«

Er stand jetzt vor der Nische, in der nur ein paar alte Bretter standen, die an die Rückwand angelehnt waren. Sie brauchten fast fünf Minuten, um das sperrige Zeug wegzuräumen, obwohl sie sich keine Mühe gaben, besonders vorsichtig oder leise zu sein. Es krachte und polterte laut. Es wurde eine Menge Staub aufgewirbelt, der sich auf Peters verschwitztes Gesicht setzte. Peter griff nach der Taschenlampe und richtete den Strahl auf die Rückwand. Tatsächlich! In der Mitte des Mauerbogens erkannte man eine schmale Pforte aus kräftigem Eichenholz. Peter drückte die Klinke herunter und die Tür schwang auf. Dahinter lag eine lange Reihe von Stufen, die in völlige Dunkelheit führten.

Kingham, 1879

Jeder große Künstler, dachte Phillip Gardner, hat ein Meisterwerk geschaffen, und die Kopie des *Pandosto* war seins. Fast ein ganzes Jahr hatte er dafür gebraucht. Natürlich war es bedauerlich, dass er keinen Ruhm für sein Meisterstück ernten konnte, aber die Gewissheit, dass es irgendwann zum Ärgernis für die Familie Alderson werden würde, schien ihm Belohnung genug.

Als Erstes hatte Phillip die Vor- und Hintersatzblätter des Originals abgeklebt; denn für die Fälschung brauchte er Hilfe von dritter Seite, und er musste vermeiden, dass jemand den Namen Shakespeare in dem *Pandosto* entdeckte. Dann ließ er alle Seiten des Buches fotografieren, um sich das Satzbild der Erstausgabe zu sichern. Bei der Auswahl des Fotografen war er äußerst vorsichtig. Er wollte auf keinen Fall, dass jemand mit höherer Bildung oder ein Bücherfreund das Original in die Hände bekam. Ein Studio in Manchester entsprach genau seinen Bedürfnissen.

In der Zwischenzeit begann er, unter Mithilfe von Benjamin Mayhew, das Papier zu sammeln, auf dem der falsche *Pandosto* gedruckt werden sollte. Das Buch war ein Quarto, und das hieß, dass man auf jeden unbedruckten Bogen, der hinten aus einem Folio geschnitten wurde, acht Seiten des falschen *Pandosto* drucken konnte.

Als er aus Manchester die Platten mit den abfotografierten Seiten erhielt, war Phillip schon einen Schritt weiter. Er klebte die Randnotizen sorgfältig ab und bat einen Lithografen in Birmingham, die abfotografierten Seiten auf Platten aus Zink zu übertragen, weil er für akademische Zwecke ein Faksimile herstellen wolle. Drei Wochen später konnte er sowohl die Fotografien als auch die Druckplatten abholen. Mit Hilfe der Druckplatten und des Papiers, das er und Mayhew gesammelt hatten, konnte er jetzt ein Exemplar der ersten Auflage des *Pandosto* herstellen. Die nötige Druckerschwärze hatte er nach einem von Colliers Rezepten gemischt. Auch bei der Beschaffung der Handpresse hatte ihm Mayhew geholfen, aber damit umzugehen hatte ihn viele Wochen und noch mehr verdruckte Blätter gekostet.

Wenn man von einer Zinkplatte druckt, ist das Schriftbild viel gleichmäßiger als bei den alten Büchern, weil sich die Buchstaben nicht so stark im Papier abdrücken wie die einzelnen beweglichen Lettern beim Handsatz. Daher musste Phillip in mühseliger Kleinarbeit nachhelfen: Mit einem weichen Knochenmesser drückte er den Text Buchstabe für Buchstabe tiefer in das Papier, damit es so aussah, als wäre er im 16. Jahrhundert von Hand gesetzt worden. Auch diese Technik hatte er lange geübt, denn es war keineswegs einfach, genau den richtigen Druck mit der Hand auszuüben. Bei seinen ersten Versuchen hatte er oft genug das Papier zerrissen oder durchlöchert.

Als er schließlich eine perfekte Kopie des *Pandosto* besaß, konnte er sich an den – wie er es sah – künstlerischen Teil seiner Aufgabe machen, der ihm den größten Spaß machte. Mit einem Federkiel, einem Tintenfass voller frisch angerührter Tinte »aus dem 16. Jahrhundert«, scharfem Auge und sicherer Hand übertrug er die Randnotizen des Barden in sein Exemplar. All seine Übung im Fälschen von alten Dokumenten kam ihm jetzt zugute. Er kopierte nicht nur jeden Schnörkel der schwungvollen Schrift, sondern auch sämtliche Tintenkleckse und Schmierflecken. Er nahm nur eine einzige Änderung vor, als er die Zeile einfügte: *Tod von Garinter ungerecht wie Raleighs Hinrichtung.* Ein besonders begabter Buchbinder war Phillip nicht, aber er hatte sich doch schon seit längerem das nötige Werkzeug zugelegt und das eine oder andere seiner Bücher selbst neu gebunden. Um die Kopie des *Pandosto* zu binden, wählte er einen relativ einfachen Weg: Er suchte sich einen alten, unbeschrifteten Ledereinband und nähte den frisch gedruckten Textblock hinein. Schließlich brachte er beide Bücher an einem Donnerstagmorgen nach London.

»Eine wunderbare Arbeit«, sagte Benjamin Mayhew und blätterte abwechselnd im echten und im falschen *Pandosto.*

»Ich bin noch nicht ganz fertig damit«, sagte Phillip. »Ich muss die Ränder und Ecken noch etwas abstoßen, damit es so aussieht, als ob er wirklich benutzt worden wäre. Es widerstrebt mir beinahe, das Buch ausgerechnet Alderson überlassen zu müssen. Ich habe es irgendwie … liebgewonnen.«

»Wir sollten uns nicht zu sehr mit unseren Büchern identifizieren«, sagte Mayhew. »Letztlich sind es doch nur … schöne Dinge.«

»Ja, aber Sie sind Buchhändler, kein Sammler. Außerdem habe ich dieses Werk selbst geschaffen.«

»Dann sollte es Sie umso mehr freuen, wenn sich Alderson damit zum Narren macht.«

»Was haben Sie denn genau vor?«, fragte Phillip.

»Das ist alles schon arrangiert«, sagte Mayhew. »Ein Kollege von mir wird Alderson Ihren *Pandosto* zu einem Preis anbieten, bei dem er nicht nein sagen kann. Dieser Kollege wird natürlich so tun, als wüsste er nicht, was er da hat. Sobald Alderson mit dem Buch an die Öffentlichkeit geht, wird mein Freund William Smith es als Fälschung entlarven – dank Ihres kleinen Hinweises. Smith wird sich freuen, weil die Stratfordianer blamiert werden; Sie werden sich freuen, dass Alderson bloßgestellt wird; und ich werde glücklich sein, weil meine beiden besten Kunden mit mir zufrieden sind. So, und hier habe ich noch etwas, was den *Pandosto* noch attraktiver für Alderson macht.«

Mayhew zeigte Phillip eine schöne Buchkassette mit Lederrücken, hob eine passgerechte Mappe heraus und legte

Phillips Meisterwerk hinein, dann schloss er die Klappen und legte die Mappe in die Kassette zurück.

»Sehr eindrucksvoll«, sagte Phillip und fuhr mit den Fingerspitzen andächtig über die elegante Buchkassette. »Und was werden Sie mit dem Original machen?«

»Das werde ich … verschwinden lassen«, sagte Benjamin.

»Ist es nicht eine Schande, so etwas zu zerstören?«

»Es wird mir nichts anderes übrigbleiben, mein Freund. Ihre Kopie wird ja den Inhalt der Randnotizen getreulich aufbewahren, bis irgendwann ein kluger Forscher kommt, der alles ermittelt, was Sie nicht gefälscht haben können.«

Phillip zögerte. »Können Sie mir vielleicht eine Quittung darüber ausstellen? Nur als kleine Erinnerung daran, dass ich diese … Reliquie tatsächlich mal in den Händen gehabt habe, wenn auch nur kurz.«

»Ich wüsste nicht, was dagegen spräche«, sagte Benjamin. »Warten Sie bitte hier. Ich hole nur schnell einen Quittungsblock aus dem Kontor.« Mayhew nahm die beiden Bücher und die Lederkassette mit und verschwand nach unten in seinen Laden.

Als er wieder nach oben kam, hatte er nur noch die Kassette in seiner Hand. »Hier ist die Quittung«, sagte er mit einem verlegenen Blick. »Stellen Sie Ihr Meisterwerk bitte rasch fertig. Mein Kollege hat Alderson schon davon erzählt. Schicken Sie es mir, so schnell wie möglich zurück. Alles andere können Sie dann mir überlassen.«

Eigenartigerweise fühlte Phillip keinerlei Triumph, als er aus London zurückkehrte und die Stufen von Evenlode House hinaufging. Er hatte ein Meisterwerk geschaffen, seinen ersten künstlerischen Auftrag erfüllt und einen schweren Schlag gegen seinen Erzfeind geführt. Aber er war auch zum Komplizen eines großen literarischen Frevels geworden. Er war einer der beiden einzigen lebenden Menschen, die mit absoluter Sicherheit wussten, wer der größte englische Dichter wirklich gewesen war, und er hatte versprechen müssen, dieses Geheimnis mit ins Grab zu nehmen.

Er hatte gerade die Hand auf die Klinke gelegt, als die Tür von innen aufgerissen wurde. Mit einem Brief in der Hand stand vor ihm eine Frau, die er seit Tagen nicht gesehen hatte. Ihr Gesicht zeigte rasende Wut.

»Guten Tag, Mrs Gardner«, sagte er.

»Mr Gardner, als wir geheiratet haben, habe ich für meine recht bedeutenden Aufwendungen für Ihren Unterhalt und das Haus nur eine einzige Bedingung gestellt – eheliche Treue. Angesichts der Tatsache, dass ich Sie weder liebe noch besonders schätze, war das vielleicht eine merkwürdige Forderung. Nennen wir es eine altmodische Vorstellung, aber …«

»Ja, ich hatte einen sehr angenehmen Aufenthalt in London«, sagte Phillip und marschierte mit starrem Gesicht an seiner Ehefrau vorbei. »Danke der Nachfrage.«

»War er ebenso angenehm wie die zahlreichen Aufenthalte bei Miss Isabel?«, fragte Mrs Gardner.

Ridgefield, 1994

Mit geradezu fotografischer Genauigkeit erinnerte Peter sich an den Augenblick, als ihm Amanda zum ersten Mal von ihren Kopfschmerzen erzählte. Er wusste selbst nicht genau, warum das so war. Sie waren gerade von einem Ausflug nach London zurückgekommen, nur um dort auf dem Anrufbeantworter die Nachricht vorzufinden, dass es eine weitere Verzögerung bei der Renovierung ihres Cottage geben würde. Normalerweise reagierte Amanda auf solche Mitteilungen mit einem Lachen und einer Bemerkung darüber, dass Handwerker doch überall auf der Welt dieselbe unzuverlässige Bande seien. Aber diesmal hatte sie voller Verzweiflung mit der Faust auf den Telefontisch geschlagen.

»Ich glaube, ich erlebe es nicht mehr, dass dieses Haus fertig wird«, sagte sie.

Sie war aufgestanden und starrte zum Fenster hinaus. Die Abendsonne glühte in ihren Haarsträhnen, ihre Stirn war wütend zusammengezogen. Sie schürzte die Lippen. Vielleicht erinnerte sich Peter deshalb an diesen Moment, weil er Amanda so selten wütend erlebt hatte.

»Geht es dir gut?«, fragte er.

»Ja, ja, alles in Ordnung«, sagte Amanda, und die Spannung schien sie sofort zu verlassen. »Ich hab bloß ein bisschen Kopfweh.« Nach einem Schläfchen und einer Tasse Tee fühlte sie sich wieder besser, und sie dachten nicht weiter darüber nach. Dass sie auf dem Heimflug nach North Carolina in der Woche darauf wieder Kopfschmerzen hatte, war nicht ungewöhnlich. Peter ging es genauso. Die Klimaanlage und die Luftdruckunterschiede verträgt nun einmal nicht jeder, und das schreiende Baby in der Business Class trug auch nicht dazu bei, dass man sich erholte. Vielleicht sollten sie nächstes Jahr tatsächlich erster Klasse fliegen.

Nach ihrer Rückkehr veranstalteten Amandas Eltern eine Party zu ihren Ehren. »Bei eurem fünften Hochzeitstag wart ihr auf Einkaufstour«, sagte Sarah, »dann feiern wir eben jetzt.«

Aber am Morgen der Party hatte Amanda wieder Kopfschmerzen, und außerdem war ihr so übel, dass sie sich erbrechen musste. Peter hatte sie einfach wieder ins Bett geschickt. Von seiner heimlichen Fantasie, dass sie wie durch ein Wunder doch schwanger geworden sein könnte, sagte er nichts. Als Amanda am Nachmittag bei zugezogenen Vorhängen auf der Couch im Wohnzimmer döste, erinnerte er sich plötzlich wieder an das Gesicht, das sie gemacht hatte, als er im Café der Tate Gallery Cola statt Tee bestellt hatte – ihr amüsiertes, fürsorgliches Lächeln. Konnte es sein, dass ein so mütterliches Wesen nicht eines Tages doch ein Kind auf die Welt bringen würde? Und wenn die Übelkeit am Morgen kein Zeichen einer Schwangerschaft war – sollte er dann nicht allmählich die Frage einer Adoption ins Spiel bringen? Er brauchte noch etwas anderes als sein Antiquariat, und Amanda musste noch etwas anderes bemuttern als ihr englisches Cottage.

Als die Party anfing, hatte Amanda sich besser gefühlt, aber Peter hatte an diesem Abend nicht viel von ihr gesehen. Cynthia, die jetzt in Virginia bei einer Zeitung arbeitete, war übers Wochenende nach Ridgefield zurückgekommen, und obwohl sie jede Woche ausführlich miteinander telefonierten, hatten sie sich viel zu erzählen und hockten stundenlang zusammen auf der Terrasse. Peter verbrachte eine unbehagliche Stunde damit, sich den Familienfreunden noch einmal vorstellen zu lassen, die er das letzte Mal bei der Hochzeit gesehen hatte, dann konnte er sich mit seinem Schwiegervater in Ruhe an einen Tisch setzen.

Den ganzen Abend behielt Peter seine Frau unauffällig im Auge und fragte sich, was für Geheimnisse sie wohl mit Cynthia tauschte und ob dazu vielleicht eine freudige Nachricht gehören könnte, die er auf dem Nachhauseweg hören würde. Aber als die Party vorbei war, war Amanda so erschöpft, dass sie bloß fragte, ob sie wirklich nach Hause fahren müssten. »Können wir nicht einfach im Gästezimmer schlafen?«, fragte sie, und Peter war einverstanden. Noch ehe er sich die Zähne geputzt hatte, war sie schon eingeschlafen.

Es gibt Tage, an denen unser Leben sich ohne Vorwarnung grundlegend ändert. Als Peter im Sonnenlicht des 14. Mai 1994 erwachte, war er davon überzeugt, dass dies so ein Tag sein müsste. Er glaubte fest, dass Amanda ihrer Freundin Cynthia welterschütternde Neuigkeiten mitgeteilt hatte und dass er diese heute erfahren würde. Die vage Hoffnung, dass sie schwanger sein könnte, hatte sich zu einer soliden Überzeugung gefestigt. Nachdem er aufgestanden war, übte er vor dem Badezimmerspiegel zehn Minuten lang einen überraschten Gesichtsausdruck, während Amanda noch schlief.

Peter hatte mit seinen Schwiegereltern beim Frühstück gesessen, und Charlie hatte gerade gesagt, er würde vielleicht ein paar Stunden ins Büro gehen, obwohl heute Samstag war, als aus dem ersten Stock ein Schrei ertönte. Peter wusste sofort, dass es kein Wut- oder Angstschrei war, sondern dass er heftigen Schmerzen entsprang. Er war der Erste im Gästezimmer und sah Amanda aufrecht im Bett sitzen. Sie hielt sich den Kopf, schaukelte vor und zurück und wimmerte laut. Noch ehe er fragen konnte, was los war, stieß ihn Amandas Vater beiseite, hob seine vor Schmerzen schreiende Tochter aus dem Bett und trug sie die Treppe hinunter.

Peter und Sarah folgten ihm, halb benommen. »Los, ins Auto«, rief Sarah, während ihr die Tränen übers Gesicht liefen. Peter rannte zum BMW seines Schwiegervaters, der vor dem Haus in der Einfahrt stand. Amandas Vater schob sich mit ihr auf den Rücksitz, und während Peter noch überlegte, was er jetzt tun sollte, riss Amandas Mutter die Fahrertür auf und setzte sich hinters Lenkrad. Peter konnte gerade noch auf den Beifahrersitz klettern, ehe Sarah losraste.

Amanda war jetzt stiller geworden und wimmerte nur noch. Ihr Vater hatte ihren Kopf auf seinen Schoß gebettet, während ihre Mutter mit kreischenden Reifen in Richtung des Ridgefield-Hospitals raste. Peter hatte ein Gefühl völliger Hilflosigkeit – er fühlte sich wie ein Zuschauer in einem Familiendrama.

Während er auf dem Beifahrersitz von Charlie Ridgefields BMW saß, hatte Peter Byerly, der den Tag zwei Stunden zuvor mit so großen Hoffnungen begonnen hatte, plötzlich das sichere Gefühl, dass sein Leben vorbei war.

Kingham, Dienstag, 21. Februar 1995

»Hör mal zu«, sagte Liz. »Ich habe mich mit dir in der Kapelle einschließen lassen, und ich bin sogar in diese verdammte Krypta mit dir heruntergestiegen, aber diese Treppe kriegst du mich nicht runter. Wer weiß, wo die hinführt?«

»Da, wo wir reingekommen sind, werden wir nicht wieder rauskommen«, sagte Peter und schob den Inhalt von Gardners Kiste vorsichtig in seine Aktentasche. »Also können wir's genauso gut hier versuchen.« Trotzdem musste Peter beim Anblick des schwarzen Lochs vor seinen Augen unwillkürlich an Alice im Wunderland denken, wie sie dem weißen Kaninchen unbekümmert in seinen Bau gefolgt war. Das klaustrophobische Bild aus dem Manuskript im British Museum erschien für einen Moment vor seinem inneren Auge, aber dann gewannen die Neugier und das Adrenalin wieder die Oberhand. Er nahm die Tasche und machte die ersten vorsichtigen Schritte die Stufen hinunter, wobei er die Taschenlampe in der rechten Hand hielt und die Fingerspitzen der anderen Hand an der rauen Wand entlanggleiten ließ.

»Peter«, rief Liz ihm von oben nach. »Du hast was vergessen. Da liegt noch etwas in der Kiste. Willst du das nicht lesen?«

»Wir lesen es, wenn wir hier wieder rauskommen«, sagte Peter und machte noch einen Schritt nach vorn.

»Hör mal, das wird ziemlich dunkel hier oben ohne die Taschenlampe«, sagte Liz mit wachsender Panik in ihrer Stimme.

Peter blieb stehen und richtete den Strahl der Taschenlampe nach hinten. »Dann komm halt«, sagte er. »Und vergiss nicht, die Kerzen zu löschen.« Einen Augenblick blieb es still, dann hörte er Schritte hinter sich. Im nächsten Augenblick spürte er weiche Hände auf seiner Schulter und machte den nächsten Schritt vorwärts. Liz folgte ihm.

»Hab ich schon erwähnt, dass ich unter Klaustrophobie leide?«, sagte sie.

»Ich auch«, sagte Peter, der sich trotzdem merkwürdig ruhig fühlte. »Es ist doch gar nicht so übel.«

»Denkst *du* vielleicht«, sagte Liz.

Sie stiegen die spiralförmig nach unten führenden Stufen hinunter, und als Peter den Fuß der Treppe erreichte, hatte er keinerlei Vorstellung, in welcher Richtung sie gingen. Vor ihm zeigte die Taschenlampe einen engen, niedrigen Gang, der leicht nach unten führte und nach wenigen Metern um eine Kurve verschwand. Der Tunnel war gerade so hoch, dass Peter aufrecht stehen konnte, und nicht viel breiter als seine Schultern.

»Das waren zweiundfünfzig Stufen«, sagte Liz und ihre Finger klammerten sich an Peters Arm.

»Du hast gezählt?«

»Was meinst du, wie tief wir jetzt sind?«, fragte Liz. »Nein, sag es mir lieber nicht.«

Peter wollte weitergehen, aber Liz hielt ihn am Ärmel zurück. »Bist du sicher, dass wir das machen sollen? Mir gefällt das überhaupt nicht. Wirklich nicht.«

»Es sieht doch vollkommen harmlos aus«, sagte Peter.

»Ich sehe eigentlich gar nichts. Du versperrst mir die Sicht, und hinter dir ist es vollkommen dunkel.«

»So richtig viel Licht gibt die Taschenlampe sowieso nicht mehr. Wir sollten uns besser beeilen«, sagte Peter.

»Ach, das ist tröstlich«, sagte Liz. Diesmal folgte sie Peter, als er vorwärtsging, hielt sich aber weiter an seinen Schultern fest. »Wenigstens bist du größer als ich«, sagte sie, »und stößt dir den Schädel als Erster.«

An diese Möglichkeit hatte Peter auch schon gedacht, und deshalb schwenkte er die Taschenlampe beim Vorwärtsgehen immer von oben nach unten, so dass er mal den Boden und mal die Decke anstrahlte. Er ging jetzt relativ rasch und zog Liz beinahe hinter sich her, denn er wollte den Ausgang unbedingt erreichen, ehe die Taschenlampe endgültig erlosch.

»Vielleicht haben sie hier im Bürgerkrieg die Soldaten versteckt«, sagte er.

»Wahrscheinlich sind die meisten hier unten gestorben«, sagte Liz. Und nach einer weiteren Minute. »Es geht ziemlich steil runter.«

»Wir müssen ja auch unter dem Fluss durch«, sagte Peter.

»Verdammt«, sagte Liz und blieb wieder stehen. »Ich kann nicht unter einem Fluss durchmarschieren. Wir müssen zurück. Da oben gibt es wenigstens Kerzen.«

»Bist du noch nie durch den Lincoln-Tunnel gefahren?«, fragte Peter.

»Ich bin durch keinen bescheuerten Lincoln-Tunnel gefahren«, sagte Liz. »Ich bin aus London. Bei uns gibt es Brücken.«

Peter tastete nach den Beruhigungstabletten in seiner Brusttasche und überlegte, ob er ihr eine anbieten sollte, ließ es dann aber doch lieber. Sie mussten sich beeilen. »Komm«, sagte er. »Du schaffst das. Ich bin doch bei dir. Hier, nimm meine Hand.«

Er streckte die freie Hand nach hinten und spürte erleichtert, wie sich ihre feuchten Finger um seine schlossen. »Geht's wieder?«, fragte er.

»Nein«, sagte Liz. »Aber mach schon.«

Sie gingen weiter, ohne zu reden. Peter hörte nichts außer ihren hastigen, flachen Atemzügen und ihren Schuhen, die tastend über den Boden streiften. Er verschwieg seiner Begleiterin, dass die Taschenlampe jetzt kaum noch leuchtete und dass er sie praktisch nur noch vor sich hielt, um zu verhindern, dass er mit dem Kopf an ein überraschend auftauchendes Hindernis stieß. Alle paar Sekunden drückte Liz ihm heftig die Hand, und Peter merkte plötzlich, dass ihm das gefiel. Solange er Liz beruhigen musste, würde er selbst nicht in Panik geraten.

»Ich glaube, es geht wieder rauf«, sagte er.

»Siehst du schon Licht?«, fragte Liz.

»Nein«, sagte Peter. »Noch nicht.« Er hatte die Lampe jetzt ganz ausgeknipst, in der Hoffnung, dass die Batterie sich noch etwas erholte oder noch eine Reserve da wäre, wenn sie an ein Hindernis stießen. Es war plötzlich so kalt um sie herum, als ob das eisige Wasser des Evenlode jeden Augenblick auf sie herabstürzen könnte. Jahrhundertealte Kälte schien sich hier gesammelt zu haben, und er hoffte inständig, dass sie den tiefsten Punkt des Tunnels erreicht hatten.

»Warum ist es so dunkel?«, fragte Liz. »Peter, es ist so dunkel. Peter, bleib stehen.« Wieder zog sie an seiner Hand und an seinem Ärmel. Er spürte, wie ihr Arm sich um seine Brust legte und ihr Körper sich an ihn presste, während die Taschenlampe endgültig den Geist aufgab. Es war jetzt vollkommen schwarz um sie herum, und er hörte, wie Liz leise zu weinen begann.

»Es ist alles in Ordnung«, sagte er. »Schließ einfach die Augen und lass dich von mir führen.« Plötzlich musste er daran denken, wie oft sich Amanda angeschlichen und ihn von hinten umarmt hatte, bis er ihre Brüste an seinem Rücken spürte.

»Geh weiter«, sagte Amanda. »Ihr schafft es. Ihr schafft es bis zum anderen Ende, und ihr kommt auch hier raus.«

Er machte einen Schritt vorwärts, und Liz lockerte ihre Umklammerung, bis sie nur noch an seiner Hand hing. Ihr Atem schien jetzt wieder etwas ruhiger.

»Hast du die Augen geschlossen?«, fragte Peter.

»Jawohl«, sagte Liz.

»Du bist einfach nur im Korridor in deiner Wohnung«, sagte er. »Es ist dunkel, aber das macht nichts. Du findest den

Weg. Mach einfach einen Schritt nach dem anderen.« Diesmal schienen sie eine Ewigkeit gehen zu müssen. Peter wagte nichts mehr zu sagen, um keine neue Panikattacke bei Liz auszulösen. Der Anstieg, das spürte er, wurde allmählich steiler, aber trotzdem versuchte er, noch etwas schneller zu gehen. An die Möglichkeit, dass es keinen Ausgang geben könnte, dass sie in dem engen Tunnel umdrehen und wieder zurückgehen müssten, wagte er gar nicht zu denken.

»Was meinst du, wie weit wir gekommen sind?«, fragte Liz. Ihre Stimme schien jetzt etwas fester zu sein.

»Wir müssen fast da sein«, sagte Peter, obwohl er keine Ahnung hatte, wie lang der Tunnel war. Aber was sollte er sonst sagen? Waren sie eine Meile oder nur ein paar hundert Meter gegangen? Wie weit war es überhaupt von Evenlode House nach Evenlode Manor? Peter war überzeugt, dass sie jetzt schon eine Stunde unterwegs sein mussten, seit sie die Krypta verlassen hatten, wagte aber nicht, nachzusehen.

»Peter?«, sagte Liz.

»Ja? Was ist?«

»Ich finde, es klingt jetzt anders.«

»Hast du noch die Augen zu?«, fragte Peter.

»Ja. Und es klingt anders. Irgendwie hohl oder so.«

»Vielleicht sind wir am Ende des Tunnels.«

»Und was ist, wenn wir nicht rauskönnen?«, sagte Liz. »Was ist, wenn wir ans Ende kommen, und der Ausgang ist zu?«

»Wir kommen schon raus.«

»Woher willst du das wissen?«, sagte Liz, und ihre Stimme nahm einen schrillen Klang an. »Das kannst du doch gar nicht wissen. Was ist, wenn wir wieder zurückmüssen? Ich glaube, das schaffe ich nicht. Oh, verdammt, wir sterben hier drin, nicht wahr? Wir müssen in diesem verdammten Tunnel sterben.« Sie zwang ihn erneut zum Stehenbleiben, und Peter hörte sie schluchzen.

»Nein, wir werden nicht sterben«, sagte er.

»Woher willst du das wissen?«, jammerte Liz, und ihre Stimme hallte weit den Tunnel hinunter. »Woher willst du das wissen?«

»Ich werd es dir sagen.« Peter drückte sacht ihre Hand. »Wenn du dich beruhigst, werd ich es dir sagen.« Er wartete, bis sich ihr Atem beruhigt hatte und sie nicht mehr schluchzte.

»Sag es mir«, flüsterte sie.

»Ich habe das noch nie irgendjemand erzählt«, sagte er. »Aber ich kann dir doch vertrauen?«

»Ja«, sagte Liz leise.

»Okay«, sagte Peter. Er griff wieder nach ihrer Hand und zog sie weiter. »Seit meine Frau, seit Amanda gestorben ist, spricht sie manchmal mit mir. Ich meine, es ist nicht nur so, dass ich mich an sie erinnere oder dass ich Stimmen höre, nein, sie taucht einfach auf und redet mit mir. Manchmal, wenn ich sie dringend brauche, und manchmal, wenn ich es gar nicht erwarte. Zum Beispiel, als wir in diesem italienischen Restaurant gegessen haben, erinnerst du dich?«

»Ja«, sagte Liz.

»Na ja, sie war einfach da. Nur für eine Sekunde. Sie stand auf der anderen Seite des Lokals und hat mir gesagt, ich solle dir die Geschichte mit unserem Opernbesuch erzählen.«

Liz sagte nichts.

»Ich weiß, es klingt, als ob ich verrückt wäre, aber glaub mir, ich bin es nicht. Und alles, was sie mir gesagt hat, war richtig. Und jetzt kommt das Wichtigste: Vor einer halben Stunde war sie wieder da und hat mir gesagt, wir würden es schaffen. Wir würden es bis zum anderen Ende schaffen und rauskommen.«

»Wirklich?«, sagte Liz, und Peter war ungeheuer erleichtert, dass er weder Skepsis noch Spott, sondern echte Zuversicht in ihrer Stimme spürte.

»Ja, ganz bestimmt«, sagte Peter und stieß im selben Moment mit dem Zeh an etwas Hartes, so dass er beinahe gefallen wäre.

»Was ist los?«, fragte Liz.

»Ich glaube, das war eine Stufe«, sagte Peter und tastete mit den Händen nach dem Hindernis, an das er gestoßen war. »Ja, es ist eine Treppe.«

»Noch weiter runter kann ich nicht«, sagte Liz. »Ich kann einfach nicht.«

»Sie führt auch gar nicht nach unten«, sagte Peter. »Jetzt geht es nach oben.« Und sie begannen hinaufzusteigen.

Während des ganzen bisherigen Weges hatte Peter vollkommen ruhig geatmet, aber jetzt ging es in einem engen Rund immer weiter nach oben, und er war nach kürzester Zeit außer Puste. Sie waren ganz offensichtlich auf einer Wendeltreppe.

»So, das waren jetzt zweiundfünfzig«, erklärte Liz. »So viele sind wir heruntergekommen.«

Aber die Treppe dachte nicht daran zu enden. Immer weiter ging es hinauf in die Dunkelheit. Schließlich blieb Peter stehen.

»Ich kann nicht mehr«, sagte er. »Ich muss mich mal ausruhen.«

»Geh weiter«, sagte Liz. »Mir tun die Beine auch weh, aber das halte ich aus, solange wir bloß hier rauskommen!« Also stiegen sie weiter.

»So, das waren zweihundert«, sagte Liz etwas später. »Ach, übrigens: Ich habe die Augen jetzt offen.«

Peter hob seinen Fuß, um die nächste Stufe zu nehmen, und trat ins Nichts, so dass er stolperte und aufs Knie fiel. Er stand wieder auf, machte zwei Schritte vorwärts über den ebenen Steinboden, dann stieß die Taschenlampe klirrend an etwas Festes. Er blieb keuchend stehen und hörte Liz hinter sich beten: »Lass da ein Ausgang sein, bitte, bitte, lass da ein Ausgang sein.«

Er hatte ihre Hand verloren, als er gestolpert war, aber jetzt fasste sie wieder nach seinem Ärmel. Er tastete die Wand vor sich ab.

»Es ist Holz«, sagte er.

»Eine Tür?«

»Glaube schon«, sagte er. Er tastete weiter an den dicken Bohlen entlang, wobei er sehr vorsichtig war, weil er sich keinen Splitter einziehen wollte.

»Mach schon«, sagte Liz. »Finde bitte den Weg hinaus.«

Gerade als er merkte, dass sich ihre Atmung wieder beschleunigte und hektischer wurde, berührten seine Finger etwas Kaltes und Hartes.

»Warte«, sagte er. »Das scheint eine Klinke oder ein Riegel zu sein.« Er drückte den eisernen Hebel herunter und warf sich mit der Schulter gegen die Bohlen. Im nächsten Augenblick fiel er nach vorn in einen Raum voller Wärme und blendendem Licht, während ihn Liz durch die Tür stieß. Einen Augenblick sah er gar nichts und hörte nur, wie Liz gleichzeitig lachte und weinte. Noch ehe sich seine Augen der Helligkeit angepasst hatten, hörte er John Aldersons Stimme.

»Ah, Mr Byerly! Wie nett von Ihnen, dass Sie vorbeischauen! Und sogar eine Freundin haben Sie mitgebracht!«

Peter hatte gar nicht gemerkt, dass er in der letzten Stunde seine Schultern- und Nackenmuskeln bis zum Äußersten angespannt hatte, aber jetzt, wo Alderson sie einlud, sich doch zu setzen, und Liz zu einem Sessel am warmen Feuer führte, spürte Peter, dass die Anspannung von ihm abfiel wie eine eiserne Rüstung. Liz zitterte zwar noch immer, aber sie lächelte schon wieder, und Peter wusste, dass sie sich bald erholt haben würde. Er hatte ihr nicht gesagt, dass er allerlei Befürchtungen hinsichtlich ihres Empfangs in Evenlode Manor gehabt hatte. Immerhin hätte sie ja auch Julia Alderson mit einer Schrotflinte erwarten können statt ihres zivilisierten Bruders und seiner Gastfreundschaft.

»Sie sehen aus, als hätten Sie einen anstrengenden Tag hinter sich«, sagte John, und Peter wurde plötzlich bewusst, dass er mit Schlamm und Kratzern bedeckt war. Um nicht gar zu albern zu wirken, stellte er wenigstens seine Tasche ab. Der verstauchte Knöchel, den er während der Anspannung der unterirdischen Wanderung völlig vergessen hatte, tat plötzlich höllisch weh. Zu seiner Überraschung stellte er fest, dass sie in der Bibliothek standen.

»Es ist ein Tunnel«, sagte er. »Ein Tunnel, der bis in die Familienkapelle der Gardners führt.«

»Ja, ganz erstaunlich«, sagte John Alderson.

»Miss Sutcliffe leidet unter Klaustrophobie«, sagte Peter. »Und wir sind ziemlich lange da unten gewesen.«

»Ja, ich habe von dieser … Verbindung gehört«, sagte Alderson. »Mein Großvater hat mir alle möglichen Geschichten darüber erzählt. Ich hab das alles nie so ganz glauben können, bis Thomas Gardner eines Abends betrunken in meiner Bibliothek auftauchte.«

»Dann wussten Sie also Bescheid?«

»O ja«, sagte Alderson. »Obwohl ich selbst nie den Mut gefunden habe, die Reise persönlich zu unternehmen. Ganz wie Ihre Freundin mag ich es nicht, mich in die Enge treiben zu lassen.« Er stellte Peters Tasche beiseite und schloss die Tür des Tunnels, die nahtlos mit den Wandpaneelen verschmolz. »Mr Gardner hat den Tunnel mehrfach benutzt, er hat allerdings zu meinem Bedauern in der Familiengruft nie etwas von Bedeutung gefunden.«

Noch ehe es Peter verhindern konnte, sagte Liz, die schon wieder sehr munter schien: »Meinen Sie Phillip Gardners Sammlung von Dokumenten?«

»Sie haben sie also gefunden?«, sagte Alderson lächelnd. »Das hatte ich beinahe ein bisschen gehofft. Deshalb hab ich Sie ja auch in die Kapelle gesperrt.«

»Sie …!« Liz vermochte nicht auszusprechen, was sie offenbar dachte. Stattdessen huschten ihre Augen zu Peter hinüber, um ihn um Verzeihung zu bitten.

»Ich nehme an, Sie würden gern einen Blick darauf werfen?«, sagte Peter, als ob es sich um ein normales Verkaufsgespräch handelte. Er holte sich seine Aktentasche und zog die Dokumente heraus.

»Die dürfen Sie ruhig auf meinen Tisch legen«, sagte Alderson und griff gelassen in sein Jackett. »Und laufen Sie bitte nicht weg.« Er zog eine elegante schwarze Pistole aus ihrem ebenso eleganten Halfter und winkte Peter damit in Richtung des großen Tisches, der in der Mitte des Raumes stand.

Peter legte den Stapel auf den Tisch. Es schien kaum vorstellbar, dass es erst eine Woche her war, dass er an diesem Tisch den *Pandosto* studiert hatte.

»Sie haben uns eingesperrt?«, sagte Liz, in deren Stimme sich Neugier und Wut mischten. »Was sind Sie bloß für ein fieser Bastard!«

»Wissen Sie, ich hab in den letzten Tagen eine Menge Ärger mit Ihnen beiden gehabt«, sagte Alderson. »Und es ist auch nicht alles nach Plan gelaufen, aber es ist ja noch mal gut ausgegangen, und einen kleinen Bonus haben Sie auch mitgebracht.« Er nickte in Richtung des Dokumentenstapels.

»Aber die gehören Ihnen doch gar nicht«, sagte Liz. »Die gehören ja nicht einmal Thomas Gardner. Phillip Gardner hat sie seinem außerehelichen Sohn hinterlassen und dessen Nachkommen. Wir haben sein Testament gefunden.«

»So, so. Aber ich versichere Ihnen, es wird keinen Streit um diese Dokumente geben. Niemand außer Ihnen, meine Liebe, wird das Testament je zu Gesicht kriegen. Aber zahlreiche führende Händler wissen, dass ich eine schöne Dokumentensammlung besitze, die ich verkaufen will.«

»Aber wenn Sie uns eingesperrt haben …«, sagte Peter. »Wir dachten, dass Thomas Gardner und Ihre Schwester …« Peter ließ den Gedanken unvollendet.

»Meine Schwester Julia? Ja, sie sollte mir helfen, aber dann hat sich dieser törichte Gardner mit seinem Ungeschick zum schlechtestmöglichen Zeitpunkt ein Alibi verschafft. Nun, ich habe sowieso nicht geglaubt, dass er die Drecksarbeit für mich erledigen würde, aber ein netter Sündenbock wäre er schon gewesen. Das war der Grund, weshalb ich Julia überhaupt gebeten habe, ihn zu verführen.«

»Sie wussten also von Thomas und Julia?«, sagte Peter.

»Natürlich«, sagte Alderson. »Es war ja meine Idee. Und es war auch meine Idee, Sie mit dem *Pandosto* zu ködern. Aber wie sich zeigte, waren Sie viel zu neugierig, und es mussten gewisse Maßnahmen ergriffen werden.«

»Soll das heißen, dass Sie …«

»Natürlich habe ich. Ich war derjenige, der Sykes zum Schweigen gebracht und das Büro dieser jungen Dame durchsucht hat. Und wenn Thomas Gardner sich nicht ins Bein geschossen hätte, hätten wir ihm die Schuld gegeben. Aber zum Glück haben Sie ja bei der Leiche von Graham Sykes und im Büro dieser reizenden jungen Dame hier« – er lächelte zu Liz hinüber – »so viele Spuren hinterlassen, dass man Ihnen die Schuld geben wird. Ein klarer Fall, mit dem sich die Justiz nicht lange wird aufhalten müssen.«

»Ich werde für ihn aussagen«, erklärte Liz und sprang auf.

»Das wird nicht nötig sein«, sagte Alderson und zeigte ihr mit der Pistole, dass sie sich wieder hinsetzen sollte. »Es wird gar keinen Prozess geben.« Liz setzte sich wieder hin, ihr Gesicht war plötzlich aschfahl.

»So«, sagte Alderson und wandte sich wieder an Peter. »Ich glaube, Sie haben noch etwas, das mir gehört.«

»Den *Pandosto*«, sagte Peter.

»Meine Schwester hat Ihnen eine Woche Zeit gegeben. Die ist jetzt fast vorbei.«

»Es ist eine Fälschung«, sagte Peter. »Ich nehme an, Sie

wussten das, sonst hätten Sie ihn zu Sotheby's oder Christie's gegeben.«

»Ja, ich habe das immer befürchtet«, sagte Alderson. »Und ich wollte nicht das Risiko einer Blamage eingehen. Es erschien weitaus einfacher, Sie damit zu befassen. Ich hatte die Hoffnung, dass Sie weder die Mittel noch den Grips hätten, um ihn gründlich zu untersuchen. Aber das Geld, um ihn zu kaufen, haben Sie schon – oder zumindest die Möglichkeit, es sich zu beschaffen. Und Ihr Ego hat Sie in dem Glauben bestärkt, dass Sie einen großen Schatz entdeckt hatten. Habe ich Unrecht?«

»Nicht ganz«, sagte Peter.

»Es ist wirklich eine Schande. Wenn Sie nicht gar so neugierig gewesen wären, könnte sich irgendein reicher Amerikaner über den *Pandosto* freuen, Sie und ich wären ein bisschen reicher, und ich hätte nicht zum dreifachen Mörder werden müssen, der sich einen neuen Antiquar suchen muss.«

»Ein dreifacher Mörder?«, sagte Liz.

»Nun ja, meine Liebe, ich kann Sie beide ja nicht gut am Leben lassen, bei dem, was Sie alles wissen. Wenn ich der Polizei sage, dass der Mörder von Graham Sykes und seine Komplizin mich bis in mein Haus verfolgt haben, dann werden die Beamten sicher Verständnis für meine Notwehrsituation haben. Mögen Sie auch einen Drink?«, fragte Alderson und wedelte mit seiner Pistole in Richtung einer geschliffenen Whisky-Karaffe. »Kein Grund, auf zivilisierte Umgangsformen zu verzichten, nicht wahr?«

Kingham, 1879

Während im oberen Stockwerk die Diener herumpolterten und den Auszug seiner Frau vorbereiteten, las Phillip Gardner noch einmal den Brief, der seine Ehe und alle Hoffnungen beendet hatte, Evenlode House vor dem Ruin zu retten. Diese Verluste verblassten allerdings vor dem Schmerz, der jedes Mal in seiner Brust aufwallte, wenn er die Worte las, die in dem Brief standen. Er wusste jetzt, dass er mit der Schande, den Familienbesitz aufzugeben, durchaus hätte leben können. Aber die einzige Frau, die er je wahrhaft geliebt hatte, erst gekränkt und dann verloren zu haben, war mehr, als er ertragen konnte.

Sein Triumph über Reginald Alderson erschien ihm jetzt kindisch und hohl, und sein Schmerz darüber, Isabel zu verlieren, wurde nicht geringer durch die Scham, die er darüber empfand, zum Komplizen bei der Zerstörung eines literarischen Schatzes geworden zu sein. Erst jetzt war ihm eingefallen, dass er ja zwei Fälschungen hätte machen und Mayhew eine davon als echten *Pandosto* hätte zurückgeben können, während er das Original für sich behalten hätte. Es war nicht einmal Gier, was ihn zu dieser Überlegung veranlasste, sondern einfach das plötzliche, intensive Bedauern darüber, dass ein wichtiges Dokument der Literaturgeschichte für immer verloren sein könnte. Aber Phillip war viel zu verblendet von Hass und Arroganz gewesen, um rechtzeitig daran zu denken.

Je öfter er Miss Pricketts Brief las, desto deutlicher wurde ihm der Weg, den er jetzt einschlagen musste. Er raffte ein paar Papiere und Bücher zusammen, verließ das Haus durch den Hinterausgang und ging zum letzten Mal zu dem Versteck, in dem er seine Fälscherkunst ausgeübt hatte. Und in der gleichen Minute, als er die Familienkapelle betrat, stieg Mrs Gardner in die Droschke, die sie zum Bahnhof bringen würde. Sie sollten sich nie wiedersehen.

Um den falschen *Pandosto* reisefertig zu machen, bedurfte es jetzt nur noch einiger kleiner Ergänzungen. So fügte Phillip der Liste der Eigentümer zwei Zeilen hinzu. Die erste sah er als eine Art Versicherung an: Sollte der *Pandosto* je in die Hände von Literaturwissenschaftlern gelangen, wollte er sie auf Mayhew aufmerksam machen, in der Hoffnung, dass der Buchhändler zugeben würde, dass die Randnotizen – bis auf den von Phillip mutwillig hinzugefügten Anachronismus – tatsächlich von Shakespeare stammten. Deshalb fügte er die Zeile »B. Mayhew für William. H. Smith« hinzu. Darunter schrieb er mit Bleistift und in seiner eigenen Handschrift: »B.B./E.H.« Das würde zwar für die meisten Leute vollkommen bedeutungslos sein, aber es würde Reginald Alderson daran erinnern, wer letztlich wen reingelegt hatte.

Phillip hoffte, dass ihm Mayhew die Änderung des Plans vergeben würde, aber er hatte beschlossen, Alderson den *Pandosto* doch lieber persönlich ins Haus zu liefern. Er wollte ganz sicher sein, dass er nicht in falsche Hände geriet. Alderson sollte sich ruhig freuen, wenn er das Päckchen mit dem *Pandosto* in seiner Bibliothek fand. Der nachfolgende Brief würde ihn schon darüber aufklären, was wirklich geschehen war. Sollte er so dumm sein, mit dem *Pandosto* an die Öffentlichkeit zu gehen, würden Mayhew, Smith oder andere ihn bloßstellen, und Smith hätte seinen Triumph über die Stratfordianer. Aber das war Phillip längst alles egal. Was lag ihm an Smith oder Mayhew?

Ehe er seine nächtliche Lieferung machte, blieben Phillip noch ein paar Stunden Zeit, und in diesen Stunden kehrte er zu dem zurück, was er wirklich liebte: Isabel und die Malerei. In nur einer Stunde schuf er, was sein einziges originelles Werk werden sollte: Er malte Isabel, wie sie sich vor dem

Spiegel die Haare bürstete, nachdem sie sich geliebt hatten. Als er an diesen strahlenden Nachmittag zurückdachte, schien es ihm, als wäre das der einzige Tag in seinem Leben gewesen, an dem er wirklich glücklich war. Und als er das Bild seiner Geliebten in sich wiedererstehen ließ und aufs Papier brachte, spürte er zum ersten und einzigen Mal, was es bedeutet, ein wirklicher Künstler zu sein.

Noch eine Stunde nachdem die Farbe getrocknet war, starrte er Isabel an, das einzige Gesicht, das ihn je mit unbedingter Liebe betrachtet hatte, das Gesicht, das er verraten und aus seinem Leben verbannt hatte und das jetzt im Boden eines fremden Landes begraben lag, nachdem sich die Augen seiner Geliebten für immer geschlossen hatten.

Selbst als er das Bild lange nach Mitternacht in das Buch geschoben hatte, das ihm in Aldersons Bibliothek als Versteck dienen sollte, und nachdem er den falschen Grabstein, der den Eingang zur Krypta verdeckte, wieder an Ort und Stelle geschoben hatte, hatte Phillip ihr Gesicht noch immer vor Augen. Er hoffte inständig, dass seine Gemälde irgendwann einmal wieder ans Tageslicht kommen würde, nicht als Erinnerung an ihn, sondern damit seine geliebte Isabel einen fernen Betrachter anlächeln konnte.

Das Haus lag stumm und dunkel unter dem wolkenzerrissenen Nachthimmel. Die Diener waren mit ihrer Herrin gegangen, sie wussten ja, wer ihre Löhne bezahlte. Als Phillip aus einem Fenster des Hauptgebäudes auf das Gerüst am unvollendeten Westflügel kletterte, hatte es gerade zu regnen begonnen. Drei Stockwerke unter sich konnte er die Kalksteinblöcke sehen, die erst vor einigen Tagen aus dem Steinbruch gekommen waren. Phillip fragte sich, ob Mrs Gardner sie vor ihrer Abreise wohl noch bezahlt hatte.

Ridgefield, 1994

Peter fühlte sich einsamer als je zuvor, als er Stunde um Stunde im Krankenhaus saß, während Amanda einer ganzen Serie von Untersuchungen unterzogen wurde. Natürlich waren auch Sarah und Charlie Ridgefield anwesend. Sie saßen auf der anderen Seite des Wartezimmers. Ab und zu stand einer von ihnen auf, um aus dem Fenster zu sehen, aber keiner von beiden sagte etwas. Auch untereinander sprachen sie nicht, und Peter konnte das Gefühl nicht abschütteln, dass sie auf irgendeine Weise ihm die Schuld für das gaben, was da mit Amanda passierte. Sein Verstand sagte ihm, dass es nicht so war und dass sie einfach nur davor zurückschreckten, etwas zu sagen, ehe nicht die Ärzte ihr Urteil gefällt hatten, aber es war kein Tag, an dem man gegen seine Gefühle erfolgreich ankämpfen konnte, und während die Zeit zu gefrieren schien, suchte Peter verzweifelt in seinem Gedächtnis, was er getan haben könnte, um Amanda so krank zu machen. Er konnte seine Schwiegereltern nicht einmal ansehen und erschrak fast, als Amandas Mutter aufstand, sich neben ihn setzte und seine Hand nahm. Er konnte ihr noch immer nicht in die Augen sehen, aber er spürte, wie ihm heiße Tränen über die Wangen liefen, als seine Gefühle ihm endlich bestätigten, was sein Verstand schon die ganze Zeit gewusst hatte: dass er nicht allein war.

Sarahs Geste gab ihm schließlich auch die Kraft, selbst etwas zu unternehmen: Von einem öffentlichen Telefon auf dem Flur aus rief er Cynthia an.

»Ich komme sofort«, sagte Amandas Freundin, und in ihrer Stimme lag so viel Sympathie und Unterstützung, dass Peter erneut zu weinen anfing.

»Könntest du mir einen Gefallen tun?«, fragte er.

»Ja, natürlich.«

»Könntest du bei unserem Haus vorbeifahren und mir etwas bringen?«

Eine Stunde später kam endlich einer der Ärzte, um mit ihnen zu sprechen. »Wir haben uns gerade die Ergebnisse ihres MRT angesehen«, sagte er. »Etwas Abschließendes können wir aber erst später sagen.«

»Was haben Sie denn bisher herausgefunden?«, fragte Amandas Vater. »Was vermuten Sie? Was ist es denn wahrscheinlich?«

»Ich möchte eigentlich nicht gern spekulieren, ehe wir belastbare Ergebnisse haben«, sagte der Arzt.

»Wenn Sie glauben, dass Sie damit unsere Gefühle schonen, dann haben Sie sich geirrt«, sagte Charlie. »Mehr Sorgen als jetzt können wir uns gar nicht machen.«

»Wir haben ihr zur Beruhigung schmerzstillende Mittel gegeben«, sagte der Arzt, »deshalb ist sie ziemlich erschöpft, aber wenn einer von Ihnen mitkommen will, um mit ihr zu sprechen …«

Sarah griff nach ihrer Handtasche, aber Charlie legte ihr die Hand auf die Schulter. »Peter soll gehen«, sagte er, und da wusste Peter, dass auch sein Schwiegervater ihm keine Schuld gab.

»Kommen Sie«, sagte der Arzt.

Wie schön sie ist, dachte Peter, als er seine Frau im Krankenbett liegen sah. Heute Morgen, als Charlie sie in die Notaufnahme getragen hatte, war sie so blass gewesen, aber jetzt war etwas Farbe in ihre Wangen zurückgekehrt, und obwohl sie selbst wahrscheinlich gesagt hätte, dass ihre Haare »fürchterlich« seien, fand Peter sie wunderschön. Sie war das Schönste, was er je gesehen hatte. Er setzte sich neben das Bett.

Es dauerte eine Weile, bis ihre Augen ihn gefunden hatten.

Sie flüsterte »Peter«, und in diesen beiden Silben und in diesem Blick lag alles, was sie zusammen erlebt hatten. Er sah das Mädchen, das kerzengerade in der Bibliothek saß; erinnerte sich an ihre Gespräche nachts in der Snack Bar; den zärtlichen Sex im Devereaux-Saal; ihre Reisen nach England und den Händedruck, wenn das Flugzeug abhob. In dieser schönen, zärtlichen Frau sah er alles, was gut und richtig in seinem Leben war.

»Du hast mich gerettet«, sagte er. »Ich hab dir das nie gesagt, aber du hast mich gerettet.«

Er hatte ein bisschen Angst, sie würde ihn nicht verstehen, aber sie lächelte und flüsterte: »Ich weiß.« Dann glitt ihre Hand unter der Decke hervor, und sie sagte: »Halt meine Hand, bis ich einschlafe.«

Peter ergriff ihre Finger und sah zu, wie ihre Augen sich schlossen. Ihr Atem verlangsamte sich. Peter legte seinen Kopf auf ihre Brust, um ihr Herz schlagen zu hören, und hoffte, dass der Arzt nie zurückkommen würde. Er wollte keine Untersuchungsergebnisse, keine Diagnose und keine Überlebensaussichten hören. Er wollte nur Amandas Hand halten und ihr Herz schlagen hören.

Doktor Owen sagte: »Hinsichtlich der OP können wir keine Versprechungen machen, aber es gibt durchaus Grund zur Hoffnung.« Peter stand mit Sarah und Charlie in einem kleinen Besprechungszimmer.

Doktor Owen zeigte auf die MRT-Bilder. Sie sehen aus wie abstrakte Kunst, dachte Peter. Sie würden Amanda bestimmt nicht gefallen.

»Bei einem Hirntumor dieser Art gibt es Fälle von absoluter Genesung, aber die Fünfjahres-Überlebensrate liegt leider nur bei zehn Prozent.«

»Sie gehört bestimmt zu den zehn Prozent«, sagte Charlie und nahm seine Frau in den Arm.

»Außerdem gibt es bei solchen Operationen natürlich immer das Risiko von Komplikationen. Wenn man ins Gehirn schneidet, ist das immer riskant.«

Zum zweiten Mal in seinem Leben musste Peter all seine Kraft zusammennehmen, um mit Amanda über eine ärztliche Diagnose zu reden. Sie war wieder wach, als er eintrat, und sah wesentlich wacher aus als bei seinem letzten Besuch.

»Ich habe dir etwas mitgebracht«, sagte er. »Cynthia hat es geholt.« Er streckte ihr das Exemplar von *At the Back of the North Wind* entgegen, das er vor acht Jahren für sie neu gebunden hatte. Amanda hatte das Buch immer an ihrem Bett liegen, auch wenn sie auf Reisen waren.

»Es ist so schön«, sagte sie. »Damit hast du mich ganz gewonnen.«

»Hank sagt, ich hätte nie wieder ein Buch so gut gebunden.«

»Du hast es mit sehr viel Liebe gebunden, und das spürt man bis heute, Peter.« Sie drückte das Buch an ihren Busen, und Peter musste sich sehr zusammenreißen, um nicht zu heulen. Sie war immer die Stärkere von ihnen gewesen, aber jetzt musste er Stärke beweisen, und er wusste nicht, ob er das schaffen würde.

»Der Arzt hat uns gesagt, was los ist«, sagte er.

Peter blieb die ganze Nacht in Amandas Zimmer. Er saß in einem Sessel neben dem Bett und schlief schrecklich unruhig. Mitten in der Nacht schreckte er hoch, als Amanda im Dämmerlicht fest seine Hand drückte.

»Was ist?«, fragte er.

»Komm ins Bett«, sagte sie. »Ich will mit dir schlafen.«

»Bist du verrückt?«, sagte Peter und unterdrückte ein Kichern. »Das hier ist ein Krankenhaus.«

»Das weiß ich«, sagte sie und zog ihn so heftig am Hemd, dass ihm nichts anderes übrigblieb, als zu ihr ins Bett zu steigen. »Aber morgen werden sie mir mein Haar abrasieren und ein Loch in meinen Schädel bohren. Und dann werden sie mich sechs Monate lang mit radioaktiven Strahlen beschießen, da werde ich mich bestimmt nicht sehr sexy fühlen.«

»Wir können doch hier nicht ...«

Aber sie war schon dabei, sein Hemd aufzuknöpfen, schlang ihre Arme um seinen Hals und küsste ihn tief und lange. »Ich habe Angst«, flüsterte sie ihm ins Ohr. »Ich habe solche Angst und muss dich in mir drin haben. Nur dann verschwindet alles andere.«

Und so schlüpfte Peter unter die Decke zu ihr, und eine Stunde lang versank alles andere um sie herum. Sie streichelten und liebten sich, sie lachten und weinten, immer auf der Hut, sich ja nicht erwischen zu lassen, ganz wie im Deveraux-Saal. Und hinterher lagen sie sich in den Armen und wussten nicht, ob sie Tränen des Glücks geweint hatten oder Tränen der Trauer.

»Es ging ganz schnell«, erzählte ihnen der Arzt später. »Als sie nach der Operation im Aufwachraum lag und immer noch narkotisiert war. Gespürt hat sie nichts. Bei diesen Krankheitsbildern gehören Schlaganfälle zu den typischen Nebenwirkungen. Wir haben alles zu ihrer Wiederbelebung getan, aber wir haben die Patientin verloren.«

Es ist wie bei einer Zeitung, dachte Peter, mein Abonnement auf das Glück ist gerade abgelaufen.

Die nächste Woche erlebte er wie in einer Nebelwand. Möglicherweise hat er mit seinen Schwiegereltern, mit Cynthia und Amandas anderen Freundinnen gesprochen, die zu Beileidsbesuchen und zum Begräbnis kamen, aber sein Mund führte diese Gespräche ohne Beteiligung seines Verstandes und seines Herzens. Diese Teile seines Körpers waren auf Dauer gefroren, denn nur was gefroren war, konnte den Verlust überstehen.

Als er Amanda beim Begräbnis das blaue Buch mit ins Grab legte, fürchtete er, dass der Frost tauen würde. Als er aufstand, wollte ihn Cynthia stützen, aber er schob sie beiseite und rannte den Abhang hinunter zu den wartenden Wagen. Noch ehe ihn jemand aufhalten konnte, warf er sich in eins der Taxis und gab dem Fahrer seine Adresse. Dort zog er die Vorhänge zu und den Stecker des Telefons aus der Wand und suchte nach einer Möglichkeit, ohne … irgendetwas zu leben.

Amanda zu vergessen, war unmöglich. Alles im Haus erinnerte ihn an sie – nicht nur die Möbel und Teppiche, die sie ausgesucht hatte, sondern auch das Glas, aus dem sie jeden Tag ihren Orangensaft getrunken hatte, und das Popcorn zum Selbermachen, das sie für ihre Filmabende gekauft hatte. Amanda war nicht mehr da und doch überall anwesend.

Und dann fing sie an, ihn zu besuchen. Am Anfang hatte sie ihn nur beobachtet, wenn er ein Buch las oder sich eine Schüssel Müsli zurechtmachte, aber bald fing sie an, mit ihm zu reden. Er selbst sagte kaum etwas, sondern hörte nur zu. Und als sie ihm sagte, er sollte Dr. Strayer aufsuchen, zog er ein paar saubere Sachen an und ging zum ersten Mal nach einem Monat wieder hinaus auf die Straße. Er hatte zehn Kilo abgenommen, seine Haut war bleich, und er blinzelte im Licht der Sonne, aber er fuhr die fünf Kilometer, um den Termin bei Dr. Strayer einzuhalten, den er am Vortag gemacht hatte.

Peter weigerte sich, das Wort Besserung zu gebrauchen, denn das würde bedeuten, dass er Amanda endgültig verloren hatte. Und weil er nicht bereit war, sich mit seiner Trauer auseinanderzusetzen, schrieb Dr. Strayer eine Liste für ihn, damit er nicht einfach wieder in seinem abgedunkelten Haus verschwand. Zehn Dinge, die Peter tun musste, um sein eigenes Leben zu retten.

Peter klebte die Liste an den Kühlschrank, aber drei Monate nach Amandas Tod hatte er immer noch nichts von dem getan, was Dr. Strayer empfohlen hatte. Seine Vorhänge waren immer noch vorgezogen, sein Telefon war immer noch außer Funktion, und aus dem Haus ging er nur, um Dr. Strayer aufzusuchen und nachts im Supermarkt einzukaufen. Seine Schwiegereltern hatte er nur einmal gesehen, als er in das Büro des Notars bestellt worden war, um die Verteilung von Amandas Erbe zu regeln. Trotz ihrer offensichtlichen Sorge um ihn war er kurz angebunden gewesen und hatte das Büro des Notars verlassen, noch ehe die Tinte mit ihren Unterschriften getrocknet war. Niemand, der ihn über den Parkplatz huschen sah, hätte gedacht, dass er gerade etwas mehr als vierzehn Millionen Dollar geerbt hatte.

Kurz nach dem Labor Day Weekend, als die Studenten zurück auf den Campus strömten, öffnete Peter wieder einmal seine Post und fand die Endabrechnung des Bauunternehmers, dem sie den Auftrag erteilt hatten, das Cottage zu renovieren. Die Arbeiten waren jetzt also doch abgeschlossen. Es erschien völlig logisch, Ridgefield sofort zu verlassen. Peter hatte seine Nachschlagewerke in einen Koffer gepackt und auf den Weg nach England gebracht. Drei Tage später wartete ein Taxi vor der Tür, das ihn zum Flughafen bringen sollte. Er stand mit seinem Koffer in der Küche und sah sich noch einmal um, als sein Blick auf die Liste von Dr. Strayer fiel. Er riss sie vom Kühlschrank ab und steckte sie in seine Jackentasche. Dann knipste er das Licht aus und ging zur Tür.

Kingham, 1879

Während der Regen an den hohen Fenstern herablief, las Reginald Alderson noch einmal die bemerkenswerten Randnotizen in dem Exemplar des *Pandosto*, den er am Vorabend auf dem Tisch der Bibliothek entdeckt hatte. Das Päckchen war nicht frankiert gewesen. Vermutlich hatte es Philipp Gardner selbst vorbeigebracht, aber es hatte sich noch keine Gelegenheit ergeben, den Butler zu fragen. Bei dem Gedanken, dass er jetzt der Hüter eines derartigen Schatzes war, lief ihm ein Schauer über den Rücken. Denn er hatte genug über Shakespeare gelesen, um sicher zu wissen, wie bahnbrechend ein Dokument wie dieser *Pandosto* war. Nie hätte er gedacht, dass es sich als so lohnend herausstellen würde, Gardner zu erpressen.

Dass sich auf einem unteren Regal seiner Bibliothek noch zehn weitere Bücher eingestellt hatten, die dort einen Tag zuvor noch nicht gewesen waren, bemerkte Alderson nicht. Er würde der berühmteste Sammler in England werden, und seine Bibliothek würde Schlagzeilen machen. Der »Alderson-*Pandosto*« würde einen eigenen Artikel in der *Encyclopedia Britannica* erhalten! Er stellte sich gerade vor, wie er in der überfüllten Egyptian Hall am Piccadilly einen Vortrag über seine Entdeckung hielt, als der Butler mit der Morgenpost klopfte.

Alderson hatte sich an Phillip Gardners schräge Handschrift inzwischen gewöhnt, denn er hatte nun schon einige Briefe und Päckchen erhalten, in denen ihm sein Nachbar die Stücke aus seiner Sammlung auslieferte, die er verlangte. Das heutige Päckchen war ziemlich dick, und Alderson war leicht überrascht, denn er hatte nicht mehr viel von Gardner erwartet. Er schlitzte die Verpackung auf, und als ein Dutzend mittelmäßiger Aquarelle herausglitten, überkam ihn eine ungute Vorahnung. Was hatte das zu bedeuten? Er nahm den Brief, den er zunächst fast übersehen hatte, und las.

Alderson konnte kaum atmen. Gardners Worte stachen wie Messer in seine Brust, und der Schmerz ließ auch nicht nach, als er wieder zu Atem kam. Alle Hoffnung, einem staunenden Publikum seinen *Pandosto* zu zeigen, löste sich auf. Alderson war schon drauf und dran, das wertlose Buch wütend ins Feuer zu werfen, als es erneut klopfte und der Butler den örtlichen Polizisten ankündigte. »Es tut mir leid, Sie stören zu müssen«, sagte der Konstabler. »Aber wie es scheint, hat es in Evenlode House einen Toten gegeben. Mr Phillip Gardner.« Neben vielen anderen Verpflichtungen in der Gemeinde war Reginald Alderson seit drei Jahren auch der örtliche Coroner, ein größtenteils zeremonielles Amt, denn es hatte schon seit Jahrzehnten keinen verdächtigen Todesfall mehr in Kingham gegeben.

Die Leichenschau und gerichtliche Untersuchung des Todes von Phillip Gardner hatte im Wohnzimmer von Evenlode House stattgefunden. Reginald Alderson hatte selbst dafür sorgen müssen, dass der Kamin beheizt war, denn Mrs Gardner und die Dienstboten von Evenlode House waren rätselhafterweise verschwunden. Mit diesen Vorgängen beschäftigte sich Alderson aber nur wenig, als er den einzigen Zeugen befragte: den Maurermeister, der den Verstorbenen auf einem Stapel von Kalksteinblöcken entdeckt hatte. Außer dem Konstabler und seinem Assistenten hörten nur der jüngere Bruder und einzige Erbe des Toten und ebenjener Maurermeister das rasche Urteil, das Reginald fällte: Tod durch Unfall. Er war der Ansicht, dass damit etwaige weitere Nachforschungen am besten verhindert würden. Und er hatte keinerlei Interesse daran, dass seine Sammlung von Fälschungen oder gar die Tatsache ins Rampenlicht rückten, dass er Gardner erpresst hatte. Offenbar hatte Gardner auch niemandem sonst etwas über seine Lage und seine Pläne erzählt, denn das Urteil wurde von niemandem angefochten.

Phillip Gardner wurde unmittelbar vor der Familienkapelle begraben. Nicholas Gardner, sein jüngerer Bruder, hatte weder das Geld noch die Neigung, einen Grabstein für ihn aufzustellen.

Reginald Alderson legte den *Pandosto* und seine restliche, auf böse Weise erlangte Sammlung von Fälschungen in eine Schatulle, auf die er schrieb: *Never to be Sold,* und schloss sie in einen Schrank seiner Bibliothek ein. Den Schlüssel zu diesem Schrank trug er für den Rest seiner vielen Tage an einem ledernen Band um den Hals – eine ständige Erinnerung an seine größte Niederlage.

Deren gab es in seinem langen Leben allerdings nicht mehr viele. Er machte ein gutes Geschäft nach dem anderen und baute ein schönes Vermögen für seine Familie auf, während Evenlode House immer weiter verfiel. Am zweiten Weihnachtsfeiertag 1898 hörten die Einwohner von Kingham und sogar einige Personen in Chipping Norton ein lautes Krachen, als der unvollendete Westflügel von Evenlode House in einem Wintersturm zusammenbrach. Am nächsten Tag wanderte auch Reginald Alderson zum Schauplatz des Vorfalls hinüber, um sich am Unglück der Gardners zu weiden.

Das hätte er besser nicht tun sollen, denn in seinem Alter wurde ihm die Kälte zum Verhängnis. Drei Tage später schon lag er auf dem Sterbebett. Zum ersten Mal seit zwanzig Jahren knüpfte er die lederne Schnur an seinem Hals auf und übergab den daran befestigten Schlüssel an seinen Sohn Edward. Er erzählte seinem Erben die Geschichte des *Pandosto* und der gefälschten Dokumente und ließ ihn schwören, den Schlüssel nie aus der Hand zu geben und das Geheimnis der versteckten Schatulle nur mit dem nächsten Erben von Evenlode Manor zu teilen.

Edward Alderson wurde fast neunzig Jahre alt. Er lebte so lange, dass er den Tod seines Sohnes im Ersten und den seines Enkels im Zweiten Weltkrieg noch miterlebte. Erst 1955 gab er das Geheimnis der Evenlode-Dokumente an seinen Urenkel John weiter, der gerade achtzehn geworden war. John hatte die Aquarelle, die in seinem Kinderzimmer hingen, eigentlich immer gemocht und war ziemlich entsetzt, als er hörte, dass sie mit einem Familiengeheimnis zu tun hatten.

John Alderson hatte das Geheimnis vierzig Jahre lang gut bewahrt, aber dann hatte er Anfang der neunziger Jahre mit Staatsanleihen viel Geld verloren. Die Schuldenlast auf dem Familienvermögen wuchs, und als sein Sohn, der sich selbständig machen wollte, eines Tages nach seiner Erbschaft fragte, geriet John Alderson unter Druck. Er begann sich zu fragen, ob die lange versteckte Schatulle mit den Dokumenten nicht doch eine Lösung sein könnte. Und als seine Haushälterin, Miss O'Hara, eines Tages mit der Nachricht aus dem Dorfladen kam, dass ein reicher amerikanischer Antiquar ein Cottage in Kingham gekauft hätte, nahmen seine Überlegungen allmählich konkrete Gestalt an.

Kingham, Mittwoch, 22. Februar 1995

Die Glocken von St Andrews schlugen Mitternacht, als John Alderson lässig mit der Pistole auf Peter zeigte. »Vielleicht schenken Sie lieber ein«, sagte er. »Ich werde die Waffe unterdessen auf Ihre Freundin richten, um zu verhindern, dass Sie womöglich den Helden spielen.«

Peter stand auf und ging zum Servierwagen mit der Whisky-Karaffe. Auf dem Silbertablett daneben standen zwei geschliffene Kristallgläser. Peter war froh, Alderson für einen Moment den Rücken zukehren zu können. »Whisky?«, fragte er, als er den gläsernen Stöpsel aus der Karaffe zog und vorsichtig eins der Gläser zu füllen begann.

»Ich finde, er beruhigt die Nerven, wenn man so in der Klemme steckt«, sagte John. »Vielleicht geht es Ihnen genauso.«

»Wer behauptet denn, dass ich nervös bin?«, sagte Peter, der sich immer noch wunderte, dass er so ruhig war.

»Im Angesicht des Todes werden manche Leute recht zappelig«, sagte Alderson.

»Sie haben also Erfahrung damit?«, fragte Peter.

»Eigentlich nur bei Graham Sykes. Ich würde ihn allerdings nicht als nervös bezeichnen, er war vor allem sehr aggressiv. Er hat mich sogar in den Arm gebissen, ehe ich mich von ihm trennen konnte.«

Peter stellte sich vor, wie der alte Mann um sein Leben gekämpft hatte, und konnte seinen Widerwillen nur mit Mühe unterdrücken, als er Alderson eins der Gläser hinhielt.

»Sie haben mich missverstanden«, sagte ihr Gastgeber. »Die Drinks sind für Ihre Freundin und Sie.«

»Miss Sutcliffe trinkt keinen Alkohol«, sagte Peter und warf

Liz einen scharfen Blick zu. »Und ich glaube, ehrlich gesagt, ich sollte mich auch zurückhalten. Woher soll ich denn wissen, dass Sie den Whisky nicht vergiftet haben?«

»Sie sind genau wie alle anderen Amerikaner«, sagte Alderson. »Sie haben viel zu viele Krimis gelesen, die in alten englischen Landhäusern spielen. Wirklich schlimm, was Agatha Christie diesem Land angetan hat!«

»Trotzdem«, sagte Peter und hielt ihm das Glas erneut hin.

»Na schön«, sagte Alderson. »Cheers!« Er leerte das Glas mit einem Schluck und setzte es hart auf den Tisch. »Sehen Sie? Keine Krämpfe, kein Schaum vor dem Mund. Nur ein herzhafter, sauberer Schluck Single Malt.«

»Wie ich sehe, haben Sie nicht auf meine Gesundheit getrunken«, sagte Peter, nippte an seinem Glas und stellte es weg.

»Nun, das wäre ein bisschen heuchlerisch gewesen, oder nicht? Könnten Sie mir jetzt bitte meinen *Pandosto* zurückgeben?«

»Ihren *Pandosto*?« Peter griff in seine Tasche und zog das Buch heraus, dessen Geschichte er seit einer Woche verfolgt hatte. Er nahm es aus seiner Schutzhülle und streckte es Alderson entgegen. »Nun ja, die Fälschung gehört vielleicht Ihnen. Aber wem das Original gehört, darüber wird es bestimmt eine Menge Streit geben.«

»Es gibt kein Original«, sagte Alderson und riss Peter den *Pandosto* aus der Hand. »Das heißt, es hat wohl mal eins gegeben, aber das ist vor langer Zeit schon zerstört worden.«

»Ganz im Gegenteil«, sagte Peter. »Ich habe das Original selbst in Händen gehalten. Und es befindet sich gar nicht weit von hier.«

»Das bezweifle ich«, sagte Alderson.

»Das können Sie gerne bezweifeln«, sagte Peter. »Es ist aber wahr.«

Liz hatte für einen Sekundenbruchteil den Blick gehoben,

senkte ihn aber gleich wieder. »Es stimmt schon«, sagte sie zögernd. »Ich habe es auch gesehen.«

»Jetzt weiß ich genau, dass Sie lügen«, sagte Alderson lachend. »Ihre Stimme zittert ja, wenn Sie den Mund aufmachen.«

»Das hat damit zu tun, dass Sie mich töten wollen«, sagte Liz tapfer.

»Sie haben recht«, sagte Peter gelassen. »Liz hat das Buch nicht gesehen. Aber ich schon.«

»Zufällig«, sagte Alderson, dem das Gespräch nun offenbar doch auf die Nerven ging, »habe ich gleich hier den Beweis, dass der Original-*Pandosto* zerstört wurde.« Er ging zum Schreibtisch, zog die Schublade auf, aus der seine Schwester Julia vor einer Woche den Schlüssel zum Schrank genommen hatte, in dem die Dokumente verwahrt wurden, und zog einen vergilbten Umschlag heraus. »Das ist der letzte Brief von Phillip Gardner an meinen Urgroßvater. Vielleicht möchten Sie ihn ja lesen?« Er warf Liz den Brief hin, hielt seine Pistole aber ständig schussbereit in der Rechten. Als Liz den Brief vom Boden aufhob, kehrte Alderson zu seinem Sessel zurück.

Liz zog den Brief aus dem Umschlag, faltete ihn auf und trat ans Feuer, um die mittlerweile vertraute Handschrift von Phillip Gardner entziffern zu können.

Werter Nachbar,
wenn Sie das lesen, werde ich nicht mehr sein, und Sie werden mich nicht länger quälen können. Die beigefügten Aquarelle bitte ich Sie gut aufzuheben, denn sie sind das einzig Echte, was Sie je von mir erhalten haben. Alles andere, was Sie in den vergangenen zwei Jahren auf so niederträchtige Weise von mir erpresst haben, sind Fälschungen. Insofern bin ich Ihnen Dank dafür schuldig, dass Sie mich meiner wahren Berufung zugeführt haben. Der Beweis dafür ist mein Meisterstück, der Pandosto, *den Sie vor kurzem erhalten haben.*

Die Originale meiner Fälschungen habe ich für mich behalten und sicher verwahrt, um sie vor Ihrem Zugriff zu schützen. Eine bedauerliche Ausnahme bildet nur der Pandosto. *Obwohl mir das Original gehörte, ist es von Benjamin Mayhew zerstört worden, der das Ansehen eines anderen Kunden dadurch beschützen wollte.*

Und so, Mr Alderson, kann ich Ihnen heute zufriedenen Herzens mitteilen, dass Ihre grausame Erpressung Ihnen nichts eingebracht hat. Ich gehe zur ewigen Ruhe, und Ihnen wünsche ich, dass Sie noch lange mit Ihrer Schande leben.

Stets,

Ihr Phillip Gardner

»Also ist er zerstört worden«, sagte Liz.

»Ja, leider«, sagte Alderson, der jetzt völlig entspannt in seinem Sessel saß.

»Eben nicht!«, sagte Peter. »Der Brief beweist nur, dass Gardner *gedacht* hat, dass Mayhew das Buch zerstört hat.«

»Es ist zerstört worden«, sagte Alderson fast verträumt.

»Quatsch«, sagte Peter. »Mayhew war Buchhändler. Er hat vielleicht William H. Smith und seine Theorie über Francis Bacon ganz interessant gefunden, aber er war immer noch Buchhändler. Das können Sie nicht verstehen.«

»Aber Sie verstehen es, ja?«, höhnte Alderson. »Weil Sie auch Buchhändler sind.«

»Genau«, sagte Peter. »Und ich sage Ihnen, dass kein Buchhändler, auch wenn er mal mit Fälschungen und Täuschungsmanövern zu tun gehabt hat, jemals einen solchen Schatz wie den *Pandosto* mutwillig zerstören würde.«

»Sie sind ja so was von arrogant!«, sagte Alderson. »Sie glauben, jeder auf der Welt müsste genauso denken wie Sie. Ein typischer Amerikaner!«

»Kann schon sein, dass ich Amerikaner bin«, sagte Peter. »Aber in dieser Angelegenheit habe ich recht, und das wissen Sie auch. Sonst hätten Sie mich längst getötet.« Peter setzte sich auf die Tischkante und zwang Alderson auf diese Weise, sich leicht umzudrehen, damit er ihn weiter mit seiner Waffe in Schach halten konnte. Für Alderson war das offenbar ziemlich anstrengend, denn der Arm, mit dem er die Pistole auf Peter gerichtet hielt, hatte ein wenig zu wackeln begonnen.

»Wenn das wahr ist, was Sie da behaupten«, sagte Alderson, »wenn Buchhändler sich wirklich so rührend um literarische Werke bemühen, dann werden Sie mir gewiss gleich sagen, wo sich das Original befindet, auch wenn Sie wissen, dass Sie nicht mehr lange zu leben haben. Sie würden jedes Opfer bringen, um sicherzustellen, dass der echte *Pandosto* gefunden wird und überlebt.«

»Das ist wahr«, sagte Peter und ging vor dem Schreibtisch auf und ab, als müsste er nachdenken. »Ich werde es Ihnen sagen«, erklärte er schließlich und sah Liz mit einem ernsten Blick an, den sie ebenso ernst erwiderte. »Aber nur, wenn Sie versprechen, das Leben meiner Freundin hier zu verschonen.«

Alderson wandte sich zum Kamin um, als wollte er sehen, ob es sich lohnte, Liz zu verschonen, aber es war schon zu spät. Während Peters Ausführungen war sie aufgestanden und hatte sich leise genähert. Alderson versuchte noch aufzustehen, aber sein Körper schien ihm nicht zu gehorchen und der Arm mit der Waffe fuhr wild durch die Luft. Noch ehe er sich ganz herumdrehen konnte, schlug Liz mit dem Schüreisen zu. Sie traf seinen Unterarm mit solch verzweifelter Wucht, dass der Knochen knirschte und ihm die Pistole aus der Hand flog. Während Alderson vor Schmerz laut zu schreien begann, hob Peter die Waffe auf. Und das keine Sekunde zu früh.

Denn jetzt stand Julia Alderson in der Tür. Sie war nicht länger die schüchterne graue Maus, die Peter vor einer Woche getroffen hatte, sondern eine wachsame, selbstbewusste Person, die gekommen war, um die Situation unter Kontrolle zu bringen. Erst als sie die Waffe ihres Bruders auf sich gerichtet sah, wandte sie sich zur Flucht. Aber das ließ Peter nicht zu. Er machte zwei schnelle Schritte, packte Julia am Arm und zog sie ins Zimmer zurück. Dann schloss er die Tür.

»Bleiben Sie hier«, sagte er. Einen Moment lang hörte man nur den schweren, keuchenden Atem von Liz, die immer noch das Schüreisen hielt, und das leise Knistern des Feuers. John Alderson war in seinen Sessel zurückgesunken und schien das Bewusstsein verloren zu haben.

»Guten Morgen, Miss Alderson«, sagte Liz. »Ich fürchte, zum Tee bin ich etwas zu früh dran.«

»Ich habe die Polizei angerufen«, fauchte Julia. »Meinen Bruder haben Sie vielleicht reingelegt, aber der Bestrafung für den Mord werden Sie nicht entgehen.«

»Der Mörder wird nicht entkommen«, sagte Peter. »Ich denke, dieses Tonband hier wird die Polizei auf die richtige Spur bringen.« Peter griff in seine offene Tasche und zog das kleine Diktiergerät heraus, das er in der British Library benutzt hatte. Er drückte einen Knopf, und man hörte, wie das Band zurückgespult wurde. Dann drückte er einen zweiten Knopf, und die Stimme von John Alderson ertönte. *Ich war derjenige, der Sykes zum Schweigen gebracht und das Büro der jungen Dame hier durchsucht hat.*

»Und wenn das nicht genügt«, sagte Peter, »dann gibt es immer noch die Bissspuren, die Graham Sykes auf dem Arm Ihres Bruders hinterlassen hat.« Es trat eine merkliche Flaute in der Unterhaltung ein, als sich Julia allmählich bewusst wurde, dass sie verloren hatte.

»Können wir meinen Bruder ins Krankenhaus bringen?«, fragte sie schließlich. Ihre Haltung war jetzt sehr viel bescheidener.

»Ruf einen Krankenwagen«, sagte Peter zu Liz. »Sag ihnen,

Mr Alderson hat eine Überdosis Beruhigungstabletten eingenommen.«

Als Peter und Liz ihre Aussagen bei den von Julia Alderson gerufenen Polizeibeamten gemacht hatten, wurde der Himmel schon hell. John Alderson war ins Krankenhaus gebracht worden, wo er ein paar Stunden später wegen des Mordes an Graham Sykes verhaftet werden sollte. Julia Alderson wurde wegen des Verdachts der Beihilfe ebenfalls aus dem Haus geführt. Sämtliche Briefe und Dokumente, Fälschungen ebenso wie Originale, und Peters Diktiergerät mit Aldersons Geständnis wurden als Beweismaterial beschlagnahmt.

»Es geht dabei nicht nur um den Mord«, sagte der Beamte, der die Vernehmung geleitet hatte. »Es muss auch geklärt werden, wem all diese Dinge gehören.«

»Vergessen Sie das nicht«, sagte Peter und gab dem Beamten auch den gefälschten *Pandosto.* Trotzdem spürte er ein Gefühl des Verlusts, als sich der Kofferraumdeckel des Polizeiwagens über dem Buch schloss, das ihn jetzt eine Woche in Atem gehalten hatte.

Die Polizei bot Peter und Liz an, sie nach Kingham mitzunehmen und in Peters Cottage abzusetzen.

»Und was wird aus unserem Zimmer im Mill House?«, fragte Liz.

»Ich habe ein hübsches Gästezimmer. Das ist noch nie benutzt worden«, sagte Peter.

Aber als sie in seinem Cottage angekommen waren, hatten sie überhaupt keine Lust, gleich ins Bett zu gehen. Peter machte stattdessen lieber eine Kanne Tee.

»Weißt du, dass du mich gerettet hast in diesem verdammten Tunnel?«, sagte Liz und nahm einen großen Schluck Tee. »Ohne dich wäre ich da nie rausgekommen.«

»Ohne mich wärst du da gar nicht erst reingekommen«, sagte Peter.

»Trotzdem: Du hast mich gerettet. Danke.«

»Und ich danke dir dafür, dass du Alderson den Arm gebrochen hast. Das war spitze!«

»Ach, das war eine Kleinigkeit«, grinste Liz. »So was mach ich doch dauernd. Was hast du ihm eigentlich in den Whisky getan?«

»Ativan«, sagte Peter. »Das ist ein Beruhigungsmittel. Ich leide unter Panikattacken.«

»Ach, wirklich? Davon hab ich nichts gemerkt.«

»Warte mal bis morgen, wenn das Adrenalin weg ist«, sagte Peter. »Ich hatte einen Haufen Pillen in meiner Jackentasche, und die sind ziemlich zerdrückt worden, als ich mich durch das Loch in der Kapelle gezwängt habe. Im Tunnel wollte ich dir eine geben, da hab ich gemerkt, dass sie völlig zerkrümelt waren. Als Alderson mir gesagt hatte, ich sollte den Whisky einschenken, hab ich ihm ordentlich was davon in sein Glas gekippt.«

»Und dann hast du ihn dazu gebracht, es auch auszutrinken.«

»Eigentlich hätte ich nicht gedacht, dass er so dumm ist«, sagte Peter.

»Wahrscheinlich glaubt er einfach nicht, was in den englischen Krimis steht«, lachte Liz.

»Ich frage mich, warum er's getan hat«, sagte Peter.

»Wer? Alderson?«

»Nein, Phillip Gardner. Warum hat er Selbstmord begangen? Glaubst du, er hat Gewissensbisse wegen des *Pandosto* gehabt?«

»Vielleicht war es der Brief von Mrs Prickett«, sagte Liz.

»Welcher Brief?«

»Du hast nicht zugelassen, dass ich ihn dir vorlese«, sagte Liz und zog einen Umschlag aus ihrem Parka. »Erinnerst du dich nicht daran, dass ich dir gesagt habe, es wäre noch etwas anderes in der Kiste, die du in Gardners Grabmal gefunden hast?«

»Was steht denn da drin?«, fragte Peter. Liz faltete das noble Papier auf.

»Auf der einen Seite steht ein weiteres Bekenntnis von Gardner. Ich lese mal vor.«

Wenn Sie diesen Brief erhalten, bin ich in meine Werkstatt zurückgekehrt, an den Ort, an dem ich das einzige wirkliche Kunstwerk geschaffen habe, zu dem ich fähig war: ein Porträt meiner geliebten Isabel. Wie meine übrigen Schöpfungen werde ich auch sie in Reginald Aldersons Bibliothek verstecken. Und dort soll sie bleiben, in sicherer Entfernung von Evenlode House, bis eine glückliche Seele sie eines Tages finden wird und ihr in ihre wunderschönen Augen sehen kann – in der Hoffnung, dass sie so, von meiner Hand, unsterblich wird.

»Also ist mein Porträt…?«

»Das von Isabel, genau«, sagte Liz. »Sie war die Geliebte von Phillip Gardner.«

»Und was steht in dem Brief?«, fragte Peter.

Liz drehte das Blatt um und las:

Lieber Mr Gardner,
ich schreibe Ihnen, um Sie von einem schweren Verlust in Kenntnis zu setzen, der uns betroffen hat. Vor einem Monat ist Miss Isabel krank geworden und letzte Nacht hat ihr irdisches Leben, das ihr so viel Freude und so viel Kummer gebracht hat, sein Ende gefunden. Ich habe noch mit ihr sprechen können, ehe sie uns verließ, und ich möchte Sie wissen lassen, dass sie nur von Ihnen geredet hat. Sie sollen wissen, dass sie Ihnen keinerlei Schuld an dem gibt, was geschehen ist. Sie bat mich, Ihnen zu schreiben und Ihnen zu sagen, dass sie am Ende nur Liebe für Sie empfunden hat. Sollten Sie jemals den Wunsch haben, mit Ihrem Sohn Kontakt aufzunehmen, können Sie ihm zu meinen Händen schreiben; denn die Familie Devereaux hat sich gütigerweise bereit

erklärt, mich als Phillips Gouvernante weiter hierzubehalten. Ich weiß, dass Sie Isabel geliebt haben und dass Isabel Sie geliebt hat. Auch ich habe Isabel sehr geliebt und möchte Sie wissen lassen, dass ich Ihre Trauer und Ihren Verlust teile.

Stets die Ihre,

Evangeline Prickett

»Wie war der Name dieser Familie?«, fragte Peter aufgeregt.

»Devereaux. Warum? Hast du den Namen schon mal gehört?«

»O mein Gott«, sagte Peter. »Erinnerst du dich an Gardners Testament? Dass er all seine Bücher und Dokumente den Erben seines Sohnes hinterlassen wolle?«

»Ja«, sagte Liz.

»Ich glaube, das könnte ich sein.« Kaum hatte Liz den Namen Devereaux ausgesprochen, war Peter der Stammbaum der Familie eingefallen, den er bei den Unterlagen von Amandas Großmutter gefunden hatte. Deren Vater war Phillip Devereaux gewesen. Seine Mutter hieß Isabel, aber sein Vater war als »unbekannt« eingetragen.

»Du könntest der legitime Erbe von alledem sein?«, fragte Liz.

»Ja. Philipp Gardners Sohn war der Urgroßvater meiner verstorbenen Frau. Sogar der *Pandosto* wäre mein Erbe.«

»Aber der *Pandosto* ist doch eine Fälschung, das haben wir selbst nachgewiesen.«

»Ich meine nicht den, den Alderson mir gegeben hat«, sagte Peter. »Ich meine den echten.«

»Ja, was war das überhaupt für ein Gerede von dir? Das war doch ein Bluff, als du Alderson gesagt hast, du wüsstest, wo der echte *Pandosto* ist. Du wolltest Zeit gewinnen, nicht wahr?«

»Dieser Benjamin Mayhew mag ja ein Gauner gewesen sein«, sagte Peter. »Aber kein Buchhändler würde so etwas Kostbares wie den *Pandosto* zerstören. Ich weiß zwar nicht genau, wo der echte *Pandosto* ist, aber ich habe da so eine Idee.«

Peter griff in seine Aktentasche und holte das Buchbindermesser heraus. Auf dem Tisch im Wintergarten lag die edle Buchkassette, die den *Pandosto* so lange beherbergt hatte. Es kam Peter so vor, als wäre es Monate her, dass er diese Kassette zum ersten Mal gesehen hatte. Ein typisches Produkt des 19. Jahrhunderts, dachte er, als alles recht groß und bedeutend sein musste. Er wog sie in der Hand, dann klappte er den Deckel und die Faltmappe auf und schob sein Messer in die Fuge, wo die Mappe am Boden der Kassette festgeklebt war. Mit einer schnellen Bewegung trennte er den Stoff auf und zog dann behutsam das seidige Futter zurück. Und dort, im dicken Boden der Kassette, lag, sorgfältig eingepasst, ein abgeschabtes, in braunes Leder gebundenes Buch. Genau dort, wo es vor über hundert Jahren versteckt worden war.

Peter drehte die Kassette um, und das Buch fiel heraus. Der Einband war viel schäbiger als der von Aldersons *Pandosto* und Peter schlug ihn sehr vorsichtig auf. Liz beugte sich über seine Schulter, und gemeinsam lasen sie die Namenliste der früheren Eigentümer auf dem Vorsatzblatt: W. Shakspere, Stratford, gehörte dazu, nicht aber B. Mayhew, William H. Smith, B.B. und E.H. Der letzte Name auf der Liste war Phillip Gardner. Und auf Seite sechzehn gab es keinerlei Hinweis auf Sir Walter Raleigh. Dafür steckte mitten im Buch noch ein kleiner Zettel.

»Was ist das?«, fragte Liz. Peter nahm das brüchige Papier behutsam heraus und las:

Harbottle,
entschuldigt, dass ich nur den Botenjungen zu Euch schicke, aber ich habe dringende Geschäfte in Stratford. Ich denke, Ihr werdet etwas von Euch in The Winter's Tale *finden. Tut mir leid, dass*

ich Euren Pandosto *verunstaltet habe, aber ich gebe ihn beiliegend trotzdem zurück und sage Euch meinen Dank.*
W. Shakspeare

»Das ist der echte«, wisperte Liz voller Ehrfurcht.
»Sieht fast so aus«, sagte Peter. »Ja, es sieht fast so aus.«

Kingham, Freitag, 23. Juni 1995

Peter rückte noch ein letztes Mal seine Krawatte zurecht, ehe er zu Frühstück und einer Tasse Tee nach unten rannte. Der Zug nach London fuhr zwar erst in einer Stunde, aber es war so ein schöner Sommermorgen, dass er zu Fuß zum Bahnhof gehen wollte.

Gleich mehrere Teams von Rechtsanwälten und Genealogen hatten vier Monate lang geforscht und gestritten, ehe sie zu derselben Erkenntnis kamen, die Peter an jenem Februarmorgen in seinem Cottage gehabt hatte: Dass der jüngste lebende Erbe von Phillip Devereaux, dem außerehelichen Sohn von Phillip Gardner, kein anderer als Peter Byerly war. Eine von Benjamin Mayhew ausgestellte Quittung, die sich unter den Papieren in der falschen Gruft gefunden hatte, bestätigte, dass Phillip Gardner der legitime Besitzer des echten *Pandosto* gewesen war; und auch die Fälschung wurde ihm zuerkannt.

Im Frühjahr war Peter nach North Carolina zurückgekehrt. Er und Sarah Ridgefield hatten fast jeden Tag lange Spaziergänge in den Ridgefield Gardens gemacht. Sie hatten erst die Narzissen, dann die Kirschen und schließlich die Azaleen in voller Blüte gesehen. Manchmal sprachen sie über eine der beiden Amandas, aber oft genug sprachen sie über scheinbar ganz unwichtige Dinge. Sie waren Freunde, und Peter war glücklich, als er das feststellte.

Peter hatte den *Pandosto* nach Amerika mitgebracht, um ihn Professor Leland zu zeigen, der auch wirklich beeindruckt von seinem Fund war. Zusammen mit Hank Christiansen hatten sie ein paar kleine Reparaturen an dem Band vorgenommen. Den falschen *Pandosto* hatte er Professor Leland für den Devereaux-Saal übergeben, wo er zusammen mit den Fälschungen von Thomas Wise ausgestellt werden sollte. Auch Phillip Gardners Porträt von Isabel Devereaux hatte Peter der Sammlung geschenkt, es wurde jetzt in einer Vitrine gezeigt, die unter dem weitaus eindrucksvolleren Porträt ihrer Enkelin Amanda Devereaux stand.

Ende April war Cynthia zu einem Besuch nach Ridgefield gekommen. Sie hatten sich unterhalten und waren lange aufgeblieben, um sich alte Filme im Fernsehen anzusehen. Eines Abends hatte sie sich zu ihm aufs Sofa gesetzt, den Arm um ihn gelegt und ihn sanft geküsst. Das war zwar sehr angenehm, dachte Peter, aber er hatte nicht die Absicht, das Angebot anzunehmen.

»Ist es wegen Amanda?«, hatte Cynthia gefragt.

»Ein bisschen«, sagte er. »Aber vor allem …«

»Du magst mich nicht«, sagte Cynthia.

»Doch, ich mag dich. Als Freundin. Du warst großartig, Cynthia.«

»Nun ja, es braucht ja nicht mehr zu sein als ein kleiner Flirt unter Freunden. Wir sind ja schließlich moderne Menschen.«

»Ich weiß«, sagte Peter. »Es ist nur …«

»Herrje, es gibt eine andere Frau!« Cynthia grinste und boxte ihn auf die Schulter. »Du hast eine *Freundin.*«

»Nein, eine Freundin würde ich sie nicht nennen«, sagte Peter. »Das heißt …«

»Schon gut«, sagte Cynthia. »Erzähl mir von ihr!«

Als Peter Anfang Juni nach England zurückgekehrt war, gab es immer noch nicht viele Leute, die von dem *Pandosto* wussten. Das sollte sich erst heute ändern. Zusammen mit Nigel Cook hatte er eine internationale, vom Fernsehen übertragene Pressekonferenz der British Library arrangiert. Als Dauerleihgabe zum Gedenken an Amanda Byerly würde der *Pan-*

dosto künftig im Rahmen der Robert Cotton Collection ausgestellt werden. Schließlich war Robert Cotton ja der letzte legitime Besitzer des Buches gewesen, soweit er hatte feststellen können.

In späteren Jahren sollten einige der älteren Anti-Stratfordianer die Echtheit des *Pandosto* und seiner Randnotizen noch anzweifeln, aber das Buch hielt allen Prüfungen stand, einschließlich der Analyse der Ionenwanderung in der Tinte. Bei diesem Test wurde ermittelt, dass die Randnotizen aus den Jahren 1600 bis 1610 stammen mussten. Professor Kashimoto widerrief, wie versprochen, seine Zweifel an Shakespeares Identität, zunächst in einem privaten Gespräch mit Peter und später bei einer Konferenz in San Francisco. Künftig, sagte er, werde man nicht mehr darüber nachdenken müssen, wer Shakespeare gewesen sei, sondern ausschließlich darüber, wie es diesem Mann von relativ bescheidener Herkunft möglich gewesen sei, diese herrlichen Werke zu schaffen.

Sarah und Charlie Ridgefield waren schon am Vortag in London eingetroffen und wohnten ebenso wie Professor Leland, Hank Christiansen und Cynthia im Russell Hotel. Peter hatte darauf bestanden, sie alle einzuladen und die schönsten Zimmer für sie zu bezahlen.

Peter war gerade dabei, sein Frühstücksgeschirr zu spülen und abzutrocknen, als er Amanda in der Küchentür stehen sah. Er hatte sie in den letzten Monaten nicht mehr so oft gesehen, obwohl sie ein längeres Gespräch hatten, nachdem Cynthia ihn geküsst hatte.

»Heute ist ein großer Tag für dich!«, sagte sie.

»Für uns beide«, sagte Peter. »Die Stiftung erfolgt zu deinen Ehren.«

»Das war es doch, was du dir immer gewünscht hast«, sagte sie. »Du wolltest ein Buch finden, das die Literaturgeschichte verändert.«

»Ich wünschte, ich könnte diesen Augenblick mit dir teilen.«

»Ich werde da sein«, sagte Amanda.

»Ich vermisse dich«, sagte Peter. »Aber es tut nicht mehr ganz so weh.«

»Du wirst mich jetzt nicht mehr sehen«, sagte Amanda.

»Ich weiß«, sagte Peter.

»Ich werde dich immer lieben«, sagte Amanda. »Aber ich muss jetzt gehen. Und du musst auch gehen.«

Damit war sie verschwunden.

Peter holte tief Luft und sah sich noch einmal in der Küche um. Nach der feierlichen Übergabe des Buches wollte Liz übers Wochenende zu ihm kommen, und es sollte alles blitzblank sein. Die Arbeitsplatten waren gewischt, das Geschirr weggeräumt – der einzige Schandfleck war die zerknitterte Liste von Dr. Strayer, die noch an der Pinnwand hing. Peter las sie noch einmal durch und nickte. Mit einer energischen Bewegung riss er sie ab und warf sie in den Papierkorb.

Zwei Minuten später ging er mit entschlossenen Schritten zum Bahnhof, die Tasche mit dem *Pandosto* fest unter dem Arm, während die warme Sommerbrise ihn mitten ins Leben hineinwehte.

Mein Dank gilt Dutzenden von Menschen, die geholfen haben, dieses Buch entstehen und wachsen zu lassen und es zu verfeinern. Dazu gehören Bob Lovett, Stuart Wright, der inzwischen verstorbene Stan Marx und Justin Schiller, die mich in die Welt der Büchersammler eingeführt haben; diejenigen, die mich beim Schreiben gefördert haben, vor allem Phyllis Barber, Chris Noël, Walter Wetherell, Diane Lefer, Sandra Adams und Peggy Elam; die frühen Leserinnen Janice Lovett, Stephanie Lovett und Nina Weigl, denen ich manchen guten Rat verdanke; David Lovett, der mich meinem Agenten vorgestellt hat; Anna Worrall für ihre frühe Ermutigung; David Gernert für seinen Glauben an dieses Buch und seine klugen Vorschläge bei der Überarbeitung; all denen bei der Gernert Agency, die geholfen haben, das Buch in die Welt zu bringen; und Kathryn Court und Tara Singh für ihre freundliche Betreuung und ihre brillante Redaktion.

Dank möchte ich auch all den Bibliothekaren sagen, die solche Sammlungen wie den Devereaux-Saal betreuen, mich über die Jahre hinweg in ihren heiligen Hallen empfangen und mir bei meinen Recherchen geholfen haben.

Danken möchte ich den Bewohnern des echten Kingham, das so viel freundlicher, schöner und friedlicher ist, als ich es je schildern könnte. Besonderer Dank gilt der Familie Stockwell für ihre langjährige Liebe und Freundschaft.

So wie zahllose Leute für die Entstehung des Buches verantwortlich sind, das Sie in Händen halten, so haben zahllose Quellen zur Entstehung der historischen Abschnitte beigetragen. Zu Dank verpflichtet bin ich vor allem den folgenden Werken: Judith Cook, *Roaring Boys: Shakespeare's Rat Pack,* Stephen Greenblatt, *Will in the World: How Shakespeare became Shakespeare*, und Bill Bryson, *Shakespeare*; über die Geschichte von Mark Hofmanns Fälschungen habe ich mich bei Linda Sillitoes und Allen Roberts *Salamander: The*

Story of the Mormon Forgery Murders informiert. Die im Text zitierten Bücher waren wichtige Quellen, aus denen ich mit kleinen Korrekturen wörtlich zitiert habe.

Vor allen Dingen aber möchte ich mich bei meinen Kindern Jordan und Lucy für ihre Inspiration und Liebe bedanken, und bei meiner Frau Janice, deren Liebe und Treue mich täglich erhält.

Nachbemerkung

Alle im Text erwähnten Bücher und ihre bibliografischen Details sind real, obwohl bestimmte Exemplare mit ihren Randnotizen oder handschriftlichen Einträgen für diese Erzählung erfunden wurden. Von Robert Greenes *Pandosto*, der Shakespeare als Vorlage für *The Winter's Tale* diente, ist kein vollständiges Exemplar der Erstausgabe bekannt. Nur zwei Exemplare der Bad-Quarto-Ausgabe des *Hamlet* sind überliefert.

Ich habe Szenen und Dialoge für historische Personen erfunden, aber bei den elisabethanischen Gestalten William Shakespeare, Robert Greene, Christopher Marlowe, Thomas Nashe, George Peele, John Lily, Emma Ball (und ihrem Sohn Fortunatus), bei Mrs Isam und Richard Burbage; bei den Sammlern und Bibliothekaren Robert Cotton, John Bagford, John Warburton, Humfrey Wanley, Robert und Edward Harley, Henry Clay und Emily Jordan Folger; den Fälschern William Henry Ireland, Thomas Wise, John Payne Collier und Mark Hofmann; und den Bibliografen und Wissenschaftlern Edmond Malone, John Carter, Graham Pollard, William Henry Smith und Charlton Hinman entsprechen die erwähnten Fakten der historischen Realität.

Es ist auch eine für die englische Literatur höchst bedauerliche Tatsache, dass die Gedankenlosigkeit von John Warburton und die Unwissenheit seiner Köchin Betsy Baker zur Vernichtung von über fünfzig Theaterstücken des 16. und frühen 17. Jahrhunderts geführt haben, von denen nur fünf durch andere Überlieferung überlebt haben. Der Rest ist für immer verloren.

NF 218/1/09.14

»Arturo Pérez-Reverte ist ein Romantiker im besten Sinne.«
The Times

Madrid, 1868. Als Astarloa längst glaubt, das Leben hielte keine Überraschungen mehr für ihn bereit, klopft eine bezaubernde Unbekannte an seine Tür: Sie will seinen berühmten Fechtstoß lernen. Aber er hat nicht vor, seine Ruhe aufs Spiel zu setzen, gerade jetzt, wo die Hauptstadt täglich von blutigen Aufständen erschüttert wird. Doch die Anmut der Dame, ihre geheimnisvolle Narbe und die veilchenblauen Augen wecken seine Neugier. Sie wird seine Schülerin, und während des Wechselspiels aus Finte, Angriff und Parade wächst über Wochen eine zarte Liebe heran, bis Adela spurlos verschwindet. Und für den Fechtmeister beginnt eine bodenlose Suche nach der Wahrheit in den Gassen der Stadt ...

Arturo Pérez-Reverte, Ein Stich ins Herz. Roman. Aus dem Spanischen von Claudia Schmitt. insel taschenbuch 4309. 315 Seiten

NF 212/1/07.14

Das Abenteuer seines Lebens

Nie hätte der junge Jaffy Brown geglaubt, der Armut und Enge im Hafenviertel des viktorianischen London zu entkommen. Doch dann begegnet er ausgerechnet dort einem entlaufenen Tiger, einem herrlichen Geschöpf auf geschmeidigen Pfoten, und sein Leben nimmt eine neue Richtung. Bald nimmt er Abschied von seiner geliebten Ishbel und heuert mit seinem besten Freund Tim auf einem Walfänger an, mit Kurs auf den Indischen Ozean und unbekannte Abenteuer. Noch ahnt Jaffy nicht, dass eine Reise vor ihm liegt, nach der nichts mehr so sein kann wie vorher.

Carol Birch erzählt mit herausragender Erfindungsgabe und einer leuchtenden sprachlichen Kraft – im Kopf das wogende Meer. Die Geschichte von Jaffy Brown führt zu den Grenzen des Vorstellbaren, und sie zeigt, dass Liebe und Freundschaft alles überdauern.

Carol Birch, Der Atem der Welt. Roman. Aus dem Englischen von Christel Dormagen. insel taschenbuch 4269. 395 Seiten

NF 216/1/09.14

Traurig, fröhlich, rauschhaft, opulent – eine Verführung

Die Aussichten sind nicht rosig: Sir Robert Merivel, Medicus, Lebemann und Vertrauter Charles' II., hat bessere Zeiten gesehen. War er nicht der Mann, der den König von England zum Lachen brachte? Soll er sich jetzt, mit seinen 57 Jahren, bereits zurückziehen und zusammen mit dem alten Diener Will auf seinem Landgut Trübsal blasen?
Nichts dergleichen! Merivel begibt sich nach Frankreich, zum Sonnenkönig in dessen soeben erbautes Wunderwerk Versailles. Als er der charmanten Louise de Flamanville begegnet, glaubt er an einen zweiten Frühling – der jäh zu enden droht, als ihn ein Ruf des englischen Hofes erreicht: Sir Merivel soll umgehend ans Krankenbett Charles' II. eilen …

Rose Tremain, Adieu, Sir Merivel. Roman. Aus dem Englischen von Christel Dormagen. insel taschenbuch 4314. 445 Seiten

NF 213/1/07.14

»Ein Buch wie ein pochendes Herz.«
The Star

In den weiten Wäldern Kanadas wachsen die Schwestern Maggie und Jenny behütet auf. Sie lieben die Ausflüge zu den Seen, sammeln Pilze und Beeren. Doch die Welt der beiden gerät aus den Fugen, als der Vater bei einem Unfall ums Leben kommt und die Mutter die Schwestern bei einer fremden Familie in Obhut gibt – vorübergehend sagt sie, doch die Mutter kehrt nicht zurück. Auf sich gestellt, entwickeln Maggie und Jenny einen ungeahnten Überlebenswillen – stets begleitet von der Sehnsucht nach ihrer Mutter. Einige Jahre später macht sich Maggie schließlich auf, sie zu suchen. Sie kehrt zurück in die mächtigen Wälder, an die Orte ihrer Kindheit …

»Eine subtile und atmosphärisch dichte Familiengeschichte, ein dramaturgisch geschickt aufgebauter Roman über den dramatischen Aufbruch einer jungen Frau ins Leben.« *NDR1*

Frances Greenslade, Der Duft des Regens. Roman. Aus dem kanadischen Englisch von Claudia Feldmann. it 4255. 366 Seiten

NF 189/1/9.13